항우가 분봉한 19 제후국 지형도(BC 206년)

진나라를 멸망시킨 항우는 스스로 서초패왕을 자처하고 휘하 장수들과 연합 세력에게
영토를 분할하여 왕으로 봉했다. 이때부터 천하를 차지하려는 항우와 유방의 5년간의
초한전쟁의 서막이 오른다.

흉노 匈奴

요동 遼東
한광
◎ 무종

연 燕
장도
계현 ◎

대 代
조헐
대현 ◎

상산 常山
장이
양국 ◎

제북 濟北
전안

제 齊
전도 임치
◎ 즉묵

적 翟
동예
고노 ◎

서위 西魏
위표
평양 ◎

박양

고동 膠東
전시

옹 雍
장한

폐구 ◎

은 殷
사마앙
조가

새 塞
사마흔
◎ 역양

하남 河南
신양
낙양 ◎

한 韓
한성
양책 ◎

서초 西楚
항우
◎ 팽성

◎ 남정

형산 衡山
오예
주현 ◎

◎ 육현

한 漢
유방

◎ 강릉

구강 九江
영포

임강 臨江
공오

민월 閩越

남해군 南海郡

초한전쟁 중기 형세도(BC 204년)

한나라의 유방이 한신의 활약에 힘입어 위나라와 조나라를 비롯한 주변의 제후국들을
점령하면서 세를 확산시키고 있으나 아직도 서초패왕 항우의 기세도 여전하다.

김팔봉 초한지 3

자웅일전

김팔봉 초한지 3
자웅일전

초판 1쇄 발행 2020년 3월 15일

지 은 이   견위
평   역   김팔봉
펴 낸 이   한승수
펴 낸 곳   문예춘추사

편   집   이상실
디 자 인   이유진
마 케 팅   박건원

등록번호   제300-1994-16호
등록일자   1994년 1월 24일
주   소   서울특별시 마포구 동교로27길 53 지남빌딩 309호
전   화   02 338 0084
팩   스   02 338 0087
메   일   moonchusa@naver.com

I S B N   978-89-7604-404-4 04820
                978-89-7604-401-3 (세트)

楚漢志

김팔봉

초한지

3

자웅일전

견위 지음 | 김팔봉 평역

문예춘추사

김팔봉 초한지 3
차례

일러두기

1. 이 책은 팔봉 김기진 선생이 '통일천하(統一天下)'라는 제목으로 1954년 3월부터 〈동아일보〉에 연재한 중국의 『서한연의(西漢演義)』평역본과, 1984년 어문각에서 『초한지(楚漢志)』라는 제목으로 바꿔 출간한 초판본을 36년 만에 재출간한 작품이다.

2. 가능한 한 원본에 맞게 편집했으나 최신 표준어 맞춤법에 맞게 고쳤고, 지명이나 인명은 일부 수정하여 독자들이 읽기 편하게 했다.

3. 한자 표기는 정오正誤에 상관없이 원본을 따랐으나 동일 인물이나 지명의 상반된 표기가 있는 경우에는 올바른 한자를 찾아 표기했다.

4. 이 책의 지도는 내용에 맞게 새로 제작한 것이다.

광무산 대전

항우는 광무산 아래 진영을 설치한 후 항백과 종리매를 불렀다.

"지금 한왕이 성고에 들어가 제후들의 군사를 합해 짐과 더불어 결전을 하려 한다. 우리 군사는 지금 양식이 그다지 많지 않아 오래 싸울 수 없으니, 이에 대해 무슨 계책이 없느냐?"

항우가 이렇게 묻자, 항백이 계책을 말했다.

"지금 팽성에 한나라의 태공을 붙들어두고 있지 않습니까? 폐하께서는 급히 태공을 이리로 불러, 한왕에게 태공의 편지를 보내어 퇴군(退軍)하도록 하시옵소서. 그리하여 한왕이 퇴군하거든 태공을 성고로 돌려보내고, 만일 퇴군하지 않거든 태공을 죽여버림으로써 유방은 불효자라는 오명(汚名)을 만세에 전하도록 하시옵소서. 폐하께서 이같이 하시기만 하면 백만의 웅병(雄兵)에 못지아니할 것이옵니다."

"옳소! 과연 그같이 하면 좋을 것이오."

항우는 즉시 찬성하고 무사를 불러 팽성에 가서 태공을 붙들어오게 했다.

이튿날 태공은 무사에게 붙들려 광무로 왔다. 항우는 태공에게 부드러운 음성으로 말했다.

"네 아들 유방이 짐과 오랫동안 상대하여 도무지 너를 염두에 두지 않고 있다. 네가 지금 편지를 보내 네 아들로 하여금 군사를 거느리고 물러가게 한다면, 너와 여후를 성고로 돌아가도록 하겠다. 그러면 부자·부부가 오래간만에 한집에 모이게 될 것이다."

"유방은 어려서부터 재물을 탐하고, 장성한 후에는 호색하기만 하고 부모를 모르고 부귀만 탐하는 터이니, 내가 편지를 보낸들 무슨 소용이 있겠습니까!"

태공은 항우를 향해 체머리를 흔들며 서글픈 듯 이같이 대답했다. 그의 아들 한왕을 못 믿는다는 표정이었다.

"그러나 유방이 네 말을 듣건 안 듣건, 좌우간 편지를 보내보아라!"

항우는 태공에게 명령하듯 이렇게 말했다. 태공은 어쩔 수 없이 즉시 붓을 들어 편지를 썼다.

항우는 태공의 편지를 읽어보고 나서 칭찬을 했다.

"잘 썼다! 유방이 이 편지를 보고도 퇴군하지 않는다면 가히 금수나 다름없지, 사람은 아닐 것이다!"

그는 즉시 중대부(中大夫) 송자련(宋子連)을 불러 성고에 들어가 한왕에게 편지를 전하게 했다.

송자련은 이틀 후에 성고에 있는 한왕의 궁문에 도착해서 초패왕의 사신으로 온 뜻을 전했다.

한왕은 초패왕의 사신이 찾아왔다는 보고를 받고, 즉시 장량과 진평을 불러 물어보았다.

"항왕의 사신이 무슨 일로 왔을까?"

"다른 일이 아니고 필시 대왕으로 하여금 퇴군하게 만들려고 태공의 서간을 보내왔을 것이옵니다. 대왕께서는 서간을 보시더라도 결코 눈물짓지 마시옵고, 여차여차하게 말씀하십시오. 이렇게 하셔야만 태공께서는 앞으로 열흘 이내에 환국하시게 될 것이옵니다. 또 설사 환국하시지 못하고 초나라에 계실지라도 항왕이 살해하지는 못할 것이옵니다."

한왕은 장량의 말에 고개를 끄덕이며 동감하는 뜻을 표시하고 즉시 송자련을 불러들였다.

송자련이 한왕 앞에 들어와 예를 마친 후에 태공이 보내는 편지를 올렸다.

한왕은 태공의 편지를 펼쳐보았다.

한왕 유방에게 부치노라.

자고로 순(舜)임금의 대효(大孝)를 일컫기를, 그는 천하를 헌신짝처럼 버렸다 한다. 너는 부귀를 소중히 알고, 아비 보기를 길가에 있는 사람처럼 하니 내가 포로가 된 지도 벌써 삼 년, 다행히 초패왕의 은덕으로 죽음을 면하고 공처에 거처하며 하루 세 끼니의 음식을 먹으면서 연명하고 있다. 왕후 여씨는 태자를 생각하기에 눈물이 마르지 아니하고 지낸다. 그러하건만 너는 임의로 종횡천하하면서 도대체 염두에 두지 아니하니, 너의 심장이 무쇠 덩어리가 아니면 나무로 깎아 만든 신체가 아니겠느냐. 이제 초패왕이 나를 광무로 끌어온 후 나를 죽여 머리를 성고의 성 밖에 걸어두고 네가 불효자임을 드러내려 하므로, 내가 재삼 애고(哀告)하여 특히 이 편지를 너에게 부치는 터이다. 너는 생각해보아라. 네 몸이 어디서 나왔느냐. 세상 만물이 무엇 때문에 소중하냐. 만일 이 같은 이치를 깨닫는다면 순임금처럼 천하를 헌신짝처럼 버릴 수 있을 것이다. 속히 군사를 흩뜨리고 나로 하여금 환국하게 하여라. 그리하여 부자와 부부가 일실에 모이게 된다면 이 아니 좋겠느냐. 만일 군사를 주둔시키고 싸움을 계속한다면 결코 내 목숨은 붙어 있지 못할 것이다. 네가 천하를 얻는다 할지라도 이렇게 된 연후에는 아비의 생명과 저의 부귀를 바꾸었다는 더러운 욕을 만세에 끼칠 것이니, 네 어찌 마음이 편안할까보냐. 붓을 놓으려 하니 눈에서 피눈물이 흐른다. 너는 마땅히 자성(自省)하여라.

한왕은 송자련을 불러들이기 전에 장량이 가르쳐주던 바와 같이, 술취한 눈이 아직도 잠이 덜 깬 것처럼, 몽롱한 표정으로 편지를 다 읽고 나서 항우를 앞에 앉히고 말하듯 지껄였다.

"내가 오래전에 회왕을 모시고 항왕과 결의형제를 행하였으니, 나의 아버지는 저의 아버지도 될 것이다. 태공께서 지금 초나라에 계시지만 한나라에 계신 것과 다름이 없다. 이러니저러니 말할 것 없이 네가 만일 태공을 살해하기만 하면 천하가 나를 욕할 뿐만 아니라 너도 욕할 것이다. 전일에 네가 영포를 시켜 의제를 죽인 것을 지금까지 천하 제후가 절치부심하는데, 황차 지금 또 나의 아버지를 살해한다면 더욱더 천하 사람들은 너를 침 뱉고 욕할 것이다. 맹자(孟子)도 말씀하기를, 사람의 아버지를 죽이면 사람들도 그놈의 아비를 죽이느니라(殺人之父 人亦殺其父) 하였다."

한왕은 눈을 크게 뜨고 이번에는 송자련의 얼굴을 바라보며 말했다.

"너는 돌아가서 태공께 뵈옵고, '아무 염려 마시고 초나라 진영에 잠시 더 머물러 계십시오. 한나라에 돌아오실지라도 그곳에 계신 것과 다를 것이 없습니다.' 이렇게 말씀드리기 바란다."

이렇게 말하고 자리에서 일어나자 두 사람의 시녀(侍女)가 한왕을 부축하여 이웃방으로 건너가버리고 말았다. 그러자 장량과 진평은 술을 내왔다.

송자련은 한왕과 한마디 말도 주고받지 못했다. 그는 장량과 진평이 권하는 술을 마시면서도 다시 한 번 한왕이 방에서 나와주었으면 하고 기다렸다. 그러나 아무리 시각이 경과해도 나타나지 않아, 그는 하는 수 없이 물러나왔다.

이틀 후에 송자련은 광무로 돌아왔다.

항우는 송자련을 불러들여 한왕의 이야기를 물었다.

"한왕이 태공의 서간을 읽어보고 눈물을 흘리지 아니하더냐?"

"눈물을 흘려야 할 터인데, 도대체 무관심한 표정이었사옵니다."

송자련은 이같이 말하며, 한왕이 자신을 대하던 태도를 세세히 보고했다.

곁에서 송자련의 보고를 듣고 있던 항백이 말했다.

"신은 생각하기를, 그러기에 한왕은 결코 큰일을 이루지는 못합니다. 폐하께서는 엄중히 방비만 하시옵소서."

"유방은 본시 주색 지도에 불과한 소인이란 말이야. 부모처자를 초개처럼 보고 있으니 이런 자가 무엇을 하겠느냐 말이다."

항우도 이같이 말했다.

"신이 한왕 앞에 나아가니, 한왕은 그때까지 작취미성이옵고, 서간을 보고도 전혀 태공을 사모하는 표정이 없었사옵니다."

송자련이 아뢰었다.

"그런데 제아무리 태공을 사모하는 마음이 없다 할지라도 태공이 초나라의 진영에 있는 이상, 저도 힘을 다해 공격하지는 못할 것이다."

항우는 이같이 결론을 내리고 여러 장수들을 부른 후, 정병 이십만 명을 사방으로 나누어 모든 요해지(要害地)에 진을 치고 수비하라고 명령했다.

이때 한왕은 화살에 부상당한 상처도 쾌차하여, 한신을 불러 초패왕을 공격할 계책을 물었다.

"초패왕이 오랫동안 광무에 주둔하고 있어 양식은 부족하고 사기는 떨어졌을 것이옵니다. 신의 군마는 그동안 조련이 충실하였으니 이때를 놓치지 않고 대왕을 모시고 진발하고자 하옵니다."

한신이 주저하지 않고 이같이 아뢰자 한왕은 무한히 기뻤다.

"오로지 원수의 뜻에 일임하오."

한신은 즉시 대군을 출동시키기 시작했다.

한왕은 여러 장수들을 데리고 후진이 되어 진발하였는데, 앞서 진발한 한신은 광무에서 이십 리 떨어진 지점까지 와서 진영을 설치하게 했다. 그리고 장수들을 집합시킨 후 지시를 내렸다.

"오늘 우리가 먼 길을 왔으니 적이 오늘 밤에 야습을 올는지도 모르는 일이다. 그러니 모든 장수들은 각각 진을 견수(堅守)하기 바란다."

한왕은 이보다 늦게 후방에 도착하여 진을 치고 밤중에 장량·진평·소하 등과 회의를 열기 위해 한신을 불러오게 했다. 그러나 한신을 청하러 갔던 사자는 얼마 후에 헐레벌떡거리며 혼자서 돌아왔다.

"원수를 모시고 오지 않고 어찌하여 혼자 돌아왔느냐?"

장량이 문밖을 내다보고 괴이한 듯 이같이 물었다.

"제가 원수의 진에 가보았더니 원수는 진중에 안 계시고, 좌우 사람에게 물으니, 초저녁때 수십 기(騎)를 인솔하고 동남방을 향해 출동하였는데 아직까지 돌아오시지 않았다고 말하옵니다. 그래서 할 수 없어 혼자 돌아왔사옵니다."

이 같은 사실 보고를 듣고 한왕은 대경실색했다.

"지금 한나라와 초나라가 각각 수십만의 군사를 가지고 상대하고 있는 이때, 한신 원수가 자기 직분을 내던지고 도망하다니 될 말이냐! 초나라의 적이 무서워 도망한 게 아니라, 필시 초패왕과 내통하여 짐을 공격하려는 것이 아니겠느냐?"

한왕이 흥분한 어조로 이같이 말했다. 그러나 그럴 이치가 없다고 한왕을 위안시킬 말이 장량과 진평의 머릿속에서도 생각나지 않았다. 한신이 제나라를 정벌하고 스스로 제왕이 되고 싶다 한 이후, 한왕이 마음속 깊은 곳에 시커먼 그림자를 안고 있다는 사실을 그들은 잘 알고 있기 때문이었다. 한왕이 의심하는 것과 마찬가지로 그들의 마음속에서도 의문이 엉기어갔다.

소하·장량·진평 등이 아무 말도 않는 것을 보고 한왕은 또다시 가까이 서 있는 위관을 불러 한신 원수의 진에 가서 정황을 살펴보고 오라고 했다.

얼마 후 위관이 돌아오자 기다리고 있던 신하들과 함께 한왕은 보고를 받았다.

"원수의 진중에서는 경고(更鼓)가 대단히 분명하고 기치 엄정하오며, 각처의 수비도 십분 엄밀하여 일호도 잘못된 것이 없사온데, 다만 원수의 행방만 알지 못하고 있는 상태이옵니다."

위관의 말에 한왕의 마음은 더욱 불안해졌다. 의심하지 않을 수도 없고, 의심할 게 없는 것 같기도 하고, 한왕은 잠깐 동안 고개를 갸웃거리더니 이렇게 말했다.

"너, 다시 가서 원수의 장막 부근에서 기다리고 있다가 원수가 돌아오거든 즉시 돌아와 보고하여라!"

그러고는 등불을 돋우고 입을 다물고 불빛만 바라보았다. 시각은 흐르고 흘러 밤은 벌써 삼경이 되었다는 북소리가 울렸다. 달이 벌써 서쪽 하늘로 기울어졌을 때 위관이 달음질쳐 돌아왔다.

"원수가 지금 돌아오셨사옵니다…."

한왕은 한신이 돌아왔다는 보고를 듣고도 확실히 인정할 수 없어, 소하를 돌아보며 말했다.

"경이 한신을 만나보고 돌아와 소식을 알려주기 바라오."

소하는 즉시 사졸 한 명을 데리고 한신의 진으로 갔다.

진영에서는 야순(夜巡)하던 대장 관영이 진문 앞에서 소하에게 물었다.

"승상께서는 지금 무슨 사유로, 또 어느 쪽으로 가시는 것입니까?"

"나는 원수를 만나보려고 온 것이오."

소하가 대답했다.

"원수께선 아직 취침하시지 않았으니, 들어오십시오."

관영은 이같이 말하고 소하를 인도하여 중군으로 들어갔다. 한신은 소하가 찾아온 것을 보더니 먼저 입을 열었다.

"승상께서 밤이 삼경이 지났는데 이같이 찾아오신 것을 보니, 반드시 의심하시는 일이 있으신 게지요?"

소하는 웃으며 물었다.

"원수, 오늘 저녁에 무슨 일이 있기에 멀리 나갔다가 이렇게 늦게 돌아오시었소?"

"내일 합전에서 초를 격멸하렵니다! 초패왕의 무용은 천하에 무쌍하여 용이하게 전승하기 어렵습니다. 이 까닭에 내가 초패왕을 때려눕힐 장소를 살펴보기 위해 초저녁에 나갔다가 조금 전에 돌아온 것입니다. 내일 제장을 불러 수시로 임기응변하여 기묘한 계책을 사용하게 해야겠습니다. 군신 부자 사이일지라도 미리 말할 수는 없습니다. 승상은 내일 주상과 함께 이 사람이 초패왕을 때려눕히는 것을 보시면 자연히 그 계책을 아시게 될 것입니다."

한신의 말을 듣고 소하는 안심하고 무한히 기뻤다.

"잘 알아들었습니다. 돌아가서 주상께 그대로 아뢰겠습니다."

소하는 즉시 한왕에게 돌아와 한신이 하던 말을 상세히 보고했다. 한왕도 그제야 안심하고 기쁨을 금하지 못하는 것 같았다.

이날 밤에 한신은 적이 야습하지나 않을까 싶어 밤새도록 잠을 자지 않았다.

이튿날 날이 밝자마자 한신은 부하 장수들을 모두 소집하여 지시를 내렸다.

번쾌와 관영은 제일대, 주발과 주창은 제이대, 근흡과 노관은 제삼대, 양희와 여마통은 제사대, 장창과 장이는 제오대, 누번은 제육대, 왕릉과 하후영은 제칠대, 조참과 시무는 제팔대, 구강왕 영포는 제구대, 그리고 제십대는 한왕이 직접 여러 장수들을 거느리고 각각 정병 오천 명씩을 데리고 광무산을 둘러싸고 매복해 있다가, 철포가 터지는 소리를 신호로 하여 쏜살같이 내달아 적을 일시에 공격하기로 했다.

준비는 끝났다.

이때 항우는 직접 대군을 인솔하고 바람같이 몰려들어, 먼저 계포로 하여금 한왕과 만나 할 말이 있다고 고함을 지르게 했다.

한나라 진영에서 이 소리를 듣고 뛰어나간 사람은 한신이었다.

항우는 한신을 보고 큰소리로 말했다.

"너는 본시 초나라의 신하로서, 짐이 전번에 너에게 무섭을 사신으로 보냈지만 짐의 뜻을 듣지 않더니, 오늘은 또 그전같이 간계(奸計)를 사용하려고 나왔느냐? 너와 내가 단둘이 싸워서 승부를 결정하자!"

"폐하는 당대의 제왕(帝王) 천하의 인주(人主), 마땅히 구중궁궐 속에 계시고 대장을 시켜 외적을 방어시키심이 옳을 것입니다. 어찌해서 이렇게 친히 창을 들고, 방패를 차고, 저 같은 무지렁이패와 함께 싸우시려 하십니까? 도리어 망신하시는 것이 아니오니까?"

한신은 이렇게 대답했다.

"너는 짐을 당하지 못할 테니까 회피하는 말을 교묘히 한다마는, 네가 나와 싸워서 십 합만 교전을 한다면 내가 창을 던지고 군사를 거둬 천하를 전부 한왕에게 양도하겠다."

항우의 말에 한신은 껄껄 웃고 나서 비꼬는 소리로 말했다.

"용맹은 스스로 자랑하는 것이 아니며, 강한 것은 오래가는 법이 없는 터입니다. 만일 폐하께서 오늘 저한테 지신다면, 일평생을 두고 영웅이라는 이름을 잃어버리시게 됩니다. 그 후에는 아무리 후회하실지라도 도리가 없습니다. 그러니 폐하께서는 깊숙이 진중에 앉아 계시고, 적당한 대장을 이 사람한테 내보내십시오!"

항우는 이 소리에 성이 나서, 창을 쳐들고 달려들어갔다.

한신은 대항하지 않고 동남을 향해 달아나버렸다.

"이놈아! 오늘은 내가 너를 사로잡아 철천지한을 풀어야겠다!"

항우는 이같이 부르짖으면서 한신을 추격했다. 항백·항장·주란·
주은·우자기·종리매·환초·정공·옹치 여러 장수들은 항우의 뒤를 따
라 삼군을 휘동하여 한신을 추격했다.

어느덧 들판을 지나 광무산 속에 들어섰다.

이때 종리매가 급히 항우 앞으로 달려왔다.

"폐하께서는 잠시 정지하시기 바랍니다. 이 산은 수목이 울창하고
산세는 험준하여 길이라고는 다른 길이 없습니다. 만일 적이 복병을 하
고 있다가 산구(山口)를 막아버린다면 아군은 어찌할 바를 모르게 될 것
이옵니다. 잠시 이곳에 진을 치고 후진이 오는 것을 기다리시옵소서."

이와 때를 같이하여 선진에게 보고가 오기를, 한신은 어느 쪽으로 달
아났는지 멀찍이 달아나 행방을 알 수 없고 전면에는 깎아지른 산이 험
준해서 나갈 길도 없다고 했다.

"가만있자! 그러면 잠시 여기서 기다리다가 후진을 기다려 천천히
퇴각하자!"

항우는 이같이 명령을 내리고 잠깐 동안 쉬었다.

그러자 조금 후 맨 뒤에 있던 사졸 한 명이 달음질해와서 놀라운 보
고를 올렸다.

"후진이 이곳으로 오는 도중에, 한나라 대장 번쾌·관영에게 가로막
혀 태반은 죽고 나머지는 나오지 못하고 있다 하옵니다."

항우는 놀랐다.

"뭐라구?"

그는 눈을 크게 뜨고 이를 갈았다.

이때 철포 소리가 꽝 하고 나더니, 사면팔방으로부터 꽹과리 소리와
고함지르는 소리가 천지를 뒤흔들고 일어나면서 한나라 군사가 개미떼
처럼 쏟아져나왔다. 광무산 입구는 완전히 봉쇄되었다.

"앞에는 험준한 산이 가로막혔고 뒤에는 적의 대군이 길을 막았으

니, 만일 더 오래 지체하시다가는 사태가 위중하게 되겠사옵니다. 폐하
께서는 속히 이곳에서 적을 돌파하시고 후진을 구원하시옵소서."

종리매가 항우에게 이같이 의견을 아뢰었다.

"아니다. 저렇게 많은 적군이 산의 입구를 수비하고 있으니 돌파하
기가 용이하지 않을 것이다. 도리어 아군이 전멸할는지 모른다. 차라리
한신을 추격하여 앞산을 넘어가기만 하면 반드시 도망할 길이 있을 것
이다. 너는 군사를 인솔하고 내 뒤를 따라오기만 해라."

항우가 이같이 반대하자, 항백이 곁에 있다가 의견을 말했다.

"그렇지만, 앞산이 깎아지른 토산(土山)이어서 길이 없으니 이 많은
군사가 어떻게 넘어가겠습니까?"

항우도 이에는 좋은 의견이 생각나지 않았다. 사실 앞에 보이는 산은
깎아지른 토산이었다. 어떻게 하면 좋은가? 그들이 미처 방침을 결정하
기 전에, 갑자기 철포와 화살이 일제히 한꺼번에 쏟아져나오면서 북쪽
으로부터 번쾌·관영·주창·주발, 서쪽으로부터 근흡·노관·여마통·
양희, 그리고 좌편으로부터 장이·장창, 우편으로부터 하후영·왕릉 등
한나라 대장들이 쳐들어왔으며 한왕은 중군을 거느리고 엄호(掩護)해
왔다. 초나라 군사들은 싸우기도 전에 자중지란이 생겼다.

"도망하는 놈은 목을 자른다!"

항백과 종리매가 고함을 쳤으나, 초나라 군사들은 진정되지 않았다.

항우는 분이 나서 고리 같은 눈을 동그랗게 뜨고 씹어뱉듯이 한마디
했다.

"내가 진나라를 칠 때 가마솥을 깨부수고, 배를 강물 속에 잠가버리
고 싸워왔으나, 싸움에서 져본 일이 없다!"

그러더니 창을 쳐들고 전면의 적을 향해 돌진했다.

이때 항우가 달려오는 길을 가로막고 도끼를 쳐들고 겨누는 한나라
대장이 있었다. 구강왕 영포였다. 항우는 영포를 향해 호령을 했다.

"이놈, 나라를 배반한 역적! 네가 무슨 면목으로 내 앞에 나타나느냐?"

"네 이놈, 전일 나로 하여금 의제를 죽이게 하고 그 죄를 내게 뒤집어 씌워 천하 제후로 하여금 나를 원망하고 욕하게 만든 놈이 바로 너다! 내가 의제를 위해 너를 죽이고 내 분을 설치하겠다."

영포는 이같이 호령하고 도끼를 쳐들고 항우를 찍으려 했다. 항우는 창으로 도끼를 받았다. 이리하여 두 사람이 오십사 합을 접전했으나 승부가 결정나지 않았다. 이때, 한나라 대장 누번이 또한 부대를 거느리고 달려들었다. 초나라 군사 다수가 살상되었다.

이때 계포와 환초가 항우 앞으로 나와 영포를 가로막으며 말했다.

"폐하께서는 잠시 뒤로 피하시옵소서. 신들이 이 역적을 죽이겠습니다."

그리하여 항우는 창을 내려뜨리고 뒤에 있는 조그만 언덕 위에 가서 숨을 돌렸다.

영포와 누번은 이 사이에 초나라 군사를 더 많이 격멸시키면서 진격했다. 계포와 환초는 한나라 군사를 방어하느라고 죽을힘을 다 썼으나 역부족이었다. 그런데 또 조참과 시무 두 사람의 대장이 한나라 군사의 대부대를 거느리고 쳐들어왔다. 이것을 본 종리매가 급히 항우에게 고했다.

"지금 해는 저물어가고 적은 점점 증대되오니, 이 앞에 보이는 좁은 길로 후퇴하는 것이 좋겠사옵니다."

항우는 고개를 끄덕이고는 채찍을 치면서 좁은 길로 먼저 들어섰다. 오른편으로 광무산 주봉이 높이 보였다.

항우는 한참 동안 달아나다가 마주 보이는 산봉우리로부터 흘러내리는 한가로운 생황 소리에 문득 말고삐를 놓고 산 위를 쳐다보았다. 산꼭대기에는 널따란 마루가 설치되어 있고, 한신이 그 위에 높은 걸상을 깔고 앉아 생황을 불고 한 손으로 술잔을 들어 유쾌한 듯이 술을 마시고 있는 모습이 보였다.

항우는 분통이 터지는 것 같았다.

"이놈이 짐을 업신여기기를 이같이 한단 말인가! 너희들은 쫓아 올라가서 당장 저놈을 사로잡아 오너라."

항우는 이같이 호통했다. 명령을 받은 초나라 군사 수백 명이 일시에 산꼭대기를 향해 기어올라가기 시작했다. 그러자 산꼭대기로부터 큰 돌과 나무토막이 우박 쏟아지듯 굴러떨어졌다. 초나라 군사는 한 놈도 더 올라가지 못했다.

항우는 눈을 부릅뜨고 이를 갈았다.

"내 이놈을 올라가서 당장에 목을 자르겠다!"

그러면서 산꼭대기로 치달아 올라가려 했다.

계포가 이때 쫓아나가 항우의 앞을 가로막으며 간했다.

"고정하시옵소서. 한신이 이같이 방약무인의 태도를 취하는 것은, 일부러 폐하의 분노를 돋우어 폐하가 올라가시면, 그때 철포와 화살을 쏘려는 것이옵니다. 그러니까 한신의 꾀에 떨어지시면 아니 되옵니다."

그러나 항우는 분을 참을 수 없어 듣지 않았다. 종리매가 하는 수 없이 항우의 말고삐를 잡았다.

"안 되옵니다! 못 올라가십니다."

종리매는 고삐를 잡고 놓지 아니했다.

이럴 때 사면팔방에서 한나라 군사는 바닷물처럼 밀려들어오고, 높은 산꼭대기에서는 철포와 불화살이 우박처럼 떨어져 만산초목에 불이 붙어 화광은 백주처럼 밝아졌다.

초나라 군사들은 찔리고, 베어지고, 사로잡히고… 몇 만 명이 없어졌는지 수효조차 알 길이 없었다. 전후좌우에 남아 있는 것이 불과 일백 수십 기(騎)밖에 안 되었다.

항우도 이제는 완전히 전의를 상실했다. 그는 부하 장수들과 함께 한나라의 포위망을 뚫으려고 한구석으로 돌진했다.

이때 도망가려는 항우의 앞을 가로막으며 나타나는 대장은 누번이었다.

항우는 누번을 보더니 벼락치는 소리같이 고함을 지르고 달려들어, 겨우 칠팔 합 접전 끝에 누번을 말 위에서 찔러 땅에 떨어뜨렸다. 그러고는 나는 듯이 달아나기 시작했다. 이때 항우의 좌우에서 한나라 대장 왕릉과 시무 두 장수가 나타났다.

"항우야! 속히 항복을 해라!"

두 사람은 큰소리로 이같이 조롱했다.

항우는 더욱더 흥분하여 가까이 오는 적을 모조리 죽이면서 광무산의 남쪽 모퉁이를 오른쪽으로 달렸다. 밤은 깊어졌고, 달빛조차 흐렸다. 앞이 잘 보이지는 않으나 골짜기에 물이 가로막혔으니, 동서를 분간할수 없이 어두운 밤중에 이 일을 장차 어찌하면 좋은가?

'내 운명이 이제는 다되었나보다!'

항우는 아래로 위로 골짜기 위를 달리면서 마음속으로 번민했다.

이때 돌연히 후방에서 추격해오던 한나라 부대가 혼란을 일으키고 흩어지면서 두 사람의 장수가 말을 달려 뛰어나오더니 항우가 있는 곳으로 가까이 왔다. 어두운 밤이라 적군인지 자기 부하인지 분간할 수가 없었다.

"너희들은 누구냐?"

항우는 가까이 오는 두 장수를 향해 소리쳤다.

"신들은 초나라의 신하 주은·환초이옵니다. 폐하께서 적에게 포위되어 위급하시다는 연락을 받고 본부의 군사 오천 명을 인솔하여 달려오는 길이옵니다."

항우는 이 소리를 듣고 대단히 기뻤다. 이제는 살았다! 하는 새로운 용기를 얻어 주은과 환초가 데리고 온 군사와 합세하여 한나라 군사를 막았다.

그럭저럭 날이 밝았다. 동녘이 트는데 사방을 돌아보니 산봉우리마다, 골짜기라는 골짜기마다 한나라의 깃발이 펄럭거리고 있었다. 사면 팔방에 한나라 군사가 없는 곳이 없었다. 항우는 이 광경을 훑어보고 한숨을 크게 쉬었다.

"짐이 회계 땅에서 의병을 일으킨 이후 오늘날까지 접전하기를 삼백여 진(陣), 그러나 한신처럼 군사를 사용하는 놈은 처음 보았다."

항우는 이같이 감탄했다.

"폐하께서 무용이 절륜하시므로, 한신이 용이하게 대적하지 못하겠기에 저희들을 속여 이같이 포위하고 있는 것이옵니다. 잠시라도 이곳에 더 머물러 계시면 안 되겠습니다."

주은이 의견을 아뢰었다.

"네 말이 옳다!"

항우는 이렇게 찬성하고 즉시 용기를 떨치면서 행동을 개시했다. 동그란 눈을 크게 뜨고 분연히 앞으로 나가는 항우의 모습은, 저승에서 사나운 귀신이 쫓아나오는 것처럼 험하고 무서워 보였다. 환초와 주은 두 장수는 후진을 거두어 항우의 뒤를 따랐다.

그런데 약 오 리쯤 달려왔을 때 산골짜기에서 별안간 꽹과리 소리가 요란하게 울리며 고함 소리가 천지를 진동하더니 두 사람의 장수가 달려나왔다.

"우리는 한나라 대장 주발과 주창이다. 초적(楚賊)은 속히 모가지를 내밀어라!"

항우는 이 말에는 대꾸도 않고 바로 달려들어 싸웠다. 항우의 창 쓰는 법은 신출귀몰했다. 불과 이삼 합 견주어보다가 주발과 주창은 달아나버렸다.

항우는 그들을 추격하지 않고 광무산 북쪽으로 큰길을 향해 달렸다.

그런데 얼마 후 또 철포 소리가 꽝 터지더니 한나라 군사의 복병이 사방에서 일어났다. 이 때문에 초나라 군사들은 절반이나 쓰러졌다.

겨우겨우 포위망을 벗어나서 오 리쯤 왔을 때에 또 맞은편에서 고함 소리가 진동하면서 한나라 대장 근흡·노관이 달려오더니 항우의 앞길을 가로막았다.

항우는 아무 말도 않고, 창을 놓고 철편을 꺼내 노관을 힘껏 후려갈겼다. 노관은 왼쪽 어깨를 얻어맞고 말 위에서 떨어졌다. 근흡이 급히 달려들어 죽을힘을 다해가며 항우와 싸웠다. 이 동안에 한나라 군사는 노관을 구원하여 달아났다.

항우는 근흡과 노관을 물리치고 나서 계속 달렸다. 숨을 돌릴 사이도 없이 또 오 리쯤 왔을 때 별안간 화살이 사방으로부터 벌떼같이 날아들었다. 초나라 군사는 오천 명가량이던 것이 이 때문에 갑자기 사천 명이나 줄어들었다. 그러나 항우가 채찍을 쓰는 법은 신출귀몰한 비술(祕術)이어서, 말을 달리면서 채찍을 앞뒤로 후려쳐 빗발처럼 쏟아지는 화살을 모조리 땅에 떨어지게 하고 하나도 몸에 맞지 않았다. 그러나 주은과 환초는 몸에 두서너 곳 화살을 맞았다.

천신만고 끝에 한나라 군의 중위를 탈출했을 때 맞은편 큰길로부터 계포와 종리매가 달려와 초패왕을 구해 초나라 진영의 본진으로 돌아갔다.

한신은 이로써 크게 이겼다. 그는 항우가 탈출하여 본진으로 돌아간 것을 알고 즉시 수하의 삼군을 거두어 진중으로 돌아왔다.

한왕은 자리에서 일어나 한신을 맞아들였다.

"원수의 묘책으로 대승을 얻었소이다. 항왕이 이후에는 한나라 군사가 가까이 온다는 말만 들어도 간담이 서늘할 것이오!"

"황송하옵니다. 어제 오늘 오직 대왕의 천위(天威)를 입어 다행히 이기기는 했사오나 항왕을 놓쳐버린 것이 유감이옵니다. 지금 이 같은 군사들의 예기(銳氣)를 가지고 급히 적을 계속 공격해 항왕으로 하여금 팽성으로 돌아가지 못하게 해야겠습니다."

"원수가 뜻하는 대로 계책을 진행하기 바라오. 속히 개가를 높이 올려 천하의 창생으로 하여금 영구히 전란의 재앙을 면하도록 하기 바라오!"

"그리하겠사옵니다."

한신은 즉시 밖으로 나와 부하장수들을 모으고 삼군을 점검하라 했다. 그리고 불일간 또다시 총공격을 단행할 것을 작정했다.

이때 항우는 본진에 돌아와 군사를 점검했다. 전사자가 삼만여 명이었다. 그리고 계포·우자기·주은·환초 등 여러 장수도 부상을 크게 당해 당장에는 힘이 되지 않는 사람이 되고 말았다. 그들을 치료시키면서 그럭저럭 사흘이 지났다. 이때 초나라 탐색병의 보고가 올라왔다.

"한신이 군사 오십만 명을 거느리고 내일 또다시 침공하려 하옵니다. 소하가 영양으로부터 성고까지 군량을 수송하는지라 오백 리 거리에는 우마차가 연달아 있다고 아뢰옵니다."

항우는 크게 놀라 항백과 종리매를 불러 물었다.

"지금 한신이 또다시 침공하려 한다니, 군사는 많이 상한 데다가 군량미도 풍족하지 못하고 한신은 용병 작전을 잘하는 놈이고… 어찌하면 좋은가? 방책이 없는가?"

"신이 생각하옵기는 한왕의 부친 태공이 지금 이곳에 있지 않사옵니까? 내일 쌍방이 대진하게 되거든, 태공을 도마에 올려앉히고 마차 위에 실어놓으시옵소서. 그러면 한왕이 비창한 마음이 생겨 반드시 퇴각할 것이옵니다. 그 후에 태공을 돌려보내시옵소서. 한왕은 화평을 약속하고야 말 것입니다. 그러나 만일 퇴각하지 않거든 태공을 삶아 죽여버리시옵소서. 그렇게 하지 않고 다시 결전을 단행하기로 하신다면 또 한

신의 간특한 계책에 빠지기 쉬울 것이니 폐하께서는 깊이 생각하옵소
서."

종리매가 이렇게 의견을 아뢰었다.

"태공을 죽이는 것쯤이야 쉬운 일이지만, 천하 사람들이 짐을 조소
하고 욕할 것이 견딜 수 없는 어려운 일이지!"

항우는 이렇게 말하면서 입맛을 쩍쩍 다시더니 항백에게 분부를 내
렸다.

"다른 도리가 없소! 내일 그렇게 하도록 준비하시오."

이튿날 항우는 태공을 잡아 결박을 지어 마차 위에 싣고 진문 앞으로
군사를 거느리고 나타났다.

이것을 본 한나라 군사가 급히 중군에 보고했다.

한왕은 그만 대성통곡했다.

"내가 살아서 부모에게 효양을 못하고 천하를 가지고 쟁탈을 일삼아
태공께서 이 같은 고생을 하시는구나! 아니다, 속히 항복을 하여 부친
의 목숨을 구하자!"

그는 울음을 그치고 결심한 듯 가슴 복판에서 우러나는 말을 뱉었다.

장량과 진평이 이 말을 듣고 급히 한왕을 위로하며 간했다.

"대왕께서는 어찌하여 그렇게 생각하시옵니까. 항왕이 너무도 심하
게 공격을 받아 위태로운 데다, 방비할 계책도 없어 어쩔 수 없이 대왕
으로 하여금 퇴군케 하려고 이같이 계책을 쓰는 것이옵니다. 그런데 대
왕께서 경륜하시는 대사는 이미 결정되었사옵니다. 항왕이 목을 바치
게 된 이때 대왕께서 도리어 적에게 항복을 하시다니! 부당한 말씀이옵
니다. 마음을 돌리시고, 지혜로써 승리를 취하시기 바랍니다."

"그러나 태공께서 결박당한 채로 마차 위에, 도마 위에 앉아 계신 것
을 보고 이 비창한 마음을 어찌 참을 수 있겠소. 천하를 얻고 얻지 못하
는 것은 문제도 안 되오! 눈앞에서 부친이 적에게 죽음을 당하는 것은

큰일 중에 큰일이오!"

"대왕께서는 잘못 생각하셨사옵니다. 항왕이 태공의 옆에 기름 가마
솥을 놓고, 대왕이 퇴군하지 않겠다 하시면 죽이겠다고 이같이 말할 것
이옵니다. 그때 대왕께서는 신이 말씀드리는 대로만 대답하시면, 항왕
은 결코 태공을 살해하지 못할 것이옵니다."

장량이 이같이, 항우에게 여차여차하게 말씀하는 것이 좋겠다는 의
견을 아뢰고 있을 때 위관이 달려와 보고를 올렸다.

"항왕이 지금 진문 앞에 와서 대왕을 뵙자고 하옵니다."

한신은 급히 밖으로 나와 미리 준비해두었던 전차(戰車)를 사방으로
배치하고, 전차의 양쪽에 기치를 꽂고 칼과 창을 세우게 한 후, 진의 형
상을 꾸몄다. 한신은 진형을 엄중하고 위엄 있게 만든 후에 중군에 들
어가 한왕에게 준비가 끝난 것을 보고했다.

한왕은 여러 장수들을 거느리고 진문 앞으로 달려갔다.

진문을 나와 멀리서 항우가 기다리고 있는 것을 바라보며 한왕은 호
령을 했다.

"너 이놈! 이제는 세궁역진했으니 속히 항복을 하면 초왕의 지위를
보전할 것이요, 만일 아직도 깨닫지 못하고 항복하지 않으면 네 목이
당장 땅에 떨어질 것이다!"

항우는 크게 노했다.

"이놈, 이 돼먹지 못한 놈!"

그는 한 소리 부르짖으며 창을 겨누고 달려왔다. 이때 한나라 진영에
서 번쾌·관영·주발·왕릉 네 장수가 쏜살같이 뛰어나와 항우를 대적
하자, 그와 동시에 철포 소리가 꽝 하고 터지면서 중군의 진영에서 황
색기가 좌우로 움직이더니 전후좌우로부터 한나라의 복병이 일제히 일
어났다. 항우는 이 통에 한복판에 갇혔다. 그리고 번쾌·왕릉이 초나라
군사를 구석으로 몰아 모조리 죽였다.

항우는 좌충우돌했다. 좌측으로도, 우측으로도 빠져나갈 수 없었다. 구름이 일고 안개가 내리는 것처럼, 동서를 분간할 수 없고, 출입을 요량할 수 없었다.

항우는 그때서야 자신이 적의 진중에 갇혔다는 것을 알았다.

'아뿔싸! 또 한신의 꾀에 빠졌구나. 경솔하게 탈출하려다가는 생포되기 쉽겠다. 부하 장수 중에는 이 진법(陣法)을 아는 자도 있겠지.'

항우는 좌충우돌하던 창을 들고 잠시 동안 가만히 있었다.

그런데 갑자기 한나라의 동쪽 진이 혼란을 일으키더니, 그쪽으로부터 초나라의 대장 주란·주은·계포·종리매 네 장수가 한 부대를 인솔하고 적을 무찌르며 들어왔다. 항우는 그들과 함께 죽을힘을 다해 한나라 군사를 이리저리 헤쳐가며 간신히 본진으로 돌아왔다.

돌아오면서 그는 부하들에게 물어보았다.

"누가 한신의 진법을 알고 오늘 위태한 짐을 구했느냐?"

주란이 가까이 말을 달려오며 대답했다.

"오늘 한신의 진은 태을진(太乙陣)이옵니다. 이 진에는 생문(生門)과 사문(死門)이 있고, 음진(陰陣), 양진(陽陣)이 있어 사면합일(四面合一)하는 팔괘진(八卦陣) 같기도 하지만, 상당히 다르옵니다. 만일 생문으로 해서 양진으로 들어가면 살아날 수 있으나, 그렇지 못하고 아무 데로나 쳐들어간다면 반드시 생포되고 마옵니다. 신이 전일 화산(華山)에서 이소선(李少仙)으로부터 태을진을 강론받았던지라 오늘 제장과 더불어 생문으로 쳐들어갔기 때문에 폐하를 구할 수 있었던 것이옵니다."

주란의 말이 끝나자마자, 종리매가 가까이 달려와 입을 열었다.

"폐하께서 오늘은 다시 교전하지 마시옵소서. 내일 재차 태공을 결박해나가 접전하기를 재촉하시면, 한왕이 퇴군할는지도 모르옵니다. 만일 그렇지 않다면 속히 팽성으로 돌아가, 각지의 장성들을 소집하여 군사를 양성한 뒤에 다시 계책을 꾸미시옵소서."

"그래, 그렇게 하자!"

항우는 이렇게 찬동하고 본진으로 돌아갔다.

이때 한나라 진영에서는 장량과 진평 단 두 사람이 의논을 하고 있었다.

먼저 장량이 진평에게 물었다.

"어떻게 하면 태공을 무사히 환국하게 할 수 있을까?"

"글쎄올시다. 도무지 계책이 생기지 않습니다."

"오늘도 위태한 고비를 넘겼는데, 내일 또다시 항왕이 태공을 죽이겠다고 데리고 나온다면 큰일이 아니겠소?"

장량의 말을 듣고 진평은 가만히 생각하더니 입을 열었다.

"장선생이 항백 장군에게 서간을 보내심이 어떠하겠습니까?"

장량은 그 말을 듣고 무릎을 쳤다.

"나 역시 그 생각이 있었는데…. 아무리 생각해도 그렇게밖에는 도리가 없을 것 같소이다."

장량은 이같이 말하고 즉시 밖으로 나갔다.

그는 잡병(雜兵)들이 거처하는 장막 속으로 들어가, 초나라 군사로서 항복하고 들어온 사졸 중에 가장 영리하게 잘생긴 한 명을 골라냈다. 외양이 청수하고, 마음도 똑바르고, 지혜도 있어 보였다.

장량은 그 사졸을 밖으로 불러냈다.

"나를 따라오너라."

그는 사졸을 데리고 자기 처소로 돌아왔다.

"내가 네 얼굴을 보아하니 너는 평범한 인물이 아니다. 남 못지않은 공명을 세울 사람인데 불행히 잡병들 틈에 끼어 있기 때문에 너를 알아주는 사람이 없구나. 이래서야 어느 때 네가 공명을 세우겠느냐? 내가 지금 너에게 중대 사명을 맡길 텐데, 만일 이 일을 성공만 시킨다면 내가 주상께 상주하여 너에게 반드시 중상(重賞)하시도록 하겠다."

장량은 사졸에게 이같이 말했다.

"군사(軍師)께서 지시하는 중대 사명이 어떠한 것이옵니까?"

사졸은 솔직하게 물었다.

"내가 초나라의 대사마(大司馬) 항백 장군에게 서간을 한 장 보내려고 하는데, 이 심부름을 할 사람이 없구나. 너는 본시 초나라의 군사였으니 부모처자가 초나라에 있을 게 아니냐? 어떻게든지 초의 진영에 들어가서 항백 장군을 만나 아무도 모르게 내 서간을 전달할 수 있겠느냐?"

"그 같은 일쯤은 용이합니다. 군사께서는 속히 편지를 써주십시오. 제가 오늘로 초의 진영에 들어가 항장군을 만나뵙고, 답장을 받아가지고 다시 돌아와 군사께 바치겠습니다."

이렇게 시원스럽게 대답했다.

장량은 사졸의 자신 있는 표정을 보고 마음이 기뻤다.

"오오 그래, 잘하겠단 말이지?"

그는 즉시 편지를 써서 돈주머니와 함께 사졸에게 주면서 부탁했다.

"너는 이 서간을 깊숙이 감추어, 저쪽에 가서 다른 놈에게 빼앗기지 말고 만사를 조심하여 무사히 다녀와야 한다."

"잘 알았습니다."

사졸은 이같이 명쾌하게 대답하고 즉시 걸음을 재촉하여 초나라 진영 앞으로 찾아갔다.

초나라 진영의 순초가, 어떤 사졸이 문 앞에 와서 어른거리는 것을 보고 고함을 질렀다.

"게 누구냐?"

"나다!"

사졸은 떳떳하게 대답했다. 순초는 가까이 와서 사졸의 얼굴을 보더니, 그를 알아보고 물었다.

"너는 요전에 한나라에 생포되어 항복하지 않았느냐? 지금 어찌해서 귀환하게 되었단 말이냐?"

"이상할 게 없다! 한나라에 생포되어 갔지만, 부모 일가가 모두 팽성에 있는데 내가 어떻게 가서 돌아오지 않겠는가? 그러니 내일 나를 데리고 항백 장군께 나가 뵙게 하고, 내 이름을 기록에 기입하게 하여 그전과 같이 대오(隊伍)에 소속되도록 해주기 바란다."

사졸이 이같이 청하자 순초는 전혀 의심하지 않고 말했다.

"그러면 저리로 들어가 있거라. 명일 항장군께서 점검을 하실 때, 네 이야기를 내가 하마."

이리하여 사졸은 무사히 진영 안에 들어갔다.

이튿날 항백이 군사를 점검하는 때가 되었다.

어제 저녁에 진문을 수비하던 순초가 사졸을 이끌고 항백 앞으로 나갔다.

"이자가 전일 한나라에 생포되었던 자인데, 어제 도망해서 돌아왔습니다. 다시 그전처럼 부대에 소속되기를 원합니다."

항백은 그 사졸을 가까이 불러 물었다.

"너 한나라 진중에서 장량이라는 사람을 본 일이 있느냐?"

"네, 그 어른은 지금 한왕의 군사(軍師)입니다. 여러 번 장군님의 안부를 물으시길래 저는 장군님의 직속 부하라고 말씀을 했지요. 그랬더니 그 후부터 저를 퍽 아껴주셨는데 이번에 몰래 부모처자가 있는 팽성이 그리워 도망해 돌아왔습니다."

항백은 이 말을 듣고 기뻤다. '장량이 우정(友情)을 변치 않고 나를 생각하는구나….' 이렇게 여기고 그는 다시 사졸에게 물었다.

"그래, 장량 군사가 내 이야기를 어떻게 하시더냐?"

사졸은 이 말을 듣고 좌우를 돌아보았다. 다행히 아무도 이쪽을 주목하는 사람이 없어 얼른 장량의 편지를 올리며 말했다.

"실은 제가 한나라 진영에서 떠나올 때, 항장군께 편지를 전달하라는 장선생의 부탁이 있었습니다."

항백은 수상하게 생각하면서 편지를 펴보았다.

대사마 항백 장군 휘하에 옛 친구 장량이 글을 부치나이다. 전일에 장군으로부터 받은 은혜가 두텁건만 그 후로 몸을 구름과 물에 부치고 지내온 것은 이 사람이 부귀에 뜻이 없고 공명에 생각이 없었음이요, 오직 세월을 보내고자 할 뿐이었는데, 다만 한왕이 관인장자(寬仁長者)인지라 마침내 큰일을 성취할 것으로 생각하고 차마 버리고 떠날 수 없어 오늘까지 곁에 머물러 있는 것이외다. 이제 한왕을 위해 가만히 있을 수 없는 일이 있으니, 다름 아니라 어제 패왕이 태공을 죽이려고 한 것은 실상인즉 한나라 군사를 퇴각케 하고자 함이었고, 금후로 퇴각하지 않는다면 태공은 반드시 죽을 것이요, 태공이 죽으면 다시 못 살 것이니 이같이 되면 후일에 한왕이 천하를 평정한 다음에 장군은 무슨 면목으로 한왕을 만나보시겠나이까? 게다가 한왕과 장군은 전일 패상에 주둔하고 있을 때 아들과 딸의 혼약을 약속한 사이가 아닙니까? 저는 이 일을 생각하고 이런 말을 올리는 것입니다. 패왕이 만일 태공을 죽이려 하거든 그때 장군은 태공을 죽이지 못하도록 간하여주소서. 이리하여 태공으로 하여금 재생의 은혜를 입게 하시고, 한왕으로 하여금 불효의 이름을 면하게 하시면, 이 얼마나 의리와 은혜가 두터운 일이겠나이까? 장군은 한왕이 마음을 위안하도록 회답을 주시기 바라나이다.

"나를 따라오너라."

항백은 편지를 접어 넣으며 사졸에게 이같이 말하고 앞서서 자기 처소로 돌아갔다. 사졸은 그의 뒤를 따라갔다.

항백은 처소로 돌아오자마자 사졸에게 물었다.

"너는 도망해온 것이 아니고, 장량의 심부름으로 온 것이지? 바른대로 말해!"

"제가 이제 와서 무엇을 감추겠습니까? 아시다시피 심부름으로 온 것이지 도망해온 것이 아닙니다. 답장을 주시려거든 바로 주십시오. 바로 돌아가서 장선생에게 전달해야겠습니다."

사졸은 주저하지 않고 말했다. 항백은 도리어 그 태도를 기쁘고 미덥게 생각했다. 그는 즉시 붓을 들어 답장을 썼다. 그런 다음 좌우의 심복을 불러 명령했다.

"저 사졸을 진문에까지 데려다주고 무사히 돌아가게 해라."

사졸은 초나라 진영에서 무사히 돌아와 장량에게 항백의 답장을 올렸다. 장량은 반가이 펼쳐보았다.

오랫동안 형을 그리워하던 차에 뜻밖에 가르치시는 말씀을 들으니, 내 어찌 형의 명령을 어길 수 있겠나이까? 그러나 군사를 거두고 화평을 약속하기 전에는 태공을 구출할 방법이 없나이다. 비록 이 사람이 잠시 태공의 목숨을 구원한다 할지라도 이것은 불과 한때를 모면하는 방책일 뿐 장구한 계책이 아닐 것 같으니, 형은 더욱 생각을 깊이 하여 이 사람으로서도 근심을 덜게 해주시기 바라나이다.

장량은 이 편지를 보고 만족하게 웃었다. 그리고 사졸에게 상을 주고 군정사로 하여금 이 사졸의 이름을 기록하게 한 후, 한왕에게 전후 사실을 보고했다.

이튿날 항우는 또다시 대군을 인솔하고 한나라 진문 앞으로 가까이 왔다. 그는 진영에서 내다보이는 곳에 커다란 가마솥을 걸어놓고 기름을 끓이고, 태공을 도마 위에 올려앉힌 다음 사졸을 시켜 한나라 진문 앞에 가서 고함을 지르게 했다.

"한왕이 속히 퇴각하지 않으면 태공을 기름 가마에 삶아 죽이겠다!"

이때 한나라 진영에서 진문이 열리면서 한왕이 급히 말을 타고 달려나왔다.

그는 진문 앞에서 멀찍이 항우를 바라보며 큰소리로 호령을 했다.

"이놈아! 내가 전일에 너와 함께 북면(北面)하고 회왕을 섬길 때, 그때 나와 너는 형제가 되었었다. 그러니 내 아버지는 즉 네 아버지다! 네가 지금 태공을 기름에 삶으려거든 그 국물을 한사발 내게 보내라!"

이같이 호령하는 한왕의 얼굴은 조금도 겁내는 기색이 없었으며, 슬프지도 않은 표정이었다.

"저런 개 같은 자식! 저런 놈이 어디 있단 말이냐. 이놈들아, 태공을 속히 기름 속에 처넣어라!"

항우는 한왕의 태도에 분개하여 이같이 소리치며 가마솥 가장자리에 둘러서 있는 사졸들을 재촉했다.

이때 곁에 섰던 항백이 급히 말렸다.

"불가합니다! 옛날에 대우(大禹)는 성인이었습니다. 그의 부친의 이름이 곤(鯀)이온데 요(堯) 임금의 칙명으로 치수(治水)를 하다가 공을 세우지 못한 까닭으로 요임금이 죽이셨습니다. 그 후에 대우께서 계속해 삼 년간 치수하는 동안 세 번이나 자기 집 앞을 지나면서도 집에 들어가지 않았습니다. 이리해서 큰 공을 세운 후 하(夏)나라 사백 년의 기초를 닦지 않았습니까? 한왕이 지금 폐하와 천하를 쟁탈하면서 태공이 구금된 지가 삼 년이나 되었건만 돌아보지 않는 것은 천하를 중히 아는 까닭이옵니다. 지금 폐하께서 태공을 죽이신다 할지라도 진실로 승부(勝負)와는 관계되지 아니하옵니다. 천하 백성들이 도리어 폐하를 가리켜 다른 사람의 부친을 살해했다고 욕이나 할 것이옵니다. 이 어찌 성덕(盛德)에 해를 입히지 않겠습니까? 한나라 군사를 퇴각시키기 위한 일이라 하면 더 좋은 방법이 있을 것입니다. 더욱이 지금 폐하의 위무

(威武)는 사해에 떨쳐 만민이 굴복하는 터인데, 한나라 군사를 퇴각시키기 위해 이 같은 비열한 처사를 하신다는 것은 앞으로의 대사(大事)를 그르치는 것입니다. 그러하오니 잠시 본진으로 돌아가시어 다시 계책을 세우시기 바라옵니다."

항백의 말을 듣고 항우는 입을 꽉 다물고 잠시 무엇을 생각하는 것 같더니,

"그래, 숙부의 말이 옳소이다!"

이렇게 찬동하는 뜻을 보이고, 가마솥 가장자리에 둘러서 있는 사졸들에게 명령을 내렸다.

"이놈들아, 태공을 도마에서 내려 다시 본진으로 데려가거라!"

이리하여 태공은 결국 죽음을 면하게 되었고, 항우는 군사들을 인솔하여 자기 본진으로 돌아가버렸다.

휴전

항우가 태공을 죽이지 않고 이렇게 돌아가는 것을 끝까지 지켜본 한왕은, 자기 본진으로 돌아와, 상 위에 엎드려 대성통곡을 했다.

"아! 오늘은 무사하셨습니다마는, 결국엔 무사하지 못하실 것이니 어찌하오리까! 아, 천하의 죄인이로다!"

그는 두 팔을 상 위에 뻗어 얼굴을 그 사이에 파묻고, 이같이 한탄하며 쏟아지는 눈물을 금치 못했다. 항우가 태공을 죽이지 못하도록 한왕이 기경(奇驚)한 태도를 갖게 한 다음에 항백이 항우를 간하게 하면 태공의 죽음을 일시 모면시킬 수 있으리라는 장량의 계책이 들어맞기는 했지만, 또한 그가 장량이 시키는 대로 항우에게 태공을 삶아 죽이거든 국물이나 한 사발 보내라고 하는 기막히게 놀라운 말까지 하기는 했지만, 이것이 모두 다 사람의 아들 된 자로서는 취할 수 없는 행동이라 자책(自責)하는 마음이 강하게 일었다. 그래서 상에 엎드려 그렇게 애통하게 우는 것이었다.

그는 한동안 울고 나서 정신을 가다듬고 장량과 진평을 불렀다.

"짐은 죄인이오! 오늘은 무사했다지만, 내일 어찌될까 함을 근심하지 않을 수 없으니 태공을 구원할 계책이 없겠소이까?"

두 사람에게 그는 이같이 물었다.

"신의 생각으로는, 대왕께서 말 잘하는 변객(辯客)을 항왕에게 보내 화평하자고 하실 도리밖에, 태공을 구출할 방도가 없사옵니다. 그리하시면, 지금 초나라 군사들은 진중에 양식이 결핍되고 장사들은 피로에 지쳐 있기 때문에, 항왕은 반드시 화평에 응하고 태공을 환국시킬 것 같사옵니다. 그러하오나 다만 이 같은 사명을 완수할 만한 변객이 없으니, 그것이 걱정이옵니다."

장량이 이같이 한왕에게 말하는 소리를 듣고, 장량과 진평의 뒤에서 한 사람이 커다란 소리로 말했다.

"군사께서는 어찌해서 우리 한나라에 사람이 없다 하십니까? 신을 보내주십시오. 신이 초패왕을 찾아가 태공과 그의 일족을 환국하시도록 하겠습니다!"

장량과 진평은 놀랍게 생각하고 말하는 사람을 돌아보았다. 그는 낙양(洛陽) 땅에 사는 후공(侯公)이었다.

"항왕은 천성이 강폭하고 조급한 데다 기강(氣剛)한 인물인지라, 만일 말 한마디 실수했다가는 그대도 그 자리에서 목숨을 잃을 것은 물론이요, 태공께서도 더욱 환국하시기 어려울 것이외다. 더 깊이 생각해보고 그 같은 말을 아뢰시기 바라오."

장량은 후공에게 이같이 말했다. 후공이라는 사람은 어려서부터 호걸다운 사나이였다. 그는 한왕이 관중 지방을 수복하고 낙양에 들어왔을 때 동삼노 노인들과 함께 찾아뵙게 되었는데 그때 한왕의 눈에 들어 마침내 왕을 모시고 있게 된 사람이었다.

"선생 말씀대로 항왕을 계속 무서워하기만 한다면 태공께서는 언제 환국하시게 되고, 주상께서는 언제 안심을 얻으시겠습니까? 그리고 저 같은 사람은 어느 때 나라를 위해 일해보겠습니까?"

후공은 도리어 이같이 물었다. 그의 태도는 꽤나 늠름하고 믿음직스러웠다.

후공의 태도를 보고 한왕은 마음에 기꺼웠다.

"그래! 후공이 스스로 자천해서 가겠다 하는 것을 보니 반드시 성공하고 돌아올 줄로 믿는다. 짐이 서간을 써줄 것이니 갔다오오."

한왕은 이같이 말하고 즉시 편지를 썼다.

후공은 한왕의 서간을 가지고 영문을 나와 초나라의 진영으로 달려갔다.

초나라의 진문에서는 후공이 찾아온 것을 패왕에게 보고했다.

항우는 한왕으로부터 사신이 왔다는 보고를 받고 심중에 생각하기를, 이것은 필시 한왕이 화평을 구하기 위해 사신을 보낸 것이리라 여겨, 자기 처소의 좌우에 대장들을 도열시켜 서 있게 하고 대장들의 후열에는 완강하게 생긴 무사들을 세우고, 자신도 칼을 차고 중앙에 좌정한 후에 후공을 불러들였다.

장내의 공기는 대단히 삼엄했다.

후공이 들어와서, 항우가 동그란 눈을 화등잔같이 뜨고 호랑이처럼 중앙에 올라앉아 내려다보는 것을 보고, 깔깔깔 웃었다. 그리고 천천히 항우 앞으로 걸어들어갔다.

항우는 대단히 노했다.

"너는 한왕의 사신으로 와서 어찌 무례하게 짐을 비웃을 수 있단 말이냐? 이 칼을 네 모가지에 시험해보고 싶으냐?"

항우가 큰소리로 이와 같이 호령하건만 후공은 또 빙그레 웃으며 말했다.

"폐하는 만승천자, 만백성의 부모, 위무는 천하를 덮고, 호령은 사방에 시행되기에 모든 사람이 굴복하고 두려워하는 터인데, 지금 일개 선비에 불과한 이 사람을 불러보심에 있어 이같이 많은 무사를 좌우에 도열시키고, 몸소 칼을 차시고 위엄을 과장하시니 이것이 당치 않은 일이 아니겠사옵니까? 폐하께서 위엄을 보이지 않는다고 누가 감히 폐하를 경멸하겠습니까? 혹시 있다면 그런 사람의 이름을 알려주시옵소서."

항우는 후공의 말을 듣고 즉시 노기를 풀고 허리에서 칼을 끌렀다. 그리고 좌우에 도열한 장수와 무사들을 호령하여 밖으로 내보냈다.

무사들이 모두 밖으로 물러간 뒤에 항우는 천연스러운 어조로 후공에게 물었다.

"그래, 너는 지금 무슨 까닭으로 찾아왔느냐?"

후공은 그제야 한왕의 서간을 꺼내 항우에게 올렸다.

"한왕께서는 한·초 양국의 화평을 위해 서간을 올리라 하옵니다."

항우는 편지를 펼쳐보았다.

> 한왕은 초패왕 휘하에 글을 부치노라. 내 듣건대 하늘이 임금을 세우는 것은 백성을 위함이라 하거늘, 칼과 창과 방패를 가지고 매일 서로 찌르고 다투고 하여 천하에 편안한 날이 없게 한다면 무엇으로 그 임금이 될 수 있으리요. 왕과 내가 싸우기를 삼 년, 시체는 산같이 쌓이고 백골은 광야에 널렸노니 사람의 부모 된 자는 참을 수 없는 형편이므로, 내 이제 왕과 더불어 화평을 하고자 하노니 홍구(鴻溝) 지방을 경계선으로 하여 홍구의 서쪽을 한나라 땅으로, 동쪽을 초나라 땅으로 각각 정하고 휴전하기를 바라노라. 이렇게 하면 두 사람이 부귀를 보전하고 형제의 정을 지키고, 또한 회왕과의 약속을 배반하지 않는 것이 될 것이요, 백성과 군사가 모두 편안함을 얻는 것이 될 것이니 창생을 위해 복됨이 아니리요. 왕은 깊이 생각하기를 바라노라.

항우는 편지를 읽어보고 가만히 생각해보았다. '내가 오랫동안 한나라와 싸우느라 군사들은 피곤하고 양식은 부족하고 아직도 승리를 얻지 못하는 터이니, 지금 한왕이 청하는 대로 휴전을 하고 군사를 거두어 팽성으로 돌아가 날마다 옥루(玉樓)에 앉아 사랑하는 우희(虞姬)와

함께 노래나 부르며 즐겁게 소일하는 것이 좋지 아니할까?'

그는 이같이 생각하고 후공을 가까이 불렀다.

"짐이 한왕과 더불어 결전하여 자웅을 결판지으려 했더니, 지금 이 서간을 보니 또한 도리에 합당한 말이다. 속히 사신을 보내 화평을 체결하겠으니 너는 먼저 돌아가거라. 짐이 내일 한왕과 만나 서약서(誓約書)를 교환하고 영구히 각각 강토를 보전하여 평화롭게 지내려 한다."

"황송하옵니다. 물러가옵니다."

후공은 인사를 올리고 즉시 한나라 진영으로 돌아와 보고를 올렸다.

한왕은 만족해했다.

얼마 후 초나라의 사신이 왔다. 사신은, 내일 초패왕이 한왕과 만나 화평을 체결하겠다는 항우의 뜻을 전달했다.

"내일 항왕이 나오면 내가 만나 전일의 형제의 정을 회복하련다. 그러자면 피차에 군사를 거느리고 나오지 말아야 할 것이요, 또 몸에 갑옷을 입지 말아야 할 것이요, 무기를 휴대하지 말아야 할 것이다. 그러니 그대는 다시 후공과 동반하여 패왕께 돌아가 내일 두 사람이 상견할 때, 반드시 태공과 나의 일가족을 전부 돌려보냄으로써 화평하겠다는 실증을 보이기 바란다고 아뢰어라."

한왕은 사신에게 이같이 말했다.

"지당한 분부이시옵니다. 이 사람이 후공과 함께 돌아가 패왕께 그대로 아뢰옵겠습니다. 패왕께서는 결코 태공을 이 이상 더 억류하지 않으실 것으로 짐작하옵니다."

사신이 한왕에게 대답했다. 한왕은 즉시 근신으로 하여금 금과 비단을 사신에게 예물로 주게 하고, 재차 후공을 사신과 함께 초나라 진영으로 가게 했다.

이리하여 두 번째로 후공이 항우 앞에 나타나자, 항우는 이상하다는 표정으로 꾸짖듯이 후공에게 물었다.

"무슨 까닭으로 또 왔느냐?"

"한왕께서 폐하의 덕을 깊게 생각하시고 재차 신으로 하여금 이 뜻을 아뢰라 하심으로 왔사옵니다. 그러하온데 내일 폐하께서 한왕과 상견하실 때엔 전일 용호상박(龍虎相搏)하던 때와 같이 피차에 갑옷을 입지 말고, 군사를 거느리지 말고 서로 조용히 읍하고 예로써 대해 형제의 정을 완전히 회복하십사 함이 한왕의 첫째 소원이오며, 둘째는 태공과 일족을 모조리 돌려보내주시어 한왕으로 하여금 부자와 부부가 한자리에 회집케 해주십사는 것이옵니다. 이것이 인애(仁愛)의 극치이옵니다. 폐하의 성명(盛名)이 이로써 사해에 넘치고 만민이 귀화(歸化)할 것입니다. 왜냐하면 폐하께서 타인의 부친을 살해하지 않으셨으니 이는 효도를 넓히신 것이요, 타인의 처를 더럽히지 않으셨으니 이는 정결을 숭상하신 것이요, 오래 억류하였다가 모조리 귀환시키심은 의(義)를 명백히 하심인 까닭입니다. 그러하온데 만일 더욱더 억류해두시고 환국하지 못하게 하시면, 지금은 화평을 이룬다 할지라도 후일에 가서 그 때문에 변괴가 생길까 두려워하는 바이옵니다."

후공의 말에 항우는 대단히 유쾌하게 웃으며 대답했다.

"내일 짐은 태공과 여후를 죄다 돌려보내겠다. 너는 속히 돌아가 한왕에게 이대로 말해라."

그는 후공이 혹시나 태공을 돌려보내지 않을까 의심하는 것이 유쾌했던 모양이었다. 그래서 이렇게 분명하게 태공과 그 일족을 귀환시키겠다고 말했건만 그래도 후공은 미덥지가 않았던지 재차 다짐을 했다.

"신의 목숨은 오직 폐하의 일언(一言)에 걸려 있사옵니다. 지금 신이 돌아가 폐하의 말씀대로 고하면 한왕께서는 폐하의 말씀을 금석같이 중히 믿으실 것입니다. 그런데 만일 조금이라도 어긋나는 사태가 일어난다면 신은 그 자리에서 당장 목이 달아날 것이옵니다."

"대장부 한마디 말은 천인절벽(千仞絶壁)과 같은 것이다. 어찌 거짓이 있을까보냐. 너는 속히 돌아가 조금도 마음을 괴롭히지 말아라!"

항우가 이같이 말하자 후공은 대단히 기쁜 얼굴로 한나라 진영으로 돌아갔다.

후공이 물러간 뒤에 계포와 종리매가 항우에게 간했다.

"폐하께서 지금 한나라와 화평을 체결하신다 하오나, 한왕이 만일 약속을 배반하는 날이면 폐하께서는 어떻게 이것을 방비하시겠나이까? 화평을 하지 마시옵소서."

두 사람이 번갈아가며 이렇게 화평 반대를 했건만 항우는 그들의 말을 듣지 않았다.

"아니다! 짐이 태공 일족을 이 이상 더 오래 억류해두면 천하제후가 짐을 가리켜 말하기를, 나라를 격파할 수 없으니까 태공을 인질로 잡아두고 있다고 할 것이다. 그리고 짐을 경멸할 것이다. 더욱이 벌써 태공을 돌려보내 화평하기로 약속한 이상, 또다시 화평하지 않겠노라고 한다는 것은 대장부의 소행이 아니다!"

옆에서 항우의 말을 듣고 있던 항백이 얼른 입을 열었다.

"진실로 그러하옵니다. 태공이 오랫동안 초나라에 있었으나 조금도 해를 받지 않았고 도리어 은혜를 베풀어 보양해왔으므로 폐하의 인덕은 이미 천하가 아는 바이옵니다. 이제 석연히 석방해 귀환시키면 한왕은 더욱더 폐하의 성덕에 감명하여 두 번 다시 모반하지 못할 것이옵니다."

항백의 말을 듣고 항우는 더욱 자신이 생겨 드디어 결심이 굳어졌다.

이튿날 항우는 문·무의 장사들을 소집하고 모두들 갑옷을 벗고 평복으로 자신을 수행하라 한 후, 태공과 여후를 그 뒤에 따라오게 하여 초나라 진영과 한나라 진영과의 중간 지점이 되는 홍구(鴻溝)라는 곳까지 나왔다.

한왕은 이때 벌써 문관과 무장을 좌우에 세우고 나와 항우를 맞이하고 있었다.

항우가 한왕의 정면에서 삼십 칸 가량 떨어진 곳에 말을 세우자, 한왕의 문관이 미리 준비해온 서약서를 비단보에 싸서 항우에게 두 손으로 바쳤다.

항우는 한왕의 서약서를 받아 항백에게 주고, 준비해온 자신의 서약서를 계포로 하여금 한왕에게 전달시켰다. 계포가 올린 문서를 한왕이 받자 항우는 우렁찬 목소리로 말했다.

"짐은 이제부터 대왕과 경계를 지키고, 피차에 상쟁(相爭)함이 없이 군사를 거두어 동쪽으로 돌아가겠노라."

그런 다음 좌우를 시켜 태공과 여후와 기타 한왕의 일족을 인도(引渡)하게 했다. 삼 년간 인질이 되어 적에게 구금되어 있던 한왕의 일가친척이 한 명씩 한 명씩 모두 인도되어 넘어오는 것을 보고 한왕은 무한히 기뻤다.

그는 만면에 희색을 띠고 항우를 건너다보며,

"태공께서 오랫동안 초나라에 계셨으나 지금 저같이 건강하신 모습으로 돌아오시는 것을 보니, 이는 오로지 대왕의 덕택이외다. 감사하외다."

그러면서 항우에게 겸손하게 예를 했다.

한왕이 진심으로 고마워하는 것을 보고 항우도 만족을 느껴 동그랗던 눈이 가늘어지며 웃음빛이 입가에 떠올랐다.

"돌아가자…."

그러면서 그는 말머리를 뒤로 돌렸다.

항우가 돌아서자 항백과 기타 막료들도 항우의 뒤를 따랐다.

항우는 본진으로 돌아와 이날로 광무 땅으로부터 군사를 철수시켜 팽성으로 돌아갔다.

한왕도 홍구로부터 본진으로 돌아왔다.

"신은 물러가겠습니다."

"신도 물러가겠습니다."

한신, 영포, 팽월 등 세 사람이 한왕 앞에 와서 각각 돌아가기를 청했다. 한왕은 이제 전쟁이 끝났으니 제각기 자기 나라로 돌아가는 것이 좋겠다고 생각하여 그들을 돌려보냈다.

"돌아들 가시오."

항우에게 붙들려 삼 년 동안 억류되었다가 휴전 성립이 되고서야 비로소 환국한 태공과 여후, 기타 한왕의 일가친척은 어찌되었는가? 그들은 이미 상국 소하가 모시고 영양으로 돌아갔다.

한왕은 신하들을 돌려보낸 후, 자신도 막료와 군사를 데리고 영양으로 돌아가려 했다. 그는 하루라도 빨리 태공께 나아가 사죄를 하고, 여후를 만나고 싶었다.

"우리도 속히 서쪽으로 돌아가자!"

한왕의 말을 듣고 장량이 급히 왕을 제지하며 물었다.

"불가하옵니다. 대왕께서는 지금 어디로 돌아가시려 하옵니까?"

"소상국이 태공을 모시고 영양으로 갔다 하니 짐도 그리로 갈까 하오."

"대왕께서 영양에 입성하실 때쯤, 태공께서 벌써 함양으로 이동하신 후라면 대왕께서는 그때에도 또 거동하시겠습니까?"

장량은 또 이같이 물었다.

"그럴 수밖에 없지. 함양으로 가야겠지."

한왕의 대답을 듣고 장량은 천천히 자기 의견을 말했다.

"절대 불가하옵니다. 한나라의 모든 장수가 수삼 년 동안 대왕을 모시고 천신만고하며 따라다닌 것은 동방의 고향에 돌아가 부모처자와 고향 산천을 보고자 함이옵니다. 그런데 지금 초나라와 화평을 하고 서쪽으로 돌아가버리시면 마음이 사그라져서 다시는 초나라를 정벌하여 동서 통일을 할 생각이 없어질 것이옵니다. 이렇게 되면 모든 신하들의 의욕이 없어지고, 고향이 그리워서 한 사람 한 사람씩 도망갈 것이옵니다. 그렇게 되면 그때 대왕께서는 누구와 더불어 천하를 지키겠사옵니까? 지금 태공과 여후께서 환국하시어 군사들의 사기는 진흥되었고, 사방의 제후들도 순풍을 만난 것처럼 한나라를 바라보고 있기에 성패와 승부를 결정지을 좋은 시기는 바로 이때입니다! 모든 정세가 지금 대왕께 가장 유리합니다. 완전 통일은 지금 이때입니다. 대왕께서 이미 십 중 칠팔이나 천하를 얻어놓으시고도 초패왕을 동쪽으로 돌아가게 한다면, 후일에 그가 다시 군사를 길러 재차 공격해올 때엔 대왕께서는 어떻게 한나라를 보전하시겠습니까? 호랑이를 길러 후환거리를 장만하다가 결국엔 자기 몸을 상하고 마는 것이나 일반이옵니다. 대왕께서는 깊이 생각하시고 이 기회를 놓치지 마시옵소서!"

장량이 휴전 서약을 파기해버리고 재차 군사 행동을 단행할 것을 권고했으나, 한왕은 듣지 않았다.

"그러나 이미 서약서를 교환하고 굳게 맹세한 이상, 이것을 배반하면 천하에서 신용을 잃어버릴 것 아니오?"

한왕은 도리어 이같이 물었다.

"대왕께서는 잘못 생각하셨습니다. 소신(小信) 때문에 대의(大義)를 잃어버린다는 것은 명지(明智) 있는 사람의 일이 아니옵니다. 옛날의 탕·무(湯武)가 천하를 가지셨는데, 이것이 군신의 의리에만 구애되었던들 어떻게 걸·주(傑紂)를 정벌하실 수 있었겠사옵니까? 걸·주를 치지 못했다면 천하는 얻지 못했을 것이옵니다. 대왕께서도 홍구에서의 약속에 구애되어 통일 성업을 완성시키지 못한다면, 천하는 항우가 가져갈 것이옵니다. 지금 신 등이 노심초사하며 진충갈력하는 것도 그때엔 수포로 돌아가고 말 것이옵니다. 인간으로서의 치욕이 이보다 더 심할 데가 어디 있사옵니까?"

장량은 또 이같이 말했다. 그러자 뒤에 섰던 진평, 육가, 수하 세 사람이 이구동성으로 아뢰었다.

"자방의 말씀이 과연 옳습니다. 신 등이 오랫동안 동분서주하고 만난(萬難)을 배제하며 대왕을 모시고 있는 것은, 오로지 대왕을 천하의 임금으로 모시고 열국의 제후로 하여금 우러러 뵙게 하여, 신 등도 성조(盛朝)의 공신(功臣)이라는 이름을 날리고자 함이었습니다. 원하옵건대 자방의 말처럼 속히 결심을 하시옵소서."

처음에는 쉽게 휴전 서약을 배반하지 않으려 하던 한왕도, 이렇게 여러 의사가 장량의 뜻과 일치하는 것을 보고, 마음이 돌아서지 않을 수 없었다.

"그러면 약속을 배반하는 것이 옳다는 말이지…. 그래, 그대들 말대로 합시다!"

한왕은 그제야 장량의 의견에 좇아 휴전을 배약하기로 마음을 돌려세웠다.

"과연 명찰하셨습니다. 그러면 이곳 고릉(固陵)에 주둔하시면서 사방의 군사를 다시 모으도록 분부하시옵소서."

장량이 이같이 말했다.

"그리하오."

한왕은 즉시 허락하고 한신·영포·팽월 등에게 사신을 보내도록 분부를 내렸다. 이리하여 이날부터 한나라 진영에서는 휴전이건만 다시금 분망해지기 시작했다.

한편, 팽성으로 돌아온 항우는 막료 대장들을 제각기 집에 돌아가 편히 쉬게 했다.

그리고 자신도 삼 년 이상 접전하고 다니던 피로한 마음을 정양시켰다. 그는 날마다 누각에 올라가 사랑하는 우희를 데리고 술을 마시며 즐거워했다. 우희는 항우의 곁에서 비파를 뜯으며 노래를 했다. 옥으로 깎은 듯한 우희의 하얀 목과 아래턱과 귀, 그리고 앵두 같은 입술에서 흘러나오는 청아한 노랫소리는 족히 항우의 마음을 부드럽고 따뜻하게 어루만져주었다.

"싸우지 않는 것이 이렇게 편안하구나!"

항우는 오래간만에 우희의 노래를 들으며 이같이 탄식했다.

"첩이 또 한 곡조 아뢰겠습니다."

우희는 다시 비파를 무릎 위에 올려놓고, 음률에 맞춰 노래했다.

"해가 서산에 짐이여, 밤이 장차 오리로다. 달이 동녘에 솟음이여, 그리운 님이 오시는도다. 비파를 읊조림이여, 잔에 가득함이로다. 마음이 황홀하도다, 황홀하도다, 님이 품 안에 있음이로다…."

우희는 노래를 그치고 흰 이를 조금 보이며 방긋이 웃었다. 항우도 유쾌하여 노래를 한 곡조 부르려 했다. 그런데 이때 근시가 표문(表文) 한 장을 가지고 들어왔다. 항우가 펼쳐보니 대장 주란이 올리는 것이었다.

자고로 성제명왕(聖帝明王)은 편안한 때에 위태함을 잊지 아니하고, 화평스러운 때에도 소란함을 잊지 아니하셨으니 이는 무사한 때에도 경비하는 마음을 가지게 함이옵나이다. 이제 한왕 유방이 새로이 화평을 맹약하였사오나 그의 신하들 가운데에는 꾀 많고 말 잘하는 인물들이 여럿 있사오니 언제 형세가 어지러워질지 추측하기 어렵사옵니다. 그러므로 폐하께서는 이에 마음을 조심하시어 날마다 군사를 조련하시고 학문을 넓히시고 무기를 확장하시고, 지모 있고 용감한 사람과 현명하고 숙달된 사람을 널리 구하시어 장(將)·좌(佐)의 책임을 맡을 만한 인물을 양성하시고, 와신상담(臥薪嘗膽)하시기를 처음 회계 땅에서 의병을 일으키실 때와 같이 하옵소서. 이리해야만 우환이 없겠사옵니다. 만일 유방이 서쪽에서 다시 초나라를 침공해온다면, 폐하께서는 이것을 어떻게 방비하시겠나이까? 신은 이를 알지 못하와 전전긍긍하나이다.

항우는 우희의 노랫소리를 듣고 유쾌하던 마음이 일시에 사라져버렸다. 그는 표문을 또 한 번 읽어보고 나서 입맛을 쩍쩍 다셨다. 그는 한참 동안 생각하다가 표문을 가져온 근신에게 말했다

"유방이 이미 서약서를 내고 화평할 것을 맹약한 터이지만, 주란의 표문을 읽어보니 이 말에도 일리가 있다. 그러니 지금 곧 종리매를 불러오너라."

근신은 물러간 지 얼마 지나지 않아 종리매를 데리고 들어왔다.

항우는 종리매를 보고 명했다.

"짐이 한왕과 화평을 서약하여 군사 조련을 폐지하였는데, 주란의 지금 표문을 읽고 이것이 잘못된 일이라는 것을 알았다. 그러니 그대들은 전과 같이 계속 삼군을 조련시켜 한나라 군사를 어느 때고 방어할 수 있게 하기 바란다."

"지당하신 분부이옵니다. 그리하겠습니다."

종리매는 명령을 받고 물러나왔다. 그는 처음부터 화평을 반대하던 터이라, 지금 이 같은 명령이 내린 것을 마음속으로 기쁘게 생각했다. 그래서 그는 이날부터 삼군의 맹훈련을 실시했다. 그럭저럭 반달가량 지났을 무렵, 영양으로부터 파발이 정보를 가지고 달려왔다.

"한왕이 약속을 배반하고 사방의 군사를 다시 모으며, 대군을 고릉에 주둔시키고 초나라와 승부를 결정하고자 하옵니다. 지난번 홍구에서 화평한 것은 다만 태공과 여후를 환국시키게 하는 계책에 불과하다 하옵니다."

"이놈 유방이란 놈이 나를 업신여기기를 이같이 한단 말이냐! 당장에 이놈을 쳐라! 모두들 출격 준비를 속히 하여라!"

항우가 호령하자 옆에 있던 계포가 간했다.

"잠시 고정하시옵소서. 먼 길에서 파발이 가져온 정보를 아직 믿을 수 없사옵니다. 경솔히 출동하신다면, 폐하가 먼저 약속을 배반했다는

지목을 천하 사람들한테 받으실 것입니다. 다만 삼군을 정돈하시고 용의주도하게 예비하고 계시다가 적이 가까이 쳐들어오거든 그때 그 죄를 천하에 선포하고 정벌하옵소서. 이리하면 이름이 떳떳하고 인심은 향응하여 반드시 이기게 될 것이옵니다."

"그래, 그렇지! 네 말이 옳다!"

항우는 금시에 찬성하고 한왕을 정벌하기 위한 출동 준비를 하라는 명령을 취소하고, 다시금 정보원으로 하여금 한나라 동정을 정탐해 들이라고 명령했다.

이때 한왕은 장량, 진평 등과 의논을 하고 있었다.

"짐이 그대들의 간함을 듣고 다시 초나라를 정벌하기로 했지만, 홍구에서 화평을 약속한 후 한신·영포·팽월이 다 각기 제 곳으로 돌아가버리고, 그 후 다시 오라고 사람을 보내기는 했으나 속히 달려오지는 않을 것 같으니 병력이 부족한 것을 어찌하면 좋겠소?"

한왕은 두 사람에게 이같이 물었다.

"대왕께서 먼저 홍구에서의 약속을 배반한다는 뜻의 서간을 항왕에게 보내시고, 그리고 한신·영포·팽월에게 격문을 보내시옵소서. 전일 홍구에서 화평을 하기로 하고 휴전한 것은 태공과 일족을 환국시키게 함이었고, 지금 태공께서 돌아와 계시니 이제는 초적을 그대로 좌시(坐視)할 수 없다 하옵소서. 본래 휴전이라는 것은 잠시 전쟁을 휴식한다는 것이지 영구히 화평을 하자는 것은 아니옵니다. 그러니 한신·영포·팽월 등에게 속히 군사를 인솔하고 와서 항왕을 격멸하라 하시면, 이번에야말로 한 번 접전에 흥망을 결정지을 것이옵니다."

장량이 먼저 이같이 아뢰었다.

"그러면 선생의 말대로 하리다!"

한왕은 즉시 편지를 썼다.

"그러면 누구를 주어 이 서간을 팽성으로 가져가게 할까?"

한왕의 말에 장량의 뒤에 섰던 육가가 자원을 했다.

"신이 서간을 가지고 항왕에게 가겠사옵니다."

한왕은 육가의 얼굴을 바라보더니 허락하지 않았다.

"안 되지! 항왕은 천성이 조급해서 한번 노하면 걷잡을 수 없는 터인데, 그대가 갔다가는 반드시 화를 면치 못할 것이야…."

육가는 한왕이 자신에게 그 사명을 맡기지 않는 것을 불만스럽게 생각하고 이렇게 탄원했다.

"신을 보내주옵소서. 신이 임기응변하여 한 뼘도 안 되는 혓바닥을 놀려 항왕으로 하여금 노하지 못하게 하고 그가 먼저 휴전 약속을 배반하고 군사를 거느려 나오게 하겠습니다. 대왕께서는 신을 믿어주시옵소서."

육가의 자신만만한 태도를 보고 장량과 진평도 한왕에게 육가를 사신으로 보내는 것이 적당하겠다고 진언했다.

"그러면 경이 갔다 오오."

한왕은 그들의 권고를 듣고 마침내 허락했다. 육가는 한왕의 편지를 가지고 그날로 고릉을 떠나 이틀 만에 팽성에 도착했다.

항우는 육가를 불러들였다.

"너는 무슨 일로 짐에게 왔느냐?"

육가는 항우 앞에 서서 공손히 대답했다.

"전일 한왕이 폐하를 기만하고 거짓으로 화평을 서약한 후 태공을 환국케 했사옵니다. 그 후로 한 달도 못 되었건만 한왕은 홍구의 약속을 배반하고, 여러 신하의 간언(諫言)을 듣지 않고, 군사를 고릉에 모아 폐하와 더불어 결전을 하려고 신으로 하여금 전서를 폐하께 올리라 하옵니다. 신이 생각하옵건대 폐하의 영무(英武)하심은 천하에 적이 없사온데, 이미 동서로 강토를 나누었으니 한왕도 분수를 지키고 가만히 있으면 좋으련만 군사를 일으킨다는 것은 어리석기 짝이 없는 일이옵니다. 신이 폐하의 천위(天威)를 두려워하지 않음이 아니오나, 한왕의 명령인지라 부득이 이같이 전서를 가지고 와 폐하께 실정을 상주하는 바이옵니다."

육가가 고해바치는 말을 듣고 항우는 눈을 동그랗게 뜨며 전서를 받아 펴보았다.

> 한왕 유방은 초패왕 휘하에 글을 보내노라. 전일 태공과 여후가 초나라에 억류되어 비록 보양은 잘했다 하나 오래도록 환국하지 못했고, 뿐만 아니라 싸우는 진두에서 도마 위에 올려놓아 나로 하여금 원한을 품게 하기를 한두 번이 아니었으니 내 어찌 이것을 보고 그대로 있으랴. 부득이하여 홍구를 경계로 하고 화평을 서약했으나 이는 태공과 여후를 환국시키게 함에 불과했다. 무릇 사람의 아들 된 자로서 어버이를 위해서는 하지 못할 일이 없는 줄로 아노라. 피 흘리지 않고 지혜로써 이기며, 이익을 낚싯밥으로 하여 어리석은 자를 빠뜨리고, 탐욕하는 자를 거짓으로써 속이는 것과 권모(權謀)로써 상대자를 삼켜 먹는 것은 사냥꾼의 사냥함과 다름없거늘, 왕은 이것을 알지 못하고 나에게 속은 것이다. 지금 태공과 여후가 안전하므로 기고(旗鼓)를 울리고 왕과 더불어 고릉 땅에서 결전을 단행하고자 하는 터이니, 왕은 나를 두려워하지 말고 속히 군사를 거느리고 나와 나의 뜻을 어기지 마라.

항우는 두 손으로 한왕의 편지를 찢어 내던지며 성난 목소리로 호령을 했다.

"이놈! 유방이란 놈이 이렇게도 짐을 모욕한단 말이냐! 네가 이 전서를 가져오기 전에 짐은 이미 유방이 약속을 배반하리라는 것을 알고 있었다. 이놈이 잠시 뜻을 이루었대서 함부로 짐을 경멸하는구나. 너는 속히 돌아가 유방으로 하여금 모가지를 깨끗이 닦고 짐의 칼을 기다리라고 말해라. 짐이 이번에는 맹세코 이놈을 죽이겠다!"

"황송하옵니다. 폐하께서 말씀하신 대로 돌아가 한왕에게 고하겠습니다."

육가는 이같이 아뢰고 항우 앞에서 물러나왔다.

그는 전서를 항우에게 전달하는 사명을 무사히 마치고 한왕에게 돌아갔다.

육가는 한왕 앞에 나아가 자초지종을 자세히 보고하고,

"신이 생각하옵건대, 항왕은 불일간 대군을 인솔하여 공격해올 것 같사옵니다. 그러하오니 속히 한신·영포·팽월에게 재촉하는 사신을 보내시옵소서."

이같이 자신의 의견을 첨부했다. 한왕은 그의 보고를 듣고 후회했다.

'잘못했다! 한신·영포 등이 도착한 뒤에 전서를 보낼 것을!'

한왕은 즉시 장량과 진평을 불러 물었다.

"일이 이같이 되었으니 항왕이 불일간 침공해올 것이오. 한신 등이 아직 도착하지 않았으니 짐이 이 일을 어떻게 방비해야 하겠소이까?"

"과히 심려하지 마옵소서. 우선 여러 대장들로 하여금 방비하라 하시고, 파발을 한신·영포·팽월에게 보낸 후에 때를 기다리시기 바랍니다."

한왕은 장량의 말을 따랐다.

이때 항우는 정병 삼십만 명을 거느리고 서주(徐州)로부터 진발하여 고릉으로 진격 중이었다. 도중의 백성들은 항우의 군사가 이르는 곳마다 모두 도망하여 풍비박산해버리고 말았다.

승리를 위해서

항우는 고릉에서 삼십 리 떨어진 곳에 와서 진을 쳤다. 휴전 약속을 지키지 않고 결전을 하겠다는 편지는 한왕이 먼저 보냈지만, 실지로 군사를 거느리고 와서 휴전을 배약한 사람은 항우였다. 항우는 살기등등하여 한나라 군사를 전멸시키고 한왕을 죽여 없애고야 말겠다는 생각에 불타고 있었다.

한왕은 초나라의 군사가 삼십 리 밖에 와서 진을 치고 있다는 보고를 받고, 신하들을 소집하여 회의를 열었다.

"초나라의 인마가 지금 당도하여 그 형세가 왕성할 것이니, 아군은 당분간 움직이지 말고 적의 형세가 한숨 잦아들거든 그때 가서 공격하는 것이 어떠할까?"

한왕은 이같이 자기 의견을 먼저 말했다.

"대왕께서는 바로 관찰하셨사옵니다. 과연 옳은 말씀이옵니다. 사방에 있는 군사들로 하여금 긴밀히 연락을 하게 하시고, 성 바깥을 비추는 봉홧불을 많이 세우도록 하신 후에 잠시 적의 동정을 살피게 하심이 좋을까 합니다."

진평이 한왕의 의견에 찬성하자 다른 신하들도 모두 그렇게 하는 것이 옳다고 주장했다.

회의는 간단히 끝났다. 이날부터 한나라 군사는 나가 접전하지 않고 그날그날을 고요하게 보냈다.

이 같은 상태로 열흘이 지났다.

항우는 이제 조바심이 났다.

'웬일일까! 싸워보자던 놈이 그림자도 비치지 않으니, 무슨 까닭일까?'

그는 대장들을 모아놓고 회의를 열었다.

"한왕이 전서를 먼저 보내놓고는 도리어 성문을 굳게 닫고 나오지 않는 것은 무슨 까닭이냐?"

"지금 한왕은 둔병(鈍兵)의 계(計)를 사용하는 것이옵니다. 아군의 사기가 피로하기를 기다려 작전을 하려는 것으로 추측되옵니다."

계포와 종리매가 이렇게 아뢰자 주란이 반대 의견을 냈다.

"그렇지 않사옵니다. 신의 소견은 두 장군과는 반대이옵니다. 한왕은 지금 한신의 군사가 아직 도착하지 않았고, 성중의 병력도 적기 때문에 성중에서 나오지 못하고 있는 것이옵니다. 아군은 원로에 기운 좋게 달려왔으므로 속히 싸우면 이롭습니다. 이런 줄 알고 한왕은 더욱 싸우지 않고 아군의 예기를 좌절시키려는 것이옵니다. 폐하께서는 내일 기고를 올리며 침공하옵소서."

항우는 주란의 의견에 즉시 찬동했다.

"그렇다. 너의 말이 옳다. 짐의 뜻에 합당하다."

이튿날 항우는 각 부대의 대오를 정연하게 하고, 여러 가지 깃대를 세우고 북을 치면서 한나라를 침공하기 시작했다.

이때 한나라 진영에서는, 왕릉·번쾌·관영·노관 네 사람의 장수가 성문을 열고 쏜살같이 달려나왔다. 항우는 진 앞에 말을 세우고 큰소리로 그들 네 사람에게 말했다.

"내가 만나려는 사람은 한왕이지 너희들이 아니다."

그러자 왕릉이 창을 들고 쫓아나오며 호령했다.

"한왕께서 전일 네가 태공을 도마 위에 올려앉혔던 원한을 풀으시려고 당장에 너를 생포해오라 하신 까닭에 우리 네 사람이 너를 잡으러 온 것이다. 속히 말에서 내려 포승을 받아라!"

항우는 크게 노해 창을 겨누고 달려들었다. 이리해서 두 사람은 삼십여 합 접전을 했다. 항우의 기운은 더 커지고 왕릉의 기운은 점점 약해졌다. 왕릉은 하는 수 없이 교묘하게 항우 앞에서 몸을 피했다.

이 광경을 보고 한나라 진영에서 근흡·주창·고기·여마통 등 십여명의 장수가 일제히 쏟아져 나왔다.

그러자 초나라 진영에서도 계포·종리매·환초·우자기 등 여러 장수가 뛰어나갔다. 이리하여 두 나라 군사들은 꾕과리를 두들기고 고함을 지르며 서로 어우러져서 해가 저물도록 싸웠다. 칼에 잘려지고 창에 찔려 피비린내가 코를 찌르게 되었는데 별안간 꽝 하는 철포 소리가 터지더니 초나라의 대장 주란이 새로 일개 부대를 인솔하고 달려들어 전후좌우의 한나라 군사를 무찔러버렸다. 한나라 군사는 이쪽저쪽으로 도망하기에 바빴다. 항우는 정신이 점점 똑똑해져 사방으로 쫓기는 한나라 군사를 추격하며 죽였다.

한왕은 멀찍이서 이를 지켜보다가 도저히 안 되겠던지 군사를 거두어 성중으로 들어가 사방의 성문을 굳게 닫아버렸다.

항우는 이를 보고 분통이 터져 부하 장수들에게 호령했다.

"이놈들아, 속히 성을 포위해 당장에 유방을 사로잡아 오너라! 그래야지 내 원한을 풀겠다!"

그의 태도는 조금도 참을 수 없을 것처럼 조급했다. 그러나 여러 대장들은 항우에게 간했다.

"폐하께서는 고정하시기 바랍니다. 오늘 새벽때부터 접전하셨으니 옥체가 피곤하실 줄로 생각되옵니다. 지금 이미 날이 저물고 해는 떨어졌는데 또 공격하시다가는 피로하실 것이옵니다. 차라리 오늘 저녁은 진중에 돌아가 정양하시고 내일 재차 공격하는 것이 좋을 듯하옵니다. 이 작은 성중에 정병이 있으면 얼마나 있겠사옵니까? 신 등이 공격하면 불과 사흘 이내에 점령하겠습니다."

여러 대장이 이같이 아뢰자 항우도 사그라졌다.

"그러면 너희들 말대로 오늘 밤은 쉬자. 다만, 적의 야습을 경계하기 바란다!"

항우는 이렇게 이르고 돌아섰다. 초나라의 군사들은 마침내 고릉성을 포위하지 않고 저희들 진영으로 돌아갔다. 한왕은 이때 성중에 돌아와 막료 장수들과 의논을 하고 있었다.

"오늘 보아하니 초나라 군사는 형세가 강대한 데 비해 아군은 너무나 약하오. 더욱이 이 성은 요해지로서 견고하지 못해 오랫동안 방어하기 힘들 줄로 아오. 일이 대단히 난처하게 되었으니, 무슨 계책이 없을까?"

한왕은 여러 신하를 둘러보며 이같이 물었다.

"신이 생각하옵기는 초나라 군사가 오늘 하루 종일 접전하기에 피로하여 아무런 방비가 없을 줄로 아옵니다. 그러하오니 대왕께서는 오늘 밤에 고릉을 떠나 성고로 들어가옵소서. 항왕이 멀리 추격해오지 못할 것으로 확신하옵니다."

장량이 이같이 아뢰자 진평도 찬동했다.

"그러하옵니다. 이 성을 버리고 성고로 들어가심이 좋을까 하옵니다."

"그렇다면 사세가 시급하니 일각인들 더 지체할 수 없소!"

한왕도 드디어 이렇게 결심하고 급히 삼군에 퇴각명령을 내렸다. 그리고 성 위에 높이 세운 사닥다리 위에 올라가 적진의 형세를 정탐케 했다.

얼마 후, 북문 밖에 있는 적진의 병력이 극히 적은 수효라는 보고가 들어왔다.

"그러면 북문으로 대군이 살출(殺出)하도록 해라."

한왕은 이같이 분부하고, 먼저 번쾌·주발·시무·근흡 네 장수를 선진으로 하여 어둔 밤에 홍수와 같이 몰려나갔다.

원래 북문 밖에서 진을 치고 있던 초나라 대장 환초는 종일 싸움에 전신이 피곤해 잠들어 있었고, 날이 어둡기는 지척을 분간할 수 없을 만큼 어두운지라 아무런 방비도 못하고 있었던 것이다. 이리하여 한왕은 마침내 한 사람의 군사도 손상받지 않고 무사히 전군이 통과할 수 있었다.

한나라 군사들은 바람같이 고릉성에서 빠져나갔다.

이 사실을 나중에야 알고 종리매가 급히 항우에게 보고했다.

"한왕이 지금 병세는 약하고 고립 무원하여 밤을 타서 도망했사오나, 폐하께서는 이를 추격하지 마옵소서. 필시 도중에는 복병을 두고 있을 것이옵니다. 아군은 다만 각처의 진영을 수비하고 있다가 날이 밝거든 새로이 계책을 세우심이 좋을까 하옵니다."

항우는 종리매의 의견에 찬동했다.

"네 말이 옳은 것 같다. 추격하지 말도록 하라."

이렇게 된 까닭에 한왕은 추격을 당하지 않고 전군이 무사히 팔십여 리를 달려나왔다. 동녘이 훤히 트이며 날이 밝았다. 그들은 밤새도록 한숨도 쉬지 않고 달렸던 것이다.

"대왕께서 날이 밝도록 조금도 쉬지 못하시어 피곤하시겠사옵니다."

"그러나 일각도 지체해서는 아니 되옵니다. 속히 성고 성중에 들어가신 후 휴양하소서."

진평과 장량이 한왕 옆에서 말을 달리며 이같이 말했다.

한왕도 말 위에서 숨이 가쁜 듯 조금 헐떡거리는 음성으로 말했다.

"짐이 비록 성고에 입성할지라도, 항왕이 또 쫓아와 사방을 포위하면 밖에서 구원이 없는 이상 짐이 어떻게 수비하겠소?"

"대왕께서 성고에 입성하시면, 그 후 사흘 이내에 초나라 군사는 자진해서 퇴각할 것이옵니다."

장량이 이같이 대답했다.

"사흘 이내에 초군이 퇴각하다니? 선생이 또 무슨 묘책(妙策)을 세운 것이오?"

한왕은 이상한 듯, 이렇게 물었다.

"항왕이 우리와 싸울 때마다 오랫동안 지탱하지 못하는 것은, 그의 진중에 군량미가 계속해서 보급되지 못하기 때문이옵니다. 지금 팽월이 적의 양도(糧道)를 끊었으므로 초군은 양식이 부족할 것이옵니다. 대왕께서 어제 항왕과 교전하고 계실 때, 신이 비밀히 장창과 장도(藏茶) 두 사람에게 정병 오천 명을 주어 조그만 길로 해서 유주(柳州)에 들어가 항왕이 축적해둔 군량미를 전부 소각해버리도록 지시했사옵니다. 그러므로 항왕이 성고로 치고 들어온다 할지라도 결단코 오래 지탱하지 못할 것이오니, 대왕께서는 일각도 지체하지 마시고 속히 성고로 입성하소서."

한왕은 장량의 말을 듣고 비로소 용기를 얻어 길을 재촉하여 하루 낮 하룻밤 동안에 삼백 리를 달렸다.

수일 후에 한왕은 무사히 성고에 입성했다.

항우는 한왕이 도망가던 날 밤엔 한나라의 복병이 있을 것을 경계하여 추격을 시키지 않고, 이튿날 막료 대장들을 데리고 한왕을 추격하기에 바빴다.

"너희들은 일각을 지체하지 말고 이놈을 추격해 사로잡아라. 이놈을 반드시 잡아 죽여야 한다!"

항우는 성화같이 독려하며 한왕의 뒤를 추격했다. 그러나 한왕은 벌써 성고에 입성하여 사문을 굳게 닫고 방어하고 있어, 부득이 그는 성 밖에 진을 치고 성을 공격하기 시작했다.

밤, 낮 이틀 동안을 이렇게 계속 공격했는지라 성고는 점점 위태할 지경에 이르렀다. 수일 동안만 더 맹렬히 공격하면 성은 함락될 것 같았다.

그런데 이때 계포와 종리매가 항우의 막사로 들어와 보고를 올렸다.

"아뢰옵니다. 지금 진중에 군량미는 반일분(半日分)밖에 남지 않았사 온데, 별안간 유주로부터 파발이 달려와 보고하기를, 그동안 축적해두 었던 여러 군데의 군량미 창고가 모조리 화재로 인해 타버리고 없어졌 다 하옵니다. 한나라의 장창과 장도가 군사를 거느리고 들어와 소각시 킨 것이라 하옵니다. 그리고 한신이 대군을 거느리고 성고의 위태함을 구원하려고 벌써 출동했다는 정보가 들어왔사옵니다."

항우는 깜짝 놀라 눈을 동그랗게 뜨고 호령했다.

"그래? 유주에 있던 놈들은 무엇을 하고 있었단 말이냐?"

계포와 종리매는 그 말에는 대답도 하지 않고 아뢨다.

"그러하오니 만일 한신이 아군을 포위하여 공격하고, 또 한왕이 성 중에서 나와 내외 협공하면 아군은 진퇴양난이 되옵니다."

항우는 이 말에 얼굴빛이 변해 노기는 사라지고 근심하는 빛이 떠돌 았다. 그는 입을 꽉 다물고 한동안 아무 말도 않고 가만히 앉아 있었다.

잠시 후 항우는 괴로운 표정으로 입맛을 쓰게 다시더니 이렇게 말했 다.

"우리가 항상 군량미의 수송이 충족하지 못해서 근심이었는데 지금 축적미가 모조리 소진되었다면 사태가 위급하다! 속히 퇴각해야겠다!"

그런 다음 환초와 우자기를 불렀다.

"짐은 퇴각하련다. 너희 두 사람은 최후 부대를 인솔하고 적을 방어 하며 따라오너라."

항우는 이같이 분부하고, 즉시 성을 에워싸고 있던 군사들을 거두어 반나절 동안에 대군을 인솔하여 퇴각했다.

한왕은 막료들의 보고를 받고 친히 성 위에 있는 사닥다리에까지 올라가 초나라 군사의 퇴각하는 광경을 멀리 바라보며 기뻐했다.

"과연 장자방의 계책대로 되었구나!"

그는 장량의 계책이 특별한 것에 또 한 번 탄복했다.

그는 막료들에게 퇴각하는 항우를 추격하자고 했으나, 진평이 이를 제지시켰다.

이리하여 항우는 무사히 퇴각할 수 있었다.

팽성으로 돌아온 항우는 유주 땅에서 군량미를 축적해놓고 지키고 있던 위관을 팽성으로 불러 호되게 꾸짖었다.

"이놈, 너는 중대한 소임을 맡았으면 낮이나 밤이나 조심해야 하겠거늘 어찌해서 적이 들어와 창고마다 불을 지를 때까지도 모르고 있었단 말이냐. 너는 죽어야 마땅하다!"

항우는 즉시 위관의 목을 베어 군문에 걸고 삼군에 주의를 주었다. 그리고 다시 인마를 점검시키고 접전할 준비를 했다.

한편, 한왕은 항우가 퇴각한 지 오륙 일이 지나도 한신·영포·팽월 세 사람으로부터 아무런 소식이 없자 마음이 무거웠다.

한왕은 답답하여 더 이상 기다리지 못하고 장량과 진평을 불러 물어보았다.

"한신·영포·팽월 이 사람들이 아직도 소식이 없으니 이게 무슨 까닭이오?"

사실, 한왕이 고릉에서 항우에게 전서를 보낼 때 이 사람들에게도 격문을 보냈기 때문에 그들이 한왕과 항우가 다시 싸운다는 사실을 안 것은 벌써 보름 전이다. 그렇건만 그동안 아무 소식도 없다는 것은 한왕으로 하여금 마음을 괴롭게 하기에 충분했다.

한왕이 근심스러운 표정으로 묻자 장량이 의견을 말했다.

"신이 생각하옵기는, 한신은 이미 왕작에 봉했다 하지만 아직 토지를 떼어 분여(分與)한 것이 아니옵고, 팽월은 누차 대공을 세웠으나 아직 봉작(封爵)의 하교(下敎)가 내리지 않았고, 영포 또한 초나라를 배반하고 한나라에 왔으나 아직껏 봉작의 처분이 없기 때문에 그러한 것 같사옵니다. 대왕께서 토지를 나누어 각각 군·읍을 장악하게 하시면, 이 사람들은 부르지 않더라도 달려와 진충갈력할 것이옵니다. 대왕께서는 이 사람들에게 주신 것이 없이, 어떻게 이 사람들한테서만 진충갈력하기를 원하시옵니까? 대왕께서 먼저 이 사람들에게 많은 것을 주신 다음 그들에게 진충갈력할 것을 바라시옵소서."

그러자 한왕은 얼른 자리에서 일어서며 겸손하게 말했다.

"과연 이 사람의 폐부(肺腑)를 찌르는 말씀이외다! 잘 알아들었소이다. 이제 짐이 한신을 삼제왕(三齊王), 영포를 회남왕(淮南王), 팽월을 대량왕(大梁王)에 봉하고, 각기 그 나라의 토산물인 미곡, 금, 은, 주단 등을 전부 그들의 소득물로 인정해주겠소이다. 선생은 수고스럽겠지만 각각 인부(印符)를 가져다 전해주시고, 격문도 전해주시기 바랍니다."

한왕은 진실로 장량의 충언(忠言)에 감동된 것 같았다.

"내일 출발하겠사옵니다."

장량도 공손히 대답했다. 한왕은 만족한 듯 다시 자리에 앉았다.

이튿날 장량은 세 나라의 인부를 가지고 출발하여 수일 후에 제나라에 도착했다.

한신은 장량이 도착했다는 보고를 받고 급히 나가 맞아들인 후 편전(便殿)으로 모셨다. 그리고 장량을 상객(上客)의 자리에 좌정하게 했다. 그러나 장량은 이것을 사양하며 말했다.

"원수는 오늘날 큰나라의 임금님으로서 국내의 칠십여 성을 다스리고 계시니 전일과는 동일하지 않습니다. 내 어찌 빈주(賓主)의 자리를 가려 앉을 수 있겠습니까?"

한신은 웃으면서,

"천만의 말씀입니다. 선생의 힘이 아니었다면 내 어찌 오늘날 이같이 되었겠습니까! 황차 선생은 한왕의 군사(軍師), 저 역시 스승님으로 모시는 예를 베풀지라도 아직 부족하겠거늘, 어찌 왕의 지위로서 망자존대(忘自尊大)하겠습니까?"

이같이 말하고, 장량을 상석에 앉게 했다.

장량은 그대로 자리에 앉은 채 가지고 온 제왕(齊王)의 인부를 한신에게 전하며 말했다.

"한왕께서 지금 이 사람을 사신으로 하여 원수를 삼제왕(三齊王)에 봉하시고, 이 나라의 칠십여 성을 완전히 원수에게 양여하시는 바입니다. 원수는 삼제왕의 인부를 새로 받아주십시오."

한신은 자리에서 일어나 두 번 절하고 한왕의 은혜에 감사의 뜻을 표하고 인부를 받아 탁자 위에 놓았다. 그리고 향기로운 술과 안주를 올려 장량을 대접했다.

두 사람은 술잔을 들고 서로 치하하기를 마친 후, 잔을 기울였다. 그런 다음 장량은 또 품속에서 한왕의 격문을 꺼내어 한신에게 주며 말했다.

"초패왕이 지금 형세는 고립되어 있고 힘은 약해졌습니다. 이 까닭에 주상께서는 홍구에서의 약속을 배반하고 다시 초나라와 전쟁을 개시하셨고, 이 사람도 계책을 써서 초나라에 축적되어 있는 군량미를 소각시켰더니, 항왕이 견딜 수 없어 팽성으로 퇴각해버렸습니다. 이때 원수가 급히 군사를 휘동하여 초나라를 정벌한다면 한나라가 천하를 통일할 것은 의심할 것이 없습니다. 이리되면 원수는 개국 원훈(開國元勳)이 될 것입니다. 만일 한·초 두 나라가 서로 다투고 형세 미정으로 지낸다면 원수가 제나라 땅에 있을지라도 두 틈에 끼여 편할 날이 없을 것입니다. 원수는 형세를 통찰하시고 속히 일어나십시오."

한신은 한왕의 격문을 받아 탁자 위에 놓으며 말했다.

"전일 광무산에서 초적을 멸망시킬 수 있었는데, 주상은 태공께서 초나라에 억류되어 계신 것만 심려하시어 일단 화평을 약속하고 천하를 양분하신 것이 아닙니까? 그리고 홍구를 경계선으로 하여 서쪽을 한나라 땅으로, 동쪽을 초패왕의 땅으로 분할해버리고 이 사람에게는 토지를 분여하지 아니하시니 내 심사가 좋을 수 있습니까! 그래서 그동안 두 번이나 부르셨건만 군사를 거느리고 나가지 않았던 것입니다. 그런데 지금 선생의 말씀을 들으니 진실로 이 사람의 폐부를 찌르는 것 같습니다! 이미 한왕께는 대은(大恩)을 입었으니, 속히 초나라를 멸망시키고 대한(大漢)의 통일을 성취하겠습니다! 이 사람의 본심이야 변했을 리 있겠습니까? 대한의 통일! 이 일을 위해 진심갈력하겠습니다."

장량은 자리에서 일어나 한신에게 예를 했다.

"감사합니다. 원수의 마음이 이미 그러하시다면 대한으로서는 복된 일이올시다. 이때를 놓치지 말고 속히 원수는 군사를 거느리고 한왕께 나아가 초패왕을 격멸해주십시오. 저는 지금 즉시 회남(淮南)과 대량(大梁)으로 가서 영포, 팽월에게 권고하여 속히 군사를 거느리고 나와 원수를 돕게 하겠습니다."

장량이 이같이 말하고 자리에 앉자 한신도 진심으로 기뻐했다.

"선생은 염려 마십시오. 제가 대군을 인솔하고 불일간 성고로 들어가겠습니다. 선생은 속히 영포와 팽월에게 가셔서 이 뜻을 말씀해주십시오."

한신은 이렇게 말하고 장량의 술잔에 술을 따랐다.

두 사람은 각각 한 잔씩 더 마신 후 자리에서 일어났다.

그는 한신과 작별하고 제나라를 출발하여 회남 땅으로 갔다. 수일 후에 회남에 도착하자 영포가 장량을 맞아들였다.

장량은 영포와 인사를 마친 후 회남왕의 인부와 한왕의 조서를 내놓으며 말했다.

　　"한왕께서 장군을 회남왕에 봉하시고, 구강(九江)으로부터 이남 지방의 각 군현을 전부 장군에게 양도하셨습니다. 주상께서 내리시는 조서와 회남왕의 인부가 여기 있습니다."

　　영포는 그것을 받아, 서쪽을 향해 공손히 한왕에게 예를 하며 은혜에 감사했다.

　　장량은 또 입을 열었다.

　　"장군께서 이제부터 회남왕이 되셨으니 사람의 지위로서는 최상의 고위(高位)에 오르신 것입니다. 그런데 아직 초패왕은 멸망하지 않고 있으니 장군의 심정은 편안하지 못할 것입니다. 초패왕은 장군의 큰 원수가 아닙니까? 원수가 없어지지 않고는 장군의 지위도 불안정할 것입니다. 지금 한신 원수가 군사를 거느리고 성고로 떠났으니, 장군도 속히 초적을 멸망시키고 대공훈을 세운 후 부귀를 누리십시오."

　　영포는 이 말에 입을 크게 벌리며 기뻐했다.

　　"그야 물론 그렇고 말고요! 내일로 즉시 출동하겠습니다."

　　"감사합니다. 그러면 이 사람은 안심하고 즉시 돌아가렵니다."

　　"선생께서 이렇게 속히 떠나시면 어디로 가십니까?"

　　"국사 다망하니 이제부터 대량 땅으로 가보렵니다."

　　장량은 이렇게 대답하고 영포와 작별한 후 회남 땅을 떠났다. 수일 후에 팽월은 손님과 술을 마시고 있다가, 장량이 찾아왔다는 보고를 듣고 급히 옷을 갈아입은 후 다른 방에서 장량을 맞아들였다.

　　서로 공손히 인사를 마친 후, 장량은 대량왕의 인부와 한왕의 조서를 꺼내 팽월에게 주며 말했다.

　　"한왕께서 장군을 대량왕으로 봉하시옵니다. 이것은 장군이 한나라를 위해 여러 차례 대공을 세우신 까닭으로 당연히 내리셔야 할 것이었는데, 시기가 조금 지연된 것이라고 주상께서는 탄식하시며 말씀하셨습니다."

팽월은 장량으로부터 인부와 조서를 받아 공손히 탁자 위에 놓고 향을 피운 다음 조서를 두 손으로 받들어 읽었다.

> 토지를 나누어 나라를 세우고, 백성을 갈라 그 임금을 섬기게 하는 것은 자고로 천하를 다스리는 법인지라, 짐이 이제 그대를 대량왕에 봉하노니 대량 지방의 오십 군(郡)은 이제부터 그대가 통치할 것이로다. 그대 그동안 누차 화살과 철포를 무릅쓰면서도 초나라의 군량미 수송 도로를 단절함으로써 한나라를 위해 세운 바 공이 막대하도다. 이제 왕작의 높은 지위와 후(厚)한 녹(祿)으로써 대우하노니 이것을 자손에 전할지어다. 그리고 자손만대에 이르도록 깊이 새겨 잊어버리지 말도록 하게 하며, 처음에 가졌던 마음을 변치 말지어다.

팽월은 한왕의 조서를 보고 나서 두 번 절했다.

그는 마음속으로부터 기쁨이 샘솟는 것 같았다. 그는 대량 지방 오십군의 임금이 정식으로 된 것을 진심으로 만족하게 생각했다.

그는 즉시 부하를 불러 잔치를 베풀게 하고 장량을 상좌에 모시고 술을 권했다.

술잔을 두세 차례 기울인 뒤에 장량이 팽월에게 말했다.

"이제 주상께오서 장군에게 은상(恩賞)을 베푸셨으니, 장군도 본부의 인마를 거느리고 속히 성고로 나가시어 한신 원수와 함께 초나라를 멸망시키기 바랍니다. 때를 지체해서는 우리에게 이롭지 못할 것 같습니다."

"염려 마십시오. 시각을 다투어 성고로 출동하겠습니다."

팽월은 힘 있게 대답했다. 장량도 만족했다.

얼마 후 장량은 팽월과 작별했고 대량 땅을 떠났다. 갈하(渴河)는 북쪽으로 흐르고, 청락(淸洛)은 중앙을 꿰뚫고 흐르니 이곳은 가히 천하의 심장이요, 중앙 지대의 인후(咽喉)와 같은 곳이다. 항우가 함양을 버리고 팽성에 도읍하고, 이곳을 버리고 서주(徐州)를 지키며, 고창(庫倉)의 좁쌀은 거두지 못하고 항상 군량에 쪼들리니, 이러고서야 어찌 천하를 잃어버리지 아니하랴! 장량은 이런 생각을 하며 성고로 돌아갔다.

한편 한신은 삼제왕에 즉위하고 나서, 한왕의 격문을 여러 고을에 반포하여 거리거리에 방문을 붙인 후 십오만 명의 장정을 새로 소집하여 불일간 성고를 향해 출동하려고 준비 중이었다.

이것을 알고 문통은 한신을 찾아갔다. 그는 일찍이 한신이 제나라를 정벌했을 때 한신에게 권해 한왕으로부터 제왕의 왕위를 가져오게 했고, 다음엔 한신으로 하여금 한왕을 배반케 하려다가 뜻대로 되지 않자 일부러 미친 사람 흉내를 내며 저자바닥으로 노래를 부르고 껄껄 웃으며 휘돌아다니던 사람이다. 이 사람이 지금 한신이 한왕을 도와 성고로 출동한다는 소문을 듣고 찾아온 것이다.

한신은 좌우 신하로 하여금 문통을 맞아들이게 했다.

좌우의 신하가 물러가기를 기다려 한신이 먼저 입을 열었다.

"선생이, 전일 나로 하여금 한나라를 배반하도록 거듭 권설했건만 마음속으로 차마 그럴 수 없어 선생의 말을 듣지 아니했더니, 그 후로 선생은 내 곁을 떠나 오랫동안 만나지 못했습니다. 그런데 오늘 이같이 찾아오시니 필시 고론(高論)이 있을 것 같습니다. 들려주시기 바랍니다."

"대왕께서 이 사람을 아껴주신 은혜는 절대로 못 잊어버립니다. 그래서 지금 대왕께서 목전에 화근을 당하고 계신 것을 그냥 보고 있을 수 없어, 부끄러움을 무릅쓰고 이같이 찾아와 뵙는 것입니다."

"내가 목전에 당면하고 있는 화근이란 무엇입니까?"

한신은 문통에게 뜻밖의 말을 듣고, 이같이 물었다.

"한왕이 고릉 땅에서 포위당해 위태할 때에 이삼차 파발을 보내 구원을 청했으나 대왕이 나아가서 구원하지 않자, 한왕은 마지못해 지금 대왕을 삼제왕에 봉한 것입니다. 대왕의 대공훈이 있는 것을 생각한 것이 아니고, 대왕에게 낚싯밥을 던져 스스로 군사를 거느리고 달려나와 초를 멸하게 하여 한나라 통일을 완성하자는, 그 같은 목적에 지나지 않습니다. 만일 이렇게 하여 천하가 통일되면, 그 후에는 대왕이 스스로 제왕이 되겠다고 자원한 것과 영양·성고·고릉 등지에서 한왕이 위급했음에도 불구하고 구원하지 않았다는 죄목을 만들어, 한왕은 반드시 대왕을 주륙(誅戮)하려고 할 것입니다."

"그럴 리가 있나!"

한신은 믿지 않았다.

"대왕께서 지금 이 사람의 말씀을 믿지 않으십니다만, 생각을 깊이 해보시기 바랍니다. 한·초 두 나라가 아직 형세 미정으로 있을 이때, 천하를 삼분하고 계시는 것이 영구히 무사할 것인가 아닌가를 판단해보시기 바랍니다. 만일 이 사람의 말씀을 듣지 않으시고 초를 멸한 뒤에는 반드시 한량없는 화근이 생겨날 것입니다. 대왕께서는 좀 더 깊이 생각해보시기 바랍니다."

문통은 거듭 이같이 말했다.

"그렇지만 장량이 친히 와서 주상의 조서를 전달했고, 내 이미 군사를 거느리고 나가서 초를 정벌하기로 약속했으니, 지금 만일 나가지 않는다면 내가 세 가지 불의(不義)를 저지르는 것이오. 하나는 신하로서 임금의 명령을 어기는 것이요, 또 하나는 친구에게 신용을 어기는 것이요, 마지막으로 은혜를 입고 덕을 어기는 것이란 말이오! 세 가지 불의를 범하고 내가 삼제왕으로 편안히 앉아 있는다면 천하 제후가 나를 욕할 것이요, 후일 무슨 면목으로 한왕을 대면하겠소이까? 선생이 충성으로 하시는 말씀이라는 것은 알지만, 난 절대로 한나라를 배반하지 못하겠소."

문통의 말에 그는 이렇게 반대했다.

그래도 문통은 계속해서 말했다.

"대왕께서 지금 이 사람의 말을 듣지 않으시다가 후일 해를 당하시는 날엔 반드시 제 생각이 나실 것입니다."

한신은 불쾌한 표정을 지으며 아무 말도 않고 자리에서 일어나 옷소매를 떨치며 밖으로 나가버렸다.

문통은 한신이 자기와 수작하기를 싫어하고 밖으로 나가버리자 하는 수 없이 물러나왔다. 그는 또다시 미친 놈 노릇을 하며 껄껄 웃고 노래를 부르며 거리거리로 돌아다니기 시작했다.

"초나라 있으니 그대 무거우나, 항우 망하면 그대도 없으리. 위기를 당해서야 후회하나, 때는 이미 늦었어라. 고기를 물속에 보면서 한번 손 쓰면 움켜잡으련만 아까울사 내 말을 그대는 어이 아니 듣는가. 내 노래를 그대는 듣는가. 그대 안 들으면 내 노래를 강물에 띄우네."

문통은 이 같은 노래를 지어부르며 저잣거리로 돌아다녔다.

한신은 이런 소문을 들었으나, 문통이 일부러 미친 척하고 다니는 것쯤 문제 삼지 않고 삼군의 출동 준비를 마치고 즉시 떠났다.

수일 후에 한신이 성고에 도착하자 한왕은 만족해했다.

수일 후에 장량도 성고로 돌아와 한왕에게 인사를 드렸다.

한왕은 대단히 만족해하며 말했다.

"이번에 선생의 주선이 아니었으면 어찌 이렇게 속히 한신이 왔겠습니까?"

"황송하옵니다. 이것은 모두 신의 능함이 아니옵고 대왕의 위덕에 저들이 감복하여 제 스스로 복종해오는 것이옵니다."

장량은 이같이 겸손했다.

과연 그 후 십여 일이 못 되어 영포와 팽월도 회남 지방과 대량 지방의 군사를 거느려 성고로 들어오고, 그 외 여러 지방의 제후들도 모여들었기 때문에 성고로부터 영양까지 팔백 리 사이는 한나라 군사의 부대로 뒤덮였다. 한왕은 여러 지방의 군사가 이렇게 구름처럼 엉키는 것을 보고 대단히 기뻐하며 대원수의 인장을 한신에게 주었다. 그리고 여러 지방의 군사들 모두 한신의 호령을 듣도록 명령을 내렸다.

한신은 대원수의 조칙을 받들고 각처에서 온 군사를 점검하기 시작했다. 연왕(燕王)의 군사 십오만, 영포의 군사 오만, 팽월의 군사 오만, 위(魏)나라 군사 이십만, 소하의 군사 십오만, 장도의 군사 삼만, 한왕(韓王)의 군사 삼만, 낙양의 군사 오만, 삼진(三秦)의 군사 육만, 합계 칠십칠만 명에 한왕이 친히 통솔하는 군사가 이십만, 그리고 한신 자신이 인솔하는 군사가 십일만 등으로 도합 일백십이만 명의 대군이었다. 그리고 영포·팽월·번쾌·왕릉·주발 등의 맹호 같은 대장이 팔백여 명, 좌우에서 그들을 보좌하는 신하와 모사가 오십여 명이었다.

한신은 이것을 자세히 적어 책을 만들어 한왕에게 바쳤다.

한왕은 그 책을 받고 대단히 기뻤다. 그는 내용을 훑어본 뒤에 소하·진평·하후영을 불러 말했다.

"이제는 경들이 군량을 수송하기를 잘하여 삼군을 배부르게 하고, 병자에게는 의약을 주어 속히 치료하도록 하고, 죽는 자가 있거든 관을 만들어 후히 장사지내게 하오."

"그리하겠습니다."

세 사람은 왕의 명령을 받고 물러갔다.

이리하여 이날부터 성고에서 영양까지 팔백 리 간 이백여 개소에 진을 치고 있는 한나라 군의 사기는 더욱 왕성해졌다.

수일 후에 한왕은 한신을 불러 물었다.

"이제 준비가 다 된 것 같은데, 원수는 어떠한 방략(方略)을 가졌소?"

"이제야 겨우 인마의 조련이 끝났사옵니다. 신이 내일 모든 대장들로 하여금 누구는 여기, 누구는 저기, 누구는 이 모퉁이, 누구는 저 구석, 이렇게 배정한 연후에 어가(御駕)를 봉영해 진발하겠습니다."

한신은 이렇게 대답했다.

"그러면 지금 사신을 항왕에게 보내어 전서를 전하면 항우가 반드시 쳐들어올 것이니, 우리는 가만히 앉아 있다가 저들을 맞아 격멸하여 대승할 수 있을 것 아니오?"

"불가하옵니다. 항왕이 번번이 실패한 것은 군량미가 원활히 수송되지 못한 까닭이었습니다. 지금 천하 제후가 이곳에 모여 있으면서 전서를 보낸다고 항왕이 뛰어나오지는 않습니다. 주상께서 친히 팽성 가까이 가서 항왕의 분을 돋우면 그제야 참을 수 없어 뛰어나올 것입니다. 그때 신이 대군을 이끌고 포위하면, 항왕이 어찌 살아날 수 있겠사옵니까? 이렇게 하심이 좋은 방략인가 하옵니다."

"원수의 말이 과연 합당하오!"

한왕은 즉시 한신의 말에 찬동하며 기뻐했다.

그날 이후 수삼 일이 지났다.

한나라 군사들의 훈련은 거의 완벽하게 된 것 같았다. 창, 칼을 쓰는 법과 말을 달리는 법, 깃발을 휘저으며 앞으로 나가고 뒤로 물러가는 법도 완전히 익숙해졌다.

한왕은 장량을 사신으로 하여 소와 양과 술을 한신에게 내렸다. 한신은 이 같은 하사품을 각 부대에 골고루 나누어주고, 각군의 대장들을 소집하여 잔치를 크게 열었다. 모두들 신명이 나서 좋아했다.

이렇게 여러 사람이 흥겹게 술을 마시고 있을 때, 장량이 한신의 곁에 앉아 물었다.

"군마의 훈련이 끝났는데 원수는 어찌해서 하루 속히 진발하지 않으시오?"

"그것은 선생이 모르시는 말씀이외다. 무릇 군사를 씀에는 먼저 토지의 길흉(吉凶)을 판단해야 합니다. 그래서 이 사람은 수일 전부터 수십 명의 부하를 내보내 양무(陽武)에서 서주(徐州) 사이를 샅샅이 조사시켰습니다. 그런데 아직도 적당한 곳이 없고, 다만 구리산(九里山) 남쪽에 해하(垓下)라는 곳이 있는데 이곳은 언덕이 높고 산봉우리는 험준하여, 앞에는 군사를 매복하고 뒤로는 적을 방어할 수 있을 것 같기에 오늘 아침에 다시 사람을 보내 상세히 보고 오라 했으나, 아직 돌아오지 않았습니다. 이 사람이 돌아와 과연 그와 같다고 보고하면, 그 후엔 지체하지 않고 즉시 진발하렵니다."

한신은 이렇게 대답했다.

"나도 요사이 천문을 보니, 자미성(紫微星)이 더욱 크게 광채를 발하고, 오성(五星)이 모두 광채 명랑하여 우리 한나라에 대단히 왕성한 기운을 나타냄을 알고 있었습니다. 속히 천하를 통일하여 자손만대에 이르도록 태평세월을 이뤄야 하겠습니다."

"물론이지요! 대군을 오래 이곳에 주둔시키고 있을 수 있나요. 불일간 주상을 모시고 진발하겠습니다."

장량은 한신의 대답을 듣고 만족해하며 성중으로 돌아갔다. 그는 한왕에게 한신의 말과 진중의 상황을 자세히 보고했다. 이때 초나라의 정보원들은 초패왕 항우에게 돌아가서, 성고와 영양 사이 팔백 리 지구에 백만의 한나라 부대가 이백여 개소에 진을 치고 있으며, 밤에는 횃불이 백일과 같고, 낮에는 기치가 삼엄해서 일광이 무세하여 전일의 한나라 군과 같지 않을 뿐더러, 진류(陳留)와 고창에서 군량미는 주야로 수송되어 오고, 한신은 매일 군사 훈련에 열심이며 불일간 양무 지방의 큰길로 해서 서주로 들어와 폐하와 더불어 자웅을 결판지으려 한다는, 자세한 보고를 올렸다.

항우는 보고를 받고 깜짝 놀랐다.

"아아! 아이구! 아이구!"

그는 외마디 소리를 지르더니 탁자 위에 두 팔을 길게 뻗어 얼굴을 파묻고, 어깨를 들먹거리며 느껴 울다가 마침내 큰소리로 통곡하기 시작했다. 항우가 이렇게 엉엉 우는 것을 보고 항백·종리매·계포·주란 여러 신하들은 무슨 일인지 몰라 급히 항우에게 달려갔다.

"고정하시옵소서!"

"울지 마시옵소서!"

"무슨 곡절이오니까?"

여러 신하들은 항우의 좌우에 둘러서서 그의 울음을 그치게 하기에 힘썼다.

한참 후 항우는 곤룡포의 소매로 눈물을 씻고 얼굴을 쳐들며 말했다.

"범증 범아부가 전일 짐에게 말하기를, 한왕 유방은 뜻이 큰 사람인지라 그대로 살려두었다가는 후일에 반드시 심복지환(心腹之患)이 될 것이라 하며 여러 번 죽이라는 것을 짐이 설마하고 그대로 두었더니, 지금 한왕이 백만 대군을 동원하여 불일간 이리로 공격해온다는 보고가 들어왔다! 짐이 지금 삼십만도 못 되는 군사를 가지고 어떻게 이 적을 대항한단 말이냐! 아아, 슬프다! 아아, 아깝다 범아부의 죽음이여! 어엉! 어엉!"

항우는 또 이같이 울며, 탁자에 기대지 못하고 용상 아래 엎드려 울었다.

여러 신하들이 달려들어 항우를 부축해 용상에 앉히고 위로했다.

"폐하! 심기를 전환하시옵소서! 강동(江東) 땅은 옛날, 폐하께서 군사를 일으키셨던 땅으로 오랫동안 인심이 폐하를 따르는 지방이옵니다. 속히 파발을 보내 장정을 소집하시면 회계(會稽) 땅으로부터 이남 지방만 해도 수만 명의 군사를 모으실 것이옵니다. 지금 주은(周殷)이 서륙(叙六)을 지키면서 이곳에도 수만 명의 군사가 주둔하고 있사옵니다. 속히 파발을 보내 주은을 부르십시오. 만일 주은이 배반하고 오지 않거든 대장을 보내 무찔러버리시고 돌아오는 길에 인근 각 지방으로부터 또 장정을 소집해오도록 하시면, 그럭저럭 수십만은 얻으실 것으로 아옵니다.”

항우는 그들의 말을 듣고, 통곡하던 때와는 달리 금세 평상시처럼 힘 있는 어조로 말했다.

“주은이 서륙 땅에 있으면서 전부터 영포와 사이가 좋았는데 영포가 이미 한왕에게 항복했으니 주은이 어찌 가만히 홀로 남아 있겠느냐? 모르는 체하고 주은을 이리로 불러오게 하여 그놈이 들어오거든 죽여 없애라! 이렇게 해서 우선 목전의 화근을 제거해야겠다!”

“지당한 말씀이옵니다.”

항백은 이같이 탄복하고 즉시 주은에게 보내는 격문을 써 천호(千戶)의 직에 있는 이령(李寧)을 불러 명령을 내렸다.

“그대는 이것을 주은에게 가져다주고 속히 데리고 오라!”

이리하여 항우와 기타 여러 신하들은 기분을 안정하고 이령이 돌아오기만 기다렸다.

그러나 수일 후에 이령은 혼자 돌아왔다. 그의 보고에 따르면, 주은은 서륙 땅을 떠날 수 없다 하며 초나라를 배반하는 기색이 농후하고, 돌아오는 길에 회계 땅에 들러 태수(太守)의 직에 있는 오단(吳丹)에게 초패왕의 격문을 전했더니, 오단은 회계에서 팔만 군사를 소집하여 불일간 출동하겠다고 했다.

“주은 따위는 옴딱지 같은, 문제 안 되는 인물이다! 속히 한왕을 쳐라!”

항우는 이같이 말하고, 삼군을 정돈시키라고 분부했다. 항우의 군사는 인근 각 지방으로부터 긁어모아 도합 오십만 명에 달했다.

한편 한신은 구리산의 지리를 세밀하게 조사시켜 원근(遠近)의 거리와 고저(高低)를 역력히 알아볼 수 있는 지도를 만들었다.

그는 지도를 펼쳐놓고서 한참 동안 들여다보다가 무릎을 탁 치며 말했다.

"여기가 제일 좋다!"

그러면서 즉시 광무군 이좌거를 불러오게 했다. 잠시 후 이좌거가 들어왔다.

"어서 들어오십시오. 제가 요사이 구리산의 지형을 조사시켜 여기 이 같은 지도를 만들었는데 한번 봐주십시오. 왼쪽으로는 험준한 산악의 능선(陵線)이 뻗쳤고, 오른쪽으로는 강물과 연못이 펼쳐져 있어 천하에 둘도 없는 전장(戰場)이란 말씀입니다. 내가 대장들을 이곳에 숨겨두었다가 적을 치고자 하건만 어떻게 하면 항왕을 속여 이리로 꾀어 나오게 할 수 있을지 그 꾀를 알지 못합니다. 그래서 선생을 오시라고 청한 것입니다. 선생께서는 나라를 위해 그 방법을 생각해주십시오."

한신은 이좌거를 맞아들이며 이렇게 말했다.

"항왕이 설령 군사를 이끌고 쳐들어오려고 할지라도, 항백과 종리매가 본래부터 지혜 있는 사람인지라, 반드시 이를 제지할 것입니다. 만일 이와 같이 되어 항왕이 나오지 않고, 도랑을 깊게 파고, 성을 높이 쌓고 접전하지 않는다면 우리의 백만 대군은 하루의 비용만 해도 수천만 냥 아닙니까? 어떻게 오랫동안 지탱할 수 있겠습니까! 이러다가 만일 우리가 위태로울 때 항왕이 치고 나온다면 그때엔 우리가 여지없이 참패하고 말 것입니다. 그래서 이 사람의 생각으론 지금 우리 진영에서 누구 한 사람이 거짓말로 적에게 항복하고 들어가, 교묘한 말로써 항왕의 마음을 현혹시켜 끌어내야 합니다. 항왕은 본시 지혜는 얕고 아첨하는 것을 좋아하는 위인이니, 잘만 꾀어내면 얼씨구나 하고 쫓아나올 것입니다. 이리하여 항왕이 구리산까지 쫓아나오기만 한다면 그때엔 원수의 함정 속에 빠지게 될 것이요, 초나라는 그 순간에 망해버리고 말 것입니다."

이좌거는 이렇게 대답했다. 한신은 고개를 끄덕이며 웃는 얼굴로 이좌거에게 말했다.

"그렇습니다! 그런데 이것을 선생이 아니고는 감당할 만한 사람이 없습니다. 누가 항왕을 꾀어 이리로 끌고 나올 수 있겠습니까? 그리고 선생은 원래 초나라의 신하이셨으니, 항왕에게 말씀을 잘하시면 반드시 속아넘어갈 것입니다. 한번 속기만 하면 그다음에 선생이 항왕을 꾀어 팽성으로부터 구리산 가까이로 나오게 하는 것쯤 어렵지 않을 것입니다. 이렇게 되면, 초나라를 멸망시킨 공훈은 완전히 선생에게 돌아갈 것입니다."

이 말을 듣고 이좌거도 기뻐했다.

"감사합니다. 이 사람이 오랫동안 원수의 휘하에 있으면서 지우(知遇)의 은혜를 입었으나 오늘날까지 은혜에 보답하지 못했습니다. 이번에야 원수의 말씀대로 공을 세워보겠으니, 원수께서는 속히 만반 준비를 다하시기 바랍니다. 그러면 이 사람이 항왕을 속여 구리산으로 가까이 나오게 해서 원수로 하여금 일대 공훈을 세우시도록 하겠습니다."

이좌거가 이렇게 말하고 즉시 일어나 나가려 하자 한신도 따라 일어나며 재차 부탁의 말을 했다.

"일을 잘 꾸미시기 바랍니다. 부탁합니다."

이좌거는 처소로 돌아와 조나라에서 데리고 온 하인을 두 사람만 거느리고 그날로 출발했다.

수일 후에 팽성에 도착한 이좌거는 객줏집에서 하룻밤을 지낸 후에 이튿날 대사마(大司馬)의 공청으로 항백을 찾아갔다.

항백은 공청에 앉아 있다가 이좌거가 자신을 찾아왔다는 보고를 받고 놀랐다.

'웬일일까? 본시 조나라의 모사(謀士)인 이좌거가 나를 찾아오다니,

반드시 무슨 곡절이 있을 것이다'

그는 이렇게 생각하고, 즉시 이좌거를 맞아들였다. 이좌거가 인사를 마치고 자리에 앉자 항백이 물었다.

"선생은 본시 조나라의 신하였고, 최근에는 제나라에서 한신의 빈객(賓客)으로 계시다는 것으로 듣고 있었는데, 어쩐 일로 오늘 이렇게 저를 찾아오셨습니까?"

이좌거는 천연하고 진실한 태도로 대답했다.

"장군께서 괴이하게 생각하시는 것도 무리는 아닙니다. 전일 조왕은 이 사람의 간언(諫言)을 듣지 않고 진여(陳餘)에게 속아 망해버렸습니다. 조나라가 망하자 이 사람은 몸 둘 곳이 없어 한신의 휘하에 있으면서 모사가 되어왔습니다. 하지만 한신이 지난번에 제왕이 된 후로 아주 그전과 달라져서, 망자존대(忘自尊大)하기 짝이 없고 만사를 의논하지 않고 독단적으로 처리하여 수하의 누구의 말도 듣지 않아, 결국 부하들 가운데 절반가량이 벌써 한신을 배반하고 도망해버렸습니다. 지금 다행히 초패왕 폐하께오서 한나라와 전쟁을 하시는 터이므로, 이 사람이 비록 재주가 부족합니다만 휘하에 두신다면 폐하를 위해 견마(犬馬)의 노(勞)를 다하겠습니다. 한신의 계교는 이 사람이 전부 추측해 알고 있습니다."

"초나라와 한나라가 서로 싸우고 있는 지금 피차에 사모기계(詐謀奇計)가 종횡하는 판이니, 선생이 일부러 우리에게 항복하는 것인지도 알 수 없습니다. 우리의 내정을 정탐하기 위해 찾아온 것이라고도 볼 수 있으니, 어떻게 신용하겠습니까?"

그러자 이좌거는 정색을 하며 말했다.

"장군께서 잘못 생각하셨습니다. 이 사람은 일개 유생(儒生)에 불과합니다. 갑옷을 입고 투구를 쓰고 말을 달리며 적을 깨뜨리지 못하는 인간입니다. 항상 장군 곁에서 꾀를 말씀드리지만 그 꾀를 쓰고 안 쓰는 것은 장군께 달렸습니다. 더구나 초나라의 내정은 한신이 부하 정보원을 시켜 항상 정탐하고 있는 것인데 어찌해서 저 같은 사람을 시키겠습니까? 저는 진심으로 초패왕 폐하의 위덕을 사모하는 마음으로 찾아왔을 뿐인데 도리어 장군으로부터 의심을 사게 되었습니다. 앞일을 생각지도 않고 사람을 볼 줄도 모르고, 다만 세상 사람들이 초패왕을 칭찬하는 소리만 듣고서 찾아온 내가 과연 못생긴 놈입니다! 내 이제 장군께 의심을 받고 돌아간댔자 갈 곳이 없으니, 차라리 장군 앞에서 죽어 내 마음속에 이심(異心)이 없는 것이나 증명하겠습니다."

그러면서 이좌거는 허리에 차고 있던 단도를 뽑아 금시에 자기 목을 찌르려 했다.

항백은 깜짝 놀라 얼른 이좌거의 손을 붙들었다.

"선생! 잠깐 참으십시오. 지금 두 나라가 싸우는 판인데 선생이 한나라 진영에서 건너오셨으니, 내가 어찌 의심하지 않을 수 있겠습니까? 나는 본시 성질이 급하고 말재주가 부족해서 자칫 잘못하면 군자에게 실례를 하는 때가 종종 있는 터이니 선생께서 너그러이 용서해주십시오."

항백은 이렇게 사과를 하고 이좌거를 상좌에 앉히고 술상을 벌이게 했다. 이리해서 두 사람은 이날 밤이 깊도록 술을 마시며 천하 형세에 대한 이야기를 했다.

항백은 이튿날 이좌거를 동반하고 조정에 들어갔다. 그는 먼저 항우 앞에 가서 이좌거가 항복해온 사실을 보고했다.

항우는 대단히 기뻐했다.

"짐이 근자에 좌우에 모사가 한 사람 필요하다고 생각 중이었는데 마침 잘되었다. 즉시 불러들여라."

잠시 후 이좌거가 단정하게 항우 앞에 들어와 공손히 절했다.

항우는 만족해하는 표정이었다.

"짐이 그전부터 광무군의 명성만은 높이 들어 알고 있었고, 조나라에 있는 사람을 어떻게 해서든지 우리나라로 초빙해오려고 오랫동안 생각해오던 터였는데, 이렇게 우연히 찾아오게 되었으니 이제는 짐의 소망이 이루어졌소."

"신이 조나라에 있을 때 조왕이 신을 쓰지 못했고, 그 후 한신의 모사가 되었사오나 한신 또한 쓰지 못했으므로 몸 둘 곳이 없어 폐하께 찾아온 것이옵니다. 진실로 어린아이가 부모를 사모하는 것처럼 폐하를 모시고 싶었사오니, 폐하께서 신을 버리지 않으신다면, 신은 국가를 위해 죽어도 여한이 없겠사옵니다. 만일 신을 의심하시면 신은 이 길로 동해 바다에 가서 빠져 죽어버리겠사옵니다."

이좌거는 공손히 서서 이같이 아뢰었다.

"그대가 진심으로 짐에게 항복해온 이상 짐이 의심할 리가 있겠소. 공연한 말을 하지 말고 항상 짐을 도와 좋은 꾀를 바치기 바라오."

"황송하옵니다."

이리하여 이날부터 이좌거는 항우의 신하 모사로 항우 곁을 떠나지 않았다.

한편 한왕은, 한신이 군마를 훈련시키고 출동 준비를 오래도록 했건만 얼른 출동하지 않자 답답증이 생겼다.

그래서 한왕은 한신을 불러 물었다.

"대군이 진영을 설치하고 조련한 지가 오래되었는데 이러다가 양초(糧草)가 결핍해지면 어찌하려고 출동하지 아니하오?"

"신이 연일 군마를 조련하여 준비가 오늘로서 완비되었사옵니다. 금일 어가를 모시고 진발하려던 차에 이같이 분부하시니, 황송하옵니다."

한신이 이렇게 말하자 한왕은 그제야 마음이 누그러졌다.

"그런데 오늘 진발하기로 한다면, 대군을 선도(先導)하는 지용겸비(智勇兼備)한 대장을 두 사람쯤 선택하여 선봉(先鋒)을 삼아야 할 것 같소. …원수의 장막에 이에 적당한 인물이 있소?"

"지당한 분부이십니다. 그런 인물이 있사옵니다. 신이 지난번 조나라를 격파했을 때 그 땅에 머무르면서 사방으로 용감한 무사를 모집하였사온데, 그때에 두 사람의 대장을 얻었사옵니다…. 위인이 충직하여 일을 처리할 때는 소리 없이 하고, 또 용맹은 만부부당의 힘이 있사옵니다. 만일 이 두 사람을 선봉으로 삼으신다면 반드시 주상을 위해 대공을 세울 것으로 믿사옵니다."

"그 같은 인물이 있단 말이오? 속히 부르오!"

한왕의 명령에 따라 한신은 즉시 두 사람을 불렀다.

잠시 후 두 사람의 장수가 들어왔다.

"성명을 무엇이라 하는가?"

한왕은 두 사람에게 이같이 물었다.

"신의 성은 공(孔), 이름은 희(熙)이옵고, 선조는 원시 요현(蓼縣) 사람이옵니다."

"신의 성은 진(陳), 이름은 하(賀)이옵고, 선조는 비현(費縣) 사람이오나 나중에 동제(東齊)로 이사했사옵니다. 두 사람이 다 함께 어려서부터 활 쏘고 말타기를 좋아해서 자주 상종했사온데, 그 후에 진나라에 난리가 벌어진지라 태산등운령(太山登雲嶺)에 들어가 숨어 있다가, 한신 원수가 널리 인재를 모집하신다기에 찾아와 뵈옵고 지금 휘하에 모시게 된 터이옵니다."

두 사람의 장수는 연달아 이같이 아뢰었다. 한왕은 대단히 만족했다.

"오오, 과연 기특하도다! 그러면 금일로서 공희를 요후(蓼侯)로, 진하를 비후(費侯)로 봉해줄 것이니, 두 사람은 선봉이 되어 대군을 인도해 가는 곳마다 백성을 보호하고, 군사를 절제 있게 하여 추호도 범하지 말고, 각 지방에서 항복하여 귀순해오는 자가 있거든 이것을 안무(安撫)하여 구관(舊官)으로 하여금 그 지방을 다스리게 하여 백성들에게 놀라

움이 없이 하라!"

한왕은 두 사람에게 이같이 분부하고 선봉 부대에 정병 삼만 명을 주
었다.

두 장수가 사례하고 물러간 뒤에, 한왕은 한신과 함께 일백십이만 명
의 대군을 통솔하여 성고로부터 출동했다.

파멸 전야

대한(大漢) 오년 기해(己亥), 서력기원전 이백이년 초가을 팔월의 날씨도 좋은 날, 한왕은 백만 대군을 통솔하여 성고로부터 출동하여 기치와 창검이 온통 수백 리 길에 뒤덮였다.

선봉대장 진하와 공희는 행군의 선두에서 이르는 곳마다 어느 부락을 막론하고 조금도 백성들에게 폐를 끼치지 않는지라 모든 백성들은 안심하고 평상시와 같이 일하고, 밥과 국을 가지고 나와 군사들을 환영하기도 했다. 행군 중에 잠시 휴식하는 때에 부락민들이 이같이 환영해 주는 까닭에, 군사들은 저희들끼리 밥을 지어 먹는 시간을 허비하지 않고 지체 없이 행진할 수 있었다.

군사들은 마침내 구리산(현 안휘성 해하)에 당도했다.

한신은 여러 대장들에게 각각 진영을 설치할 곳을 지정해준 다음, 패군(沛郡)에 들어가 수많은 진영을 설치시키고 접전할 준비를 하기에 바빴다.

공희와 진하는 한왕에게 나아가 치하의 말을 올렸다.

"대왕의 위덕에 감응한 모든 백성들이 도처에서 아군에 협조해준지라, 그간 지체 없이 도착했사옵니다. 이것은 대왕께서 이번 싸움에 반드시 초를 멸할 전조이옵니다."

"모두 두 장군 덕택이오."

한왕은 기쁜 얼굴로 이렇게 말하고 두 사람에게 중군의 좌우에 막사를 짓고 그곳을 지키라고 분부했다. 그리고 한왕은 소하로 하여금 군량을 수송하기를 항상 풍족하게 하라 지시하고 일변으론 팽성에 정보원을 파견하여 적의 동정을 세밀히 정탐해오게 했다.

한신은 패군의 시내를 돌아다니다 조그마한 언덕 위에 높은 정자가 있는 것을 발견했다. 패군 시내에 진영을 설치시키고 나서 무슨 좋은 꾀를 하나 생각하고자 돌아다니던 때인 만큼 한신은 정자를 발견하고 너무나 기뻐했다.

'되었다! 여기다가 시(詩)를 한 수 적어 붙이자!'

그는 커다란 널빤지에 시를 써서 붙이고 진영으로 돌아왔다.

초나라의 정보원들은 정자에 붙어 있는 널빤지에 이상한 시가 걸려 있는 것을 발견하고, 그것을 적어 팽성에 있는 항우에게 보고했다.

항우는 한신이 패군에 들어와서 정자에 써 붙인 '시'라는 것을 받아 보았다.

천하 제후가 의리로써 모였으니
도덕이 아니고는 천하를 거두지 못하리.
인심은 모두 초나라를 배반하니
하늘이 천하를 유씨에게 부치는도다.
불일간 해하 땅에서 그대 멸망하리니
내 패루(沛樓)에 올라서 너를 조상한다.
칼날이 번뜩 무서웁게 빛날 제
항우의 머리는 땅에 떨어지는도다.

읽고 보니 이것은 자신을 욕하는 것이라 항우는 기가 막혀 눈을 동그랗게 뜨고 호령을 했다.

"이놈 한신이란 놈이! 짐이 이놈을 죽이지 않고는 돌아오지 않으련다!"

그는 즉시 삼군에 출동 명령을 내렸다.

갑자기 출동 명령이 내려지자 계포와 주란이 급히 들어와 간했다.

"폐하께서는 고정하시옵소서. 이것은 한신이 폐하를 유인하고자 하는 것이옵니다. 혹시 폐하께서 군사를 붙들어두고 나오시지 않을까 해서 그 같은 시를 붙여놓고 폐하의 분노를 자아내려 한 것이옵니다. 만일 경솔히 출군하셨다가 그 꾀에 빠지지나 않을까 두렵사옵니다."

계포와 주란이 이같이 반대 의견을 내세우자 항우는 잠깐 동안 목을 좌우로 기우뚱거리면서 생각하다가,

"아니다! 너희들은 모른다. 이번에 이놈을, 가랑이 밑으로 기어다닌 놈을 그대로 둔다면 천하 제후가 짐을 하잘것없는 사람으로 여길 것이다."

이렇게 두 사람의 말을 거절했다.

"폐하께서는 한나라 군사를 대적하지 마시옵소서. 그들은 세력이 강대해졌고, 게다가 한신의 꾀가 비상하니 어찌 경솔히 대적하시겠습니까? 도랑을 깊이 파고 성벽을 높이 하여 적과 싸우지 않으면서 회계 땅으로부터 군량미를 수송시키고, 여러 지방에 격문을 보내어 군사를 모으시면 날짜가 지날수록 양식이 부족해져 자연히 피폐해질 것이옵니다. 이때 폐하께서 공격하시면 한신은 군사는 있으나 쓰지 못하게 될 것이며, 장량도 계교를 쓰지 못하게 될 것이옵니다. 이렇게 되면 성고와 영양은 장담하고 점령할 수 있사옵니다. 폐하께서 만일 신의 말씀을 듣지 않으시고 팽성을 텅 비워놓고 출군하신다면, 아군은 수효가 적고 적은 수효가 많은데 어떻게 승리할 수 있겠사옵니까?"

그러나 주란은 또 이같이 아뢰었다.

항우는 아무 말도 못했다. 과연 어찌할 것인가? 어떻게 하면 좋은가? 그는 잠시 동안 생각해보았으나, 방침이 결정되지 않았다.

그는 용상에서 일어나 내궁으로 들어갔다.

황후 우희는 내궁에 앉아 있다가 항우가 들어오는 것을 보고 얼른 자리에서 일어났다.

"듣자오니 한왕의 백만 대군이 근일 아국으로 침공해온다 하옵는데, 폐하께서는 이에 대책을 세우셨나이까?"

우희는 항우의 곁으로 비켜서며 이같이 물었다. 항우는 방침을 결정하지 못하고 있는 자신의 심정을 우희에게 쏟아놓았다. 그리고 주란이 간하던 말도 그대로 이야기했다.

"일이 이러하니 얼른 판단이 안 나는구려!"

그는 한숨을 쉬었다.

"첩이 생각하옵기는 주란의 말씀이 유리한 것 같사옵니다. 폐하께서 주란의 말씀을 들으시면 사직(社稷)이 무사할 것이오나, 그렇지 않으면 나아가 승리를 얻기는커녕 이곳 팽성까지도 보전하기 어려울 것 같사옵니다."

우희의 말에 항우는 아무 말도 안 했다. 그의 얼굴은 고민하는 기색이 역력했다. 충성을 다하는 신하와 극진히 사랑하는 우희가 똑같이 자신에게 나가 싸우는 것을 반대하기 때문이었다. 그렇다고 한신이란 놈이 자신의 목을 해하 땅에서 자르겠다고 글을 지어 붙인 것을 보고 그대로 앉아 있을 수는 없었다. 가만히 있는 것은 치욕이다. 어찌하면 좋을까?

항우는 번뇌를 잊어버리기 위해 우희와 함께 술을 마시고 그녀의 노래를 들었다.

이튿날 항우는 여러 신하들을 모아놓고 물어보았다.

"어제 주란 대장이 짐에게 간하여 가로되 한나라와 싸우지 말라 하니, 다른 사람들의 소견은 어떠한고?"

그러자 이좌거가 앞으로 나와 아뢰었다.

"폐하께서 친히 나가시어 적을 징벌하지 않으시면 한나라는 초나라를 업신여기고 대번에 이곳을 침공할 것이옵니다. 만일 팽성을 잃어버리신다면 폐하께서는 장차 어디로 가시겠사옵니까? 신의 생각으로는 폐하께서 군사를 거느리시고 나가 싸우는 것이 가장 좋을까 하옵니다. 그리하여 아군이 승리한다면 한나라 군사들은 도망할 것이옵고, 그렇지 못한다면 후퇴하여 다시 팽성으로 돌아와 이곳을 근본으로 하고 각처로부터 구원병을 모아오게 하는 것입니다. 그러면 누가 감히 오지 않겠사옵니까? 그리고 한나라 군사들이 오래도록 이곳에 머물러 있으면 군량이 부족해져 저절로 약해질 것입니다. 폐하께서 이때를 틈타 그들을 치시면 크게 승리할 것입니다."

"그렇다! 그 말이 짐의(朕意)에 합당하다."

항우는 이렇게 이좌거의 의견을 채택하고, 주란의 간언은 무시해버렸다.

항우의 마음이 확실히 결정되었는지라, 즉시 삼군에는 출동 명령이 내려졌다.

항우도 사랑하는 우희를 수레에 앉히고, 자기는 오추마를 타고 팽성을 떠났다. 성문을 나와 패군을 향해 행군하는 도중에 별안간 검정 구름이 하늘을 뒤덮더니 주먹 같은 빗방울이 함박으로 퍼붓는 듯이 쏟아지며 폭풍이 불기 시작하더니, 중군이 받들고 가던 보독기(寶纛旗) 중 제일 큰 기가 별안간 뚝 부러졌다. 모든 사람들은 이것을 보고 얼굴빛이 변했다. 괴상한 일이다. 변조다. 좋지 못한 일이다. 모두들 이렇게 생각하는 표정이었다. 그러나 항우는 얼굴빛이 변하지 않고 태연히 행진을 계속했다.

항우가 옥루교(玉樓橋)에 다다랐을 때 갑자기 그의 오추마가 걸음을 멈추고 히잉! 히잉 하며 오랫동안 서서 가지 않았다.

이것을 보고 항백과 주란은 서로 근심스러운 얼굴로 바라보았다.

"웬일일까요? 불길한 전조가 아닐까요?"

"글쎄! 참으로 이상한 일이오. 대풍(大風)이 깃대를 꺾고 용마(龍馬)가 길게 울음을 울고 이것이 모두 불길한 징조인 것 같소."

두 사람은 이 뜻을 항우에게 간하기로 작정했다.

그리하여 즉시 우자기를 청해 이 뜻을 우희에게 전하게 한 다음, 항우의 뒤를 쫓아 달렸다. 항우는 벌써 십 리가량 앞서서 가고 있었다.

항백과 주란은 매우 급히 달려와 서관(西關)에 이르러서 항우를 따라섰다. 그리고 그곳에 조그마한 정자가 길가에 있는 것을 보고, 항우에게 잠시 휴식하고 출발합시자고 아뢰었다. 항우도 그들의 말에 반대하지 않고 말에서 내려 정자로 올라갔다.

항우를 모시고 오던 여러 신하들도 정자로 들어갔다.

항백과 주란은 항우 앞에 가까이 다가가 간했다.

"폐하께서 아침에 팽성을 출발하실 때 대풍이 일어나 중군의 깃대는 부러지고, 옥루교를 건너실 때엔 오추마가 길게 울었사옵니다. 두 가지 괴변이 있었사오니 이것은 병가(兵家)에서 꺼리는 일이옵니다. 그러하오니 지금 다시 팽성으로 돌아가시어 적의 동정을 탐지하신 뒤에 다시 출동하셔도 시기가 늦어지지는 않을 것이옵니다."

"그게 무슨 소리! 옛날에 주(紂)는 갑자(甲子)에 망하고 주무왕(周武王)은 갑자에 흥했다! 갑자가 불길하다면 무왕은 흥하지 못했을 게 아니냐? 무릇 대풍이 깃대를 꺾고 말이 운다는 것은 조금도 괴상한 일이 아니다. 우연히 일어날 수 있는 일이다. 지금 짐이 대군을 통솔하고 출동한 것을 세상이 다 알고 있는데 도로 회군한다면, 도리어 세상 사람들의 의심을 살 것이다. 또 적이 이 일을 안다면, 짐을 세상에 둘도 없는 겁쟁이라고 조소할 게 아니냐. 그런 소리 말고 어서 속히 행군하자!"

항우는 이렇게 즉석에서 반대하고, 정자에서 내려가려 했다.

이때 때를 맞춘 듯이 황후 우희가 보낸 사신이 도착해 항우에게 편지를 올렸다.

"무슨 편지란 말이냐, 어디 보자. 또 간하는 말이겠지."

항우는 코를 벌룽거리며 기쁜 듯이 웃으며 편지를 펼쳐보았다.

> 문왕(文王)은 후비(后妃)의 간함을 들으시어 성인(聖人)이 되셨고, 대우(大禹)는 도산(塗山)의 잠언(箴言)을 읽으시고 하(夏)나라를 일으키셨으니, 자고로 제왕 중에 간언을 듣지 않고 천하를 다스린 사람은 없사옵니다. 첩은 본시 부인으로서 원대한 식견은 없사오나, 근일 듣자오니 한신은 궤계백출(詭計百出)하는 자이므로 주란의 말씀처럼 모름지기 앉아 방비함이 가하겠사옵니다. 폐하께서는 이 말을 들으시기 바랍니다. 더욱이 오늘 떠나오실 때 대풍이 깃대를 꺾고 용마가 길게 운 것은, 하늘이 폐하께 경계할 것을 이르심이오니 폐하께서는 이를 심상한 일이라 생각지 마시고 조용히 기회를 가지시옵소서.

항우는 우희의 편지를 읽어보고는 입맛을 두어 번 다시고 갑자기 기분이 무거워지는 것처럼 보였다. 이좌거는 항우가 도로 회군하여 팽성으로 돌아갈 것처럼 보이자 급히 앞으로 다가가 아뢰었다.

"아뢰옵니다. 신이 데리고 있는 하인을 시켜 패군 시내의 소식을 알아보았사온데, 한왕은 벌써 성고로 돌아갔고 한신도 회군하려는 것 같다 하옵니다. 신이 생각건대 한나라 군이 수효는 많고 군량은 부족해서 폐하의 대군이 닥치는 날이면 결코 지탱할 수 없을 것 같아 물러가는 모양입니다. 이 틈을 타 폐하께서 급히 정벌하시면 한신을 패군에서 무찌를 수 있을 것 같사옵니다."

"오오, 그러냐? 그러면 속히 진발하자!"

항우는 마침내 마음을 정하고 정자에서 내려와 다시금 행군을 시작했다.

항백·주란·계포·종리매도 이제 더 이상 무어라 간할 수 없었다. 우희의 편지로도 효과가 없는 이상, 자신들의 말로 항우의 마음을 돌이킬 수 없음을 그들은 잘 알고 있을 뿐 아니라, 선진(先陣)은 벌써 오십 리 앞에 나가고 있어 쉽게 회군하기 어려운 것도 그들은 잘 알고 있었다.

이리하여 항우는 그대로 행군을 하여 이튿날 늦게 패군 가까이 도착했다.

항우는 패군으로부터 오십 리쯤 떨어진 곳에 진영을 설치하고 적의 내정을 정탐해오도록 했다. 정보원과 탐색병들이 바쁘게 나갔다.

그 이튿날 그들은 다음과 같이 보고를 올렸다.

"한왕은 패군의 성 밖에서 육십 리 떨어져 있는 서봉파(棲鳳坡)에 진을 치고 있으면서 종일 술만 마시고 노래만 부르고 있으며, 진영과 진영 사이에는 인마가 이어져 끊일 사이가 없고, 한신은 구리산 동쪽에 큰 진영을 설치하고 있는데, 사방에 진문을 열어붙인 채 사람이 오고가는 것을 금지하지는 않으나, 계속해서 군마를 조련시키고 있는 것으로 보아 한신이 회군할 것 같지는 않사옵니다."

항우는 보고를 받고 급히 이좌거를 불러 의견을 물어보려고 했다. 그러나 좌우를 둘러보아도 이좌거가 보이지 않았다.

"이좌거 어디 있느냐?"

좌우를 보고 이같이 물었으나 아무도 대답을 못하고 서로 얼굴만 쳐다보았다. 아무도 모르는 모양이었다.

"이좌거! 이좌거!"

항우는 큰소리로 이좌거의 이름을 불러보았다. 대여섯 번 불러도 대답이 없자 그는 마음이 초조해지고 답답했다.

잠시 후 근시 한 사람이 밖에서 들어오자 항우는 그에게 분부를 내렸다.

"속히 이좌거를 찾아 불러오너라!"

밖에 나갔다 돌아온 근시는 이렇게 아뢰었다.

"아뢰옵니다. 그 사람은 어제 저녁에 자기 하인을 데리고 진문 밖으로 나갔는데 지금까지 돌아오지 않는다 하옵니다. 어디로 갔는지 아무도 아는 사람이 없다 하옵니다."

항우는 눈을 동그랗게 뜨고 이를 악물고 발을 굴렀다.

"무엇이라고? 그렇다면 이놈은 한신이 보낸 간첩이었구나! 나를 거짓말로 여기까지 오게 하다니! 속았구나, 속았어!"

그는 이를 갈고 분해하다가, 항백을 가까이 불러세우고 호령을 했다.

"이렇게 된 것이 누구 때문인가, 응? 어째서 이좌거의 내력을 상세히 조사해보지도 않고 짐에게 천거했단 말이오? 이제 와서 대사를 그르쳤으니 누구의 죄란 말인가? 누구의 죄야? 이좌거를 모사로 채용하게 만든 죄가 누구의 죄야? 응?"

항우가 숨 가쁘게 문죄하는 호령을 들으며 항백은 크게 후회했다.

"신의 죄이옵니다! 신이 세상에서 이좌거가 유명한 것만 알고 그만 그놈한테 속았사옵니다. 진실로 신의 죄는 만사무석(萬死無惜)이옵니다."

항백이 공손히 머리를 숙이고 이같이 사죄하자 항우의 노기는 조금 가라앉았다. 그러나 그는 무어라고 명령을 내려야 할지 몰랐다.

이때 주란이 항우에게 다가와 아뢰었다.

"항 사마(司馬)께서는 오직 충심으로 국가를 위해 인재를 택했사옵니다. 이번에 이좌거의 정체를 명백히 밝히지 못하고 폐하께 천거한 것은, 일시 뜻하지 아니한 실책이옵니다. 결코 중죄(重罪)하실 바는 아니옵니다. 지금 삼십만 대군이 이곳에 당도하여 갑자기 물러가지는 못하오니 다만 적을 쳐부수는 것만 생각하셔야 하옵니다. 부질없이 지나간 일을 후회하지 마시옵소서."

"그렇다! 그만두자. 계포와 주란이 선견지명이 있어 누차 간하는 것을 짐이 듣지 않았으니, 내가 누구를 책망하랴!"

항우는 이렇게 항백을 용서하고, 이웃방에 있는 우희에게로 건너갔다.

그는 우희를 보고 한숨을 쉬며 탄식했다.

"내, 그대의 말을 듣지 않다가 적의 꾀에 빠졌구려!"

"첩이 아뢴 말씀이야 아깝지 않습니다. 이제 폐하께서는 여러 장수들과 일심협력하여 홍기(洪基)를 회복시키고 속히 개가를 올리시옵소서."

우희는 항우 앞에 고요히 앉아 이같이 대답했다.

"그리하겠소! 그대의 말이 옳소."

항우는 침상 위에 다리를 뻗으면서 몸을 던졌다.

이튿날 항우는 장수들을 모아놓고 분부를 내렸다.

"그대들이 짐을 따라 접전하기를 수백 번, 지금까지 한 번도 져본 일이 없다. 그러나 이번 한나라 군사는 경적(輕敵)이 아니다. 그러니 모두들 진충갈력해서 싸워야 한다. 종리매는 삼만 명을 인솔하여 좌비(左備)를 담당하고, 계포는 삼만 명을 데리고 우비(右備)를 담당하며, 환초는 선봉이 되고, 우자기는 후진이 되어 각각 힘을 다해 싸우되 적이 도망하거든 절대로 멀리 추격하지 말며, 만일 아군의 일방이 참패하는 때에는 서로 쫓아나와 구원하도록 해라. 이렇게 해서 한 달 동안만 접전한다면 그들은 군량이 떨어져 저절로 무너질 것이다."

"폐하께서 계책하심이 이 같으시니, 신 등이 어찌 감히 어기겠사옵니까!"

여러 장수들은 탄복하기를 마지아니했다.

한편, 한신은 부하 장수들에게 이곳은 매복할 곳, 저곳은 적을 유인할 곳 등 수시로 임기응변하면서 적을 섬멸시키는 법을 충분히 지시하고 있었다.

그런데 어느 날 중군의 진문에서 위관이 달려와 아뢨다.

"이좌거 선생이 돌아오셨습니다."

한신은 급히 이좌거를 맞아들였다.

"얼마나 수고가 많으셨습니까? 어서 앉으십시오. 그런데 결과가 과연 어떻게 되었습니까?"

한신이 묻는 말에 대해 이좌거는 팽성으로 항백을 먼저 찾아가 그를 속이고 항우를 만나 그의 신하가 된 후, 계포와 주란이 항우에게 간하는 것을 꾀어 지금 패군까지 끌고나온 경과 이야기를 자세히 보고했다.

한신은 무릎을 치며 기뻐했다.

"만일 선생이 아니셨다면 어떻게 항왕을 여기까지 끌어내었겠습니까? 그러면 이제는 다른 곳에서 더 증원 부대가 도착하기 전에 접전을 속히 개시해야겠습니다. 그런데 적을 유인하여 깊숙이 중지(重地)로 끌어들이지 않고는 계획대로 섬멸시킬 수 없는데…. 선생에게 반드시 계책이 있을 것입니다. 말씀해주십시오."

그는 이같이 말하고 이좌거에게 꾀를 물었다.

"글쎄올시다. 별로 신통한 생각은 없습니다만, 원수께서 어떻게 생각하실는지…."

"그런 말씀은 그만두시고 말씀하십시오!"

"그러면 말씀하지요… 전에 원수께서 항왕과 접전하실 때, 거짓 지는 척하고 적을 유인해 복병이 한꺼번에 쏟아져나와서 적을 쳐버린 때가 수차 있었습니다. 그러니 이번에 이 같은 꾀를 쓰다가는 적을 유인해 끌어오지 못합니다. 그러므로 내일 합전할 때에는 반드시 주상께서 먼저 나가셔야 할 것입니다. 주상께서 항왕을 욕해 그를 분노케 한 후 서쪽으로 도망해오시면, 항왕은 천성이 조급한지라 분명 추격해올 것입니다. 그 중도에 제가 나가 항왕에게 조소하고 치욕을 주면, 그는 제게 원한이 있는 터이니 분함을 참지 못하고 추격해올 것입니다. 그때엔 아무리 다른 사람들이 간해도 그의 귀에 들리지 않을 것입니다. 이렇게 해야만 항왕을 깊숙이 끌고 들어올 수 있을 것입니다. 그다음엔 원수의 계획대로 되겠지요."

이좌거가 이렇게 말하자, 한신은 손뼉을 치며 유쾌히 웃었다.

"되었습니다! 그렇게 될 것이 분명합니다. 그러면 이 계획을 주상께 아뢰십시다."

한신은 이좌거를 동반해 한왕의 처소로 찾아갔다. 한왕은 두 사람을 반가이 맞아들여 이좌거가 항우를 꾀어낸 공로를 칭찬했다.

한신은 이좌거의 꾀대로, 한왕이 먼저 대면하여 그의 감정이 폭발되도록 하지 않으면 항우를 더욱 깊은 곳으로 끌어들이기 어렵다는 전달과 전술을 아뢰었다.

"알아들었소. 그러면 원수의 말대로 짐이 먼저 앞에서 항왕과 상면하리다. 그러나 짐의 좌우 전후에서 용맹한 장수들이 짐을 수호해주어야 하겠소."

"그리하겠습니다. 내일 대왕께서는 공희와 진하를 좌우에서 경호하게 하시고 나가셨다가 서쪽 회해(會垓)를 바라보고 도피해오시면, 신은 미리부터 이곳에서 기다리고 있겠사옵니다."

한신이 이같이 아뢰자 한왕은 고개를 끄덕였다. 이날 밤 한왕과 한신, 이좌거는 내일 접전할 절차를 오랫동안 서로 의논했다. 항우를 잡아 죽이고 초나라를 멸해 완전히 국토를 통일하여 대한(大漢)의 천하를 이룩하는 기회가 내일 벌어질 싸움에 있는 것이다.

구리산 십면매복

이튿날 새벽 날이 밝기도 전에, 한신은 중군에 단정히 좌정하고 모든 대장들을 소집했다.

"주상께서 포중(褒中)에서 나오신 이래 그동안 벌써 오 년, 천신만고 하여 항왕의 세력은 약해져 승부를 결정지을 싸움은 오늘의 일전(一戰)에 달렸으니 제장은 마땅히 용기를 분발하여 적을 대하고, 나갈 때는 용맹을 다해 치고, 물러나와서는 견고히 방비하고, 왼쪽으로 가라 하거든 왼쪽으로 가고, 오른쪽을 가리키거든 오른쪽으로 돌아가는 것을 모두 다 이 사람이 지휘하는 대로 어김없이 해주기 바란다. 그리하여 통일천하의 대업(大業)을 완성한 뒤에 자손만대에 행복을 도모하도록 각각 힘써주기 바란다."

한신은 그들을 넓은 방 안에 정렬해 세우고 이렇게 훈시했다.

"네! 모두 원수께서 지시하시는 대로 시행하겠습니다."

대장들은 일제히 이같이 대답했다. 한신은 이어 모든 장수들에게 오늘부터 취할 행동을 지시하기 시작했다. 대장 왕릉은 부장(副將) 십육 명과 정병 사만 오천 명을 거느리고 구리산 북방에 매복하고, 노관은 북쪽에, 조참은 동북방에, 영포는 동쪽에, 팽월은 동남방에, 주발은 남쪽에, 장이는 서남방에, 장도는 서쪽, 각각 왕릉과 마찬가지로 부장 십육 명과 사졸 사만 오천 명씩을 거느리고 매복해 있는 동시에 하후영은 십만 명을 인솔하여 한왕의 뒤에 있다가 불시에 급하게 되거든 뛰어나오고, 장량은 방호사(防護使)로 십만 명을 거느리고 한왕의 좌편에, 진평은 구응사(救應使)로 십만 명을 거느리고 한왕의 우편에 각각 방비하고, 공희와 진하는 이만 명을 거느리고 한왕의 앞에, 여마통·여황(呂況)은 이만 명을 거느리고 한왕의 뒤에, 근흡은 일만 천 명과 부장 십이 명을 거느려 십이 방위(方位)를 형상하게 하고, 시무는 이만 팔천 명과 부장 이십팔 명을 거느리어 이십팔 숙(宿)을 형상하게 하고, 임오(任午)는 이만 오천 명을 거느리고 한왕의 본진영을 지키고, 유택(劉澤)은 삼천 명을 이끌고서 계명산(鷄鳴山)에 들어가 거짓으로 기치를 세워 의병(疑兵)을 꾸미게 하고, 유고(劉高)는 삼천 명을 인솔하여 후진을 순초하고, 박소(薄昭)·손가회(孫可懷)·고기(高起)·장창(張倉)·척사(戚思)는 각각 일천 명을 인솔하여 사방에서 각 부대 간에 연락을 긴밀히 하고, 진희·육가·부필·오예 네 사람은 각각 오천 명씩 인솔하여 조그만 길로 비밀히 서주로 돌아 급히 팽성을 치고들어가 항우의 가족을 모조리 잡아가두고 성 위에 있는 초나라 깃발을 뽑아 한나라 기로 바꾸어 꽂아놓고, 백성을 안무하고, 관영은 항우와 접전하면서 그를 회계 골짜기까지 꾀어올 것이고, 중랑기장 양희(中郎旗將 楊喜), 오군도위 양무(五軍都尉 楊武), 좌군사마 양익(左軍司馬 楊翼), 우군사마 여승(右軍司馬 呂勝)은 오강(烏江)으로 가서 좌우에 매복해 있게 했다.

이와 같이 모든 배치가 끝나 대장들이 명령대로 다 각기 출동하려 하자 왕릉이 한신에게 물었다.

"원수께서 지금 우리들에게 구리산 속에 가서 매복하고 있으라 하셨지만, 구리산은 패군으로부터 일백팔십 리, 지금 초나라의 군사가 도중 각처에 진을 치고 있으니 우리들이 어느 길로 진군해가서 매복할 수 있는지, 또 원수는 어디 계시다가 적을 대적하고, 주상께서는 어디에서 적을 유인하실는지 우리들에게 가르쳐주시기 바랍니다."

"구리산은 서주의 성 밖에서 북쪽으로 구 리(九里)란 말이다. 항왕이 이좌거한테 속아 패군까지 나왔기 때문에 지금 마음속으로 후회하고 있다. 오늘 나와 접전하다가 패하면 반드시 팽성으로 도망해 들어갈 것이기에 내가 그대들을 구리산에 매복시키고 또 진희와 육가 등 네 사람을 비밀히 보내 팽성을 점령하도록 한 것이다. 항왕이 접전에 패해 돌아가다가 팽성을 빼앗긴 것을 알고는, 나아갈 곳도 없고 물러갈 곳도 없어 반드시 강동 지방으로 도피하려 할 것이다. 그래서 내가 양무와 여승 등 네 사람을 오강에 매복시키는 것이다. 여기서 항왕은 강을 건너지 못하고 사로잡히고 말 것이다. 그러니 그대들은 지금 어느 길로 가느냐 하면, 고릉(固陵)의 북쪽 황하(黃河)의 언덕길로 해서 귀덕군(歸德郡)을 지나 우성현(虞城縣)을 돌아서 구리산으로 들어가야 한다. 구리산을 그전에는 구의산(九疑山)이라 했는데, 그 속에는 높은 산이 또 세 개가 있다. 동북에는 계명산(鷄鳴山), 서쪽에는 초왕산(楚王山), 북쪽에는 성녀산(聖女山)이 있으니, 주위는 모두 합쳐 이백 리다. 항왕이 팽성에 한나라 기가 꽂힌 것을 알고 난 뒤엔 즉시 북쪽으로 달아날 것이니, 그때 그대들이 사방에서 치고 때리도록 하라. 그러면 초나라 군사는 전후좌우로 몸을 움직이지 못하게 될 것이다."

한신의 이 같은 설명을 듣고 여러 대장들은 무릎을 꿇고 탄복했다.

"원수의 묘산(妙算)은 실로 귀신도 알지 못하겠습니다!"

이때 돌연 한편 구석에서 커다란 목소리로,

"그런데 원수께서 어찌해 이 사람은 무시하십니까?"

하고 고함을 지르는 사람이 있었다. 모두들 놀라 바라보니, 그 사람은 번쾌였다. 한신은 빙그레 웃었다.

"내가 그대를 무시할 리가 있소!"

그러나 번쾌는 흥분된 어조로 불평을 털어놓았다.

"주상께오서 포중에서 나오신 이래 수백 번 접전하셨는데, 이 사람은 한 번도 빠져본 일이 없습니다. 원수께서 지금 모든 사람들에게 임무를 맡기시고 이름 없는 소장에까지도 모두 일방의 책임을 주시면서 어찌해 이 사람은 빼놓으십니까?"

한신은 부드러운 음성으로 대답했다.

"옳은 말씀이오. 하지만 난 이미 장군의 직책을 결정해놓았소. 지금 모든 사람을 다 쓰고 장군 한 사람만 남겨놓은 것은 장군을 무시하는 것이 아니고, 너무도 일이 중대해 이것을 장군에게 명령했다가 만일 일호의 실수가 생겼다가는 우리의 백만 대군이 단박에 눈깔이 빠져버릴 것 같아, 그래서 내가 얼른 말하지 못하고 생각하는 것이오."

"원수께서 어떤 중대한 임무를 맡기시든지, 제가 진심갈력하여 이행하겠습니다. 조금이라도 실수가 있으면 군법으로 시행해주십시오. 죽어도 한하지 않겠습니다."

번쾌는 얼굴을 정색하고 이렇게 장담했다.

"그렇다면 내 말하리다. 내가 대군을 구리산에 매복시켜놓고 항왕을 유인해 끌고온 뒤에 때려부수려 하는데, 피차에 혼전(混戰)이 되는 터이므로 분간하지 못할 것이란 말이오. 그래서 내가 중군에 큰 기를 세워 좌편으로 가라 할 때는 좌편으로, 우편으로 가라 할 때는 우편을 가리키게 하고, 진격이라 할 때는 앞으로, 물러가라 할 때는 뒤로, 깃발로써 신호를 하여, 백만의 군사가 이 깃발 하나로 진퇴(進退)하도록 한단 말이오. 그러니 오늘의 승부 삼군의 생사는 오직 이 깃대를 움직이게 하는 사람에게 달려 있으니, 이를 장군이 넉넉히 하시겠소?"

"넉넉히 하겠습니다!"

번쾌는 우렁차게 대답했다.

"그러면 장군은 삼천 명을 거느리고 구리산 꼭대기로 올라가 적군이 오고가고 하는 것을 보아 수시로 임기응변해서 깃발 하나로써 우리의 삼군을 지휘해주시오! 만일 착오가 생겼다가는 군법으로 처단할 것이니 조심하기 바라오."

"그런데 만일 어둔 밤중이면 적군과 아군을 분간하지 못할 텐데 어떻게 합니까? 또 설령 분간한다 할지라도 낮에는 깃발이 눈에 보이지만 밤중에 어떻게 깃발이 보입니까?"

번쾌가 더 말을 계속하기 전에 한신은 그 말을 가로막았다.

"그것은 내가 준비해두었소. 염려 마오. 밤에는 커다란 등롱(燈籠)을 깃발 대신 사용할 것이오! 무릇 야군(夜軍)에는 어느 쪽이나 횃불을 사용하지 않소? 그 횃불을 가지고 움직이지 않고 각 방면을 수비하고 있는 것은 아군이요, 횃불로 분주히 왕래하는 것은 적군이란 말이오. 그러니 장군은 횃불만 보고도 적군과 아군을 능히 판단할 수 있을 것이니, 오직 세심하게 조심하고 착오를 일으키지 말아야 하겠소."

"네! 잘 알았습니다. 반드시 그렇게 하겠습니다."

번쾌가 이렇게 굳게 맹세하는 말을 듣고, 그제야 한신은 그에게 삼천명을 주어 다른 모든 장수들과 함께 고릉 지방의 도로를 통해 구리산으로 떠나게 했다.

한편, 항우는 이때 모든 장수를 모아놓고 접전할 방침을 지시하고 있었다.

"짐이 적의 정보를 받아보니, 한나라 군은 과연 형세가 굉장하다. 오늘 짐이 이십만 명을 거느리고 앞서서 나가겠으니, 종리매와 주란이 좌우에서 짐을 도와라. 그리고 나머지 삼십만을 여섯 사람의 대장이 각각 분담하여 짐의 뒤를 따르고, 우자기는 혼자 이곳에 머물러 본진을 지키기 바란다."

모든 장수가 항우의 명령에 반대하지 않았다. 항우는 대오를 정비하고 즉시 출동하여 한나라 진영을 향해 돌진했다.

오시(午時)가 되기 전에 항우는 한나라 진영 앞에 이르러 큰소리를 질렀다.

"한왕은 속히 나오너라! 또 한신이란 놈을 시켜 잔꾀를 부리지 말고, 대장부답게 씩씩하게 어서 나오너라!"

이 소리를 듣고 갑옷과 투구를 쓴 한왕이 공희와 진하를 좌우에 거느리고 말을 달려 나갔다.

한왕을 보자마자 항우가 소리쳤다.

"네가 전일 고릉에서 패전했을 때 짐이 차마 죽이지 못하고 살려주었는데, 그래도 잘못을 깨닫지 못하고 또 침범해오는 것은 짐과 더불어 승부를 결정지으려 하는 것이냐? 짐이 오 년 동안 칠십여 차례 너의 군사와 접전을 해왔다만, 그동안 한 번도 너와 단둘이 접전하지 못했으니 네 힘을 짐이 모른다! 그러니 못난 것이 잘난 체하지 말고 속히 나와 자웅을 결정하자!"

이 말에 한왕은 웃었다.

"너는 언제든지 혈기가 과해 대언장담하기를 좋아한다마는 나는 두려워하지 않는다. 무릇 군사를 통솔하여 승부를 결정하는 것은 계획함에 달린 것이지 그 사람의 뚝심에 달린 것은 아니다! 그러니 오늘 내가 너와 싸우는 것은 힘으로 싸우는 것이 아니란 말이다!"

항우는 한왕이 자신을 경멸하고 상대하지 않는다는 말을 듣고, 분이 나서 창을 겨누며 달려들었다.

한왕의 곁에서 공희와 진하가 뛰어나갔다.

"이놈, 네까짓 놈들이, 내 창 맛이나 보아라!"

항우는 이렇게 호령하고 공희와 진하를 상대로 하여 오십여 합 접전을 계속했다. 승부는 끝나지 않았으나 항우의 정신은 더욱 선명해졌다. 이리 치고, 저리 치고, 일진일퇴하는 바람에 땅바닥에서는 먼지가 사람의 모습을 알아보지 못할 만큼 일어나고 있었다.

"이얏!"

별안간 항우는 소리를 높이 질렀다. 마치 벼락 치는 소리 같았다. 그리고 항우의 두 눈은 번갯불 같았다.

공희와 진하가 타고 있던 말은 수십 보나 뒤로 달아났다.

놀라 뒷걸음질 치는 말의 고삐를 움켜쥐고 진하가 다시 자기 자세를 고치려고 할 때, 항우는 오추마에 채찍을 한 번 쳐서 뛰어들어와 눈 깜짝하는 사이에 진하를 창으로 찔러 말에서 떨어뜨렸다.

공희가 이것을 보고 진하를 구하려고 뛰어왔다. 항우는 공희의 머리를 투구와 함께 꿰뚫을 듯이 힘껏 내찔렀다.

공희는 급히 머리를 수그렸다. 이 바람에 투구가 벗겨졌다. 공희는 간담이 서늘해져 한 손으로 머리를 치켜올리며 그만 본진을 향해 도망해버렸다.

그러자 근흡과 시무가 항우를 향해 돌진해 들어왔다.

항우는 두 장수를 상대로 이삼 합 접전을 하다가 맞은편 언덕 위에 한왕이 말에 앉아 있는 것을 보고, 근흡과 시무를 내버리고 이를 갈면서 한왕에게로 쫓아갔다.

한참 쫓아가노라니까 한 장수가 일개 부대를 거느리고 나와 항우를 가로막았다. 그는 하후영이었다. 하후영은 힘을 다해 항우를 대적하다가 불과 이삼 합 접전 끝에 동북을 향해 달아나버렸다. 항우는 하후영을 추격하면서 삼군을 독려하여 북을 치고 꽹과리를 두들기면서 따라오게 했다.

거의 오 리가량 추격을 하다 보니 하후영의 부대는 좌우 두 갈래 길에서 대오가 일사불란한 채 양쪽으로 분주히 달아나고 있었다. 이를 보고 계포가 급히 항우에게 간했다.

"폐하! 한나라 군이 도망합니다마는 이렇게 질서 있게 달아나는 것을 보니, 반드시 거짓으로 후퇴하는 것이옵니다. 계책이 있는 게 분명하오니, 여기서 잠깐 머물러 적의 동정을 살피셔야 할 것 같사옵니다."

"딴은 그렇다! 여기서 잠깐 두고 보자!"

항우도 즉시 찬성하고 말고삐를 늦추고 발을 멈추었다.

이렇게 잠시 숨을 돌리고 있노라니까 뜻밖에 어디로 해서 나왔는지 이좌거가 눈앞에 나타났다.

이좌거는 말을 타고 항우 앞에 서서 한바탕 껄껄거리며 웃고 나서 항우에게 말했다.

"폐하! 신이 폐하를 찾아가 대단한 은혜를 입었습니다. 그런데 폐하는 벌써 한신의 꾀에 깊이 빠졌습니다. 이렇게 된 이상엔 속히 갑옷을 벗고 항복하십시오. 그러면 신이 한왕께 아뢰어 목숨이나 건지게 해드리겠습니다! 생각이 어떠하십니까?"

"무엇이라고 주둥아리를 놀리느냐? 짐이 네 꾀에 속은 것을 생각하면 네놈을 천 쪼가리 만 쪼가리 갈아서 죽여도 시원치 않겠다!"

항우는 대단히 분해 이좌거 앞으로 쫓아들어갔다.

이좌거가 돌아서 달아나자 항우는 부리나케 쫓아갔다. 그는 눈앞에서 일직선으로 쏜살같이 달아나고 있는 이좌거를 추격해 벌써 십 리 이상 달렸다.

그러자 별안간 이좌거는 온데간데없이 그림자도 보이지 않고 사방에서 한나라 군이 쏟아져나오기 시작했다.

초나라 군사는 그동안 이십 리나 달음박질해서 추격해온 까닭에 기운이 약해질 대로 약해졌다. 그런데 기운 좋은 한나라 군사들이 쏟아져나오고 있으니 어떻게 견딜 수 있으랴. 그들은 저항해보지도 못하고 사방으로 도망하다가 칼에 맞아 죽는 놈이 부지기수였다. 항우는 마음속으로,

'아뿔싸! 중지(重地)에 빠졌으니 속히 퇴각할 수밖에 없다!'

이렇게 생각하고 퇴각하려 했다.

이때 철포 소리가 꽝 하고 터지면서 한신의 대부대가 초나라 군사를

포위하기 시작했다.

계포와 종리매가 항우를 구원해 포위망을 벗어나보려고 좌충우돌하면서 겨우 한편 구석을 헤치고 빠져나오려 하는데, 갑자기 근흡·시무·공희 세 장수가 달려들며 접전하려 했다.

항우는 더 이상 그들과 싸우고 싶지 않은 것 같았다. 겨우 포위망을 헤치고 벗어난 그는 수없이 많은 부하사졸들이 희생되는 것을 돌아볼 겨를도 없이 본진을 향해 달렸다.

이때 주란이 본부 진영의 군사를 거느리고 나타났다.

한나라 군사들은 새로 몰려오는 초나라 군사들에게 도로 쫓기어 좌우로 흩어졌다.

항우는 이에 다시 기운을 얻어 패잔병을 모아가며 해가 저물어가는 때에야 간신히 본진으로 돌아왔다.

저녁을 먹고 나서 항우는 우희에게 탄식하는 목소리로 말했다.

"이젠 이곳에 머물러 있는 것이 재미가 없다. 오늘밤으로 이곳을 떠나 팽성으로 돌아가 다시 생각해보아야겠다."

우희는 항우의 말을 듣고서도 가부를 판단하기 어려워 아무 말도 못했다.

이때 곁에 있던 우자기가 소견을 아뢰었다.

"폐하! 사실 확실히 알지는 못하오나, 한신이 비밀히 군사를 팽성에 보내 폐하의 일족(一族)을 생포했다는 풍문을 들었사옵니다. 만일 사실이라면 폐하께서 팽성으로 환행하신다 해도 허사이옵니다. 지금 이곳에 이만 명이 있고, 오늘 합전에서 도망해 돌아와 있는 자가 오만 명은 있사옵니다. 그러니 오늘밤에 비밀히 형·초(荊楚), 호·양(湖襄) 지방으로 도피하시어 군사를 더 양성하시면서 여러 지방의 장정을 모으면, 그 뒤엔 다시 전일의 형세를 회복하실 수 있겠사옵니다."

"아니다! 팽성을 적이 점령했다는 것은 낭설일 것이다. 짐은 먼저 팽성으로 돌아가 일족을 동반하여 산동(山東)의 노군(魯郡)으로 간 다음, 거기서 세력을 회복하련다!"

항우가 우자기의 의견을 물리치고 산동의 노군으로 가겠다는 말을 하자 우희는 그 말에 찬성했다.

"폐하께서 생각하신 대로 처단하시옵소서."

항우는 여러 대장을 불러 명령을 내렸다. 대장들은 삼군에 즉시 퇴각 준비를 시켰다.

초나라 군사는 이리해서 그날 밤으로 모든 병기와 군량을 운반하여 동쪽 큰길로 해서 퇴각했다.

밤새도록 달음질하여 그들은 소현(蕭縣) 땅에 다다랐다. 여기서 팽성까지는 오십 리밖에 안 되었다. 이제는 다 왔다 싶어 항우는 따라오는 대장들에게,

"여기서 잠시 쉬어가자."

이렇게 말하고 말을 멈추게 한 후, 길게 숨을 돌리고 이마의 땀을 씻었다.

그런데 별안간 사방에서 철포 소리가 들려 항우는 깜짝 놀라 사방을 두루 살펴보았다. 남쪽으로 내다보이는 길에는 한나라 깃발을 날리면서 개미떼같이 군사가 행군해오고, 멀리 동쪽에 보이는 산 위에는 수없이 많은 한나라 기가 꽂혀 있고, 많은 군사가 집결되어 있었다.

항우는 크게 놀랐다.

"여봐라! 여기가 어디인데 이렇게도 많은 한나라 군사들이 몰려와 있단 말이냐? 천하 제후가 모조리 군사를 끌고 이곳으로만 왔단 말이냐?"

"전면에서는 한나라 군사들이 길을 가로막았으며 뒤에서는 저렇게 추격병이 쫓아오고 있사오니, 이는 필시 천하 제후가 한왕과 합세하는 것이옵니다. 팽성도 벌써 적의 수중에 함락되었겠사옵니다. 폐하! 폐하

께서는 신 등 팔천 명이 남아 있사오니, 지금 즉시 강동(江東)으로 가셔서 다시 재기하실 계획을 마련하시옵소서."

종리매는 이같이 항우에게 탄원했다. 옆에서 주란도 이에 찬동했다.

"폐하! 폐하께서는 종리매의 말씀을 들으시기 바랍니다. 이곳에 머물러 계시다가는 나중에 후회막급이 될 것이옵니다."

그러나 항우는 천성이 조급한지라 한번 마음에 결정한 일은 돌이킬 수 없었다.

"무슨 잔소리! 짐은 평생에 져본 일이 없다! 한왕의 군사가 제아무리 많다 할지라도 그 중에서 나를 당할 놈은 없다. 무엇이 겁난단 말이냐? 너희들은 다만 나를 따르라! 그리고 내가 적과 싸울 때에 창 쓰는 법이 조금이라도 틀리거든 그때 말하라. 그러면 나는 내 목을 찔러 죽어버리겠다! 내 목숨이 있는 때까지, 짐은 적을 업신여기겠다!"

항우가 이렇게 말하자 이제는 아무도 간하려 하지 않았다. 그들은 급히 군사를 이끌고 행진을 계속했다.

팽성까지 불과 십 리밖에 남지 않은 곳에 그들이 당도했을 때 선봉부대에서 보고가 올라오기를, 적은 벌써 팽성을 빼앗고 성 위에는 모두 한나라 기를 꽂고 늠름한 병정들이 사대문을 견고히 방어하고 있다는 것이다.

'이제는 할 수 없다. 강동으로 가자!'

항우는 이렇게 작정했다. 그는 허리띠를 졸라매고 투구 끈을 단단히 맨 다음, 풍우처럼 군사를 몰아 계명산을 바라보며 구리산 쪽으로 달음질하기 시작했다. 우희·우자기·계포·종리매·항백·주란 모든 사람이 뒤를 따랐다.

한참 가노라니까 별안간 철포 소리가 꽝 하고 터지더니, 구리산 꼭대기에 있는 커다란 깃발이 한번 움직이고 나서, 갑자기 사면팔방에서 한나라의 복병이 한꺼번에 뛰어나왔다. 서북으로부터 왕릉, 북쪽으로부터 노관, 동북으로부터 조참, 동쪽으로부터 영포, 동남으로부터 주발, 서남으로부터 장이, 서쪽으로부터 장도, 이같이 많은 장수들이 항우를 포위하기 시작했다.

항우는 대단히 노해 눈에서 불이 철철 흐르는 것 같았다. 그는 좌충우돌, 이리 뛰고 저리 뛰며, 마치 산속에서 큰 호랑이가 날뛰는 것처럼 한나라 대장 여덟 사람을 상대로 하여 한참 동안 맹렬히 싸웠다.

여덟 사람의 한나라 대장은 항우를 당하지 못하고 물러갔다. 그러자 박소·손가회·고기·장창·척사 등 다섯 사람의 장수가 또 항우에게 달려들었다.

항우는 조금도 겁냄이 없이 그들과 더불어 이십여 합 접전을 하다가 손가회를 한 번 찔러 떨어뜨렸다. 이때 척사가 급히 손가회를 구하려고 달려들었으나 항우가 타고 있는 오추마에 밟혀 두 장수는 한꺼번에 죽어버리고 말았다.

박소·고기·장창은 이 광경을 목도하고 그만 도망질해버렸다.

이때 성녀산 동쪽 골짜기에서 진회·부관·오예 세 장수가 일개 부대를 거느리고 나와 항우를 대적했다. 그러나 그들은 항우와 십 합도 접전을 하지 못하고 모조리 달아나버렸다. 이제는 감히 한나라 진영에서 달려나오는 장수가 한 사람도 없었다. 이날 하루 동안 항우가 상대해 접전한 한나라 대장은 육십 명이나 되었다. 그렇건만 항우는 한 번도 땅바닥에 창끝을 대보지 않았다. 그가 타고 있는 오추마 또한 한 번도 뒤로 물러가본 일이 없었다.

항우는 좌우에 모인 막료 대장들을 둘러보며 호기 있게 물어보았다.

"어떠하냐 말이다. 내가 지금 힘이 약해져 보이느냐?"

여러 대장들은 말에서 내려 땅에 꿇어앉았다.

"폐하! 폐하는 천신(天神)이시옵니다! 오늘 접전하시는 광경은 참으로 고금에 없는 용맹이십니다. 벌써 날도 저물었사오니 오늘밤 이곳에 진치고 휴식하시기 바랍니다.”

항우는 만족한 듯 말에서 내렸다. 그리고 장막을 치게 했다.

잠시 후 사졸들이 항우의 침소로 장막을 설치하자 항우는 갑옷을 벗고 장막으로 들어가며 우자기에게 우희를 안내해오게 했다.

우희가 장막 속으로 들어오자 항우는 호기 있게 물었다.

“오늘은 과연 심중에 놀랐을 거요! 한나라 군사들이 굉장히 많이 쏟아져나왔지?”

“폐하! 첩은 폐하의 천위(天威), 그리고 여러 장수들의 힘으로 다행히 무서운 꼴을 당하지 않았습니다만, 폐하께서는 온종일 적의 대장 육십여 명을 상대로 접전하시기에 얼마나 피곤하시겠사옵니까?”

“허허허, 피곤하다니! 내가 오 년 전에 조나라를 구원할 때 장한과 아홉 번 대전을 하면서 이틀 사흘 밥 안 먹고도 피곤한 줄을 몰랐는데, 오늘 이것쯤이야 쉬운 일이지! 허허허….”

항우는 너털웃음을 쳤다. 그를 모시고 섰던 여러 대장들은 어안이 벙벙해서 서로 놀란 얼굴로 쳐다만 보았다. 대체 이렇게 힘이 센 사람도 있는가? 그들의 얼굴은 서로 이같이 묻는 것 같았다.

잠시 후 주란이 항우 앞으로 와 아뢨다.

“폐하! 오늘 적을 약간 손상시켰사오나 한나라 군사들은 아직도 형세가 강대하옵니다. 혹시나 밤에 야습해오는지도 알 수 없사오니 미리 대책을 분부하시기 바랍니다.”

“암! 그렇지 그래.”

항우는 즉시 찬성하고 항백·계포·종리매·우자기·주란 등이 서로 협력하여 진의 사방을 엄중히 방비하고, 팔천 명의 남아 있는 군사를 중군의 좌우에 배치하라고 명령했다.

그런 다음 그는 장막 속에서 우희와 더불어 술을 마셨다.

한편 한신은 구리산 십면에다 복병을 감추고 항우를 잡으려다 놓친 까닭에 마음이 초조해져 급히 이좌거를 불러 의논을 하고 있었다.

"항왕의 용맹은 실로 만부부당이오! 내 생각엔 내일은 합전을 하지 말고 전차(戰車)로 구리산 주위를 에워싸고 적의 군량미가 소송되지 못하도록 할까 합니다. 그렇게 하면, 적은 안으론 군량이 없고 밖으론 구원병이 없어, 힘 안 들이고 승리할 것 아니겠습니까?"

한신은 이같이 이좌거의 의견을 물었다.

"아니올시다. 항왕의 용맹이란 불과 필부(匹夫)의 용맹입니다! 다만 아군이 근심하는 것은 계포·주란·종리매 몇몇 장수들과 항왕의 군사 팔천 명입니다. 이들이 항상 단결하여 항왕을 도와주는지라 원수께서 아무리 애쓰셔도 멸망시키지 못하는 것입니다. 원수께서 무슨 묘책을 써서, 적의 장수들의 마음이 풀어지게 하고 팔천 명의 적군을 저절로 흩어지게 하신다면, 그 뒤엔 항왕이 제아무리 하늘에 오르고 땅속으로 숨는 신통한 재주가 있다 할지라도, 혼자 힘으로는 도저히 못 배깁니다! 만일 그렇지 않고는 항왕이 비록 군량미가 떨어진다 할지라도 팔천 명의 군사와 여러 장수들이 서로 힘을 합쳐 대항할 것입니다. 그렇게 된다면 우리는 이것을 깨뜨리지 못합니다. 뿐만 아니라, 항왕이 여기서 아군의 포위망을 벗어나 강동 지방으로 가서 다시 군마를 조정해 사기를 양성한다면, 원수께서 쉽게 평정하기 어려울 것입니다. 그러니 속히 아까 말씀대로 계책을 써서 이번 싸움을 마지막으로 완전히 초나라를 멸하셔야 합니다."

이좌거의 의견은 이러했다.

"선생의 말씀이 과연 옳습니다. 그렇지만 나에겐 그런 꾀가 없습니다. 어떻게 하면 좋을까?"

한신은 두 눈을 깜빡거리며 한참 생각하더니,

"장자방 선생이 본시 지혜가 많고 꾀도 많은 분이시니, 필시 묘책을 가지셨을 것입니다. 이리로 오시라 해서 상의하십시다."

이렇게 말했다.

"그러시는 게 좋겠습니다."

이좌거도 찬성했다.

한신은 즉시 육가를 불러, 방호사의 진영으로 가서 장량을 모셔오게 했다.

얼마 후 장량이 말을 타고 왔다.

한신과 이좌거는 그를 맞아들였다.

"밤이 깊은데 이렇게 오시게 해서 미안합니다. 다름 아니라 항왕의 효용은 만부부당이고, 그 부하인 계포·종리매·주란 같은 대장들과 팔천 명의 강동 자제들이 일심협력하므로 쉽게 깨어지지 않습니다. 이러다가 만일 항왕이 강동으로 도망가버리면, 그 뒤엔 더욱 멸망시키기 극난합니다. 이 까닭에 선생을 오시라 한 것이니 한마디 묘책을 들려주십시오. 그리하여 이 사람의 근심을 풀어주시기 바랍니다."

한신의 물음에 장량은 별로 생각을 쥐어짜는 기색도 없이 이렇게 대답했다.

"그게 무어 어려울 게 있습니까… 항왕의 부하 대장들의 마음을 어지럽게 하고 팔천 명 군사만 흩어버리면, 항왕이 혼자서 어떻게 부지하겠습니까? 이렇게 만들면 앞으로 열흘 이내에 항왕은 우리에게 사로잡히고, 천하는 저절로 진정될 것입니다."

한신은 손뼉을 치며 기뻐했다.

"과연 신통하십니다! 아아 가슴속이 금시에 열리는 것 같습니다. 저도 아까부터 이좌거와 그런 이야기를 하고 있었습니다만 계책이 도무지 생각나지 않습니다. 어떻게 하면 팔천 명을 흩어버릴 수 있을까요? 그리고 항왕의 부하 대장들은? 그 계책을 가르쳐주시기 바랍니다."

그러자 장량은 한신에게 가까이 다가앉으며 대답했다.

"내가 어렸을 때, 하비라는 곳에서 이인(異人)을 만나 퉁소 부는 법을 배운 일이 있습니다. 이 사람이 퉁소를 어떻게 잘 부는지, 그 음률이 높고, 맑고, 처량하고, 웅숭깊어서 듣는 사람이 그만 자신을 잊어버릴 정도입니다. 그래서 그때 내가 한 달 동안을 이 어른한테 퉁소 부는 법을 배워 어렵지 않게 득음(得音)을 하였지요…."

"아하 그러십니까?"

한신과 이좌거는 탄복했다. 장량은 말을 계속했다.

"그런데 그 어른께서 항상 말씀하시기를, 퉁소라는 악기는 고악(古樂)이어서 근원은 황제(黃帝) 때부터 시작된 것이라 합니다. 대나무를 길이 일 척 오 촌으로 잘라, 오 행(行)과 십 간(幹)과 십이 지(支)를 안배(按配)하여 팔 음(八音)을 해조(諧調)한 것이므로, 능히 천지의 조화를 나타낸다 합니다. 그런데 그 후에 대순(大舜)께서 퉁소를 조금 고치셨다 합니다. 옛날 진(秦)나라 여자에 농옥(弄玉)이와 선인(仙人)에 소사(簫史)가 있었는데, 이 두 사람이 퉁소를 불면 하늘에서 봉황새가 내려와 춤을 추고, 공작과 백학이 뜰아래에 와서 배회하였답니다. 퉁소가 이 같은 것이므로 능히 사람의 마음을 감동케 하여 즐거움이 있는 사람이 들으면 더욱 즐겁고, 근심이 있는 사람이 들으면 더욱 슬프고, 나그네가 객창에서 들으면 고향 생각이 간절해지며, 허전한 방 속에 깊숙이 앉아 있는 젊은 여인이 들으면 멀리 국경에 원정가 있는 사내 생각에 눈물로 옷깃을 적시는 것이랍니다. 지금, 가을철이 되어 금풍은 소슬하여 초목은 단풍지고, 나그네는 고향 생각이 간절할 때입니다. 이런 때 이 사람이 계명산에 올라 퉁소를 한 곡조 처량하게 불어본다면, 그 애절하고도 곡진한 가락에 초나라 군사들은 창자를 쥐어짜고 못 견뎌할 것입니다. 그러니 원수는 애써 활을 쏘고 창을 휘두를 필요가 없습니다."

한신은 너무도 기뻐 두 손으로 장량의 손을 잡고 감사했다.

"선생이 이 같은 묘한 재주를 가지신 줄은 아직 몰랐습니다. 과연 그러시다면 농옥과 소사가 어떻게 선생을 따르겠습니까…."

장량은 빙그레 웃으며 자리에서 일어났다.

"염려 마십시오. 나에게 연락만 자주 해주시면 좋겠습니다."

그는 이렇게 말하고 돌아갔다.

이튿날 한신은 군사를 움직이지 않게 하고 사방에 전차만을 배치하게 하고, 군량 수송을 재촉하여 풍부하게 하는 한편, 번쾌로 하여금 산꼭대기에 징과 북을 치며 의병을 꾸미게 하고, 관영으로 하여금 초나라 진영의 좌우에 매복하고 있다가 만일 항우가 전차를 깨뜨리고 도망하려거든 급히 뛰어나와 항우를 때려잡으라고 지시했다.

관영은 원수의 지시를 받고 즉시 성녀산 아래에 있는 항우의 진영 근처로 이동했다.

이렇게 된 이후 사흘이 지났다. 사흘 동안 항우는 한나라 군사와 접전하지 않고 지냈다. 그런데 이날 항백과 계포가 항우의 장막으로 찾아와 보고를 올렸다.

"아뢰옵니다. 진중의 군량미가 오늘로서 떨어지고, 말을 먹일 마량도 끊어졌사옵니다. 사졸들은 겉으로 표시하지 않으나 속으로 원망하는 자가 많은 것 같사옵니다. 사기가 대단히 좋지 못하오니 일이 급하게 되었사옵니다. 폐하께서는 신들과 팔천 명의 자제를 거느리시고 어떻게든지 이곳을 벗어나 형주(荊州), 양양(襄陽) 혹은 강동으로 가시어 사기를 양성하시기 바랍니다."

두 사람의 말에 항우는 놀라운 표정을 지었다.

"아니, 군중에 양식이 떨어지고서야 어떻게 잠시인들 머물러 있을 수 있느냐? 하지만 한나라 군이 사방을 포위하고 있으니 여기서 벗어나기도 용이하지 않구나!"

그는 이렇게 탄식했다.

"폐하! 신이 팔천 자제를 보오니 모두 강동 지방 사람으로 폐하를 위해 목숨을 아끼지 않던 자제들이옵니다. 폐하께서는 이 팔천 명을 거느리고 선봉이 되어 포위를 헤치고 나가시옵소서! 그 뒤에 신 등이 본부의 인마를 인솔하고 우후(虞后)를 수호하면서 나가겠사옵니다."

계포는 이렇게 의견을 아뢨다.

"그래! 그렇게 하기로 하자. 내일 짐이 선봉이 되어 적을 헤치고 나갈 것이니, 너희들은 후진을 단속해 나오기 바란다."

항우는 즉시 이같이 찬동했다. 항백과 계포는 명령을 받들고 물러나와 부하들에게 내일 아침 일찍이 퇴각할 준비를 지시했다.

퇴각 지시가 있은 뒤 몇 군데에 흩어져 있는 각 부대의 진영에서는 사졸들이 이 구석 저 구석에 모여 앉아 피차에 신세 한탄을 했다.

"기가 막히네! 내일은 퇴각한다지 않나? 퇴각하면 어디로 간단 말인가?"

"알 수 없지! 가는 대로 가겠지!"

"허어 그거 참! 가을은 깊어가고, 일기는 추워오고, 옷은 해지고, 양식은 떨어지고, 배는 고프고, 한나라 군사들은 포위하고 있고!… 여보게, 우리는 장차 어떻게 되는 건가?"

"이 사람아! 처량하이, 말도 말게! 해는 저물어, 밤은 되어오고, 바람은 쓸쓸하고 낙엽 소리는 가슴을 찢는구나!"

한편 구석에서 오륙 명이 둘러앉아 이런 소리를 하는가 하면, 또 저쪽 구석에서는 서너 명이 앉아 중얼거리고 있다.

"내일은 퇴각한다는데, 과연 생명을 보전할 수 있으려나? 우리는 수효가 적고 적군은 부지기수로 많으니, 아무래도 내일 일은 알 수가 없다!"

"그러기에 말이다. 차라리 초나라 옷을 벗어버리고 여기서 도망해버린다면 몰라도 그러지 않고서야 내일로 목숨은 끊어질 거야!"

"적에게 항복하기는 어렵고, 목숨을 부지하려면 항복하는 길밖에 없고…."

"그러나 우리가 그간 육칠 년 동안 초패왕을 모셔왔는데 지금 와서 적에게 항복을 하기도 어렵지! 이러기도 어렵고 저러기도 어렵고….."

그들이 신세 타령을 이렇게 하고 있을 때, 갑자기 하늘 위에서 흘러내려오는 것 같은 퉁소 소리가 한 곡조 길게 바람결을 타고 들려왔다. 높고 맑은 그 곡조 소리는 사람의 창자를 끊는 듯했다.

초나라 군사들은 모두 다 귀를 기울이고 들었다. 퉁소 소리와 함께 노랫소리도 처량하게 흘러왔다.

구월 단풍 깊은 가을 서리 바람 불어오고, 하늘 높고 물 맑은데 외기러기 울고 간다. 창을 짚고 땅에 서니 집 떠난 지 십 년일세. 어머님은 안녕하고, 마누라는 무고하며, 사래 긴 밭 누가 갈며, 이웃집 익은 술은 그 뉘라서 마시는가. 싸리문에 나와 서신 백발노인 저 모습은 우리 조부 분명코나. 인생이 무엇이기에 부모처자 내버리고 고향 산천 등지고 죽을 땅을 헤매이노. 칼 가지고 덤벼들면 중한 목숨 이슬일세. 뼈와 살은 썩어지고 혼백조차 사라지니, 이 아니 슬플시고. 적막한 이 산속에 밝은 저 달 바라보며 가슴 위에 손을 얹고 가만히 생각하니, 부질없는 이 싸움이 허망하기 짝이 없다. 어화 천하 동지들아, 한왕은 유덕하여 항군(降軍)은 불살(不殺)한다. 초패왕의 군사들아, 너희들은 들어보라. 양식은 떨어지고 진영은 비었는데 너희들만 남아 있어 공영(空營)을 지키느냐. 그러나 지킨들 무엇하리. 미구에 깨어지고 옥석이 구분할 제, 그때엔 어이하리. 슬프구나, 슬프구나, 서릿바람 불어올 제 초패왕은 망했구나. 무도함이 멸망함은 하늘의 가르치심, 그대들은 생각하라 이 아니 영검하리. 구천(九天)에 사무치는 이 노래를 들었거든 어서 오라, 어서 오라. 초패왕은 망했으니 옥석구분 하지 마라.

노랫소리는 비창했다. 한 곡조는 높고 한 곡조는 낮고, 한 소리는 길고 한 소리는 짧고, 오음(五音)과 육율(六律)은 서로 조화되어 오동잎새에 이슬이 떨어지는 듯, 갈대밭에 바람이 부는 듯, 소나무 밑에서 학은 눈물짓고 연못가에서 개구리도 통곡할 것 같았다. 더구나 이날 밤은 달빛이 밝고 싸늘하며 쌀쌀한 바람은 품속을 헤치고 들어오는 이같이 처량한 달밤인지라, 노래 소리와 통소 소리를 들은 초나라 군사들은 대장이건 사졸이건, 누구를 막론하고 저절로 솟아나오는 눈물을 억제하지 못했다. 사실 이것은, 사흘 전에 장량이 한신에게 약속한 뒤에 장량 자신이 수십 명 목청 좋은 사졸을 선발하여 사흘 동안 이 노래를 가르쳐주었던 것이다. 장량은 그들에게 노래를 충분히 연습시킨 뒤에, 자신은 통소를 가지고 계명산과 구리산 사이를 수십 번 오르락내리락하면서 이처럼 통소를 불며 이에 따라 그들로 하여금 노래를 부르게 했던 것이다.

초나라 군사들은, 맑고 높고 강하고 부드러운 이 소리가 혹은 달래는 것 같고, 혹은 원망하는 것 같고, 혹은 호소하는 것 같고, 혹은 비통하게 슬피 우는 것 같아 모두들 가슴이 뻐개지는 것 같았다.

"여보게, 이거 참을 수 없네! 아무리 닦아도 샘솟듯이 눈물이 나오네!"

"아하! 참으로 못 견디겠네! 정녕코 이대로는 못 견디겠네!"

"후유, 내 신세야! 아마도 하느님께서 우리들을 불쌍히 생각하시어 신선으로 하여금 통소를 불게 하여 우리 목숨을 구하시려는 것 같네! 주림과 추위를 무릅쓰고 공진(空陣)을 지키고 있다가 개미떼같이 적군이 밀려드는 날이면, 그만 죽어버릴 거 아닌가? 부모처자를 다시는 만나보지 못하는구나! 차라리 오늘밤에 한나라 진영으로 도망가서 항복하자! 이렇게 하는 것이 하늘의 뜻에 순종하는 것이라고 생각한다!"

"그래, 나도 그렇게 생각된다! 한왕은 유덕하니 우리를 죽이지 아니할 거야. 여기서 굶어 죽는 것보다 훨씬 나을 거야."

"그래 그래! 가자 가자…."

이 구석 저 구석에 흩어져 있던 초나라 군사들은 저희들끼리 의논이 일치되어 여기저기서 보따리를 둘러메고 떼를 지어 진영을 탈출했다. 각 부대의 부대장이 되는 여러 장수들도 저 자신의 심정이 비창해졌던 지라 한꺼번에 떼지어 탈출하는 사졸들을 어찌하지 못했다.

이리하여 불과 한 식경에 팔천 명 중에서 육칠천 명은 도망해버렸다.

그동안 여러 대장들은 가만히 앉아 어찌하면 좋을지 방책을 알지 못해 어리둥절하고 있다가 그제야 너무도 허전한 느낌이 들어 갑자기 사실을 보고해야겠다는 생각에 모두들 중군으로 쫓아들어갔다.

때는 이미 삼경(三更)이었다. 항우와 우희는 장막 속에서 단꿈이 깊었다.

"폐하!"

"폐하!"

"황송합니다. 신 등이 아뢰올 말씀이 있어 감히 나왔습니다!"

장막 밖에서 여러 대장이 이같이 떠들었건만 장막 안에서는 아무런 대답이 없었다.

대장들은 한동안 밖에 섰다가 돌아섰다.

그들은 항우의 장막에서 멀찍이 떨어져 있는 장막으로 들어갔다.

"자아, 우리들 함께 모여 이야기를 좀 합시다."

종리매가 다른 사람들을 둘러보며 먼저 말을 시작했다.

"지금 우리나라 군사들이 뿔뿔이 달아나고 남아 있는 것이 겨우 우리들 십여 명입니다! 이때 적군이 사방에서 치고 들어온다면 초패왕은 사로잡힐 것이요, 우리들은 목숨을 보전할 수 없을 거외다. 그러니 도망하는 군사들과 함께 우리가 탈주하면 목숨은 보전할 수 있을 것입니다. 그렇게 해서 다시 살아난다면 계책을 세워 초패왕 폐하를 위해 원수를 갚을 수 있을 것 아니오? 만일 이렇게 하지 않고 여기서 폐하와 함께 적을 대항하다 죽어버린다면, 국가에 유익한 일은 조금도 없고 몸뚱아리만 무익하게 썩어문드러질 것이외다! 이런다면 이것이야말로 어리석기 짝이 없는 일이 아니겠소? 여러분은 어떻게 생각하십니까?"

"좋소! 나도 동감이오."

계포가 종리매의 말에 즉시 찬성했다.

"그렇다면 시각을 지체 말고 속히 행동합시다!"

종리매가 이같이 주장하자 여러 장수들은 이구동성으로 찬동하고 장막 밖으로 뛰어나갔다. 그들은 막사로 돌아가 행장을 수습하고 제각기 아무 데로나 탈주병들이 달아나고 있는 행렬 가운데 몸을 숨기고 걸었다.

초패왕 항우의 숙부이며 대사마의 지위에 있는 항백은, 계포, 종리매 등이 주동이 되고 여러 대장이 이에 찬동하여 진영을 탈출할 때까지, 아무 말도 않고 모든 것을 모르는 척하고 있었다. 그는 나름대로의 깊은 생각에 잠겼던 까닭이었다.

'어찌할 것인가? 진영은 텅 비었고, 백만의 적은 포위하고 있고… 아서라! 내가 전일 홍안천(鴻雁川)에서 장량의 목숨을 구원해주었을 때 한왕의 자식과 내 딸년의 혼약을 약속한 인연이 있으니, 지금 나는 장량을 찾아가 한왕을 만나보고 인연을 맺은 후, 왕후(王侯)에 봉해지면 종묘(宗廟)의 제사는 계속할 수 있을 것이다. 이리하면 초가(楚家)의 뒤를 계승할 수 있을 것이 아니냐…?'

항백은 자기의 취할 바를 곰곰이 생각하다가 마침내 이렇게 결정했다. 그제야 몸이 가벼워지는 것 같았다.

'그러면 속히 일어나자! 패왕이 잠을 깨기 전에 탈출하자!'

그는 즉시 행장을 수습하여 한나라 진영을 향해 도망해버렸다.

이때까지 도망가지 않고 남아 있는 장수로는 주란과 환초 두 사람뿐이었다. 그들은 항백이 탈주하는 것도 보았다.

두 사람은 서로 얼굴만 바라볼 뿐 아무 말이 없었다. 실망, 낙담, 비관, 초조… 이 같은 감정이 두 사람의 얼굴에 나타났다.

"어찌할 것인고……?"

"글쎄….."

"설마, 하늘이 무너져도 솟아날 구멍은 있다는데… 우리까지 도망한 대서야 폐하께 너무나 죄송하지?"

"그렇지, 그 말이 당연한 말이지! 지금까지 폐하의 은혜를 받아오다가 지금 와서 폐하를 버리고 도망갈 수야 없지! 이익을 탐하고 죽음을 두려워하는 자는 개나 도야지만도 못한 놈들이야! 지금 미처 도망가지 못하고 진중에 남아 있는 사졸들을 거두어 중군을 견고히 수비하고 있다가 폐하께서 기침하시거든 멀리 도피하여 다시 세력을 만회한 후 천하 대업을 이루어보는 것이요, 만일 그렇지 못하고 하늘이 초나라를 돌보아주시지 않는다면, 군신(君臣)이 함께 싸우다가 함께 죽는 것이 대장부의 일이 아니겠는가? 나는 아무리 생각해도 이러는 것이 옳은 것 같소."

주란과 환초는 한참 동안 의논을 하다가 마침내 의견이 일치되어 즉시 남아 있는 사졸들을 집합시켜보았다. 팔천 명이 다 없어지고 겨우 팔백 명이 남아 있었다. 넓고 넓은 성녀산 아래의 벌판에 설치한 초패왕의 진영에는 장수라곤 단 두 사람뿐이었다.

주란과 환초는 기울어져가는 달빛 아래 각처에 숨어 있던 사졸들을 긁어모으다시피 하여 중군 장막 앞에 있는 광장으로 집결시킨 후, 그들 두 사람은 항우의 침소 장막 밖에 칼을 짚고 서 있었다.

한편, 이날 밤에 한신은 장량과 미리 연락하고 있었던지라 일이 이처럼 될 것을 짐작하고 있었다. 그래서 장량이 통소를 불기 전에 미리 관영에게 명령을 내렸던 것이다.

'오늘밤에 초나라 진영에서 탈출해 나오는 대장이나 사졸들을 아방의 방위선을 넘어 들어오지 못하게 막지 말고, 모두 용서해주어 무사히

아군 진지 내부로 들어오게 하라.'

한신의 명령이 이와 같았던지라 성녀산 좌우에 매복해 있던 관영의 부대에서는, 초나라 군사가 넘어오는 대로 모조리 받아들였다. 계포·종리매·항백 등도 무사히 넘어왔다.

사면초가

장막 속에 우희와 나란히 드러누워 깊이 잠들고 있는 항우는 꿈속에서도 모든 장수와 팔천 명 자신의 사졸이 도망간 것을 알지 못했다.

그러나 항우를 버리고 도망간 초나라 사졸들은 적의 진지 내부에 안전하게 도착하자 고향에서 부르던 노래를 불렀다. 한 놈이 고향 노래를 부르자 순식간에 여러 놈이 따라서 불렀다. 성녀산 좌편에서도, 우편에서도, 관영의 부대에서 받아들인 초나라 사졸들은 제각기 고향 노래를 떼지어 불렀다. 관영의 부대에서는 이것을 금하지 않았다.

항우는 깊이 잠들어 있다가 얼핏 사면에서 초가(楚歌)가 흘러 들어오는 소리에 소스라쳐 잠을 깼다.

그는 자리에서 일어나 앉아서 귀를 기울였다. 분명히 사면초가였다. 고향에서 듣던 그리운 노래였다.

그는 신발을 신고 장막 밖으로 쫓아나와 진영을 둘러보았다. 중군의 앞마당에 약간의 사졸들이 있을 뿐, 큰 진영은 텅 비어 있음을 보고 그는 또 한 번 놀랐다.

"한왕이 그래, 벌써 초나라를 다 가져갔단 말이냐? 어찌해서 사면에서 초가가 들린단 말이냐?"

항우는 장막 밖에 칼을 짚고 서 있는 환초와 주란을 보고 물었다. 그의 얼굴은 기막힌 표정이었다. 주란과 환초의 두 눈에서는 눈물이 비오듯 쏟아졌다.

"폐하! 한신이란 놈이 계책을 써서 산꼭대기에서 퉁소를 불더니 아군의 사졸들이 모두 다 비창한 생각이 나서 계포와 종리매를 위시해 팔천 명이 한꺼번에 도망쳐버렸사옵니다. 대장이라고 남은 자는 신 등 두 사람뿐이옵니다. 폐하! 한시각이라도 속히 이곳을 탈출하시옵소서. 사졸은 팔백, 대장은 두 사람, 이것을 가지고 어떻게 한나라 군사를 대적하시겠나이까! 폐하!"

두 사람은 목 메인 울음소리로 낱낱이 아뢰었다.

항우의 두 눈에서도 눈물이 샘솟듯이 흘렀다. 그는 입을 꽉 다물고 어깨를 흔들면서 잠시 슬픔을 억제하지 못하고 울다가 침소 곁에 있는 큰 장막 속으로 달려들어갔다. 주란과 환초도 따라들어갔다.

항우는 안상에 주저앉아서 천장을 우러러보고 주먹으로 가슴을 치며 비통하게 부르짖었다.

"아하! 하늘이 나를 망치시나이까! 아하! 상천(上天)이 초를 멸하시나이까!"

주란과 환초는 이를 보고 그만 소리를 내어 울었다.

이때 침실 속에서 잠이 깨어 일어나 앉아 있던 우희가 항우의 울음소리를 듣고 이 장막으로 건너왔다. 그는 항우 앞으로 가까이 들어서면서 공손히 물었다.

"폐하! 폐하는 무슨 일로 이다지 슬퍼하시나이까?"

항우는 우희의 얼굴을 바라보더니 주먹으로 눈물을 닦고 한탄했다.

"아하, 슬프고나! 수하의 장졸들이 모두 도망해버리고 말았다. 내 그대를 버리고 적의 포위망을 헤치고 나가려 하니 가슴이 뻐개지누나! 천군만마 가운데, 내 그대와 더불어 잠시도 조석을 떠나지 않았거늘, 아하 지금 와서 이별해야 하겠으니 이 무슨 운명이란 말인고!"

항우는 이내 기운이 막혀 안상으로부터 땅바닥에 거꾸러져버렸다.

우희는 꿇어앉아 항우의 가슴을 안고,

"폐하! 폐하!"

하며 항우의 몸을 흔들었다. 항우는 눈물에 젖은 눈을 그제야 크게 뜨고 우희의 얼굴을 바라보았다. 우희는 항우의 머리를 자기 무릎 위에 받들어 눕히고 그의 얼굴을 들여다보고 있었다. 우희의 눈에서도 진주알 같은 눈물방울이 아리따운 두 뺨으로 흘러내렸다.

"폐하!"

우희는 조금 있다가 항우를 불렀다. 그러나 항우는 가슴이 아픈 듯 대답도 못했다.

"폐하! 첩이 폐하를 모시고 그동안 오륙 년, 폐하의 좌우에서 떠나지 않았사온데, 지금 이별을 해야 하겠다 하는 말씀이 무슨 말씀이오리까! 설령 호랑이가 들끓는 산속일지라도, 이무기떼가 헤엄치는 바닷속일지라도, 폐하가 가시는 곳이면 이 몸이 따라가서 죽어도 한자리에서 죽으려 하옵니다. 어찌해서 지금 그같이 무정하게 첩을 버리시고 떠나시겠다 하시나이까…."

우희는 항우를 원망하는 듯 이같이 말끝을 흐렸다. 항우는 그 말을 듣고 우희의 무릎에서 머리를 들고 일어났다. 주란과 환초는 이때 장막 밖으로 나갔다.

두 사람의 신하가 밖으로 나간 것을 짐작하고, 이제는 우희가 항우의 갑옷 소매를 움켜잡고 흐느껴 울기 시작했다. 부드러운 우희의 어깨가 항우의 품 안에서 물결쳤다.

항우의 가슴속은 갈기갈기 찢기는 것 같고, 마음은 폭풍우가 쏟아져 내리는 바다 물결같이 되었다.

"아하!"

그는 길게 한숨을 내쉬고 한 손으로 우희를 부여안고, 한 손을 뻗어 탁자 위에 놓여 있는 술병과 술잔을 집었다. 그리고 그는 술을 큰 잔에 가득 부어 연거푸 서너 잔을 마신 뒤에,

"우(虞)야! 우야!"

하고 우희를 불러일으켜 맞은편 자리에 앉혔다.

항우는 다시 탁자 앞으로 가서 또 한 잔 술을 마시고 노래를 지어 불렀다.

"내 힘은 산을 뽑을 듯했고, 기운은 천하를 휩쓸었도다. 슬프다. 시운 (時運)이 불리하구나! 그러나 오추마는 아직 있도다. 오추마 살아 있은들 어찌할 것인가? 우야! 우야! 어찌할 것인가?"

그는 노래를 부르고 나서 또 연거푸 서너 잔 술을 따라 마셨다. 우희는 눈물에 아롱진 얼굴을 쳐들고 항우를 바라보다가 가슴속이 쑤시고 아픈 것을 못 견디는 듯, 한숨을 쉬더니, 자기도 한 곡조 노래를 불렀다.

"한나라의 군사 덮이었는데, 들리는 것은 사면초가네! 대왕의 의기 저같이 되시니, 이 몸은 살아 무엇을 하리!"

우희의 노랫소리는 처량했다. 항우는 우희의 자리로 와락 다가앉아서 몸부림을 하는 듯 그의 손을 꽉 붙들고 떨었다.

"아하!"

항우는 또 한숨을 쉬고 술을 따라서 우희에게 잔을 주었다. 두 사람은 서로 술을 한 잔씩 마시고는, 한 곡조 부르고 눈물을 흘리고, 또 한 잔씩 들고는 한 곡조 읊고 눈물을 흘렸다. 항우와 우희가 서로 이별할 수 없어서 시각이 가는 것을 모르고 울며 노래하며 술 마시고 있을 때 오경(五更)이 되었다는 북소리가 울렸다.

주란과 환초는 오경을 치는 북소리를 듣고, 장막 밖에서 큰소리로 항우를 재촉했다.

"지금 이 밤이 밝으려 하옵니다! 폐하! 어서 속히 출동하시옵소서!"

항우는 그 소리를 듣고도 일어나지 못했다. 그의 눈에서는 눈물이 펑

펑 쏟아졌다. 항우는 하염없이 흐르는 눈물을 씻고서는 우희를 보고 당부했다.

"우야! 나는 이제 가야 한다! 적이 난입(亂入)하기 전에 여기서 벗어나야 한다. 그대는 목숨을 보전하라! 내 만일 운명이 다하지 않는다면, 우리 두 사람은 다시 만날 것이다!"

우희는 느껴 울면서 목 메인 소리로 항우에게 물었다.

"폐하께서 이곳을 떠나가면, 첩을 어느 곳에 두고 가시나이까?"

항우는 잠깐 생각하더니 말했다.

"우야! 그대 본시 용모가 절세의 미인이니, 유방이 그대를 죽이지 못할 것이다. 조금도 근심하지 마라."

우희는 이 소리를 듣고 더욱 못 견디는 것처럼, 항우의 갑옷 소매를 붙들고 매달렸다.

"원하옵니다! 첩은 죽어도 떨어지지 못하겠사옵니다. 적의 포위를 헤치고 나아가신다면 어디까지나 따라가겠사옵니다. 만일 헤치고 나가지 못한다면, 첩은 자결해버리겠사옵니다. 그래서 설령 시체는 썩어 없어진다 할지라도 혼백만은 폐하를 모시고 강을 건너, 다시 고향으로 돌아가겠사옵니다."

"아니다! 공연한 말을 길게 하지 마라! 지금 혼전 난군(混戰亂軍) 중에 칼과 창이 땅 위에 덮여 있으니, 용맹무쌍한 장수도 빠져나가기 어렵거늘, 하물며 그대 일개 여인의 몸으로서 어떻게 이곳을 탈출한단 말인가!"

항우는 우희의 소원을 들어주지 않았다. 이 말을 듣고 우희는 잠깐 동안 생각했다. 항우가 자신의 소원을 들어주지 않을 것은 분명했다. 그렇다면 항우를 속이는 수밖에 없다고 생각하고, 우희는 항우의 앞에서 조금 물러서면서 아뢰었다.

"그러면 분부하시는 대로 순종하겠사오나, 차고 계시는 그 보검(寶

劍)만 첩에게 빌려주시기 바랍니다. 첩이 남복(男服)으로 가장하고 폐하의 뒤를 따르려 하옵니다.”

“그래, 그러면 이 칼을 줄 것이니 따라올 수 있는 데까지 따라오기 바란다.”

항우는 내키지 않았으나 허리에서 칼을 끌러 우희에게 쥐어주고 억지로 우희를 돌아다보지 않으면서 장막 밖을 향해 걷기 시작했다.

항우가 문 밖에 나서려 하자 등 뒤에서 우희의 목소리가 들렸다.

“첩이 폐하를 모시고 은총을 입었사오나 만분의 일도 보답하지 못했사옵니다. 이제부터 폐하께서는 첩으로 인해 근심하시지 마시옵소서! 폐하! 하직하옵니다!”

항우는 이 소리를 듣고 휙 돌아섰다. 벌써 우희는 항우가 주고 간 그 칼로 자신의 목을 찔러버린 뒤였다. 우희의 백옥 같은 목줄기는 절반이나 끊어지고 선지피를 쏟으면서 땅 위에 거꾸러져 있었다. 그것을 본 항우는 정신이 아찔했다.

항우는 두 손으로 얼굴을 가리고 흐느껴 울었다. 그는 목을 가누지 못하고 비슬비슬 흔들렸다. 이때 주란이 장막문 앞에서 보고 있다가 얼른 들어서서 항우를 부축했다.

“폐하! 고정하옵소서. 폐하께서는 다만 천하가 소중한 것만을 생각하기를 바라옵니다. 너무 슬퍼하지 마옵소서!”

주란은 항우를 부축하면서 간했다. 항우는 우희의 시체를 내려다보고는 가슴이 억색한 것을 간신히 참고 돌아섰다. 눈물이 그의 뺨을 적셨다.

이제는 할 일이 없다! 이 같은 관념이 항우의 머릿속에서 일어나자, 그는 오추마를 치켜타고 중군의 앞마당에 집합되어 있는 팔백 명 사졸들에게로 달려갔다.

그는 팔백 명을 두 대(隊)로 나누었다. 그리고 자신이 선봉이 되어 한나라 군대의 방위선을 뚫고 나가기 시작했다.

이때 성녀산 좌우에 매복하고 있던 한나라 대장 관영이 항우의 앞을 가로막았다.

항우는 지금 우희가 자결한 뒤에 눈앞에 보이는 것이 없었다. 무서운 것도, 겁나는 것도, 아무것도 없었다.

"이놈아!"

벼락치는 소리 같은 고함을 지르면서 항우는 관영에게로 달려들었다. 두 사람은 십여 합 접전했다. 그러나 관영이 항우를 당할 수는 없었다. 관영은 몸을 피해 달아나고 말았다.

항우는 관영을 추격하지 않았다. 어서 바삐 한나라 군대의 주 방어선을 돌파하고 벗어나려고만 생각했다.

이때 번쾌는 구리산 꼭대기에서 항우가 탈주하는 것을 발견하고 큰 깃대로 신호를 했다.

신호에 응해서 한나라 대장 조참·왕릉·주종·이봉 네 사람의 장수가 사방으로부터 뛰어나와, 항우의 후진을 인솔해나오는 주란과 환초를 포위한 후, 맹렬히 공격하기 시작했다. 결국 순식간에 초나라 군사들은 거꾸러져 겨우 이십여 명만 살아남았다.

주란과 환초는 맥이 풀렸다.

"아하! 하늘이시여! 이제는 힘이 다하고 더 오래 지탱할 수 없으니, 적의 칼에 맞아 죽는 것보다는 차라리 자결하겠습니다."

두 사람은 하늘을 우러러보면서 길게 탄식하고 제 칼로 제 목을 찔러버리고 말았다. 두 장수가 이와 같이 죽어버리자, 나머지 군사 이십여 명도 기력이 떨어져 한나라 군사에게 맞아 죽었다.

항우는 이때, 후진이 전멸된 것도 모르고, 선봉부대에 남아 있는 백여 명을 인솔해 급히 달아나고 있었다. 한참 가다 보니 회하(淮河)의 강물이 가로막았다. 그런데 다행히 언덕 아래에 배가 한 척 매여 있었다.

옳다! 됐다! 하고 항우는 부하들과 함께 그 배를 타고 강을 무사히 건너 갔다.

저편 언덕으로 건너가서 항우는 다시 오추마를 치켜타고 오륙 리가 량 달렸다.

길이 음릉(陰陵)이라는 곳에 이르러서 끊어져버리고, 조그마한 길이 여러 갈래 사방으로, 산골짜기로 들어가는 길밖에 없었다.

"이거 어느 쪽으로 가야 할 것이냐?"

항우는 앞에 서서 길을 둘러보면서 입속으로 중얼거렸다. 어느 쪽으로 가야 할는지 판단이 안 섰다. 이리 갈까 저리 갈까, 망설이고 있을 즈음에 별안간 꽹과리 치는 소리, 고함소리가 천지를 진동시켰다.

항우는 새삼스레 간담이 서늘해져 사방을 휘둘러보았다. 저 앞에 보이는 논두렁에 한 사람의 농군이 서 있는 것이 보였다.

"여보! 농군! 강동(江東)으로 가려면 어느 쪽 길로 가야 하나?"

항우는 큰소리로 길을 물었다. 농군은 멀찌감치 서서 항우를 바라보았다.

새벽빛에 번쩍번쩍 광채가 나는 비단 도포자락이 보이고, 그 위에 금빛 나는 갑옷을 입고 말 위에 앉아 있는 항우의 모양을 보고, 농군은 이상하게 생각했다. 저 사람은 보통 사람이 아니다. 저게 누구일까? 농군은 주저주저하면서 대답을 하지 못했다.

항우는 농군이 자기를 건너다보면서 대답을 하지 않자 마음이 급해졌다.

"여봐라, 농사짓는 사람아! 무서워하지 말고 속히 대답을 해라. 나는 초패왕이다! 지금 한나라 군사한테 쫓겨서 강동으로 달아나는 길인데, 길을 알지 못하니 어느 쪽으로 가야만 하겠느냐?"

항우는 대답을 재촉했다. 농군은 잠시 생각했다. '저것이 초패왕이라… 제가 팽성에다 도읍을 하고 임금이 된 후 사람 죽이기를 파리 새

끼같이 죽이고, 착한 일이라곤 하나도 해본 적이 없고… 내가 저것한테 바른 길을 가르쳐주어서 저것을 도와준다면 하늘이 결코 나를 용서하지 않을 것이다.' 하여 농군은 일부러 딴 길을 가르쳐주었다.

"황송합니다. 제일 왼쪽으로 뻗친 저 길로 행차하십시오! 그 길로 가셔야 강동으로 가십니다."

항우는 농군이 가리키는 대로 제일 왼쪽에 있는 좁은 길로 말을 달렸다. 약 일 마장가량 달려왔을 때, 넓고 넓은 개흙바닥에 오추마가 텀벙 빠졌다. 진흙은 오추마의 뱃바닥까지 치밀어 올라왔다. 말은 네 굽을 허우적거리며 개흙바닥에서 벗어나려고 애를 썼다. 항우는 힘껏 채찍으로 말 궁둥이를 후려갈겼다. 이때 오추마는 전신의 힘을 사지에 모두었는 듯, 단번에 껑충 솟아올라 저편 언덕 위로 뛰었다. 오추마는 과연 명마였다.

항우는 숨도 쉬지 않고 달렸다. 한참 가노라니 뜻밖에 한나라 대장 양희가 한 부대를 인솔하고 그의 앞길을 가로막았다. 항우는 말을 멈추고 양희를 바라보았다.

"나는 지금 갯바닥에 빠져서 고생을 하다가 간신히 연못 속에서 빠져나온 고로 힘이 파했다! 말도 약해지고, 나도 기력이 떨어져서 접전하기 어려우니, 너는 수년간 내 부하로 있은 전일의 의리를 생각해서 나와 함께 강동으로 가자! 후일 너를 만호후(萬戶侯)에 봉해주마!"

항우는 양희에게 청해보았다.

"대왕이 어진 사람을 업신여기고, 충신의 간언을 듣지 않고, 대역무도했기 때문에 오늘날 이같이 되신 것이며, 지금 강동으로 가신대도 큰일은 못하실 것입니다. 내가 그동안 한왕에게 중용되어 신임을 받고 대왕을 추격해 여기까지 왔으나 옛날 의리를 생각해서 차마 대왕을 죽이지는 못하겠으니, 속히 갑옷을 벗으시고 한왕께 항복하십시오! 그렇다면 다행히 목숨을 부지하고 혹은 왕작(王爵)의 지위를 보전할 거외다!"

양희의 대답을 듣고 항우는 분을 참지 못했다.

그는 창을 겨누고 양희에게 달려들었다. 결국 두 사람은 이십여 합 접전을 계속하다가, 항우는 창을 왼편 겨드랑이 밑에 끼고 오른손으로 철편을 들어 양희의 등허리를 후려갈겼다. 이때 양희는 급히 몸을 구부렸다. 이 바람에 양희는 왼쪽 어깨를 얻어맞고 말에서 떨어졌다. 항우는 양희를 창으로 찌르려 했다. 그때 한나라 대장 양무·왕익·여승·여마통 등이 일제히 쫓아와서 항우를 공격했다.

항우는 양희를 찔러 죽이지 못하고 여러 장수들을 상대로 불똥이 떨어질 만큼 번개같이 창을 휘두르면서 싸웠다.

그러자 조금 있다가 영포·팽월·왕릉·주발, 네 장수가 떼를 지어 추격해왔다.

항우는 이것을 보고 맥이 풀렸다. 이제는 더 싸울 용기도 없어져서 채찍으로 말을 때리면서 동쪽 산 수풀을 향해 도망했다. 살아남은 이십팔 명의 부하가 그의 뒤를 따랐다. 수풀 속에는 길도 없었다.

이쪽으로 저쪽으로 헤매면서 항우는 길을 찾았다. 헤매어도 헤매어도, 길은 나타나지 않았다. 날샐 무렵에 우희가 죽는 것을 보고 진영을 탈출한 이래 지금까지 그는 물 한 모금 마시지 못하고 도망해온 까닭으로, 몸은 몹시도 피로했다. 해는 이미 서산으로 넘어갔다.

항우를 따라 이 산속까지 그를 모시고 온 부하들은, 항우가 기운이 없어하는 것을 보고 죄송한 생각이 들었다.

"폐하! 그동안 수백 리를 물 한 모금 드시지 않고 여기까지 오셨으니, 얼마나 피곤하시겠사옵니까? 신 등도 만사일생으로 살아왔으나, 이제는 시장한 것을 견디지 못하겠습니다. 말도 온종일 풀 한 포기, 물 한 모금 먹이지 못했으니 이제는 걸음을 못 걷는 것 같사옵니다. 여기 산은 깊고, 수목은 많고, 잡초 우거졌으니, 폐하께서는 이 근처 민가에 들어가 잠시 휴식하시고, 내일 날이 밝은 뒤에 길을 찾아나가기 바라옵니다.

만일 밤중까지 이렇게 방황하다가 연못이나 수렁에 빠지면 그 아니 걱정이겠나이까…."

그들은 항우에게 의견을 아뢰었다.

항우는 그들의 말을 듣고 고개를 끄덕거렸다.

"그래, 그렇게 하자."

그는 말에서 내려 천천히 수풀 사이로 걸었다. 어둑어둑한 가운데서 멀찍이 건너다보이는 수풀 속에 등불이 반짝반짝 보였다. 항우는 불빛이 보이는 곳을 향해 걸었다. 부하들도 그 뒤를 따라서 걸었다.

불빛이 비치는 곳까지 와보니 이곳은 오래된 사원(寺院)이었다. 항우는 그 사원 문 앞에 서서 보았다. 안에서는 불빛이 흐르고 있으며, 문 앞 언덕 아래에서는 졸졸졸 물 흐르는 소리가 들렸다. 항우는 물소리를 듣고 오추마를 끌고 언덕 아래로 갔다.

그는 말에게 냇물을 먹이려 했건만 기암괴석이 첩첩이 쌓여서, 말이 입을 집어넣을 구멍이 없었다.

항우는 아래위를 둘러보다가 팔을 걷고 허리를 굽혀 수없이 많은 바윗돌을 집어치웠다. 커다란 바위를 떠다 밀어붙이니, 그 바윗돌 밑에서 비로소 옥수 같은 맑은 물이 샘솟듯이 올라오더니 순식간에 커다란 샘물이 되어버렸다. 이곳은 흥교원(興敎院)이라는 곳으로 오강으로부터 칠십오 리, 지금도 항우의 음마천(飮馬泉)이라는 고적이 있는 곳이다.

항우는 오추마에게 물을 배부르게 마시게 한 후 흥교원 문안으로 들어갔다. 좌우에 긴 복도가 있는데, 이쪽도 저쪽도 사람의 그림자라곤 보이지 않았다.

그는 흥교원 뒷마당으로 돌아갔다. 뒷마당 안에 집이 한 채 있고, 그곳에 큰 방이 한 칸 있는데, 숯불을 피워놓고 칠팔 명의 노인들이 그 가장자리에 둘러앉아 있었다.

항우의 부하 사졸 한 사람이 앞으로 쑥 나섰다.

"이 절간엔 사람이 없습니까?"

별안간에 들어와서 병정이 묻는 소리를 듣고, 그 중에 한 노인이 응대했다.

"네, 그전에는 이 절간에 이십여 명이나 있었습니다마는, 요사이 한·초(漢楚) 두 나라의 난리가 일어났기 때문에 모두 도망해버렸답니다. 그 사람들이 피난갈 때, 혹시나 난중에 이 절간이 허물어질까봐서, 우리들같이 늙어빠진, 아무 데도 소용없는 사람들을 대신 지키고 있으라고 두고 갔답니다… 그런데 노형들은 어디서 오는 사람들인데 이 밤중에 여길 찾아왔소?"

"우리들은 초나라의 군사들입니다. 지금 초패왕 폐하께서 한나라 군사에게 추격당하다가 밤중에 길을 잃어버렸기 때문에 이리로 오셨습니다. 노인께서는 우리 폐하께 저녁 수라를 올려주시고 하루저녁 여기서 쉬고 가시도록 마련해주십시오."

사졸로부터 이 말을 듣고 있던 그 노인은 얼른 문밖으로 나와 항우 앞에 꿇어 엎드리며 사죄했다.

"황송하옵니다. 산야(山野)에 묻힌 촌백성이 폐하께서 행림(幸臨)하신 것을 알지 못하고, 죽을죄를 지었사옵니다. 용서해주시옵소서!"

항우는 노인을 굽어보면서 방으로 들어가 자리에 앉았다. 다른 노인들도 벌벌 떨면서 일제히 밖에 나가서 땅바닥에 주저앉았다.

"쌀이 있느냐? 쌀이 있거든 밥을 지어다오. 내가 강동으로 가서 너희들의 쌀 한 섬을 백 석(百石)으로 해서 갚아주마!"

"폐하! 죄송스런 말씀이오나, 폐하께서는 초나라의 임금님이옵니다. 그리고 이곳은 초나라의 땅이고, 불초 천민들은 모두가 폐하의 백성이옵니다! 폐하께서 난중에 다행히 이곳에 행림하시와 밥 한 끼를 바치는데, 어찌 이것을 폐하께서 갚겠다 하시나이까? 황송천만이옵니다."

노인들은 이구동성으로 아뢰고 항우 앞에서 물러나와 창고에서 쌀

한 섬을 내어가지고 밥을 지었다. 조금 있다가 밥과 반찬이 들어왔다. 항우는 그것을 사졸들에게 나누어주고 자기도 굶었던 배를 채웠다. 항우는 이날 밤, 이 절간에서 잤다.

밤중에 붉은 해가 강물 위에 떠올라오는 것을, 한왕이 오색구름을 타고 달려오더니 그 해를 얼싸안고 달아나므로, 항우는 급히 강물 위로 달음질해 쫓아가서 그 해를 빼앗으려 했으나, 한왕이 발길로 탁 차버리는 바람에 그는 뒤로 넘어지고, 한왕은 서쪽으로 달아나버렸다. 항우는 깜짝 놀랐다. 깨고 보니, 꿈이었다.

항우는 한숨을 크게 쉬었다. 이때 갑자기 꽹과리 소리, 고함치는 소리, 북치는 소리가 사방에서 요란스럽게 들렸다.

오강자문(烏江自刎)

항우는 벌떡 일어났다. 더 생각할 것도 없이 한나라 군사의 추격 부대가 가까이 다가오고 있는 것이 분명했다. 그는 갑옷을 입고 창을 들고, 오추마를 추켜타고 숲속에서 뛰쳐나왔다.

날은 밝기 시작했다. 사방이 환한데, 산골짜기 이쪽도 저쪽도 한나라 군사로 가득했다. 항우는 채찍을 높이 들고 오추마를 후려갈겼다. 일직선으로 항우가 달아나고 있는 길을 한나라 대장 관영이 가로막았다.

"이놈아! 초적(楚賊)아! 속히 네 모가지를 다오!"

관영은 호령하면서 달려들었다. 항우는 크게 노해 창으로 관영을 겨누었다. 두 사람이 교묘히 서로 몸을 피하며 접전하는 중에 양무·여승·시무·근흡, 네 사람의 한나라 대장이 또 달려왔다.

항우는 기가 질려 더 싸우고 싶지 않았다. 그는 관영을 상대하지 않고 그 자리를 벗어나 일직선으로 한나라 군사의 포위망을 뚫고 나갔다. 항우의 성난 얼굴이 어찌나 무섭던지, 한나라 사졸들은 겁에 질려 길을 헤쳐주었다. 그리고 아무도 그의 뒤를 추격하려고 하지 않았다. 쏜살같이 달려나온 항우는 단숨에 오강까지 왔다. 벌써 오십 리를 달렸다.

항우는 말고삐를 움켜쥐고 걸음을 멈추었다. 그리고 사방을 휘둘러보았다. 바로 자기 뒤에서 쫓아오던 한나라 군사는 보이지 않으나, 저쪽

산모퉁이, 이쪽 산모퉁이에서 티끌이 일어나고 있는 것은 분명히 한나라 군사가 추격해오는 기색이었다. 어찌해야 할 것인가.

항우는 생각해보았다.

'날갯죽지가 있다 한들 여기서 벗어나갈 수 있을까?'

산과 들에 널려 있는 것이 모두 다 한나라 군사라면, 이제는 자신의 운명이 다했다고, 그는 깨달았다.

그는 뒤따라오고 있는 이십팔 명의 부하들을 돌아다보았다. 모두 다 씩씩해 보였다.

"보아라! 오늘 내가 이 지경이 되었구나! 그러나 내가 힘이 부족한 것이 아니다. 하늘이 나를 망하게 하는 것이다! 만일 지금부터 내가 세 번 싸워 세 번 이긴다면 너희들은 내가 힘이 부족해서 지는 것이 아니라는 것을 알 것이다."

그는 부하들을 보고 장담하고 이십팔 명을 네 부대로 나누었다. 그동안에 한나라 추격부대는 고함을 지르면서 점점 가까이 포위해왔다. 항우는 부하들을 둘러보면서,

"내가 지금 적을 한 놈 죽이고 길을 열 것이니, 너희들은 동산(東山) 밑에서 세 군데로 갈라져 있다가 나를 기다려라! 어김없이 실행해라!"

"네, 폐하께서 분부하시는 대로 순종하겠습니다!"

사졸들은 일제히 대답했다.

항우는 기운을 뽐내가지고 벼락같은 고함을 지르고 한나라 군사를 향해 돌진해 대장 한 사람을 찔러 죽였다. 이때 폭풍을 만난 덤불처럼 한나라 군사는 흩어졌다. 항우는 이 길로 빠져나왔다. 그는 동산 밑으로 갔다. 부하들은 빠짐없이 그곳에 모여 있었다.

"오오, 잘들 왔다!"

항우는 부하들을 둘러보고 적이 안심하는 듯했다. 그는 부하들과 함께 땅 위에 다리를 뻗고 쉬었다.

그러나 조금 있다가 한나라 군사가 삼면에서 포위하고 들어왔다. 항우는 다시 오추마를 추켜타고 창을 들고 쫓아나갔다.

한나라 대장 이우(李祐)와 도위(都尉) 왕항(王恒)이 단번에 창에 찔려 죽었다. 그리고 사졸도 수백 명 쓰러졌다. 항우의 부하는 두 사람이 죽었다.

항우의 앞에는 이십육 명이 남았다. 항우가 이리 뛰고 저리 뛰면서 한나라 군사를 모조리 죽이는 것을 보고, 대장 여승(呂勝)과 양무(楊武)가 분한 듯이 달려들었다. 항우는 두 대장을 상대로 또 용전했다.

그들은 십여 합 접전을 했다. 그러나 여승과 양무는 도저히 항우를 당할 수가 없다는 듯이 달아나버렸다. 이날, 항우는 하루 동안에 한나라 대장과 아홉 번 접전을 해 아홉 명을 죽이고, 그리고 천여 명의 사졸을 살육했다.

적의 포위가 흩어진 것을 보고 항우는 이십육 명의 부하를 둘러보았다. 그리고 손에 상처 하나 없는 것을 내보이면서 말했다.

"어떠하냐? 내가 아까 무어라고 말하더냐?"

사졸들은 모두 땅에 꿇어앉아서 아뢰었다.

"폐하께서 아까, 세 번 싸워 세 번 이기신다 하시었는데, 오늘 아홉 번 싸우시어 아홉 명을 죽이고, 그 밖에 천여 명을 죽이셨습니다. 폐하는 신(神)이시옵니다!"

항우는 껄껄 웃었다.

"가자!"

그리고 그는 채찍을 치며 말을 달렸다. 부하들도 달렸다.

항우는 마침내 오강의 북쪽 언덕에 도착했다.

이때 오강의 정장(亭長)이 배를 한 척 준비하고 있다가, 항우가 오추마를 달려 도착하는 것을 보고, 그 앞으로 가서 공손히 인사를 올렸다.

"폐하! 폐하께서 행림하실 줄을 예측하고 있었사옵니다. 강동 지방은 비록 작은 지방이오나 옥야천리(沃野千里), 폐하께서 다시 군사를 양성하면 수십만은 넉넉하옵니다. 속히 강을 건너시와 대사를 그르치심 없이 하시기 바라옵니다. 이곳에는 신이 가지고 있는 배 한 척밖에 다른 배가 없사오니, 한나라 군사가 쫓아온들 무슨 재주로 강을 건너오겠사옵니까!"

정장이 아뢰는 소리를 듣고 항우는 갑자기 눈물이 핑 돌았다. 여기까지 온 것은 최초의 목적대로 오강을 건너서 강동으로 가려고 온 것이지만, 막상 강가에 다다르니 저절로 눈 속이 뜨거워졌다.

그는 샘솟는 눈물을 씹어 삼키는 것처럼 침을 삼키고 나서 길게 한숨을 쉬었다. 그리고 정장을 돌아보고 대답했다.

"하늘이 원망스럽다! 내 무사히 강동으로 간다 한들, 강동에서 따라온 팔천 명을 지금은 한 놈도 데리고 돌아가지 못하는 지경이니, 강동의 부로(父老)들이 얼마나 나를 원망하겠느냐! 설사 나를 동정해서 임금으로 섬긴다 한들, 무슨 면목으로 그 사람들을 대면할 수 있단 말이냐!"

항우의 음성은 참으로 침통했다.

"폐하! 폐하께서는 생각을 돌이키옵소서. 승부는 병가의 상사이옵니다. 한왕도 전일 팽성 대전에서 폐하께 대패해 삼십만 명을 상실하고, 수수의 강물도 송장 떼로 말미암아 흐르지 못했더라고 하지 않사옵니까. 그러나 한왕은 실망하지 않고, 단신 홀로 산을 넘고 강을 건너고, 우물 속에 몸을 감추기도 하면서 목숨을 부지해가지고, 마침내 오늘날에 이르지 않았사옵니까? 지금 폐하께서 패군하신 것이 전일 한왕이 당한 것과 마찬가지이옵니다. 대사를 도모하시는 마당에 조그마한 체면 같은 것은 생각하지 마소서. 추격 부대가 다가오기 전에 속히 배에 오르시옵소서."

정장은 말을 마치고 항우를 쳐다보았다. 그러나 항우는 지금 일만 가지 생각이 가슴속에서 뒤끓었다. 자신의 백부(伯父) 항량과 함께 의병을 일으켜 진나라를 정벌한 이후 오늘날 한왕에게 쫓겨서 오강에 이르기까지, 지나온 팔 년 동안의 세월이 번갯불같이 그의 눈앞으로 지나갔다. 사랑하는 우희는 끔찍하게도 자살했고, 사면초가 중에서 최후까지 남아 자기를 보호해 나오던 주란과 환초도 죽어 없어지고… 과연 이렇게 되어가지고도 살아야 할 것인가? 그는 또 한 번 길게 한숨을 쉬고 정장을 보고 말했다.

"고마운 말이다! 그러나 내 마음이 진정 부끄럽다! 강동으로 돌아가기가 부끄럽다. 한나라 군사가 쫓아오면 내 목을 주련다!"

항우의 목소리는 더 한층 침통했다. 정장은 무어라고 더 할 말이 없었으나, 차마 항우를 그 자리에 버려두고 발길이 돌아서지 않았다. 정장의 눈에서도 눈물이 글썽글썽했다.

한참 동안 두 사람은 말없이 서 있었다.

항우는 정장이 자신을 버려두고 떠나지 못하는 것을 보고 마음에 기특한 생각이 들었다. 그래서 그는 정장 앞으로 두어 걸음 가까이 가서,

"내 지금 그대의 뜻을 고맙게 생각한다마는, 지금 줄 것이 하나도 없구나. 이 말은 오추마라는 말이다. 하루에 천리길을 가는 말이다. 수백 번 전장에 나갔지만 이 말보다 나은 말은 한 마리도 없었다. 지금 여기다가 내버린다면 한왕의 것이 될 것이고, 그렇다고 죽여버리기도 정리상 못하겠다! 내 이 말을 그대에게 줄 것이니 그대가 끌고 가라."

하고는 한 손에 쥐고 있던 말고삐를 정장에게 주었다. 정장은 공손히 절하고 말고삐를 받았다.

정장은 항우에게 인사를 하고 돌아섰다. 그는 말을 끌고 걸음을 걸었다. 오추마는 정장에게 끌려가면서도 목을 자꾸만 뒤로 돌리려 했다. 그때마다 정장은 고삐를 부쩍 잡아당겼다. 열댓 발자국 떨어져 갔을 때 오추마는 또 뒤를 돌아다보았다. 이때 항우의 눈이 저를 바라보고 있는

것을 알았음인지, 오추마는 별안간 슬프게 한 소리 지르고, 땅바닥에 네 굽을 뻗고 주저앉았다. 이것을 보고 정장과 함께 가던 여러 사람이 달려들어 간신히 오추마를 끌어다가 배 위에 실었다.

정장은 항우를 향해 멀리서 또 한 번 예를 하고 배를 띄웠다. 강동에서 정장을 따라왔던 몇 사람이 노를 저어 배가 강 가운데로 들어섰을 때, 이때까지 배의 중간에 가만히 섰던 오추마는 '어엉, 어엉, 어엉' 이렇게 세 번 울음소리를 내더니, 껑충 강물 속으로 뛰어들었다. 금시에 오추마는 물결에 휩쓸려 떠내려갔다. 오추마는 물에 빠져 죽어버리고 말았다. 이 꼴을 본 정장과 배 안에 있던 사람들은 모두 다 어쩔 줄을 모르고 멍하니 강물만 내려다보고 있었다. 오추마는 물결 위로 두어 번 머리를 솟구치더니 그대로 물속으로 떠내려갔다.

항우는 언덕에서 이 광경을 바라보았다. 그는 가슴이 아팠다. 최후까지 사랑해오던 오추마마저 물속에 장사지낸 것이다.

이때 갑자기 고함 소리가 들렸다. 뒤를 보니 한나라 추격부대가 벌떼같이 몰려왔다. 항우는 이제 오추마도 없고, 다만 땅 위에 힘 있게 버티고 서서, 이십육 명의 부하들과 함께 적을 대적할 진세를 꾸몄다.

"와아!"

"으앗!"

추격부대가 에워싸고 달려들자, 쌍방에서는 고함을 지르고 서로 찔렀다. 항우는 한참동안 정신없이 적을 찌르고, 치고, 이리 뛰고 저리 뛰었다. 그의 손에 찔려죽은 한나라 군사는 수백 명이나 되었다. 항우도 전신에 칼을 맞은 상처가 이십여 군데나 되었다.

"아하!"

그는 가쁜 숨을 크게 쉬고 무수히 넘어진 한나라 군사 시체 너머 뒤를 돌아다보니, 그전부터 잘 알고 있는 한나라 대장 여마통이 창을 들고 말을 타고 자기를 향해 달려오고 있었다.

항우는 그를 바라보고 소리를 질렀다.

"너는 옛날 내 친구 아니냐!"

그 고함 소리는 마치 벼락치는 소리 같았다. 여마통의 말은 그 소리에 놀라 우뚝 섰다. 그리고 여마통은 항우를 똑바로 보지 못하고 떨리는 목소리로 대답했다.

"네! 신은 대왕의 옛날 친구이옵니다. 대왕께서 지금 무슨 부탁하실 말씀이 있사옵니까?"

항우는 자신의 입술을 깨무는 것처럼, 입을 한번 꽉 다물었다가 열고,

"들으니, 한왕이 삼군에 호령하기를, 항우의 목을 베어오는 자에게는 천금의 상을 주고 만호후에 봉한다고 하더라! 내 너와 오래전부터 알아오던 터인 고로 내 목을 너에게 주는 것이니, 가져가거라!"

하고는 한칼로 자신의 목을 썽둥 잘라버렸다. 항우의 머리와 몸은 두 동강이 되어서 땅 위에 굴렀다. 그는 아까 오추마를 정장에게 줄 때부터, 자결해버릴 것을 결심했다.

그는 마침내 오강에서 죽었으니, 때는 대한 오년 기해(己亥) 겨울 십이월이었다. 진시황 십오년, 서력기원전 이백삼십이년 기사(己巳)년에 태어난 항우는, 나이 불과 삼십일 세에 이 세상을 떠났다. 순식간에 이 광경을 목도한 여마통은 잠시 동안 형언할 수 없는 감정이었다.

조금 있다가 그는 항우의 머리를 집어들고 돌아섰다. 그러자 양희·양무·왕예·여승, 여러 장수가 달려오는 것과 만나 그들은 군사를 모두 거둬가지고 회군했다.

그들은 중군으로 돌아와서 항우의 머리를 받들고 한왕 앞으로 나아갔다.

한왕은 항우의 얼굴을 내려다보았다. 항우의 얼굴은 비록 눈은 감았을망정 얼굴빛이 평상시와 조금도 다름이 없었다. 한왕은 항우의 얼굴

을 들여다보다가 눈물을 흘렸다.

"내가 전일 대왕과 의형제를 맺고 그 후에 천하를 가지고 싸우느라고 피차에 원수가 되었소그려! 그러나 대왕이 태공과 여후를 감금해두고 삼 년 동안이나 잘 보호해준 것은 만고에 드문 일이외다. 뜻밖에 지금 대왕이 이같이 이 세상을 떠나다니! 아하!"

한왕은 소리를 크게 내어 울었다. 모든 신하들도 저절로 흐르는 눈물에 옷소매를 적셨다.

이튿날 한왕은 여마통을 중수후(中水侯), 왕예를 두연후(杜衍侯), 양희를 적천후(赤泉侯), 양무를 오방후(吳防侯), 여승을 열양후에 봉하고, 각각 천금의 상을 내린 후 오강에는 항우의 묘(廟)를 세우고 일 년에 네 차례씩 제사를 올리게 하라고 분부를 내렸다. 소하와 진평이 명령을 받들고 물러간 뒤에 장량이 한왕 앞으로 들어왔다.

"아뢰옵니다. 수일 전 초나라의 장수들이 몰락할 때 모든 장수들과 함께 항백이 초의 진영을 탈출해 신의 진영으로 찾아온 것을, 신이 이때까지 아뢰지 못하고 있었사옵니다. 이 사람은 본시 신의 옛날 친구이고, 또 전일 홍문연 잔치 때, 대왕을 무사히 호구(虎口)에서 벗어나게 한 것도 전부 이 사람의 힘이었으니, 원하건대 휘하에 채용하시와 관록(官祿)을 내리시옵소서."

장량이 아뢰는 소리를 듣고 한왕은 즉시 승낙했다.

"오오, 항백! 그래, 속히 불러오기 바라오!"

항백은 한왕 앞으로 불려왔다.

한왕은 항백을 반가이 바라보며,

"잘 오셨소이다. 전일 선생의 대공(大功)이 있었고, 황차 양가(兩家)에 혼약이 성립된 터이니, 선생과 나와는 한집안이 아니겠소이까? 그렇지 않아도 궁금히 생각하던 차에, 선생이 이같이 먼저 찾아오셨으니 다행이외다."

하고, 잠깐 말을 멈추더니 명령을 내렸다.

"지금부터 선생을 사양후(射陽侯)에 봉하고, 성을 유(劉)씨라고 부르게 하시오!"

"황송하옵니다…."

항백은 머리를 수그리고 한왕의 은혜에 감사의 뜻을 표했다. 아아, 항우와는 동종(同宗)의 지친(至親)도 아닌 주란과 환초는 항우를 위해 목숨을 바쳤건만, 항우의 삼촌 되는 항백은 초나라를 버리고 한왕에게 항복해와서, 이제는 자기 성까지 유씨로 행세하게 되고야 말았으니 인간 세상의 일이 이렇게도 망측할 수 있으랴! 한왕은 항우가 죽어버린 뒤에 진중에서 볼일을 대강 처리하고 속히 하남(河南) 땅으로 가서 도읍을 정하려고 생각했다. 산동(山東) 지방에 있는 노국(魯國)이 아직까지 한왕에게 항복하는 표문을 올리지 않았지만, 한왕은 그것을 문제로 생각지 않았다.

원체 노국은 조그마한 소국이었던 까닭이었다.

이삼 일 중으로 한왕은 하남 땅으로 어가를 거동하겠노라고 분부를 내렸다. 이 소식을 듣고 놀란 사람은 장량이었다. 장량은 급히 한왕 앞으로 찾아갔다.

"신이 듣자오니, 대왕께서 불일간 하남 지방으로 거동하신다 하는데, 이것이 진실이옵니까?"

"그러하오."

"불가하옵니다. 아직도 산동의 노국이 대왕께 열복(悅服)치 않았사옵니다. 노국이 비록 소국이나 그대로 두었다가는 미구에 어지러운 난리가 일어날 것이니 대왕께서는 깊이 생각하옵소서!"

장량의 이 말을 듣고 한왕은 깜짝 놀랐다.

황제 즉위

'노국을 그대로 두었다가는 미구에 어지러운 난리가 또 일어난다니!'

한왕은 장량의 말을 듣고 놀라지 않을 수 없었다. 항우가 죽어버린 이제는 아무도 자신에게 대적할 사람이 없다고 생각했다. 그런데 장량의 이 말은 무슨 뜻인가?

"그래, 노국은 문제도 안 되는 조그마한 지방인데, 이 땅이 그렇게도 이해(利害) 관계가 있단 말씀이오?"

"그러하옵니다. 노국은 본시 예의지국(禮儀之國)이옵니다. 전일 항우를 봉해 노공(魯公)이라 했던 고로 말하자면 항우의 근본 되는 지방이옵니다. 만일 그대로 내버려두신다면 노국 사람들이 항우의 복수를 하려고 의병을 일으켜 동오(東吳)의 호걸들을 모집하여 형초(荊楚)를 점령하고, 호양(湖襄)을 공략할 것이니, 그때 대왕께서 어찌 용이히 평정하시겠나이까? 황차 전일 항우는 회계 땅에서 의병을 일으켰을 때 동오 지방 사람들의 인심을 얻었사옵니다. 그런 까닭에 노국 사람이 의병을 일으키면 동오 지방에서도 이에 호응할 것이니, 일이 이같이 되면 사태는 중대해지옵니다."

장량이 설명하는 소리를 듣고 한왕은 깨달았다.

"알아들었소이다. 만일 선생이 가르치지 않았던들, 하마터면 대사를 그르칠 뻔했소이다. 속히 군사를 인솔해 노국으로 갑시다."

한왕은 즉시 출동 명령을 내렸다.

수일 후에 한왕은 노국에 도착했다. 실로 산동 백성들은 성문을 견고히 수비하고 성 위에 기치도 정돈되어 있었다.

한나라 군사는 사방을 에워싸고 이틀 동안 맹렬히 공격했다. 그러나 성중에서는 조금도 낭패하는 기색이 보이지 않고, 도리어 노랫소리와 거문고 뜯는 소리가 울려나왔다.

한왕은 노했다.

"안 되겠다! 철포와 불화살을 성중으로 쏘아라!"

그는 무서운 화기(火器)를 사용해서 대번에 성을 함락시킬 것을 명령했다.

그러나 장량이 한왕 앞에 섰다가 간했다.

"불가하옵니다. 노국은 옛날 주공(周公)의 후손들이 살고 있는 곳이며, 공자(孔子) 또한 니산(尼山)에서 출생하여 만대제왕(萬代帝王)의 스승이 되신 고로 예의를 중히 알고 있는 지방이옵니다. 천하가 노국을 존경하는 것도 이 때문이옵니다. 지금 한나라 군사를 보고도 얼른 항복하지 않는 것은, 저들이 대왕과 힘으로써 싸우고자 하는 것이 아니고, 오직 노공을 위해 절개를 지키려고 생각하는 까닭일 것이옵니다. 그러니 대왕께서는 성 밑에다 항우의 목을 내다놓고 저들에게 보여주시고 대의(大義)를 가르치면, 저들은 그제야 심복(心腹)할 것이옵니다. 힘으로써 이기고자 하시지 마옵소서!"

한왕은 장량의 말을 듣고 급히 항우의 목을 내다가 성 밑에 놓고 사졸 둘로 하여금 큰소리를 지르게 했다. 성중의 부로들은 그 소리를 듣고 모두 다 성 위에서 내려다보다가 항우의 목을 보고는 일제히 통곡을 했다.

한왕은 그 광경을 보고 사졸들로 하여금 성중의 부로들에게 설명을 하게 했다. 사졸들은 한왕이 가르치는 대로 성 아래로 가서 성 위를 바라보고 큰소리로 설명을 했다.

"성중 노인들은 자세히 들으시오. 항왕이 대역무도하게 의제를 죽이고, 백성들에게 잔인했습니다. 그래서 우리 한왕께서는 제후들과 합심해 의제의 몽상을 입으시고, 의병을 일으키어 천하 만민을 위해 잔인무도한 적을 제거하신 고로 이제는 초나라는 망해버리고 없어졌습니다. 성중 백성들은 속히 항복하십시오! 이렇게 하는 것이 하늘의 뜻에 순종하는 것입니다. 대의(大義)를 지키십시오! 이것이 성인(聖人)의 가르치심이외다!"

성중의 노인들은 이내 그 말이 정당한 것을 깨달았다. 항우가 이미 죽고, 초나라가 망해버렸는데, 한왕은 의제의 몽상을 입고 대의를 지켜 천하를 거두었으니, 이같이 된 바에는 한왕에게 돌아가는 것이 당연하다고 그들은 생각했다.

그들은 잠시 서로 의논하고 마침내 성문을 크게 열었다.

한왕은 입성해 백성들을 무마했다. 그리고 항우의 목과 몸뚱이를 한가지로 관속에 입관시킨 후, 곡성(穀城) 성 밖 십오 리쯤 떨어진 곳에 산소를 쓰게 했다. 뿐만 아니라 산소 앞에 묘(廟)를 세우고 일 년 사시에 제사를 지내도록 분부했다.

이제 천하는 완전히 평정되었다. 하늘 밑에서부터 바다 끝까지 이제는 빠진 곳 없이 완전히 통일천하되었다.

이튿날, 제왕(齊王) 한신을 비롯해서 회남왕 영포, 대량왕 팽월, 기타 모든 제후와 문무장사들이 한왕 앞에 나가서 치하의 말씀을 올렸다.

그리고 그들은 제각기 자기 나라로 돌아가고 싶다는 뜻을 아뢰었다.

"그리하오. 제후들은 각각 본부의 인마를 거느리고 모두 분국(分國)으로 돌아가기 바라오. 그리고 그 외에 문무장사들은 낙양(洛陽)으로 가 있으면, 각각 그 공로에 따라 논공행상을 할 것이니, 그리 알라."

한왕은 분부하고 나서 문득 한신에 대해서 꺼림칙한 생각이 들었다. 제나라는 본시 큰 나라다. 칠십여 성이나 되는 넓은 지방에 인구도 많고 물산이 풍부하고 보니, 한신을 제나라에 두었다가는 후일에 화근(禍根)이 될 것 같은 예측이 그의 머리를 때렸다.

'아니다! 한신을 제왕으로 둘 것이 아니다! 한신을 초왕(楚王)으로 옮겨놓아야 하겠다. 초나라는 한복판에 끼어 있어, 비록 수십만의 군사가 있다 할지라도 쉽게 큰일을 저지르지 못할 것이니, 이리로 한신을 옮겨 놓아야겠다….'

한왕은 이같이 생각하고 한신을 다시 가까이 불렀다.

"장군의 힘으로 짐이 천하를 통일한 것은 참으로 영세불망의 일이라고 생각하오. 그러나 장군의 공이 높고, 위엄이 무거운 고로, 소인이 시기하고 질투해 장군으로 하여금 그 지위를 오래 보전하지 못하게 할는지 알 수 없소이다. 그러니 장군은 원수의 인장을 도로 바치고, 초왕이 되어 초나라로 가서 그 지방을 다스리기 바라는 바이외다."

한신은 한왕의 말을 듣고, 천만뜻밖에 내려지는 명령이라 어찌할 바를 알지 못했다.

"황송한 말씀이오나 대왕께서 신을 제왕에 봉하신 지 이미 수년이 지났사온데 지금 다른 곳으로 갑자기 옮기신다 하는 것은 합당한 조치가 아니실까 하옵니다."

한신은 제왕의 지위를 그대로 가지고 있고 싶었다. 한왕은 한신의 눈치를 알았다. 그러나 한신으로 하여금 제왕의 인을 끌러놓게 하지 않고는 안심이 안 됐다. 그래서 그는 가만히 앉아서 한숨을 쉬고 나서 대꾸했다.

"장군은 잘못 생각했소. 전일 한나라와 초나라가 서로 싸우는 동안에 인심은 미정(未定)했고, 더구나 제나라 지방은 전부터 인심이 반복

무쌍했던 고로 장군을 제왕에 봉해 다스리게 한 것이었는데, 지금은 천하가 완전 통일되지 않았소? 그리고 장군은 회음(淮陰) 사람 아니오? 그러니 초나라는 말하자면 장군의 부모의 땅이오! 그뿐 아니라, 초나라를 멸망시킨 것은 완전히 장군의 힘이외다! 그런고로 장군이 초왕 되는 것은 가장 적합한 조치가 아니겠소?"

한왕의 이 말에는 한신이 무어라고 더 할 말이 없었다.

한신은 아무 말 못하고 잠깐 있다가 허리에서 제왕의 인을 끌러 두 손으로 한왕에게 바쳤다.

한왕은 그것을 받아놓고 그 대신 초왕의 인을 한신에게 넘겨주었다. 한신은 그것을 받아가지고 물러나와 즉시 초나라로 갔다.

한왕은 제후들을 각각 본국으로 보낸 후에 자신은 낙양으로 갔다. 그러는 동안에 해는 바뀌어 대한 육년 정월이 되었다.

새해 정월이 되어 제후들은 한왕에게 나와 문안을 드렸다. 그 중에서도 조왕 장이와 초왕 한신은 한왕 앞에 나와서 아뢰었다.

"이제는 천하가 통일되고 백성이 태평하니 대왕께서는 속히 황제(皇帝)의 위(位)에 오르시와, 백성들의 마음을 편케 해주시기 바라옵니다."

그러나 한왕은 두 사람을 보고,

"제위(帝位)는 어질고 현명한 사람이 아니고는 안 된다고 생각하오. 내 본시 재주 없고 덕이 부족한데, 어떻게 제위에 오른단 말이오."

하고 듣지 않았다. 그러자 여러 신하들이 한신과 장이의 말에 찬동해 모두 다 한왕에게 황제가 되기를 간곡히 아뢰었다. 그래도 한왕은 두어 번 사양했다.

"천하가 완전 통일되고 공신들을 왕후(王侯)에 봉하고도 대왕께서 황제가 되지 않으면, 무엇으로써 천하에 신의(信義)를 보이시겠나이까."

신하들이 나중에는 이같이 아뢰자 한왕도 대답할 말이 없었다.

"정녕코 그같이 하는 것이 국가에 유익한 일이라는데 내 어찌 계속

사양할 수 있겠소."

마침내 한왕은 황제 되는 일을 허락했다. 여러 신하들은 그 해 이월 갑오(甲午)일을 길일로 택일해 사수(汜水)의 남쪽으로 식장을 설비한 후, 황제의 난가(鑾駕)를 봉영하고 조칙을 천하에 포고했다.

짐은 생각하노니, 주(周)나라의 종실(宗室)이 끊어진 후 진(秦)나라가 감히 육국을 아울러 삼키었으나, 천하가 소요할 제, 삼세(三世)에 이르러 더욱 쇠잔해 천명(天命)은 이에 그쳤도다. 짐은 본시 패현(沛縣) 사람으로서 위로 하늘의 보우하심과, 선조 신령의 도우심을 받들고, 문무신하들의 힘에 의지해 진나라를 멸하고, 초나라를 이겨 마침내 천하를 평정했도다. 이제 여러 신하들이 짐을 높여 황제로 받들기로 의논을 정했으니, 이는 오로지 백성의 뜻을 주장함이라, 초한(楚漢) 육년 갑오일에 사수의 남쪽에서 황제의 위(位)에 오르며, 천지신명께 제사해 이 뜻을 고하는 바이로다. 이로써 나라 이름을 대한(大漢)이라 하고, 초한 육년을 대한 육년으로 고치는 터이니, 이날로써 대묘(大廟)를 받들어 사대(四代)를 추존(追尊)해 태상황제(太上皇帝)로 하고, 사직(社稷)을 낙양에 건립하는 바이며 여씨를 황후로, 큰아들 유영(劉盈)을 동궁 황태자로 하는 바이며, 무릇 진나라와 초나라 때 가혹한 형벌을 받은 자를 남김없이 석방하니 이것을 천하에 포고해 널리 알도록 하라.

황제의 조칙은 이와 같았다.

식장에서는 문무백관의 배하식(拜賀式)이 거행되었다.

낙양 성중에는 사직이 세워지고, 이날부터 한왕의 부인 여씨는 황후가 되고, 큰아들 유영은 황태자가 되고, 천하의 감옥에서는 죄수들이 석방되었다.

이 해 오월에 황제는 남궁(南宮)으로 나가 잔치를 크게 베풀었다. 모든 신하들이 통일천하된 후에 처음으로 열린 이 연회에 참석해 술을 흥겹게 마시고 있을 때, 한왕은 큰 방 안에 가득히 둘러앉은 신하들을 보면서 입을 열었다.

"만좌한 제신에게 짐이 묻는 것이니, 반드시 심중에 남김없이 솔직히 아뢰기를 바란다. 짐은 본시 패현의 사상(泗上) 땅 정장(亭長)에 불과했는데 오늘날 천하를 얻게 되고, 항우는 힘이 칠천 근이나 되는 솥을 들었고 기운은 천하를 뒤덮어서 무용이 절등했건만 천하를 잃어버렸으니 이 무슨 까닭인고? 제신은 기탄없이 말하라!"

한왕이 묻는 소리를 듣고 고기(高起)와 왕릉 두 사람이 일어서서 대답했다.

"아뢰옵니다. 항우는 사람을 사랑할 줄은 압니다. 그러나 항우의 성질은 배고파하는 사람에게 밥을 주고 추워하는 사람에게 솜옷을 주는 것같이 불쌍한 사람에게 동정할 줄만 아는 부인네들의 인정에 불과합니다. 즉 어질고 착하고 능하고 공 있는 사람을 꺼리고 시기하고, 부하에게 세워주지 않고, 이익도 주기를 싫어했으므로 마침내 천하를 잃어버린 것이옵니다. 그에 비해 폐하께서는 사람을 업신여기시는 교만하심이 있으나, 성을 치고 땅을 빼앗은 후엔 공이 있는 자에게 반드시 상을 주고, 은혜를 베풀고, 함께 이익을 공동으로 하셨사옵니다. 이 까닭으로 폐하께서는 천하를 얻으신 것으로 생각하옵니다."

황제는 두 신하의 말을 듣고 빙그레 웃으며 술잔을 기울였다. 만족한 태도이기는 하나, 두 신하의 말에 부족을 느끼는 표정이 그의 입가에 지워지지 않는 미소에서 엿보였다.

황제는 다시 한 잔을 마시고 두 신하를 보고 입을 열었다.

"잘 모르는 말이다! 유악장중(帷幄帳中)에 앉아서 계책을 꾸미어 천리 밖의 승부를 결정짓는 일은 장량을 당하지 못하고, 백성을 편안하게 하면서 군량을 수송해 삼군을 양성하는 일은 짐이 소하보다 못하며, 백만 대군을 지휘해 싸우면 반드시 이기고 공격하면 반드시 점령하는 데 있어서는 짐이 한신을 따르지 못한다! 이 세 사람은 참으로 인걸(人傑)이다. 다만 짐이 천하를 얻은 것은, 사람들을 잘 쓴 까닭이다! 항우는 범증 한 사람도 잘 쓰지 못한 고로 천하를 잃어버린 것이다."

황제의 말을 듣고 왕릉과 고기는 물론이요, 여러 신하들은 일제히 자리에서 내려앉으면서 아뢰었다.

"폐하의 말씀, 과연 지당한 말씀이옵나이다…."

황제는 여러 신하들이 진심으로 자기 말에 탄복하는 것을 보고서 비로소 만족했다. 그는 계속해서 술잔을 연거푸 기울였다.

"주악(奏樂)을 울려라!"

황제의 분부가 내리자, 즉시 생황(笙篁)의 주악이 시작되었다. 한바탕 주악이 끝난 후에 노래 부르는 사람들의 노래가 있자 여러 신하들도 그 소리에 합창해 즐겁게 노래를 불렀다. 모든 사람이 즐겁기 한량없었다.

술잔이 거듭 기울어진 뒤에 한신은 황제가 대단히 즐거워하는 모양을 보고, 한왕 앞으로 와서 아뢰었다.

"신이 아뢰옵니다. 전일에 신이 초를 배반하고 포중으로 들어갈 때 산속에서 길을 잃고, 뒤에서 쫓아오는 군사는 있고 해 당황했을 때, 한 사람의 나무꾼을 만나 길을 물은 연후에 뒷일이 탄로될까봐 그 나무꾼을 죽이고 위태한 지경을 벗어나 마침내 폐하를 모시게 되었사옵니다. 그리고는 그길로 고운산, 양각산까지 와서 의사(義士) 신기를 만나고 나중에 신기는 신을 따라서 초를 정벌했사옵니다. 신기는 지난번 광무산 합전(合戰) 때 한나라를 위해서 용전분투하다가 전사했사오나 아직까지 상을 내리지 못했사옵니다. 복원하건대, 나무꾼의 사당을 세워서 제사를 지내게 하여주시고, 신기에게 관작(官爵)을 내리고 그 자손들을 등용해주시면, 폐하의 성은을 신은 백골난망하겠사옵니다."

황제는 그 말을 듣고 놀라는 표정을 하고,

"실로 지금 이 자리에서 경이 말하지 아니했던들, 나무꾼이 길을 가르쳐준 의리와 신기가 진중에서 전사한 공을 짐이 어찌 알 수 있겠소. 하마터면 충량한 두 사람에게 대의(大義)를 저버릴 뻔했소!"

이같이 말하고 자리에서 일어섰다. 때는 이미 날이 저물었던 것이다. 여러 신하들도 이때 자리에서 일어나 모두 물러갔다.

이튿날 황제는 조칙을 내렸다. 한신에게 길을 가르쳐준 나무꾼의 사당을 세우고 일 년 사시에 제사를 지낼 것과, 신기에게는 건충후(建忠侯)를 추봉하고 그의 자손에게는 관록(官祿)을 내리라는 특별한 분부였다.

장량은 이 조칙이 내린 것을 보고 황제에게 나아가 자신의 고국 한왕(韓王)의 손자 희신(姬信)을 한왕에 봉하고 적양(翟陽)에 도읍을 정하도록 해 한왕의 종묘를 세우게 해달라고 아뢰었다. 황제는 이것을 칙허(勅許)했다.

왕릉은 이 일을 알고 이튿날 황제에게 나아가 자기 어머니의 혼을 위해 사당을 세우게 해달라고 아뢰었다.

"과연 그대의 모친은 대현(大賢)하시었다! 일찍부터 짐이 천하를 통일할 것을 미리 알고 아들로 하여금 불의(不義)의 길로 떨어지지 않게 했으니 진실로 가상한 일이로다!"

황제는 왕릉에게 즉시 조칙을 내렸다. '패현에 왕릉 모친의 사당을 세우고 다달이 향촉(香燭)을 내리게 하라!' 이 같은 칙명이었다. 지금도 강소성(江蘇省) 패 땅에 왕릉 모친을 제사하던 사당의 고적이 있다고 한다.

황제는 왕릉 모친에 관한 조칙을 내린 후 이어서 형산왕 오예(衡山王吳芮)를 장사왕(長沙王)으로 옮기게 해 임상(臨相) 땅에 도읍을 정하게 하는 동시에 회남왕 영포, 대량왕 팽월, 연왕 장도, 이 사람들은 그대로 그 땅의 임금으로 두고, 유가(劉賈)를 비롯해서 유씨 일족을 모조리 왕작에 봉하고, 소하와 장량 같은 공신 이십여 명은 열후(列侯)에 봉하는 조칙을 내렸다.

통일천하된 후 논공행상도 끝났으므로 황제는 청명한 어느 날 높은 누각에 올라가서 궁실 밖에 있는 풍경을 관상했다.

이때 황제의 눈에는 이쪽에서도 저쪽에서도, 오륙 명 삼사 명씩 대장들이 모여 앉아서 수군거리고 있는 모양이 이상하게 보였다.

'무슨 비밀한 밀담들을 저렇게 하고 있는 것일까?'

황제는 심중에 의심이 생겼다. 그래서 근시를 돌아보고 속히 장량을 불러오라고 분부했다.

조금 있다가 장량이 누각으로 올라왔다.

황제는 그를 보고, 대장들이 저렇게 모여 앉아서 이쪽저쪽에서 밀담을 하고 있는 것이 무슨 까닭이냐고 물었다.

"폐하께서 천하를 얻으신 것은 문·무 모든 신하들이 강·약·친·소할 것 없이 모두 다 충성을 바쳐 일심 합력했던 까닭이옵니다. 그런데 지금 와서 보니 친하고 가까운 사람은 봉작을 주시고, 미워하던 사람은 죽음을 주신 고로, 저 사람들은 불평하며 모반할 의논을 하는 것이옵니다."

장량의 설명을 듣고 황제는 깜짝 놀랐다.

"그렇다면 이 일을 어찌하면 좋겠소이까?"

"폐하께서 평소에 가장 미워하시고, 또 모든 신하들도 그런 줄로 알고 있는 사람이 누구이오니까?"

"옹치(雍齒)요!"

"그리고 폐하께서 가장 사랑하시는 사람은 누구이오니까?"

"정공(丁公)이오."

"폐하께서 전일 수수 합전 때 참패하시어 도피하실 때, 옹치는 항우의 명령을 소중히 생각하고 폐하를 어디까지나 추격했으니, 이 사람은 충신이옵니다. 그와 반대로 정공은 항우의 명령을 배반하고 폐하를 도와드렸으니, 이것은 불충(不忠)이옵니다. 정공을 사형(死刑)하시옵소서!

이리하면 동요하던 인심은 안정될 것이옵니다."

황제는 이 말을 듣고 즉시 미워하던 옹치를 불러 십만후(十萬侯)에 봉하고, 사랑하던 정공은 사형에 처했다.

갑자기 이 같은 조치가 내리는 것을 보고, 이때까지 불평을 갖고 있던 신하들은 모두 다 후회했다. 충성을 다하면 그만이다! 옹치 같은 것도 십만후가 되었는데 무엇 걱정할 게 있느냐! 그들은 스스로 제 마음을 이렇게 위로했다.

오백 명의 지사들

 그 후 사흘이 지난 뒤에 장량은 조정에 나아가 황제께 아뢰었다.

 "폐하께서 옹치를 십만후에 봉하시고 정공을 사형하신 후로 모든 신하들이 열복하게 되어 안심되옵니다마는, 제나라에 있던 전횡(田橫)이 멀리 해도(海島)에 숨어 앉아서 천하 형세를 관망하고 있으니, 그 뜻이 적다 할 수 없사옵니다. 폐하께서 속히 조처하시지 않으시면 후일 큰 화근이 될 것이옵니다."

 황제는 이 말을 듣고 장량의 얼굴을 바라보며 물었다.

 "그러하오! 그러나 무슨 계책으로써 전횡을 평정할 수 있을까?"

 "해도는 이곳에서 떨어져 있기를 수천 리, 연파만경(煙波萬頃) 밖에 있사오니, 폐하께서 군사를 보내신다 할지라도 속히 평정되지 않을 것 같사옵니다. 신이 생각건대 조서를 가지고 사신이 찾아가서 전(田)씨를 제나라의 임금으로 봉하고, 전횡의 죄를 용서하겠노라 하시면, 전횡은 폐하에게 귀순할 것 같사옵니다."

 장량은 이같이 의견을 아뢰었다.

 "그리하리다!"

 황제는 즉시 장량의 말대로 조서를 쓰게 한 후 상대부(上大夫) 육가를 불러, 해도에 가서 전횡을 설득해 데리고 오라고 분부하였다.

육가는 명령을 받들어 낙양을 떠났다.

수일 후에 육가는 해도에 도착했다. 나산(羅山)은 동쪽에 솟아 있고 유수(維水)는 서쪽으로 흘러내리며, 신산(神山)은 남쪽에 솟아 있고 북으론 발해(渤海)의 창파가 일망무애(一望無涯)하여 전횡이 어느 구석에 있는지 알 길이 없었다. 육가는 망연히 서서 사방을 바라볼 뿐이었다.

한참을 섰노라니 글줄이나 배운 것이 있음직한 섬사람이 앞으로 다가왔다.

"여보, 말 좀 물읍시다. 전횡이 이곳에 들어와 진을 치고 있다는데, 거기가 어디요?"

육가는 그 사람을 보고 이같이 물었다.

"네, 여기서 동북으로 백 리가량 들어가면 즉묵현(卽墨縣)이라는 성이 있습니다. 전횡의 진영은 언덕에 올라서 이십오 리쯤 가서 있습니다."

길 가던 사람이 이렇게 가르쳐주었다.

육가는 데리고 온 하인들과 함께 또다시 즉묵현을 찾아갔다. 천기는 좋건마는 바다의 풍랑은 극심하여 육가는 천신만고했다.

즉묵현에 있던 전횡은 한나라에서 사신이 왔다는 말을 듣고 사방의 진문을 굳게 닫아 엄중히 수비시켰다.

육가는 진문 앞에 나아가서 큰소리로 타일렀다.

"대한 황제께서 초를 멸케 하신 후 천하를 통일하시고 나를 칙사로 하여 조서를 보내신 터이니 항거하지 말고 속히 진문을 열어라."

육가의 이 소리를 듣고 전횡은 진문을 열고 육가를 맞아들였다. 육가는 전횡에게 황제의 조서를 주었다.

백이(伯夷), 숙제(叔齊)는 주나라의 곡식을 부끄럽다 하여 먹지 않았건만 주무왕은 천하를 통일하였고, 개자추(介子推)는 진나라를 섬기지 않으려 했으되, 진나라는 패업을 완수했도다. 전횡이 비록 해도에 있다 할지라도 해도가 역시 한나라의 땅임을 어찌하랴. 네 능히 인간 세상을 벗어나서 백이, 숙제와 개자추를 본받아, 망해버린 제나라의 이름을 지킬 수 있으랴. 지킬 수 없거든 속히 오라. 너를 왕후에 봉하여 전씨의 종사(宗祀)를 보전케 하리로다. 만일 고집을 부려 듣지 않으면 짐이 군사를 보낼지라. 그때에 너의 몸은 물속에 장사지내게 되고 전씨는 전멸되리니, 이 아니 어리석은 일이랴. 뉘우침이 없이 하라.

황제의 조서를 읽고 보니 그 말이 옳은 것 같으므로, 전횡은 육가를 동반해 낙양으로 가서 항복하겠다고 말했다.

전횡이 육가에게 항복할 뜻을 비추자, 전횡의 좌우에 있던 사람들은 만류했다.

"결단코 항복하지 마십시오. 한나라 황제는 거죽으로는 관대한 것 같지만, 속으로는 가혹한 인물입니다. 장군께서 그동안 해도에 숨어 있던 것을 괘씸하게 생각하고 한번 노기를 발하는 날이면, 지금 조서를 받으시고 찾아간댔자 그때엔 항복도 안 듣고, 돌아오지도 못해 후회막급일 것입니다. 차라리 이 섬에서 언덕을 엄중히 방비하고, 철포와 석화전(石火箭)을 준비해 우리들 오백 명과 함께 항거하는 편이 나을 것입니다. 이렇게 하면 한제(漢帝)가 비록 백만 웅병(雄兵)을 인솔하고 올지라도 가까이 오지 못할 것입니다. 그렇게 하지 않으시려거든, 가만히 앉아서 형세가 돌아가는 것을 관망하고 계십시오."

여러 부하가 이같이 권고하는 소리를 듣고 전횡은 머리를 좌우로 흔들었다.

"아니, 그게 장책(長策)이 아니다! 황제가 칙사를 보냈는데도 항복하지 않는다면, 이곳에 대군이 정벌하러 올 것이다. 내가 그동안 너희들에게 털끝만큼도 은혜를 베풀지 못했는데 이렇게 되면 너희들은 천신만고해야 하고, 그 위에 싸우다가 지는 날이면 모조리 목숨을 부지하지 못할 것이니 내 차마 못하겠다!"

전횡은 부하들에게 이같이 말한 다음, 다시 육가를 바라보고,

"함께 가십시다!"

이같이 말했다. 그리고 전횡은 약간의 행장을 준비해 부하 두 사람을 데리고 육가와 함께 즉묵현을 떠났다.

즉묵현을 출발하여 이십 리가량 걸어오는 동안 전횡의 머릿속에서는 일만 가지 생각이 감돌았다. 지나온 이삼 년 동안의 경과는 더욱 그의 추억 가운데서도 마음을 아프게 했다.

'가만있자! 한나라 황제가 한신으로 하여금 제(齊)나라를 멸케 하고 제왕을 죽인 까닭으로 내가 이 섬으로 왔던 것이다… 지금 한나라가 천하를 통일하고 조서를 내게 보냈대서 항복하러 간다… 살아서 제 주인의 원수를 갚지 못하고, 도리어 그 앞에 가서 무릎을 꿇는다… 대장부의 할 일이 아니다! 무슨 면목으로 천지간에 서 있을 수 있느냐!'

전횡은 이런 일 저런 일을 생각하다가 마침내 이 같은 결론을 얻고 그만 칼을 빼가지고 자신의 목을 찔러버렸다.

같이 가던 육가와 그의 부하 두 사람이 급히 막으려 했건만, 이미 때가 늦었다. 전횡은 벌써 죽어버린 것이다. 육가와 전횡의 부하 두 사람은 하는 수 없이 전횡의 시체를 수렴해가지고 낙양으로 돌아왔다.

육가는 곧 황제 앞에 나아가서 모든 일을 세세히 아뢰었다.

황제는 길게 탄식하고, 왕(王)의 예(禮)로써 전횡의 시체를 낙양 성동(城東)에 장사지내게 한 후, 전횡을 따라온 두 사람은 도위(都尉)의 직에 임명했다.

해도에서 온 두 사람은 황제의 은혜에 감사하고 나와 생각하니, 마음이 불쾌했다.

"전횡이 한나라를 섬기기 싫어 자살했으니, 이야말로 대장부의 뜻이

다! 우리 두 사람도 더럽게 부귀를 탐할 것 없이 죽어버리자!"

해도에서 따라온 두 사람은 서로 의논을 이같이 하고 전횡의 산소 곁에 땅을 파고 그 안에 들어가 칼로 배를 갈라 죽어버렸다.

이튿날 황제는 이 같은 보고를 듣고 한없이 탄복했다.

"전횡이 자살한 것은 범인(凡人)으론 못할 일이요, 또 두 사람의 부하가 산소에 가서 구덩이를 파고 순사한다는 일은 더욱 어려운 일이다!"

황제는 해도에 남아 있는 오백 명의 전횡의 부하들이 이 소문을 들으면 반드시 반란을 일으킬 것이라 생각했다. 이에 즉시 칙사를 다시 해도에 보내어 그들을 회유시켜 데리고 오도록 분부했다.

칙사가 해도에 도착해서 황제의 조서를 읽어드리고 전횡이 세상을 떠난 사실을 알리자 여러 사람들은 소리를 내어 통곡했다. 칙사는 그들을 달래어 낙양으로 데리고 가려 했다. 그러나 그들은 모두 한결같이 칙사의 말을 듣지 않으면서,

"전횡 장군이 우리들을 위해 한나라에 가시다가 자결해버리셨으니, 우리들은 지금 누구를 위해 살아 있겠습니까!"

이렇게 대답하고 제각기 제 칼로 목을 찔러버리고 말았다. 전횡의 부하 오백 명은 이렇게 해서 한꺼번에 자결하고 말았다.

칙사는 급히 낙양으로 돌아와 황제에게 전말을 보고했다.

황제는 더욱 크게 놀라며 감탄했다.

"천하에 어쩌면 이렇게도 의리를 숭상하는 선비들이 있단 말이냐! 참으로 갸륵한 일이다!"

황제는 칙사와 더불어 여러 사람을 해도에 다시 파견해 오백 명 의사(義士)들의 시체를 안장(安葬)하게 하고, 이 섬의 이름을 '전횡도'라고 명명했다.

이 같은 일이 있은 후, 황제는 후환덩어리가 없어진 것만을 다행으로 생각했다.

그런데 항우의 부하였던 계포와 종리매는 어디 가서 숨어 있는지 종적이 묘연한 것을 깨닫고 근심했다.

황제는 마침내 칙명을 내렸다.

계포와 종리매를 생포해오는 자에게는 황금 천 냥을 상여한다. 만일 숨겨두고 감추는 자는 비록 왕후장상일지라도 엄중 처단한다.

이 같은 훈령을 높다란 간판에 써붙여 거리거리에 포고하게 했다. 이때 계포는 함양 성중에 살고 있는 주장(周長)이라는 친구의 집에 숨어 있었다.

주장은 계포와 어렸을 때부터 친구였다. 하루는 주장이 거리에 나갔다가 황제의 칙명을 써붙인 간판을 보았다. 그는 집에 돌아와 계포와 의논을 했다.

"황제께서 지금 장군을 엄중히 수사하시는 모양이외다. 만일 여기 있다가 탄로 나는 날이면 우리 집안은 전멸당하는 것인데, 그것을 두려워하는 것은 아니지만, 장군에게도 유익할 것이 없을 것이므로…. 그래서 의논인데, 이 일을 장차 어찌하면 좋소이까?"

계포는 주장이 이같이 하는 말을 듣더니 그 자리에서 서슴지 않고,

"근심하지 마시오! 내가 노형한테 와서 그동안 폐를 끼친 것만 해도 감사하오! 내 스스로 내 몸을 안전히 보신하리다!"

이렇게 대답하더니, 금시에 칼을 뽑아가지고 자기 머리털을 썽둥 잘라버렸다. 그리고 품속에 지니고 있던 조그마한 가위를 가지고 머리를 홀랑 깎아버린 후 주장에게 작별 인사를 하고, 그 집에서 나가버렸다.

주장의 집에서 나온 계포는 노국으로 가서 자신의 몸을 주(朱)씨의 집에 종[奴]으로 팔았다. 그는 그날부터 주씨의 집에서 종노릇을 충실히 했다.

주씨 노인은 계포를 두고 보니, 외양은 비록 머리를 깎아버린 종놈의 모양이나 앉았다가 일어설 때, 걸음 걸을 때 등 모든 태도가 범상한 인물이 아닌 것을 발견했다. 주씨는 며칠을 두고 보다가,

'옳거니… 저 사람이 필시 나라에서 찾고 있는 계포일 것이다!'

이렇게 직감했다. 외양과 체구와 기거동작이 당당한 장군감인데, 머리만 발가숭이가 되었다는 것은 말 못할 사정이 있어 일부러 한 일이라고 간파했던 까닭이다.

주씨는 그가 계포인 것을 짐작하고도 시치미를 떼고 그대로 수일 더 지냈다. 그러나 나라에서 점점 더 엄밀히 계포를 찾았다. 관청에서는 날마다 계포를 감추어두고 있는 사람이 없느냐고, 집집마다 묻고 다녔다.

주씨는 하는 수 없이 계포를 불렀다.

"내 보아하니 너는 초나라의 대장 계포가 분명하다! 지금 조정에서 너를 엄중히 찾는다! 내 너를 묶어가지고 황제께 바쳐야겠다. 그러지 않고는 내 집안이 전멸될 것이란 말이야! 그러니까 숨기지 말고 바른대로 말해라."

주씨가 이같이 말하자 계포도 솔직하게 말했다.

"그렇습니다. 제가 바로 계포입니다. 몸을 감추려고 머리를 깎고 댁에 와서 종노릇을 했습니다. 어른께서 불쌍히 보시고 그동안 저를 잘 거두어주셨습니다. 지금 황제가 그같이 저를 잡으려고 찾으신다니, 무엇으로써 이 은혜를 보답하겠습니까… 어른께서는 저를 묶어가지고 황제께 가십시오. 그러면 반드시 상금을 얻으실 것이니, 그것으로나 은혜에 보답하렵니다…."

계포가 숨기지 않고 솔직하게 말하는 소리를 듣고 주씨는 태도를 고치고 말했다.

"아까 내가 한 말은 일부러 해본 말이다. 어찌 사람을 죽임으로써 천금상을 받는단 말이냐! 설사 천하에 갑부가 된다 할지라도 그런 짓은

못할 짓이다. 내가 젊어서 사귀었던 친구 가운데 등공 하후영이란 사람이 있다. 지금 낙양에서 황제를 모시고 있는 터이니, 이 사람에게 너를 부탁해서 목숨을 구해주마!"

계포는 이 말을 듣고 주씨에게 절을 했다.

"참으로 감사합니다. 태산 같은 은혜를 저버리지 않겠습니다."

"그러면 지금 즉시 떠나자!"

주씨는 일어나 행장을 꾸려 계포를 데리고 길을 떠났다. 여러 날 후에 두 사람은 낙양에 도착했다.

주씨는 즉시 하후영을 찾았다. 하후영은 주씨 노인을 반가이 맞아들이고 술상을 내오게 한 후 대접을 했다.

주씨는 하후영과 더불어 한참 동안 다른 이야기를 하다가,

"그런데 계포는 무슨 죄가 있기에 나라에서 그다지 엄중히 찾는 것인가?"

이렇게 물었다.

"계포가 전일 항우 앞에 있을 때, 우리 상감께 욕설을 하고 진중에서 곤란을 당하시게 했던 까닭으로 계포를 잡아 그의 죄를 밝히려는 것이지요."

하후영은 이같이 대답했다.

"그게 무슨 죄란 말이오? 무릇 신하 된 자로서는 각각 그 임금을 위해 직책을 다해야 할 것인데, 하필 그런 사람이 계포뿐이겠소? 황제께서 지금 비로소 천하를 통일하시고 일개 사사로운 원한을 가지고 사람을 죽이려드니, 그 어찌 이렇게도 아량이 좁을 수 있단 말이오! 계포로 말하자면 지혜 있고 용맹무쌍한 대장이 아니겠소? 그를 잡아 죽이려고 몹시 찾는다면 계포는 반드시 북쪽 오랑캐나 남쪽 월(越)로 도망갈 것이오. 그렇게 되면 조정으로서는 한 사람의 훌륭한 장수를 잃어버리는 것이고 동시에 그 반대로 다른 나라를 도와주는 것이 아니겠소? 그러

니 등공은 황제께 나아가서 이 뜻을 아뢰고 계포의 죄를 용서하시게 하여주시오. 그러면 천하의 호걸들이 모두 다 황제를 모시고 신하 되기를 소원할 것이외다."

주씨는 이렇게 권고하였다.

"선생의 말씀이 당연합니다!"

하후영은 즉시 찬동했다. 주씨 노인은 하후영이 자기 말을 듣는 것을 보고 조금 있다가 그와 작별하고 객사로 돌아갔다.

이튿날 하후영은 입조(入朝)해 황제 앞에 나아가서 아뢰었다.

"신이 아뢰올 말씀이 있사옵니다. 폐하께서 계포를 엄중히 찾으시는데, 대체 계포에게 무슨 죄가 있사옵니까?"

"계포의 죄는 명백하다! 짐을 욕한 죄다!"

황제는 하후영을 보고 꾸짖듯이 대답했다. 그 말을 듣고 하후영은 공손히 또 입을 열었다.

"신하 된 사람으로서는 각각 임금을 위해서 충성을 다하는 것이 아니옵니까? 계포가 그때엔 다만 초나라가 있는 것만 알고 한나라는 안중에 없었고, 또 항왕이 있음만 알았고 폐하가 계신 것은 안중에 없었사옵니다. 이것은 계포의 충성이지 죄가 아니옵니다! 한나라의 모든 신하가 계포같이 한다면 폐하께서는 천하를 다스리심이 근심이 없으실 것입니다. 폐하께서 만일 계포를 용서하시고 등용하신다 하면 사방으로부터 계포 같은 사람이 폐하께로 달려올 것이 아니오니까. 만승지존(萬乘至尊)의 광활하기 대해(大海)와 같은 흉금에 그 어찌 한 사람의 계포를 용납하실 수 없겠사옵니까…."

황제는 이 말을 듣고 즉시 깨달았다.

"그래! 과연 그 말이 옳다! 계포와 종리매의 죄를 용서하고, 짐에게 오면 저들을 그전과 같은 관직에 임명하겠다."

하후영은 황제의 허락을 받아가지고 물러나왔다. 집에 돌아와 그는 즉시 객사에 있는 주씨를 청해 황제의 뜻을 전했다.

주씨는 대단히 기뻐하며 계포를 하후영에게 데리고 와서, 황제께서 계포를 불러보시도록 주선해주기를 부탁했다.

하후영의 주선으로 계포는 황제 앞에 인도되었다. 계포가 절하고 무릎을 꿇고 앉자 황제는 큰소리로 꾸짖었다.

"너는 넓은 천하에 몸 둘 곳이 없는 놈으로서 어찌 속히 짐에게 오지 아니했는고?"

"신이 섬기어오던 나라가 망해버렸으니, 신이 항왕을 따라서 오강에서 죽어버리지 못한 것을 한할 뿐이로소이다! 무슨 면목으로 폐하께 나와 천안을 우러러 뵈옵겠사옵니까….."

"너는 어찌해서 전일 짐에게 욕설을 하였느뇨?"

황제는 또 이같이 물었다.

계포는 황제의 이 같은 질문에 그만 눈물을 주루룩 흘렸다.

"신은 전일, 항왕의 명령을 받들고 폐하를 대적했을 뿐이옵니다. 그때 신이 폐하께 더 많이 욕설을 못했던 것을, 그때엔 후회했사옵니다!"

이렇게 아뢰고 계포는 눈물을 거두지 못했다.

황제는 그 모양을 한참 동안 내려다보다가 깊은 감동을 느끼고,

"계포는 충열(忠烈)한 사람이다! 오늘로 낭중(郎中)에 임명한다!"

이렇게 말했다.

"황송하옵니다. 망국의 신, 일신을 둘 곳이 없어 머리를 깎고 종노릇을 하고 있사온데, 지금 폐하께서 사형에 처하시지 않는 것만으로도 성은이 태산 같습니다. 어찌 벼슬을 하겠사옵니까?"

"벼슬을 사양하고 받지 않는다는 것은 아직도 네가 초나라를 생각하고 있는 증거일 것이다. 너의 충성을 가상히 생각해 작(爵)을 내리는 것은 이 또한 짐이 아랫사람에게 후하게 함으로써 다른 인물들을 격려하는 뜻이다. 너는 불안한 마음을 버리고 짐을 섬기라!"

황제가 이같이 말하는 소리를 듣고 계포는 감격해 그 자리에서 머리를 조아려 성은에 감사드렸다. 이리하여 계포는 낭중벼슬 자리를 받아 물러나왔다.

전횡이 해도에서 죽어버리고, 계포가 이와 같이 황제에게 귀순했으므로 황제는 마음에 유쾌함을 느꼈다. 그러나 종리매가 아직도 어디 숨어 있는지 알 수 없는 것이 또한 근심이 되었다.

황제는 모든 신하들을 보고,

"종리매는 가장 용맹스러운 대장이며 지혜는 범증보다 못지않은 인물이다. 만일 이대로 버려두면 후일에 화근이 될 것이니, 속히 이놈을 잡아서 짐의 마음을 편안케 하라!"

이같이 분부했다. 모든 신하들은 낙양 성중과 성 밖에 방을 써붙이고 종리매가 숨어 있는 곳을 아는 사람은 고발하라고 광고했다.

이때 성 밖의 거리에서 방문을 보고 있던 군중 가운데서 굵은 베옷을 입고 짚세기를 신은 헙수룩한 친구가 큰소리로 떠들었다.

"내게 큰일이 한 가지 있는데, 이것을 황제에게 고하고 싶건만, 누가 나를 황제에게 데리고 가는 사람이 없구나!"

여러 사람이 이 모양을 보고 이상하게 생각하고 성중에 알렸다.

성중에서 이 소문을 듣고, 즉시 대궐 안으로부터 근신이 쫓아나왔다.

"네 이름이 무엇이냐?"

성중에서 나온 관리가 물었다.

"내 성명은 누경(婁敬)이다. 한나라를 위해서 만세불변의 기초를 세우고 천하를 반석과 같이 튼튼하게 하려는데, 다만 내가 황제께 나가서 이 말을 할 수가 없구나!"

"그렇게 헙수룩하게 차린 그 꼬락서니를 해가지고, 어떻게 황제 앞에 나가겠느냐?"

"베옷에 짚신… 나는 항상 이 모양이다. 이 꼴이 무엇이 부끄럽단 말이냐?"

성중에서 나왔던 관리는 이 말을 듣고 기운이 꺾였다.

"그럼 여기서 잠깐 기다려라."

근신은 다시 성중으로 돌아가 황제에게 이 같은 사실을 보고했다.

황제는 그 사람을 불러오라고 분부했다. 조금 있다가 누경이 궁전에 인도되어 들어와 황제에게 공손히 인사를 드렸다.

"네가 큰일이 있다고 짐에게 고하고자 했다 하니, 무슨 명론탁설(名論卓說)이 있느냐!"

황제는 누경에게 이같이 물었다.

"아뢰옵니다. 전일 항우가 범증의 간함을 듣지 않고 관중 지방을 버리고 팽성에 도읍하는 것을, 한생이 또 간하였으나 항우가 삶아 죽였사옵니다. 이때 초나라는 벌써 천하를 상실한 것이옵니다. 지금 폐하께서 낙양에 도읍을 정하셨으니 물론 팽성보다야 훌륭하옵니다마는, 불가합니다. 신이 아뢰고자 하는 큰일은 실로 이것이옵니다. 폐하께서는 다만 주나라와 같이 융성하게 되고자 생각하심으로 낙양에 도읍을 정하신 것이 아니옵니까?"

누경은 이렇게 아뢨다.

"그렇다."

"폐하께서는 재고하시옵소서. 폐하께서 천하를 얻으신 것과 주나라가 천하를 통일한 것과는 꼭 같지 않사옵니다. 주나라는 후직(后稷) 때부터 수백 년 동안 덕을 쌓고 무왕에 이르러 주(紂)를 정벌해 천하를 통일했사옵니다. 그리하여 성왕(成王) 칠년에 동도(東都)를 이룩하시니 이 땅이 곧 지금의 낙양 땅이옵니다. 그런데 폐하께서는 패현 땅에서 귀병하시어 포중에 좌천되었다가, 삼진(三秦)을 평정한 후에 항우와 더불어 영양, 성고 간에서 육 년 동안 대소 칠십여 회의 전쟁을 하시느라고 천하 백성들은 간담이 썩었사옵니다. 주나라가 천하를 통일한 것과는 대단히 다릅니다. 그러니까 완전히 천하를 장악하시려면 천하의 지형 중에서 인후와 같이 중요한 땅에 도읍을 정하셔야 하옵니다. 과거의 진나라가 도읍하던 함양 땅은 실로 천하의 인후이옵니다. 폐하께서 낙양에 도읍하신 후 후일 세력이 약해진 때, 만일 다른 제후가 함양을 지키고 일어난다면, 진시황과 항우같이 강대해질 우려가 있사오니 이것이 천하대사이옵니다. 속히 함양으로 도읍을 옮기시옵소서. 이것이 국가 만세의 기초이옵니다."

황제는 누경의 말을 듣고 좌우를 둘러보며 다른 신하들의 의견을 물었다.

"그대들은 소견이 어떠한고?"

여러 신하들은 모두 고향이 산동 지방 사람들인지라, 낙양에서 떠나기가 싫었다.

"낙양서 천도하옵는 것은 불가하옵니다. 옛날에 주나라는 낙양에 도읍해 삼사백 년 동안 쇠퇴하지 않았사옵니다. 낙양은 천하의 중앙일 뿐 아니라, 요해지이옵니다."

여러 신하들이 이같이 아뢰므로 황제는 장량을 불러 그의 소견을 물었다.

"낙양은 물론 천하의 중앙이옵고 요해지라 할 수 있사오나, 사면으로 적을 받아야 할 곳이므로 무(武)를 사용할 곳은 못 되옵니다. 관중 지방은 좌로 고함(股函), 우로 농촉(隴蜀)의 험준이 막아 있고, 옥야천리, 즉 상면은 막히고 일면으로만 제후를 어거함으로 가히 천부지국(天府之國)이옵니다. 누경의 말씀이 옳은가 하옵니다."

장량이 이같이 아뢰는 것을 듣고 황제는 마침내 이에 동의해 누경에게 봉춘군(奉春君)의 호를 내리고, 성을 유씨라 하게 한 후, 인월(寅月)을 정월로 정하게 하는 동시에 함양으로 천도하는 조칙을 내렸다.

한신의 이심(異心)

함양으로 도읍을 옮기는 일이 완전히 끝난 뒤에 천하는 태평했다. 백성을 다스리는 일이 바르게 시행되니 백성들도 모두 부지런해지고 정직해졌다. 여러 신하들은 이것이 모두 황제의 인덕이라고 칭송하는 표문을 지어올렸다.

황제는 표문을 받아보고 모든 신하에게 황금으로 상을 내리고 잔치를 베풀었다.

천하가 통일되고 만민이 태평하고 군신이 화락하니, 황제의 기쁨은 말할 수 없이 컸다.

그러나 황제는 마음 한구석에 걸리는 것이 있었다. 그는 하루종일 신하들과 즐거워한 뒤에, 이튿날 모든 신하들을 모으고 심중에 걸려 있는 의문을 물어보았다.

"종리매가 아직까지 나오지 않고 숨어 있는 모양인데, 그대들 가운데 혹시 종리매의 소식을 들은 일이 없는가?"

황제의 마음속에 걸려 있는 체증은 바로 이것이었다. 그는 종리매가 숨어 있으면서 무슨 장난을 할 것 같아 그것이 근심이었다.

계포가 황제 앞으로 가까이 나와서 아뢰었다.

"신이 전일 초나라 진영에서 종리매와 함께 몰락할 때, 자네는 어느 곳으로 향해서 몰락하겠는가고 물었더니, 종리매는 숨기지 않고 하는 말이, 한신과 자기와는 십여 년 전부터 아는 사이일 뿐더러 한신이 초나라를 배반하기 전에 항왕의 노여움을 사서 목숨이 위태했을 때 구원해준 일도 있으니, 한신을 찾아가겠노라고 대답했사옵니다. 과연 그때 말하던 것과 같이 지금 한신에게 가 있는지는 알 수 없사옵니다."

황제는 계포로부터 의외의 말을 듣고 더욱 의심이 생겼다. 그는 진평을 가까이 불렀다.

"한신이 종리매를 감추어두고 있는 모양이오. 반드시 은밀한 계획이 있을 것이니 이대로 두었다가는 안 되겠소. 짐이 이놈들을 속히 잡아 후환을 제거해야겠는데, 무슨 계책이 좋을까?"

"그러하오나 이 같은 일은 너무 급하게 서둘러도 불가하고, 또 너무 때가 늦어져도 안 되옵니다. 서두르다가는 종리매를 놓치기 쉽고, 천천히 하려다가는 호랑이를 길러 화를 당하는 것같이 미구에 난리가 생길 것이옵니다. 그러므로 폐하께서 지금 다른 용건을 청탁하시어 심복할 만한 사신을 한 사람 한신에게 보내옵소서. 그래서 종리매가 과연 그곳에 있거든 여차여차하게 말을 하도록 하면, 한신이 부득이 종리매를 죽일 것이옵니다. 이렇게 하시는 방법 외에 좋은 계책이 없사옵니다."

진평은 이같이 아뢰었다.

"좋소!"

황제는 즉시 진평의 말대로 하기로 작정하고 모든 신하를 물러가게 한 후 수하를 가까이 불렀다.

"그대가 칙명으로 빈주(彬州)에 가서 의제(義帝)의 능을 수축하게 되었다는 핑계를 가지고 먼저 초나라에 가서 종리매를 한신이 숨겨두고 있는가 알아보라. 그래서 과연 사실로 종리매가 숨어 있거든 한신에게 여차여차 말을 하여 한신으로 하여금 종리매를 죽이도록 하라. 만일 성공하면 중상을 내릴 것이다."

수하는 이 같은 칙명을 받들고 그날로 함양을 떠났다.

이틀 후에 수하는 초나라에 도착했다. 그는 곧바로 한신의 궁전으로 찾아갔다.

한신은 수하를 맞아들여 물었다.

"웬일인가? 별안간 대부가 여기를 찾아오니, 무슨 연고가 있는가?"

수하는 공손히 인사를 드리고 나서 대답했다.

"이번에 의제의 능을 수축하라는 칙명을 받들고 빈주로 가는 길이옵기에, 전일의 대왕의 은혜를 생각하고 한번 찾아뵈려고 왔사옵니다."

"아, 그런가. 잘 왔네. 그런데 폐하와 기타 여러 사람들도 모두 무고하신가?"

한신은 비로소 반가운 얼굴을 하고 술상을 올리게 했다. 그리고 조정에서 진행되어가는 일을 이것저것 물었다. 수하는 묻는 말에 자세하게 대답했다.

수하는 한참 동안 술을 마시며 이야기하다가 좌우를 보니, 한신을 모시고 섰던 근시가 나가버리고 아무도 없었다. 수하는 자리를 끌고 한신 앞으로 가까이 앉으면서 가만히 속살거렸다.

"제가 이번에 여기 온 것은 다만 전일의 은혜를 사례하고 싶은 마음뿐이 아니고, 참으로 중대 사건이 생긴 까닭으로 그 사건을 고해드리려고 온 것입니다."

이 말을 듣고 한신은 깜짝 놀랐다.

"중대 사건이라니, 무슨 사건이 생겼나?"

"수개월 전에 어떤 사람이 조정에서, 대왕이 초나라의 종리매를 숨겨두고 있다고 아뢰었답니다. 그랬더니 폐하께서는 대단히 노하시어, '한신은 짐의 심복이다! 지금 초왕이 되어가지고 일국의 임금으로 있으면서 어찌 망국의 반신(叛臣)을 감추어두고 있겠느냐. 그따위 소리를 지껄이지 말고 물러가라!' 이렇게 꾸짖으시고 폐하는 도무지 믿지 않으셨습니다. 그러나 그 후로 여러 사람들은 의심을 하게 되었습니다. 그러자 또 그 후에 계포가 조정에 나와서, 종리매는 초왕과 전부터 상약한 바가 있어서 지금 초왕에게 숨어 있습니다고 아뢰었습니다. 그래서 지금은 사실로 초왕이 종리매를 숨겨두고 내놓지 않는 줄로 모든 사람이 믿고 있습니다. 다만 소상국 한 사람만이, 그럴 리가 없다고 다른 사람들의 의견을 누르고 황제께 재삼 아뢰었습니다. 그러나 폐하께서는 의심을 풀지 못하고 계시옵니다. 제가 오랫동안 대왕의 은혜를 받아온 고로 비밀을 말씀드리는 것입니다. 그러니 속히 방책을 세워 여러 사람의 입을 막으셔야 하겠습니다. 만일 차일피일 지체하다가 폐하께서 대왕을 문책하시게 되면, 대왕은 개국의 원훈이시건만 과거의 공훈은 수포로 돌아가고 부귀영화가 그림의 떡이 될 것입니다. 대왕께서는 깊이 생각하시기를 바라옵니다.”

수하의 이 말을 듣고 한신은 속으로 낭패하고 후회하는 기색을 얼굴에 드러냈다. 그는 술잔을 상 위에 놓고 입맛을 쩍쩍 다시다가 한숨을 쉬었다.

“그렇다면 내가 어떻게 하면 황제의 의심을 풀고, 여러 사람의 입을 막을 수 있을까?”

“다른 방법이 없습니다. 종리매를 죽여 그 머리를 헌상(獻上)하십시오. 그러면 저절로 무사하게 될 것이 아니오니까?”

수하는 이렇게 대답했다.

“그러나 내가 종리매를 죽일 수가 있나! 십여 년 전부터 아는 친구를….”

한신은 결심을 못하고 이렇게 중얼거렸다.

“그렇게 어렵게 생각하지 마십시오. 대왕께서 친구 간 의리를 중하게 여기고, 나라의 법을 가볍게 생각하다가는 미구에 발등에 불이 떨어질 것입니다!”

수하는 한신이 결심을 못하고 주저하는 모양을 살피다가 이렇게 권했다. 한신은 이 말을 듣고 무엇을 깨달았는지 술 한 잔을 얼른 마시고,

"그래, 대부의 말이 옳소! 종리매를 죽여 폐하께 헌상하겠소!"

이렇게 대답했다.

"그렇게 하시기 바랍니다!"

수하는 이렇게 말하고 한신에게 술을 권했다. 그리고 자기도 두어 잔더 마시고 객사로 돌아갔다.

수하가 돌아간 뒤에 한신은 편전(便殿)에서 내려와 후원으로 돌아갔다. 후원 안에 조그만 누각이 있고, 누각 안에 종리매가 숨어 있었다.

한신은 누각으로 들어가 종리매를 보고 수하한테서 들은 이야기를 죄다 했다. 종리매는 이야기를 다 듣고 나서 물었다.

"그래, 대왕은 어떻게 하실려오?"

"국법(國法)은 지켜야 하지 않겠소? 내 그대를 죽여 함양으로 보내야하겠소!"

"허어, 대왕은 잘못 생각하셨소! 내가 살아 있으면 황제가 대왕을 해치지 못할 것이지만 내가 죽어버린다면 그다음에 죽을 사람은 대왕입니다. 이것을 모르십니까?"

종리매의 말을 들은 한신은 가슴이 뭉클해졌다. 종리매의 말, 일리(一理)가 있다. 황제의 심리를, 그 한 모퉁이를 꼬집어서 하는 말 같다. 국법을 지킬 것인가? 그렇다면 종리매를 죽여 황제에게 바쳐야 한다. 그러나 황제는 그 후로는 자기를 두고두고 의심하다가 어느 때 무슨 트집을 잡아가지고 자기를 죽이려 할는지 알 수 없다.

한신은 이런 생각을 하다가 그만 종리매를 죽이려고 하던 생각을 걷어치웠다.

"그만둡시다! 두고 봅시다."

한신은 조금 있다가 이렇게 한마디 하고 종리매가 있는 누각에서 나

왔다.

수하는 며칠을 두고 기다렸다. 그러나 한신에게서 아무런 기별이 없었다.

벌써 사오 일이 지났다.

수하는 단념하고 즉시 황제에게 밀서(密書)를 적어 데리고 온 하인에게 주어 함양으로 상세한 내용을 보고 올리고, 한신에게 가서 작별 인사를 한 후에 빈주를 향해 떠나버렸다.

황제는 초나라에서 수하가 올린 밀서를 받아보았다. 그의 머리는 무거웠다.

'한신은 도저히 믿을 수 없는 인물이다!'

여러 날을 두고 황제는 한신의 일을 생각하다가 이와 같이 결론을 내렸다.

'그런데 종리매는 어떻게 해서 잡아낼 것인고?'

황제는 종리매를 잡아다가 죽여 없앨 방책을 궁리했으나, 좋은 방책이 생각나지 않았다. 그는 여러 날 동안 조정에서 신하들과 회의도 열지 않았다.

수하의 밀서를 받아본 지 오륙일 만에 황제는 비로소 조정에 나가 신하들을 만났다. 여러 날 동안 황제에게 아뢰지 못했던 여러 가지 정사를 상국 소하가 아뢰고 있을 때, 근신이 올라와 황제에게,

"지금 어느 지방 사람인지 알 수 없는 사람이 폐하께 비밀 사건을 아뢰고자 문밖에서 기다리옵니다. 어찌 하시겠나이까?"

이같이 아뢰었다. 황제는 놀라는 표정으로 분부했다.

"그래? 그러면 불러들여라."

조금 있다가 밀고하러 온 사람이 황제 앞에 섰다.

"소신은 초나라의 백성이옵니다. 초왕 한신이 최근에 백성의 토지를 빼앗아가지고 그 땅에 부모의 산소를 쓰고, 날마다 병마(兵馬)를 거느리

고 군·현을 어지럽게 할 뿐만 아니오라, 폐하께서 엄중히 종리매를 수사하시건만 감추어두고 내놓지 아니하옵니다. 반드시 이에는 음모하는 일이 있을 것이옵니다. 소신이 정확히 알고 있는 사실이오니 속히 이같은 것을 제거하시와 초나라 백성들을 구원해주시옵소서.”

밀고하러 온 사람은 이같이 아뢨다. 황제는 이 말을 듣고 가뜩이나 여러 날을 두고 궁리하던 문제인지라, 그 자리에서 참을 수 없는 듯이 여러 신하들을 돌아보며,

“한신이 이럴 수가 있단 말이냐! 벌써 수년 전에 제나라를 정벌하고도 제가 딴마음을 품고 있는 것을 짐이 미리 알고 그 후에 초왕으로 개봉(改封)했더니, 제가 이것을 원한 품고 지금 종리매를 숨겨두고 있단 말이다. 모반하려는 것이 확실하다….”

이같이 말했다. 여러 신하들도 일제히 흥분했다.

“될 말이옵니까? 안 될 말이옵니다! 속히 군사를 일으켜 역적을 없애 버리셔야 하겠습니다!”

신하들은 모두 이같이 아뢰었다.

“불가하옵니다! 잠깐 고정하시기 바랍니다. 한신은 보통 인물이 아니옵니다. 더욱이 초나라 지방은 중앙에 위치해 있사옵고, 대갑(帶甲)은 수십만, 만일 한번 변괴(變怪)를 일으키면 그 형세가 항우의 힘 센 것보다 몇 배나 더 클 것이옵니다. 지금 여러분이 흥분해가지고 이것과 싸우려고 합니다마는, 이야말로 당랑거철(螳螂拒轍)이옵니다.”

여러 신하들이 황제가 흥분한 것에 맞장구치는 것을 보고, 이때를 놓치지 않고 진평이 이같이 황제에게 간했다.

“그렇다면 여하한 방책으로 이것을 퇴치할 수 있단 말이오?”

황제는 진평에게 이같이 물었다.

“지금 저 사람을 먼저 내보내시옵소서.”

진평은 황제에게 밀고하러 온 사람을 내보내라고 아뢰었다. 황제는

즉시 그 사람에게 상을 주어 내보내라고 분부했다.

그 사람이 나간 뒤에 진평은 입을 열었다.

"한신은 보통 인물이 아니옵니다. 다만 꾀로써 한신을 사로잡아야만 됩니다. 힘으로써 치려 하시다가는 실패하옵니다. 신이 한 가지 계책이 있사오니 군사를 움직이지 않고, 창과 방패를 사용하지 않고서, 단번에 한신을 잡아버리도록 하겠습니다."

"그 같은 계책이 무어란 말이오?"

황제는 신통한 듯이 진평의 얼굴을 보며 이같이 물었다.

"한신은 변사만출(變詐萬出), 귀신도 알지 못하는 꾀가 있사옵니다. 폐하께서는 불일중으로 순렵(巡獵)을 떠나시되, 운몽(雲夢)으로 행차하옵소서. 폐하께서 운몽으로 가시오면 한신이 나와 봉영하지 않을 수 없사옵니다. 그때 폐하께서는 무사들로 하여금 한신을 사로잡아버리면 그만이옵니다. 옛날부터 천자는 사방으로 순렵을 하시었사옵니다. 봄에는 동쪽, 여름에는 남쪽, 가을에는 서쪽, 겨울에는 북쪽으로 순렵을 하시면서 백성들의 생활 상태와 풍속을 관찰하심이 성주(聖主)의 정사이었사옵니다. 폐하께서 운몽으로 행차하시와 제후들을 초나라의 서쪽 경계선에 회집케 하시고, 만일 오지 않는 자가 있거든 칙명으로 이 사람을 정벌하라 하옵소서. 한신이 이런 소문을 듣고는 반드시 야외로 나와 어가를 봉영할 것이옵니다. 이때 사로잡아버리면 다수한 병력을 움직여 승부를 결정할 것 없이 장정 한 사람의 힘으로도 넉넉하옵니다."

진평이 아뢰는 것을 듣고 황제는 대단히 기꺼워했다.

"좋아! 좋아! 경의 말이 과연 합당하오."

그리고 황제는 즉시 동쪽에 있는 제후들에게 조칙을 내렸다.

짐이 금년 십이월에 운몽으로 순렵해 제후들과 회집하고 국풍민속(國風民俗)을 살피고자 한다. 그리고 차후론 해마다 이같이 하겠는데 만일 불참하는 자가 있으면 군사를 보내어 그 죄를 다스리겠다.

그 후 며칠이 지나지 않아 십이월이 되었다.

황제는 문·무의 여러 신하들을 거느리고 함양을 떠났다. 황제의 어가가 진채(陳蔡)까지 도달하였을 때 벌써 영포·팽월 등 동방의 제후들은 그곳에 와서 어가를 봉영했다.

이때 한신은 황제가 운몽으로 순렵을 하러 온다는 조서를 받고 신하들을 모으고 의논을 했다.

"두어 달 전에 수하가 와서 하는 말이, 황제께서 벌써부터 내가 종리매를 숨겨두고 있는 것을 알고 계시며, 조정에 있는 여러 사람이 나를 해치려고 황제께 아뢰었다 하기에 나도 종리매를 죽이고 죄를 면하려는 생각도 했었지만, 종리매는 나와 오래전부터 아는 친구인 고로 차마 죽이지 못했던 것이다. 그런데 황제께서 지금 운몽으로 순렵 오시는 것은, 순렵이 목적이 아니라 이에 핑계하시고 내 죄를 밝히 알아보려는 것이 목적이시란 말이야. 그렇다면 내가 어떻게 하면 좋을까?"

한신은 여러 신하들의 의견을 물었다. 그러나 한 사람도 의견을 말하지 못하고 한신의 눈치만 살폈다.

"아무래도 종리매를 죽여 죄를 씻어버리는 것이 좋을 것 아니냐?"

한참 있다가 한신이 이같이 말하는 소리를 듣고 그제야 여러 신하들은,

"그리하심이 좋을 것 같습니다."

이같이 아뢰었다.

한신은 즉시 종리매를 불러오게 했다. 종리매가 들어온 것을 보고 한신은 입을 열었다.

"지금 황제께서 순렵하시는 것을 핑계로 운몽에 나오시는데, 이것은 내가 그대를 감추어두고 있는 것을 아시고, 혹시 내가 반심을 품고

있는가 해서 오시는 것이오. 그러니 나는 그대 때문에 황제를 배반하는 반신이 될 뿐 아니라, 또 그대에게도 이로움이 없소그려. 이런 까닭으로 그대를 죽여 황제께 바치고 죄를 면해야겠소! 이건 참으로 부득이한 일이니, 그대는 나를 원망하지 마시오."

한신이 말하는 소리를 듣고 종리매는 손을 내저으면서 소리쳤다.

"대왕! 대왕은 후회하지 마시오! 오늘 나를 대왕이 죽이시면 내일 대왕이 죽임을 당할 것입니다! 이 말은 내가 요전에도 대왕한테 말한 바이외다. 내 말이 틀림이 없을 것입니다."

"그러나 내가 충심을 보이는 데야 황제께서 나를 해치실 리가 있소? 가령, 황제께서 나를 그래도 의심하신다 할지라도 나는 배심(背心)을 갖지 않았다는 표적은 보여야 하지 않겠소?"

한신이 이렇게 말하자 종리매는 눈을 부릅뜨고, 한신을 한참 노려보다가 큰소리로 호령했다.

"이놈아! 네가 의리도 모르고 나를 이렇게 대하기냐? 네 이놈, 네가 내일 중으로 죽임을 당하는 것을 내가 못 보고 죽는 것이 유한이다!"

종리매는 이렇게 독설을 한마디 하고 칼을 뽑아 자신의 목을 찔러버렸다. 그는 한신 앞에서 자결해버린 것이다.

한신은 종리매의 목을 잘라 그 머리만을 상자에 집어넣어 운몽을 향해 출발했다.

그는 운몽 못 미처 노상에서 황제의 어가를 만났다. 한신이 황제가 타고 계신 수레 앞으로 종리매의 머리를 들고 나아가자마자, 황제는 호령을 추상같이 했다.

"짐이 오랫동안 종리매를 찾았건만 네가 숨겨두고 내놓지 않더니 짐이 운몽까지 오니 이제야 죄상이 탄로될까 봐서 하는 수 없이 종리매를 죽여가지고 온 거야! 결코 네 본심이 아니다! 여봐라, 한신을 결박해라!"

황제의 호령이 떨어지자 즉시 무사들이 좌우에서 한신에게 달려들어 순식간에 그를 묶어버렸다.

"신이, 신이 무슨 죄가 있기에 별안간 이같이 하시나이까?"

한신은 몸을 결박당하면서 이같이 부르짖었다.

"네가 지금 와서 무슨 잔말이냐!"

황제는 또 꾸짖었다.

"신은 폐하의 개국공신이옵니다! 죄도 없이 지금 결박을 당하오니 이 어찌 억울하지 않사옵니까?"

"네 죄가 없다고? 네 들어봐라. 임의로 백성의 전답을 빼앗아 부모의 산소를 썼기 때문에 백성의 원한이 골수에 사무쳤다. 이것이 짐을 보필하는 도리란 말이냐? 그 죄가 하나요, 지금 천하가 무사하고 백성이 안락할 때에 무단히 병마를 인솔하여 군·현을 어지럽게 하고 보는 사람으로 하여금 한심스럽게 하니, 그 죄가 둘이요, 종리매로 말하면 항왕의 심복 대장이었는데 너는 짐이 엄중히 찾음에도 불구하고 감추어두고 조석으로 일을 상의했으니, 그 죄가 셋이다. 음모가 이미 탄로되었으므로 짐이 결박을 짓는 것이다. 그런데도 변명이 무슨 변명이냐!"

황제의 호령이 끝나자 한신은 얼굴을 쳐들고 입을 열었다.

"신이 그 세 가지 사유에 대하여 곡절을 아뢰겠사옵니다. 폐하께서는 잠시 신으로 하여금 명백한 심사를 아뢰게 하여주옵소서."

"그러면 어서 말하라!"

황제는 한신에게 말하는 것을 허락했다.

"아뢰옵니다. 신이 옛날에 일개 필부로 지내올 때 집이 가난하와 부모의 장지가 없었던 고로 타인의 토지에 매장했사옵니다. 지금 폐하께서 신을 초왕에 봉하신 고로 영광은 일신에 넘치었사옵니다. 이 같은 부귀를 작고한 부모에게도 끼치고자 새로이 분묘를 축조하고 담을 쌓았습니다. 이 땅은 바로 백성의 토지와 이웃해 있는 토지인 고로 백성이 모르고 나쁘게 말하는 것이옵니다. 신이 어찌 무단히 백성의 땅을 빼앗겠습니까? 또, 병마를 거느리고 군·현을 순찰한 것으로 말씀하오면, 무사한데도 불구하고 백성을 동요시킴이 아니옵고, 폐하께서 처음으로 천하를 얻으신 후 초나라의 잔당들이 아직도 배회함으로 이에 대해서 위무를 떨치지 않고는 그것들이 어느 때 장난을 일으키는지 알 수 없사와, 신은 때때로 군·현을 순찰하며 폐하를 위해 잔적을 토벌했사옵니다. 어찌 주민들을 괴롭히고자 함이 있겠사옵니까? 그리고 종리매로 말씀하오면, 신이 전일 초나라에 있을 때 항왕에게 누차 죽을 뻔한 것을 이 사람이 모면시켜준 일이 있사옵니다. 신이 그 덕을 배반할 수 없어 잠시 숨겨두고 있다가 이 사람이 어질고 덕 있고 지혜 있고 용맹한 것을 폐하께 아뢰어 나라에 등용시키도록 하려고 생각했던 중이었사온데, 폐하께서는 먼저 다른 사람들의 참소를 들으시고 신을 의심하시었습니다. 신이 그런 사태를 알고 부득이 이번에 종리매를 죽여가지고 폐하께 나온 것입니다. 그 외엔 아무런 이심(異心)이 없사옵니다. 복원하옵건대 속히 결박을 풀게 하시옵소서."

한신이 이렇게 길게 변명을 아뢰었건만, 황제의 얼굴에서는 여전히 노기가 풀리지 않았다. 그리고 한신을 꾸짖었다.

"짐이 전일 너에게 제나라를 정벌하라 했을 때 속히 평정하지 않기에 따로이 역이기로 하여금 제왕을 설복시켰음에도 불구하고, 너는 조칙을 어기고 제나라를 공격해 마침내 역이기를 참살당하게 한 후 방자스럽게도 스스로 제왕이 되겠다고 하지 않았느냐? 그 후로도 짐이 성고 땅에 포위당하고 있을 때 구원을 오라 하였건만 너는 앉아서 승부만 구경하고 있지 않았느냐? 근자에 와서는 초왕으로 개봉한 것을 너는 부족하게 여기고 비밀히 모반하려고 했으니, 네 죄는 이같이 허다하다! 짐은 이 죄를 법으로 다스리련다. 네 죄가 없단 말이 웬 말이냐!"

한신은 이 소리를 듣고 그만 장탄식을 토했다.

"아아! 높이 뜨는 새가 없어졌으니 큰 활이 소용없고, 토끼를 다 잡았으니 개를 잡는다(高鳥盡而良弓藏 狡兎死而走狗烹) 하고, 적국을 격파했으니 모신이 망한다(敵國破而謀臣亡)고 하더니, 과연 이 말이 나를 두고 한 말이로다! 천하를 평정했대서 이제는 내가 죽을 차례가 되었으니 슬퍼하지도 말자!"

한신이 한숨을 쉬며 혼잣말처럼 이렇게 탄식하는 소리를 황제는 들었다. 이때 그의 마음 한구석에서 언짢은 생각이 치밀어 올라왔다. 의심과 불안과 미움이 크기는 하나, 땅 위에 결박되어 앉아 있는 한신의 모양과 지금 입 밖에 낸 그의 진정인 것 같은 탄식소리는 황제의 마음을 풀어지게 했다.

'어찌할까? …우선 함양으로 돌아가서 서서히 생각해보자….'

황제는 결심을 하지 못하고 이같이 태도를 고쳤다.

"초왕의 인을 바쳐라!"

그리고 우선 왕인(王印)만 빼앗기로 했다. 한신은 무사에게 자신의 품속에 들어 있는 인장 상자를 가져가라고 눈으로 가리켰다. 무사는 인장 상자를 황제에게 바쳤다.

"한신을 수레에 실어라!"

무사들은 한신을 일으켜세웠다. 그는 이제는 아무 말도 안 하고 무사들이 시키는 대로 걸어갔다.

황제는 자신의 수레에 잇대어 한신의 수레를 붙이게 하고 어가를 출발시켰다. 날이 저물어서 어가가 운몽으로부터 삼십 리쯤 떨어진 곳에 이르렀을 때, 황제는 수레에서 내려와 하얀 용마(龍馬)를 추켜타고 행진했다. 그는 갑자기 말을 타보고 싶었다.

조금 큰 수풀이 있었다. 참나무, 느티나무 같은 것이, 깊은 겨울인지라 나뭇가지는 엉성하건만 아름드리나무가 총총하게 들어서 있는 까닭으로, 오륙십 칸 앞이 잘 보이지 않았다. 황제는 좁은 길로 용마를 타고 들어가려 했다. 이때 별안간 용마는 큰소리로 길게 울면서 네 굽을 땅에 박은 듯이 움직이지 않았다. 황제는 놀랐다.

'이 말이 이럴 적에야 이 앞에 필시 변사가 있을 것이야….'

황제는 이렇게 짐작하고 급히 번쾌를 불러, 저 앞에 무엇이 숨어 있는가 알아오라고 명령했다. 그리고 용마를 타고 앉아서 기다렸다.

길이 아닌 곳으로 나무 사이와 사이로 돌아들어가던 번쾌는 조금 있다가 나이 사십 세쯤 돼보이는 장대한 사람을 붙들어가지고 나왔다. 장정은 한 손엔 활을, 또 한 손엔 화살을 쥐고 있었다.

"너는 웬 놈인데 숲속에 숨어 있었느냐?"

황제는 그놈을 내려다보면서 이렇게 물었다.

"저는 회음 땅 사람입니다. 죄 없는 우리 초왕을 폐하가 잡아가시기 전에, 초왕을 구하려고 숨어 있었습니다."

"이놈! 거짓말이다. 한신을 구하려던 것이 아니고, 짐을 쏠 작정이었지? 다행히 용마가 미리 알았기에 난을 면했다! 여봐라, 당장에 이놈을 때려죽여라!"

황제는 좌우를 보고 이같이 명령했다. 그러자 무사들은 달려들어 그 장정을 끌고 멀찍이 데리고 가서 잠깐 동안에 죽여버리고 말았다.

이같이 황제의 행차가 멈추어지고 소동이 일어났을 때 한신은 몸은 비록 결박당하여 수레 속에 들어 있었지만, 여러 사람들의 지껄이는 소리를 듣고 알았다. 한신은 두 눈에 눈물을 머금었다. 활을 가지고 나무 뒤에 숨어 있다가 뜻을 이루지 못하고 죽은 사나이는, 십 수 년 전에 저 자바닥에서 자신을 가랑이 밑으로 기어나가게 했던 자로서 자신이 초왕으로 부임된 후, 일부러 붙들어내어 중위(中尉)의 벼슬을 시킨 그놈일 것이 분명하다, 한신은 이렇게 생각하고 그놈의 충성을 생각해 눈물을 머금은 것이다.

황제는 자신을 겨누었던 놈을 처치하고 수레에 올랐다.

"운몽으로 가지 않겠다. 적양을 지나 낙양을 거쳐, 함양으로 환궁하겠다."

황제는 수레 안에서 이같이 분부를 내렸다. 신하들은 분부대로 어가를 모셨다. 운몽에서의 순렵은 이것으로 끝난 셈이었다.

제후들을 각각 돌려보내고 황제는 예전과 같이 수일 후에 환궁했다. 여러 신하들은 조정에 나와서 황제에게 배례하고 좌우에 정렬해 시립했다.

황제가 용상에 좌정하고 있을 때, 신하들 가운데서 대부 전긍(田肯)이 정렬로부터 앞으로 나와서 아뢰었다.

"신이 아뢰옵니다. 이번에 폐하께서는 순렵하신다 함을 구실삼아 운몽까지 일부러 나가시어 한신을 사로잡아 오셨사옵니다. 그러하오나 한신은 폐하를 위해 심력을 다해 불멸의 공훈을 세웠사옵니다. 관중 지방으로 말씀하오면 지세(地勢)가 유리해 천하에서 으뜸이고, 제나라 지방은 천하에서 둘째가는 지방이옵니다. 이 두 지방을 먼저 얻으신 것은 모두 한신의 공이옵니다. 그러므로 한신을 제왕으로 봉하신대도 좋을 터인데, 지금 도리어 그를 사로잡아 오시니 필경 그를 죽이려는 것이 아니오니까? 그러시다 하면 폐하께서 이것은 너무 성은(聖恩)이 박덕하지 않으신지, 다시 통촉하소서."

"한신이 오랫동안 이심(異心)을 품고 있음을 짐이 아오. 대부의 말이 일리는 있으나 미구에 난이 생길 것임으로 미리 조처하는 것이오."

황제는 전긍의 아뢰옴을 듣고 이같이 대답했다.

"폐하! 폐하께서 그다지 한신을 의심하옵거든, 병권(兵權)을 주지 마시고, 함양에 거주하도록 하시면 자연히 무사할 것이 아니오니까?"

전긍은 또 이같이 아뢰었다.

"대부의 말이 좋을 것 같다!"

황제는 그 말을 듣고 즉시 전긍의 의견을 채택했다. 그리고 상금으로 황금 오백 냥을 주라는 분부를 내렸다. 한신을 그대로 살려두기도 의심스럽고, 그렇다고 쉽사리 죽여버리기도 의리와 체면에 구애되는 점이 적지 않은 까닭으로, 그래서 이번에 그를 붙들어 환궁하는 도중, 이삼일 동안을 곰곰이 생각해보았으나 좋은 방책이 생기지 않던 터였다. 황제는 전궁의 의견으로 말미암아 큰 문제 하나를 해결한 셈이었다. 그는 마음 위에 덮여 있던 무거운 보자기를 벗겨버린 듯한 가벼움을 느꼈다.

"경들은 물러가오."

그리고 황제는 조금 있다가 이렇게 말하고 일어났다.

십여 일 후에 황제는 한신을 조정으로 불러들였다. 그동안 한신은 함양궁에서 그다지 멀리 떨어져 있지 않은 별궁 속에 감금당하고 있었다.

한신이 들어와 공손히 인사를 올리는 것을 보고, 황제는 온화한 음성으로 위로하듯이 말했다.

"장군이 초를 배반하고 한나라로 왔을 때 짐이 축단을 하고 대원수에 봉했으니 장군을 대접하기를 박하게 한 것이 없었소. 그 후에 제왕에 봉했고, 다시 초왕에 책봉했으니 짐이 장군의 공훈을 대접한 셈이오…. 그런데 장군은 초의 망신을 감추어두고 딴 마음을 먹었던 고로 이번에 붙들어온 것이란 말이오…."

황제는 여기서 잠깐 말을 멈추고 한신의 얼굴을 바라보았다. 한신은 아무 말도 없이 머리를 수그리고 있었다.

황제는 한신이 아무 말도 못하고 섰는 것을 보고 말을 계속했다.

"짐은 장군을 이번에 중죄(重罪)로써 처단하려 했소. 그러나 장군은 이 나라의 개국 원훈… 차마 살육할 수 없어 잠시 그 죄를 용서하고, 회음후(淮陰侯)에 봉하오. 그러니 지금부터 마음을 고쳐 충성을 다해 국가에 보답하면 전일의 잘못은 씻어질 것이오. 그러면 다시 왕작의 지위에 오르게 될 것이외다. 짐은 또한 장군이 초나라를 멸한 대공(大功)을 잊지 않을 것이오!"

한신은 황제의 이 말에,

"황송하옵니다!"

하고, 감사의 뜻을 표했다.

"그러면 오늘부터 사저(私邸)에 나가 편히 쉬기 바라오."

"황송하옵니다."

이렇게 한신은 황제의 은혜에 감사하고 물러나와, 전일 자신이 사용하던 사택으로 돌아갔다. 그는 왕작의 지위로부터 떨어져 사대부(士大夫)와 동렬에 서게 된 것을 치욕으로 여겼다. 그는 자리를 깔고 가짜로 병석에 드러누워 두문불출했다.

황제는 한신을 석방하고 나라의 예절을 마련하도록 숙손통(叔孫通)에게 분부를 내리고, 소하로 하여금 예법(禮法)을 지키고 종묘사직을 새로 건축하게 하고, 닷새 만에 한 차례씩 조정에 모든 신하들이 나와 정사를 의논하도록 시켰다. 그리고 자기 부친을 태상황(太上皇)으로 높이고 아침저녁으로 혼정신성(昏定晨省)을 친히 했다. 천하가 통일되고 후환덩어리가 모두 없어지고, 한신도 병권으로부터 제외당한 신세가 되어 있으므로 황제는 마음을 놓았다.

그런데 뜻밖에 하루는 북쪽에서 파발이 달려와 중대한 보고를 올렸다. '북쪽 오랑캐 묵돌(冒頓)이 군사를 일으켜 한(韓)나라를 공격하자, 한나라 임금 희신(姬信)은 이것을 대적해서 싸우지 못하고 도리어 본부의 인마를 가지고 이것과 합세하여 모반을 한 까닭으로 벌써 태원(太原)과 백토(白土) 등 여러 지방은 그놈들에게 빼앗기고, 또 만구신(曼丘信) 왕황(王黃) 등이 옛날 조(趙)나라의 대장이었던 조리(趙利)를 세워 임금이라 하고 삼십만의 병력으로써 인근 각 지방을 겁탈함으로 백성들은 불안하여 소동하는 중입니다.' 이 같은 보고였다.

황제는 태평세월로 알고 있다가 대경실색했다.

"그렇다면 이 일을 장차 어찌하면 좋으냐?"

그는 신하들을 둘러보고 물었다.

"즉시 정벌하시옵소서."

"제후들에게 시급히 알리시고 대군을 집합한 연후에 출정하심이 옳을까 하옵나이다."

"대군이 아닐지라도 넉넉하옵니다. 일시라도 속히 태원으로 진격하시옵소서."

여러 신하들은 제각기 한마디씩 의견을 아뢰었다.

"그렇게 해서는 안 되겠다! 짐이 친정(親征)하겠다."

황제는 그들의 의견을 하나도 합당한 것이 없다 하고, 소하로 하여금 관중 지방을 지키라 하고, 먼저 태원과 백등산(白登山) 근처로 탐색대를 파견케 하는 동시에 번쾌·조참·근흡·노관 등 이십여 명의 대장들과 함께 정병 삼십만을 인솔하고 출정하기로 결정했다.

육출기계(六出奇計)

이때 한나라 임금 희신은 진양(晉陽)에 주둔하고 있었고, 오랑캐 묵돌은 대곡(代谷)에 주둔하고 있었다. 그들은 한나라 황제가 대군을 친히 통솔하고 출정해오는데 먼저 탐색대가 선발했다는 정보를 알았다. 그래서 그들은 황제를 골탕 먹일 작전을 결정하고, 완강한 병졸들은 산모퉁이 뒤쪽에 숨겨두고, 나이를 많이 먹어 늙어 보이는 말라빠진 병졸들과 바싹 마른 소와 말을 전방 진영에 배치하게 했다.

황제는 벌써 조성(趙城)에 들어와 진을 치고 탐색대들의 정보를 기다리고 있었는데, 먼저 나갔던 탐색대 십여 명이 들어와 이 같은 적의 상황을 보고했다.

"그러하리라. 오랑캐 놈들이 어찌 짐의 군사를 당할 수 있겠느냐. 비교도 안 될 것이다. 즉시 진격해라!"

황제는 정보를 받고 이같이 명령을 했다.

"잠시 기다리시옵소서. 오랑캐는 본시 의뭉하고 간사한 것들이옵니다. 더구나 진양 땅에서 희신이 오랑캐를 원조하는 터이오니 반드시 흉물스러운 계책이 있을 것이옵니다. 폐하께서는 충분히 적의 허실을 확인하고 진격하시옵소서."

진평은 황제에게 이같이 간했다.

"무슨 소리! 묵돌·희신, 저것들이 아무리 강한들 항우나 육국보다 강하겠는가! 문제가 안 되는 것을 경은 지나치게 염려하지 마라."

황제가 자신만만하게 말하는 것을, 진평은 굽히지 않고 계속해서 또 반대했다.

"불가하옵니다! 적을 업신여기는 자는 반드시 패한다는 말이 있지 않사옵니까? 충분히 정찰을 하시고 행동하셔야 하옵니다."

진평이 계속해서 이같이 아뢰므로 황제는 그 말에 좇아 행동을 중지하기로 하고, 유경(劉敬)을 불러 적의 허실을 정탐해오라고 분부했다. 수일 후에 유경이 돌아와 황제에게 적의 상황을 보고했다.

"아뢰옵니다. 진평의 말과 같이 적에겐 흉물스런 계책이 있는 것 같사옵니다. 이제 쌍방이 대치해 접전을 할 터인데, 보통이면 위엄을 떨치고 강한 것을 표시해야 할 것이온데, 적의 진영이 내부와 전면에는 쇠약해빠진 군마를 모아놓고 있사오니, 이것은 겉으로는 약한 것을 보이고 안으로는 강한 것을 숨기고 있는 증거인가 하옵니다. 폐하께서 경솔히 진격하시다가는 적의 계교에 빠지기 쉽사옵니다. 먼저 대장을 보내시어 한번 접전을 시켜 적의 허실을 분명히 확인하신 뒤에 폐하께서 진격하시옵소서."

황제는 유경의 보고를 듣고 갑자기 역정을 왈칵 냈다.

"너는 무슨 말을 그렇게 하느냐! 접전을 해보기도 전에 강약을 논란하고, 아군의 사기를 현혹시키고자 하는 것이 너의 목적이 아니냐? 너는 적과 내통하고 있는 모양이다!"

황제는 이같이 꾸짖고 즉시 무사들로 하여금 유경을 결박해 가두게 한 후, 삼군을 점검해 출동하라는 명령을 내렸다. 진평은 입을 다물어버렸다.

조성을 지나 평성(平城)까지 와서 황제는 먼저 번쾌를 불러, 적의 상황을 정찰해오라고 명령했다.

조금 있다가 번쾌는 돌아와 보고를 했다.

"과연 적은 형편없습니다! 대곡성 북쪽 소송산(少松山)에 진을 치고 있으나 기치는 엄정하지 못하고, 대오도 문란하며, 수효는 불과 사오만밖에 안 되옵니다."

번쾌가 이렇게 보고하는 소리를 듣고 황제는 유쾌한 듯이 소리내어 크게 웃었다.

"그러면 그렇지! 보아하니 유경은 오랑캐와 내통하고 밤중에 적을 도망시키려고 한 모양이다. 짐은 묵돌의 진영을 당장에 분쇄해버리련다."

황제는 급히 삼군을 휘동해 대곡성으로 쫓아들어갔다.

성안에 들어가서 황제는 중군에 좌정한 후, 각 부대를 배치하는 것을 지휘했다. 그럭저럭 날은 저물어가고 황혼이 되었다.

이때 별안간 성 밖에서 철포 소리가 꽝 꽝 터지면서 오랑캐 군사들이 사방으로부터 쳐들어왔다. 황제는 놀라서 즉시 신하들을 불렀다. 그리고 성 위에 높이 세운 사닥다리에 올라가 적의 상황을 관찰해오라고 분부했다.

적상을 관찰하던 신하는, 잠깐 동안 성 밖의 정세를 관망하고는 숨이 가쁜 듯이 사닥다리에서 내려와 황제에게 보고했다.

"오랑캐들이 이 성을 완전히 포위했사옵니다. 옛날 항우보다도 더 강대한 것 같사옵니다. 멀리 수십 리 밖에까지 횃불이 연속해서 줄달았사오니 그 수효가 몇백 만인지 알 수 없사옵니다."

황제는 이 소리를 듣고 얼굴빛이 변했다.

"아뿔싸! 짐이 유경의 말을 안 들은 것이 잘못이로다!"

그는 탄식하고 즉시 진평을 불렀다.

"이 일을 어찌하면 좋겠소? 무슨 계책을 생각해주오!"

황제는 유경의 말을 듣지 않은 것을 후회하는 마음과 몇 백 만이 되는지 알 수 없다는 놀라운 보고에 가슴은 두방망이질을 했다.

"북쪽 오랑캐들은 평소에 접전하기를 즐겨하는 족속들이옵고 가장 용맹한 것들이옵니다. 때문에 아군이 힘으로써 저것들을 격파하고 포위망을 벗어나기는 어렵사옵니다. 다만 신기한 계책으로써 적의 마음을 현혹시키지 않는다면 이 곤경에서 벗어나기 어려울 줄로 아뢰옵니다."

진평은 이같이 대답했다.

"그러면 경이 그 계교를 꾸며보오. 무슨 계교가 없소?"

황제는 다급하게 물었다. 진평은 황제에게 가까이 가서 아뢰었다.

"오랑캐 묵돌의 아내를 황후라고 하옵는데, 암(閼)씨라고 부르옵니다. 묵돌은 암씨와 정이 깊을 뿐 아니라 대개 정사를 암씨가 시키는 대로 하옵니다. 그런데 지금 신의 부하에 이주(李周)라는 자가 있사온데 이 사람이 미인도(美人圖)를 썩 잘 그립니다. 그래서 신은 훌륭한 미인도를 그려가지고 이 그림을 비밀히 암씨에게 보낼까 하옵니다….."

"미인의 그림을 보낸다… 그래, 그것이 어떻게 된단 말이오?"

황제는 어이가 없는 듯이 이같이 물었다.

"미인의 그림을 암씨에게 보내는 것이 묵돌의 군사를 물리치는 묘계(妙計)가 되옵니다. 금은주옥과 함께 미인도를 가지고 적진에 가서 파수보는 놈들을 매수한 후에 그림을 바치고 말하기를, '묵돌의 군사가 성을 맹렬히 공격하므로 한나라 황제는 대적할 수가 없어 화평하기를 요구하는 터이니 부인께서 묵돌에게 말씀하시와 포위망을 헤치게 해줍소서.' 이렇게 말하오면, 암씨는 이 말을 듣고, 미인도를 보고 생각하기를, '한나라 황제가 이 같은 미인을 보낸다면 묵돌이 필시 이 여자를 사랑하리라, 그리고 내게는 정이 없어지리라….' 이렇게 생각하고, 이 같은 미인을 한나라 황제가 보내오기 전에 묵돌로 하여금 군사를 거두어 후퇴하게 할 것이옵니다. 이때 그 틈을 타서 폐하께서는 탈출하실 수 있사옵니다."

진평이 이렇게 설명하자, 황제는 그제야 진평의 꾀를 알아들었다.

"과연 그럴 것이오! 묘책이외다! 그러면 속히 그림을 부탁하시오."

이리해서 진평은 즉시 황제 앞에서 물러나와, 이주로 하여금 절세 미인의 그림을 밤을 새워 그리게 했다. 검은 머리 흰 얼굴, 푸른 눈썹, 붉은 뺨, 샛별 같은 두 눈, 앵두 같은 입술…. 아름답고도 의젓한 미인이 그림 속에서 웃는 듯, 말을 할 듯, 완연히 산 사람같이 보였다. 진평은 이 그림을 심복으로 믿는 부하 한 사람에게 금과 은을 많이 주고, 가지고 가게 했다.

그림을 가지고 떠난 진평의 부하는 오랑캐의 진영에 도착해 여러 놈에게 뇌물을 주고 묵돌의 부인 암씨에게 면회를 청했다. 뇌물을 받아먹은 놈들은 허락을 받아가지고 와서 그를 암씨에게 인도했다.

암씨는 한나라 사신이 바쳐 올리는 금은주옥과 미인도를 받아보고 한참 생각하더니 물었다.

"금은주옥의 선사품은 내가 잘 받겠다. 그런데 이 여자의 그림은 어찌하라고 가져왔느냐?"

"한나라 황제께서는 지금 묵돌 대왕이 형세 급하게 공격하심으로 위태하기 짝이 없사옵니다. 그래서 묵돌 대왕께 화평을 청하시고자 미인을 보내드릴 터인데, 먼저 그림을 가져다드리는 것이올시다. 이 그림과 같은 미인을 대왕께 보내드릴 터이니, 부인께서 먼저 보시고 대왕께 잘 말씀하시와 군사를 뒤로 물리치게 하여주옵소서."

진평의 부하는 이렇게 대답했다.

암씨는 그 말을 듣고 속으로 생각했다. '한나라 황제가 이같이 어여쁜 계집을 보내오면 묵돌은 이 계집을 몹시 사랑할 것이요, 나를 돌아다보지 아니할 것이다. 차라리 이년이 오기 전에 군사를 뒤로 물리치고 한나라 황제를 돌아가도록 해야겠다.' 암씨는 이렇게 생각하고, 한나라에서 온 사신에게 이렇게 말했다.

"너는 돌아가서 한나라 황제에게 이렇게 고하기 바란다. 절대로 미인을 보낼 필요는 없다고. 내가 내일로 묵돌이 군사를 데리고 물러나도록 할 터이니 염려 말라고 해라! 그 대신 내 말대로 하지 않으면 당장에 성을 공격시키겠다!"

"부인께서 대왕으로 하여금 그렇게만 해주신다면, 한나라 황제께서는 해마다 부인께 선사품을 보내실 것입니다. 물론 미인은 보내지 않으실 것입니다. 감사하옵니다."

진평의 부하는 사례의 말씀을 하고 물러나와 성안으로 돌아왔다.

그날 저녁 암씨는 묵돌을 보고, 대곡성을 포위하고 있는 군사를 거두어버리자고 말을 했다.

"생각해보시오! 한나라 황제를 포위하시고 성을 공격한 지가 벌써 칠일칠야(七日七夜)가 되었잖아요. 그런데도 한나라 황제는 조금도 약해지지 않고 있으니, 이것은 사람으로선 당할 수 없는 일이 아니겠어요. 이러다가 만일 제후들이 대군을 거느리고 와서 한왕을 구한다면 우리편이 그때는 도저히 못 당합니다. 그렇게 되면 대왕과 내가 어떻게 백년해로할 수 있어요?"

묵돌은 이 말을 듣고 아내의 말에 동감했다.

"그래, 네 말이 옳다! 나도 내일쯤은 포위하는 것을 거두어버리고 그만두려고 생각했다!"

이튿날 한나라 임금 희신은, 묵돌이 한나라 황제를 포위한 것을 그만두고 물러가기로 했다는 정보를 받고 급히 달려왔다.

"대왕은 어찌해서 한왕을 돌려보내려고 하시오? 내 들으니, 한왕이 대왕께 미인도를 보내고 그림과 같은 미인을 보내어 화평을 청하겠다고 한다던데 이 같은 수작에 속아넘어가지 마시오. 이것은 모두 거짓말입니다. 성중에 미인을 데리고 오지 않았을 겝니다. 그러니 대왕은 먼저 미인이 있는가 없는가를 확인한 뒤에 사실로 미인이 있거든 포위망을 거두고, 만일 미인이 없거든 더욱 맹렬히 공격해서 아주 멸망시키십시오. 성중에 미인이 있을 이치가 있습니까…?"

희신은 이같이 권했다.

"그래! 그 말이 합당한 말이외다."

묵돌은 희신이 시키는 대로 군사로 하여금 성 밑에 가서 커다랗게 소리를 지르게 했다.

"한나라 황제가 미인을 보낼 터이니 화평을 하자고 청해왔으나, 먼저 미인이 있는지 없는지를 알아야 하겠으니 미인이 있거든 분명하게 보여라! 미인을 보이기만 한다면 포위망을 헤쳐주고 너희들의 황제를 서울로 돌려보내지만, 만일 거짓말이면 당장에 성을 무찔러버리겠다!"

오랑캐 군사들이 성 아래에 와서 이렇게 고함치는 소리는 즉시 황제에게 전달되었다. 황제는 크게 당황하며 즉시 진평을 불렀다.

"이걸 어떻게 하면 좋소? 묵돌이 제 눈으로 미인을 보고 난 연후에라야 포위망을 헤치겠다 하니, 성중에 미인은 없고…. 어떻게 하면 저놈을 속인단 말이오?"

황제는 걱정스러운 듯이 이같이 물었다. 진평은 그 말을 듣고 빙그레 웃었다.

"폐하께서는 과히 심려 마시옵소서. 신이 이주에게 미인도를 부탁할 때부터 미리 이럴 줄을 알고 목조인형(木彫人形)을 여러 개 조각시키고 얼굴에 오색 단장을 꾸미며 오색찬란한 비단옷을 입혀놓았사옵니다. 오늘밤, 사닥다리에 등불을 걸어놓고 성 위에 이 인형들을 진열해놓으면 적은 진짜 미인인 줄 알고 군사를 거둘 것이옵니다. 이때 속히 이곳을 벗어나시면 넉넉할까 하옵니다."

진평이 태연스럽게 이같이 말하는 것을 듣고 황제는 금시에 웃는 얼굴이 되었다.

"과연 신통하외다!"

황제는 진평을 칭찬했다. 그리고 즉시 군사들로 하여금 성 아래에 있는 오랑캐 군사에게 오늘밤에 성 위의 사닥다리 밑에서 미인들을 보여줄 테니 대왕이 친히 보고 마음대로 골라가라 하도록 시켰다.

묵돌은 한나라 황제의 이 같은 회답을 듣고 기뻤다. 어서 밤이 되기를 기다렸다.

그럭저럭 밤이 되었다. 오랑캐의 임금 묵돌은 미인을 보기 위해 호마를 추켜타고 성 밑으로 갔다.

성 위에는 커다란 시렁이 있고 사닥다리가 있으며, 그 위에 휘황한 등불이 걸려 있는데 그 아래에 꽃 같은 미인들 십여 명이 혹은 서 있고 혹은 앉아 있으며, 아름답고 곱게 단장한 모양은 구름을 헤치고 중천에 높이 솟은 달덩어리 같기도 하고, 하늘 위에서 선녀가 소리 없이 내려와 앉아 있는 것 같기도 했다. 이 모양을 쳐다보고 묵돌은 눈이 가느다래지고 입이 딱 벌어졌다.

묵돌은 성을 포위하고 있는 부하들에게, 즉시 퇴각하라는 명령을 내렸다.

성안에서 한나라 황제는 묵돌의 군사가 물러갔다는 소식을 듣고 때를 놓칠세라 즉시 막료들을 데리고 퇴각하면서 번쾌·조참·주발·왕릉 네 사람에게 삼만 명의 군사를 주고, 오랑캐가 추격해오거든 방비하라 한 후, 조나라를 향해 달렸다.

한나라 황제의 군사들이 성안에서 탈출해버린 것을 알고 오랑캐의 임금 묵돌은 미인을 끌어내리려고 급히 성안으로 들어가 사닥다리 위로 올라가보았다. 올라와서 보니 미인은 미인이나 사람이 아니고 나무로 깎은 인형이었다.

묵돌은 자신이 속은 것을 그제야 깨달았다.

그는 즉시 자기 부하 왕광(王壙)에게 한나라 황제를 추격하라고 명령했다.

왕광은 명령을 받고 나는 새와 같이 한나라 군사를 추격했다. 순식간에 삼십 리를 쫓아와 앞에 가는 한나라 군사를 바라보고 왕광은 소리를 질렀다.

이 소리를 듣고 번쾌·조참·주발·왕릉 네 사람이 일제히 돌아서서 사방으로 에워싸고 왕광을 쳤다.

왕광은 한가운데 포위되어, 어떻게 하면 좋을까 생각해보고 있을 즈음에 번쾌가 돌연 고함을 지르고 달려들었다. 그 소리가 어떻게나 컸던지, 그리고 번쾌의 사나운 모양이 얼마나 무서웠던지, 오랑캐의 대장 왕광은 말 위에서 질겁하여 뒤로 넘어졌다. 이 순간에 번쾌는 왕광의 목을 잘라버렸다. 오랑캐 군사들은 대장이 죽는 것을 보고 제각기 먼저 달아나려고 사면팔방으로 뿔뿔이 흩어졌다. 번쾌·왕릉 등은 도망하는 오랑캐들을 추격하지 않고, 태원을 향해 큰길로 뛰기 시작한 지 얼마 후에 황제를 뒤따라갔다. 그리하여 그들은 무사히 조성에 입성했다.

황제는 성안에 도착하자 즉시 옥중에 있는 유경을 끌어오게 한 후, 친히 결박지었던 포승을 끌러주었다.

"짐은 불명(不明)해 경의 간언을 듣지 않고 큰 봉변을 당하였소. 짐은 후회하는 바이오."

황제는 이렇게 말하고 또 먼저 적의 상황을 탐색해온 열 명의 탐색병을 불러오라 하여, 그들을 모조리 자기 눈앞에서 사형에 처하게 했다. 그리고 이 날로 유경을 건신후(建信侯)에 봉했다.

이튿날 황제는 군사를 거느리고 조성을 출발했다. 조성으로부터 육십 리가량 지나 곡역현(曲逆縣)에 당도하니, 높다랗게 축조된 성곽은 규모가 장엄하고, 사통오달되어 있는 가로수와 좌우에 즐비한 주택과 상점, 그리고 우거진 수풀 속에 있는 광대한 연못, 한길에 복잡하게 오고가는 행인들…. 황제는 육가삼시(六街三市)의 이 같은 정연한 풍경을 둘러보며 통과하다가 수레를 멈추었다.

"장하도다, 곡역현이여! 짐이 천하를 두루 횡행하며 여러 나라의 요해지(要害地)를 보았건만 낙양과 이 곡역현 두 곳이 제일이로구나!"

황제는 감탄하는 말을 하고 진평을 수레 앞으로 가까이 불렀다.

"경이 짐을 도와 그동안 큰 공을 여러 번 세웠소이다. 황금을 흩어서 항우와 범증 사이에 반간계(反間計)를 성공시킨 것이 그 하나요, 초나라 사신이 위조 편지를 훔쳐가도록 만든 것이 둘이요, 밤에 여자 이천 명을 내보냄으로써 영양성 포위를 해제시켜 짐으로 하여금 탈출케 만든 것이 그 셋이요, 짐으로 하여금 한신을 제왕에 봉하도록 한 것이 그 넷이요, 운몽으로 순렵을 간다고 핑계하고 한신을 사로잡게 만든 것이 그 다섯이요, 그리고 이번에 백등(白登) 성 위서 위경을 벗어나게 해준 것이 그 여섯 번째의 일이외다. 이 같은 기이한 계책이 아니었다면 짐이 어려울 뻔했소! 그래서 짐은 경에게 이 지방을 떼어주고 경을 곡역후(曲逆侯)에 봉하겠소이다. 그러니 후일 경은 이곳에 와서 노후(老後)의 일생을 정양하기 바라오."

황제가 말을 마치자, 진평은 황제 앞에서 이마를 조아리면서 은혜에 감사했다.

"그것은 모두 신이 능한 것이 아니옵고, 폐하의 인(仁)과 덕(德)이 사해에 넘쳤던 까닭이옵니다."

진평이 이렇게 아뢰자 황제는 만족한 얼굴로 다시금 수레를 진발시켰다.

이리해서 곡역현을 지나 수일 후에 황제는 대군을 통솔해 함양으로 환궁했다.

이때 서울에서는 소하가 미앙궁(未央宮)을 조영하고 있었다. 그리고 궁궐은 이미 완성되었던 때이다. 궁전의 무수한 난간과 복도에는 옥과 황금으로 장식해 화려하고 장엄하기가 이루 형언할 수가 없었다. 황제는 이것을 보고 대단히 불쾌한 얼굴로 소하를 꾸짖었다.

"이게 무어란 말이오! 방금 천하가 흉흉해 간과(干戈)는 아직 그치지 않았고 성패(成敗)를 아직 알기 어려운 이때에 모름지기 아침저녁으로 마음을 조심하고 비용은 절약하여 백성들에게 검소한 것을 모범 보여야 할 때인데, 어찌 이다지도 재물을 소비하고 사치를 해서 백성들의 마음을 상하게 한단 말이오!"

소하는 꾸지람을 듣고 이에 대하여 공순히 아뢰었다.

"이 같은 것으론 백성들의 마음이 상하지 않사옵니다. 천자(天子)는 사해를 집으로 하고 있사옵니다. 만일 장엄하지 않으면 위엄을 표시할 수 없사옵니다. 신은 또 생각하기를, 후세에 자손들로 하여금 더 손을 댈 필요가 없도록 만들고자 하였사옵니다."

황제는 그 말을 듣고 노기가 풀어졌다. 사실로, 소하의 말과 같이 궁궐은 대대로 수축하는 것이 아니고 처음부터 영구하게 조영할 것이다. 그리고 장엄무쌍하지 않고는 제후들을 위복(威服)시키기 어려울 것이다. 황제는 소하의 말에 동감했다.

"그러면 궁실이 이미 완성되었으니, 어찌 짐이 홀로 즐길 수 있으랴! 태상황을 모시고 잔치를 베풀도록 마련하기 바라오."

소하는 황제가 마음속으로 기꺼워하는 것을 알고 즉시 잔치를 준비시켰다.

잔치는 미앙궁 전전(前殿)에서 열리게 되었다. 황제의 분부대로 근신은 함양궁에 가서 태상황의 어가를 모시고 미앙궁으로 들어왔다.

태상황은 어가에 앉아 좌우를 둘러보며 천천히 들어왔다. 높은 전각, 넓은 정원, 연못가에는 돌난간이요, 쌍룡을 조각한 열두 자 길이의 대리석은 층계에 비스듬히 누워 있고, 전각의 기둥과 난간에서는 금빛이 찬연하게 빛났다. 태상황은 이 같은 광경을 보고 자신이 신선이 되어 선경에 들어온 것이 아닌가 의심했다. 그는 층계 아래에서 어가로부터 내려 층계를 걸어 올라갔다.

태상황이 층계를 올라와 전중(殿中)에 들어서자 영인(伶人)들은 주악(奏樂)을 울려 음악소리가 유량하게 흐르는데, 은은하게 풍기는 사향(麝香) 냄새는 마음을 상쾌하게 했다. 이때 전중에 있던 근신이 태상황을 모셔 상좌에 좌정시켰다.

태상황은 자리에 앉아서 내려다보았다. 문신(文臣)과 무관(武官)이 비단옷자락을 나부끼면서 뜰아래에서 분주히 오락가락하고, 왕공(王公)과 재상(宰相)은 왕관을 쓰고 층계 앞에 줄지어 앉아 있었다.

이때 황제는 옥으로 깎은 술잔을 들고 자리에서 일어나 태상황에게 올리면서,

"전일에 신이 가산(家産)을 이루지 못하고 무위도식(無爲徒食) 한다 하시면서 항상 말씀하시기를, 너는 네 중형(仲兄)보다 훨씬 못하다 하시더니, 상황(上皇)께서 오늘 보시는 바에, 신의 업(業)이 중형과 비교해서 어느 편이 더 나아 보이십니까?"

이같이 말했다.

태상황은 자신의 막내아들인 황제의 잔을 받고, 기쁨을 억제하지 못하는 듯이 허허 웃으면서,

"아직도, 아직도 네 형만 못하다!"

이같이 대답했다. 그리고 황제도 유쾌하게 웃었다.

이때 모든 신하들은 만세를 불렀다. 패현에서 사상 땅의 정장으로 있던 이름 없던 사람이 지금은 천하를 통일해 그의 아버님을 모시고 이같은 농담을 주고받으며 즐거워하는 모양을 보고는 신하들도 기쁘지 않을 수 없었다. 이리해서 부자와 군신은 밤이 되도록 시각이 늦어지는 것도 모르고 즐거이 놀았다. 그리하여 밤이 어두워진 뒤에 잔치는 끝나고 태상황은 함양궁으로 돌아갔다. 진실로 고금에 희한한 잔치였다.

이튿날 황제는 문득 한신의 일을 생각했다. 한신은 지금 어떻게 하고 있을까? 그는 이런 생각이 나서 근신을 불렀다.

"한신은 근자에 신병이라 하고 조정에 나오지 않았다. 짐은 한신의 공로를 잊을 수 없다. 지금 그를 불러 울적했던 이야기나 해보고 싶으니 불러오너라!"

황제는 근신을 보고 이같이 분부했다. 얼마 후에 한신은 사신과 함께 궁중에 들어와 황제에게 인사를 올렸다.

"짐이 문득 경을 사모하는 생각이 우러나 사신을 보냈는데 다행히 이같이 나와주니 반갑소."

황제는 한신을 맞으며 이같이 말했다.

"신이 전일 초나라를 격파할 때에 한 열흘 동안 식사를 하지 않고도 배고픈 줄을 몰랐었는데, 아마 그래서 얻은 병인지는 모르오나, 요즈음에 와서 신병이 생겨 몸이 무겁고 음식이 내려가지 않아 그간 오랫동안 부지불식간 조정에 불참했사옵니다. 오늘은 다소 심기가 편안해졌으므로 천안(天顏)을 뵈옵고자 조정에 나오려 하던 차에 다행히 부르심을 받아 이같이 나와 뵈옵는 것이옵니다."

한신은 이같이 아뢰었다.

"경의 신병이 대단한 모양이오그려. 그렇다면 진작 의약으로써 치료해야 할 것 아니오? 공연히 등한하게 생각하고 시기를 놓치면 안 되오."

"대단한 신병은 아닌 것 같사옵니다. 신이 지금 아무 일도 하는 것 없이 놀고 있는 까닭으로 옛날의 구질(舊疾)이 재발한 모양이옵니다. 그러나 만일 일이 많고 바쁘면, 병이 찾아오지 못하고 없어지리라고 생각되옵니다."

"경은 참으로 유능한 인물이오! 오래지 않아 다시 중용하리다."

뒤이어 황제는 여러 대장들의 역량과 기능(技能)과 장단(長短)을 토론하기 시작했다. 한신은 황제가 그들을 평하는 말에 일일이 응대하면서 누구는 어떠하고, 누구는 지혜가 얼마나 되며, 누가 그릇이 크고 작은지를 자세히 논평했다. 황제는 그의 언론을 들으면서 대단히 기뻐했다.

"그런데 짐과 같은 인물은 군사를 몇 명이나 거느릴 수 있는 재목일까?"

황제는 다른 사람들에 대한 평이 끝나자 한신을 보고 이같이 물었다.

"폐하께서는 그저 십만 명가량 거느리실 수 있는 대장이라고 하겠습니다."

"짐과 경을 비교하면 어느 쪽이 더 많이 군사를 거느릴 수 있는가?"

황제는 흥미 있는 듯이 또 이같이 물었다.

"신은 군사가 많으면 많을수록 더욱더 잘 쓰옵지요…."

한신이 대답하는 소리를 듣고 황제는 웃음을 못 참았다.

"그렇다면 어째서 경이 짐에게 사로잡혀왔는가?"

이같이 물었다.

"폐하께서는 군사는 잘 쓰시지 못하오나 대장들을 잘 쓰시는 까닭이옵니다. 이 때문에 신이 사로잡힌 것이옵니다. 그리고 폐하는 인력(人力)으로 항거하지 못할 만큼 하늘의 도우심이 있는 폐하이시옵니다."

황제는 그 말을 듣고 크게 웃었다. 겉으로 유쾌한 듯이 크게 웃기는 했으나 황제의 마음속에서는, 한신이 자신을 업신여기고 있다는 것을 확실히 알고 더욱 의심하고 경계하는 마음이 들었다.

이날, 한신은 황제 앞에서 물러나와 집에 돌아가서도 마음이 유쾌하지 못했다.

적송자(赤松子)

　　한나라 임금 희신이 오랑캐 묵돌과 합세해 모반한 사실을 알게 된 후부터 장량은 대문을 닫아걸고 출입을 하지 않았다. 그는 황제가 진평·번쾌 등과 함께 삼십만 대군을 통솔해 태원과 백등을 향해 출정 나갈 때부터 지금까지 두문불출한 지가 벌써 한 달이 지났다. 그가 이와 같이 세상이 싫어진 직접 원인은, 한나라 임금 희신이 모반한 때문이었다. 희신은, 장량의 오대조 할아버지 때부터 섬기어오던 한나라 왕실의 후손인 고로 자신이 부조 때의 은혜를 갚기 위해 황제에게 고해 한나라 임금을 시키도록 한 것이었다. 말하자면 희신은 오랑캐와 싸워 죽는 한이 있더라도 한나라 황제를 배반해서는 안 될 사람이었다. 그렇건만 희신은 배반했다. 이럴 수가 있느냐?

　　또, 장량으로 하여금 두문불출하고 집에 들어앉아 있게 한 원인으로는 희신의 모반 사건 외에 한신이 운몽에서 황제에게 사로잡혀온 사건이 또 하나였다. 한신은 초패왕의 집극랑(執戟郎)으로 있던 것을 자기가 인물로 발탁해, 초를 배반하고 한왕에게 오도록 추천한 인물이었다. 그 뒤로 한신은 자신이 기대하던 바와 같이 대원수가 되어 항우를 때려눕히기는 했건만, 제나라 정벌을 끝낸 후부터 기대하던 바와는 어긋나는 일이 한두 가지가 아니었다.

의리와 인정이 두터워 종리매를 감추어두었다고 가정할지라도, 황제가 엄중히 수사할 때에는 이 사실을 고하고 황제로 하여금 종리매를 용서하도록 시킬 방법도 있었을 터인데, 그렇게 하지 않고 끝까지 숨기고 있다가 사로잡혀오고야 만 것은 아무리 생각해도 한신의 마음속에 딴 마음의 씨가 싹트고 있었던 것이라고 생각지 않을 수 없었다. 한신이 용병 작전하는 재주가 비상하니, 황제로서는 그를 잡아다가 병권(兵權)이 없는 회음후에 봉해버린 것도 당연한 일이다. 한신은 저의 재주만 믿고, 앞일을 깊이 내다보지를 못한다. 희신과 같이 의리도 체면도 모르고, 한신과 같이 앞일을 길게 내다보지 못한다면, 사람이 이래가지고서야 어떻게 한단 말이냐? 먼저 저를 알고, 둘째로 남을 알고, 끝으로 때를 알아라!

장량은 십칠 년 전에, 진시황 이십구년에 박랑사 벌판에서 창해공으로 하여금 철퇴로써 시황을 때려죽이려 하다가 실패하고 하비(下邳) 땅에 숨어 있을 때, 자신에게 책을 주고 이렇게 가르치던 노인의 말이 지금도 귓속에 쟁쟁했다.

'그렇다! 때를 알아야 한다!'

장량은 한 달 이상 집에 들어앉아서, 어느 때는 아침도 저녁도 안 먹고 벽을 향해 가만히 앉아 있기가 예사였다.

"아버지, 손님이 오셨는데요…. 무어라고 말씀드릴까요?"

둘째아들 벽강(辟彊)이나 큰아들 불의(不疑)가 사랑방에 홀로 앉아 있는 장량을 보고 이같이 묻는 때면 그는,

"안 계시다고, 먼 곳에 길 떠나신 지 오래되었다고 말씀드려라."

이렇게 대답해서 내보내는 것이 보통이었다. 그의 집안에는 두 아들 내외와 하인들밖에 식구가 없었다. 그의 아내는 오륙 년 전에 작고했고 장량의 나이도 이제는 오십이 넘었다. 집안은 절간과 같이 고요했다.

이같이 그날그날을 보내고 있을 때, 하루는 황제의 근신이 찾아왔다.

폐하께서 부르신다는 것이었다. 아들로부터 전갈을 듣고 황제가 부르신다는데 피할 도리가 없으므로 장량은 부득이 일어나서 대궐로 들어갔다.

황제는 기다리고 있다가 장량이 들어와 인사를 드리는 것을 보고 걱정스러운 빛으로 말했다.

"근자에는 신병이 좀 어떠하시오? 짐이 가끔 물어보면, 항상 신병이 불편한 모양이기에 선생이 나올 때까지 기다려왔소이다. 오늘은 오랫동안 선생과 상면을 하지 못해 심히 궁금해서 오시라 한 것이오."

"폐하의 성념(聖念) 오직 황송하옵니다."

"거기 그 자리에 앉으시오. 짐이 선생을 만나 선생의 가르침을 받아 마침내 천하의 주인이 되었소이다. 짐이 어찌 선생을 잊을 수 있겠소이까! 그래서 전일 논공행상할 때, 선생을 유후(留侯)에 봉했건만 선생이 유후를 사퇴하신 고로, 짐은 그대를 대국의 왕작에 봉하려 하오."

황제가 이같이 말하는 것을 듣다가 장량은 즉시 황제의 말씀을 가로막았다.

"과분하신 분부이시옵니다. 신이 처음에 폐하를 모시고 관중 지방에 들어온 이후 말씀드리는 대로 들어주시고, 계책을 드리는 대로 채용해주신 까닭으로, 혹 그 중에서 더러 적중된 것도 있사옵니다마는, 이거야 모두 하늘이 도우신 것이고 신이 재주 있는 까닭은 아니었사옵니다. 폐하께서 이미 신을 유후로 봉하신다는 분부가 계시었사오니 성은(聖恩)은 이로써 홍대(鴻大)하옵니다. 이 이상 더 하실 필요가 없사옵니다. 신이 근자에 와서 세상 사람들을 두고 보니 인간의 일생이 흡사 떠 있는 물거품 같사옵니다. 어찌하면 신이 신농(神農) 시대에도 있었고, 황제(黃帝) 시대에도 있었다는 적송자(赤松子)를 찾아보고 장생불사(長生不死)하는 방법을 배울 수 있을까, 그것만을 생각하옵니다. 아마 천년 묵은 산림 속을 찾아가면 혹시나 적송자를 만나볼 수 있을까 하옵니다.

금대자각(金臺紫閣)에 앉아 옥식(玉食)을 먹는 것을 사람마다 희망하고, 또 그렇게 되기도 어려운 일이오나, 신은 본시 몸이 쇠약하고 병은 많고… 도저히 부귀영화를 감당할 수 없사오니 하념(下念)치 마시기를 바라옵니다.”

황제는 장량이 이같이 말하는 소리를 듣고 잠시 입을 다물었다. 이 사람이 이같이 왕작에 마음이 없으니 더 권해본들 무슨 소용 있으랴. 황제는 이렇게 생각하는 것 같았다.

“그러면, 선생이 그다지 왕작에 뜻이 없다 하니 편안히 마음을 쉬고 병을 치료하시오. 그리고 앞으로는 한 달에 한 번씩이나 조정에 나와주시기 바라오.”

황제는 한참 있다가 이렇게 말했다.

“황송하옵니다. 그렇게 하겠사옵니다.”

“그런데 지금 함양 성중에 있는 사저(私邸)가 마땅치 않을 것이니, 성 밖의 유정(幽靜)한 곳에 저택을 마련토록 하리다. 그리로 이거(移居)해 한거(閑居)하기 바라오.”

“황송하옵니다.”

장량은 황제께 은혜를 감사하고 대궐에서 물러나왔다. ‘내가 지금 와서 왕(王)이 될 때냐? 작(爵)을 받을 때냐?’ 장량은 집으로 돌아오면서 수레 위에 앉아 입속으로 이같이 뇌었다. 그 같은 것은 그에게는 하늘의 뜬구름이나 마찬가지였다.

집에 돌아와 그는 자기 방으로 들어가 서가 앞에 조용히 앉았다.

이때 둘째아들 벽강이 부친 앞으로 와서 조심스레 물었다.

“폐하께서 무슨 분부가 계셨나요?”

“왜? 아무런 분부도 안 계셨다.”

장량은 간단히 대답했다.

“저는 그러실 줄은 몰랐습니다.”

아들은 입속으로 중얼거리듯, 이렇게 말했다.

"무엇을 몰랐단 말이냐?"

"아버지께서는 그동안 황제의 스승님이 되시어 누차 대공을 세우시지 않았습니까? 당연히 누구보다도 지위가 높아 부귀를 누리시고 자손만대에 작록(爵祿)을 전하실지라도 과분한 일이 아니실 터인데, 이게 무엇입니까? 이렇게 적막하게 지내시면서 청빈(淸貧)하게 생활하시는 이유를 저는 모르겠습니다. 폐하께서 너무도 아버지의 공훈을 몰라주시는 것이 아닙니까?"

장량은 아들이 말하는 소리를 듣고 꾸짖었다.

"너 그게 어디 당한 소리냐? 그따위 좋지 못한 생각을 가져서는 아무짝에도 못 쓴다! 세상에서 부귀를 탐하고, 공명을 세우고, 일신이 영화롭게 된 자는 그 부귀 때문에 눈이 어두워진다. 그러니 그런 사람들은 한번 이리 오너라 하고 소리치면, 네 하고 열 놈 백 놈의 하인들이 쫓아 나오는 것을 기쁘게 알고, 처첩(妻妾)은 주렁주렁 매달리고, 생가(笙歌)는 항상 귀에 젖어 있고, 평생을 환락하는 것으로 만족한다. 그렇지만 이렇게 되면 이 사람은 아무짝에도 못 쓴다. 지위가 극도에 달하면 천하가 이것을 시기한다! 높은 데 있으면 반드시 떨어질 위험이 있는 법이요, 가득히 차면 반드시 넘쳐흐를 수 있는 법이다. 상감님은 신하의 권세가 무거운 것을 의심하고, 간사한 사람은 그 틈을 타서 중상모략을 하여, 한번 상감님의 눈 밖에 나는 때면 피신할 도리 없이 몸을 망쳐버리고 처자까지도 생명을 보전하지 못하게 만든다. 부귀와 영화도 이러고 보면 허망하기 짝이 없는 것이다! 세상에서 부귀를 탐하는 자가 이런 이치를 알지 못하는구나…. 그러니 내가 취리건곤(醉裡乾坤)에서 호중일월(壺中日月)을 희롱하며, 운수(雲水)의 고요한 경치를 사랑하고 광활한 천지를 홀로 즐기면서 조그마한 방 안에 종일토록 가만히 앉아 있건만 가슴속엔 털끝만한 근심이 없고, 흉중이 상쾌해 좁쌀밥을 먹을망

정 그 맛이 꿀같이 달고, 일신이 이익과 명예에서 떠나니 마음이 물외
(物外)에 소요할 수 있구나. 고요히 천지만물이 다 각각 스스로 저를 제
가 얻어가지고 진리를 감추고 있는 것을 관찰하며 정신수양을 하다가,
내가 천명을 다하면 그 아니 만족하겠느냐. 그리고 너희들로 하여금 농
사를 짓고 가축이나 기르며, 가정을 지키고, 나라에 충량한 백성이 되도
록 하는 것이, 이 얼마나 부귀영화보다 훌륭한 일이겠느냐. 알아들었느
냐?"

장량이 이같이 교훈하는 것을 듣고 있던 장벽강은 그 자리에 꿇어앉
으면서 아뢰었다.

"아버님의 말씀을 깨달았습니다! 과연 명철보신(明哲保身)하는 깊은
교훈이심을 깨달았습니다."

"네가 생각해보아라, 인생이 몇 해나 사느냐? 가령 백 년을 일생으
로 친다 할지라도 날짜로 따지면 삼만 육천 일밖에 안 된다. 진실로, 구
름과 구름 사이를 백구(白鷗)가 홀홀 지나가버리는 것같이, 순식간에 이
세상에 왔다가 가는 것이 인생이다. 이 같은 인생인 것을 깨닫는다면
공명도 부귀도 한 조각 구름에 불과한 것이 아니냐? 너도 나이가 이제
는 이십이다. 세상 이치를 조금씩은 짐작할 때가 되지 않았느냐? 나는
갈 날이 멀지 않았다. 그 후에 너도 또한 나와 같다. 그런데 무슨 욕심을
갖느냐? 공명? 부귀? 영화? 인생이란 여기 있는 것이 아니다. 더 영원한
것, 자취 없이 사라지는 것이 아니요, 영원히 불멸(不滅)하는 것, 이것이
인생이다. 알아들었느냐?"

장량은 계속해서 또 이같이 말했다.

"네, 잘 알아들었습니다."

"그러면 네 방으로 가서 책이나 읽어라."

이렇게 일러서 아들을 내보낸 뒤에 장량은 그대로 조용히 앉아 있었
다. 그의 마음속에는 아무것도 티끌만한 생각도 머물러 있지 않는 것

같았다. 사랑도, 미움도, 은혜도, 공로도, 자랑함도, 뉘우침도…. 아무것도 없었다. 텅 비어 있는 것 같았다.

날이 어두웠다.

불의와 벽강 두 아들이 장량에게 나와서 물었다.

"아버지, 저녁 진지를 내올까요?"

"그만두어라."

한마디 하고는, 그는 다시 눈을 반쯤 감고 고요히 앉았다. 마음속엔 아무것도 들어 있지 않은 것 같았다. 밤중에 두 아들이 나와서 자리를 펴놓은 뒤에 장량은 자리 속에 들어갔다.

이튿날, 대궐로부터 근신이 나와 황제의 칙명을 전달했다. 함양 성문 밖에 북쪽으로 떨어져 있는 물 좋고 수풀 우거진 곳에 한가롭고 경치 좋은 별장이 있으니, 그리로 이사하기를 바란다는 것이었다. 그리고 이후론 한 달에 한 번만 조정에 출사하라는 하교(下敎)였다.

장량은 황제의 뜻에 감사하고 두 아들에게 이사 준비를 시켰다. 함양 성밖 북쪽에 있는, 새로 이사한 장량의 집은 정원이 넓고 수목이 많고 골짜기에서 흐르는 샘물도 있었다. 그리고 그 샘물이 흐르는 곁에 조그마한 정자가 있었다. 장량은 그 여덟 모진 정자가 마음에 들었다.

장량은 아들을 보고 현판을 하나 가져오라 하였다. 불의와 벽강이 현판을 가져왔다. 장량은 그 현판에 방원각(方圓閣)이라고 썼다.

"이것을 정자에 걸어라."

두 아들은 그 현판을 정자의 처마 밑에 걸었다.

"방원각이 무슨 뜻인지 아느냐?"

장량은 아들을 보고 물었다.

"모르겠습니다."

두 아들은 솔직하게 대답했다.

"모가 지고도 둥근 것, 그것이 방원(方圓)이다. 네모진 것을 열 개 스무 개 자꾸만 쌓아올려 보아라. 그러면 나중엔 둥근 것이 된다. 둥그레진다. 정방형(正方形)이 누적되면 원(圓)을 이룬다는 이치가 여기 있다. 모질 때 모지고, 원만할 때 원만해야 하느니라. 알아들었느냐?"

"네."

두 아들은 대답했다.

"둥근 것은 가득한 것이다. 둥근 것은 또 때로는 텅 비어 있을 수도 있다. 비어 있지 않고는 들어갈 것이 없고, 가득하지 않고는 이길 수가 없다. 가득해야 할 때 가득할 줄 알고, 비어 있어야 할 때 모든 것이 들어올 수 있도록 비어 있어야 하며, 모질 때 서리같이 모질 줄 알고 둥글 때 한없이 둥글 줄 알아야 한다. 일전에 벽강이는 아비보고 높은 지위에 앉아 부귀영화를 누리지 않는다고 불평을 말하더라마는, 진시황이 무도해서 육국을 삼키고, 분서갱유생(焚詩書 坑儒生)해 잔인 포악했으므로 진나라를 쳐부수기 위해 나는 한패공을 도왔다. 한패공이 지혜 있는 사람의 말을 알아들을 줄 아는 사람인 고로 이 사람을 도왔을 뿐이다. 이제 초·한 승부가 끝나고, 대한이 천하를 통일해 패공이 황제가 되고, 백성들이 편안한 생활을 하게 되었으니, 이만하면 내가 할 일을 다 했다고 생각한다. 대장부 천하에 나서 천하 만민을 도탄 중에서 구해냈으면, 할 일을 다 한 것이 아니냐? 만족하지 않느냐? 그 이상 욕심을 가지면 몸을 망치느니라. 그러니 너희들은 이 방원각에서 마음을 닦아야 한다. 마음은 닦을수록 거울같이 맑아지느니라. 마음이 맑아야 때를 안다. 살구꽃은 삼월에 피고, 국화는 구월에 핀다. 이것이 다 제가 제 때를 아는 까닭이다. 알아들었느냐?"

장량이 이같이 가르치자 두 아들은,

"네."

하고 대답했다. 장량은 일어나서 자기 처소로 돌아가버렸다.

이사한 집에 와서 삼사 일 지낸 후 장량은 집을 나섰다. 별로 작정한 곳도 없이 여행을 하고 싶었던 것이다. 그는 정처 없이 마음 내키는 대로 수레를 몰고 가게 했다. 오륙 일 후에 그는 천곡성(天谷城)을 지나가게 되었다.

천곡성은 항우의 시신을 장사한 곡성(穀城) 부근이었다. 끝없이 넓은 벌판이 눈앞에 열렸는데, 그 넓은 광야에 구역을 지은 것처럼 높은 성이 한편 구석에 둘러서 있었다. 소조 적막한 겨울의 광야는 석양에 넘어가는 햇빛을 받고 더욱 쓸쓸했다.

이때 장량은 수레 안에서 길가의 밭 가운데 깎아세운 듯한 크고 누른 빛나는 돌멩이를 발견했다. 그는 수레를 멈추고 밭 가운데로 걸어들어갔다. 높이는 한 길 가까이 되고, 둥글지도 않고 모나지도 않고, 전후 좌우가 한결같이 누른 빛깔이 나는 큰 돌덩어리였다.

장량은 돌 앞에 서서 생각해보았다. '앞으로 십 년 후에 너는 반드시 크게 이룰 것이다. 십삼 년 뒤에는 천곡성 동쪽에다가 한 사람의 국군을 장사하게 되리라. 그때 너는 그 빈터에서 커다란 누른 빛깔 나는 돌멩이를 한 개 보게 될 것이다. 그 누런 돌멩이가 바로 지금의 나다.'

'그것이 나다!'

십칠 년 전에 하비 땅에서 이같이 그에게 말씀하던 노인의 음성이 생각났다. 이 노인이 그때 자신에게 주고 간 책 세 권을 안 보았다면, 과연 자신은 어디서 무슨 일을 했을까? 생각하면 할수록 그 노인의 은혜가 컸다.

그는 땅 위에 무릎을 꿇고 그 돌을 보고 두 번 절을 했다.

'이 돌을 보호하는 사당을 이곳에 세우자!'

그리고 장량은 이같이 결심했다. 십칠 년 전에 만나뵈온 그 노인의 이름을 알 수 없으니 이 돌의 이름을 노인의 이름으로 하자. 그는 또 이렇게 생각하고, 입속으로 '황석공(黃石公)'이라고 불러보았다. 그는 석양이 어두워지도록 돌 앞에 서 있었다.

모반

지난 달 포 전에 백등(白登)성에서 한나라 황제를 포위하고 있다가 진평의 꾀에 감쪽같이 속아넘어가버린 오랑캐의 임금 묵돌은, 한나라 황제에게 속은 것을 분하게 생각하고 또다시 북쪽 국경 지방을 침범하기 시작했다. 황제는 지방의 군·현에서 올라온 이 같은 보고를 받고 신하들을 모아 대책을 토의시켰다.

오랑캐 군사의 형세가 강대한 고로 아무도 쉽게 이것을 무찔러버리겠다는 계책이 없었다. 이때 지난번 조성에서 황제로부터 건신후에 봉해진 유경이 한 가지 계책을 아뢰었다.

"신이 생각하기는 폐하께서 천하를 비로소 평정하시고 오랫동안 전란을 겪어온 사졸들은 피폐해 있사오니 참으로 곤란하옵니다. 오랑캐 묵돌은 제 아비를 죽이고 동성(同姓)의 계집을 아내로 삼고 있고, 힘만 믿고 날뛰는 자이오니 개돼지나 다름없는 것이옵니다. 폐하께서는 묵돌에게 공주를 보내시어 아내로 삼으라 하시옵소서. 묵돌은 반드시 기뻐하고 그같이 할 것이옵니다. 한나라 황제의 사위가 된다는 것은 그에게는 큰 영광으로 생각될 것이옵니다. 그러면 후일 묵돌이 아들을 낳게 되면 그 아들이 태자가 될 것이요, 묵돌이 죽은 뒤에는 폐하의 외손이 오랑캐 땅의 임금이 될 것이옵니다. 이렇게 되면 오랑캐들과는 영구히 상쟁함이 없을 것이옵니다.”

황제는 유경이 이 같은 계책을 아뢰는 것을 듣고 불쾌한 얼굴로 꾸짖었다.

“그게 무슨 말이오? 당당한 대한의 황제로서 사해에 군림하고 군사가 아직도 강하거늘, 오랑캐를 다스림에 어찌 그 같은 비열한 방법을 쓰겠는가! 공주를 개돼지 같은 오랑캐에게 시집보내라니, 이게 무슨 소리냐?”

황제는 이같이 호령했다.

“그러하오나 백등성에서 폐하께서는 묵돌의 군사가 얼마나 많은지를 어람하셨을 것입니다. 만일 그때 진평의 꾀가 아니었다면 폐하께서는 탈출하시지 못하셨을 것이옵니다. 지금, 오륙 년 동안 초나라와 싸우시느라고 폐하께서는 백성을 살상하기를 몇 천만 명 하시었는지 알 수 없는 터이옵니다. 그러하온데 또 피곤한 백성을 동원시켜 오랑캐와 싸우신다면 백성들은 실망낙담할 것이옵니다. 지금 잠시 비열한 것 같으나 실상인즉 천하 창생을 위하는 것이옵니다. 그리고 폐하께서 반드시 공주를 보내실 것도 없고 비밀히 민간에서 여자를 구해가지고 가짜로 공주라 하시고 조칙을 내리시면, 묵돌은 즉시 화목될 것이 아니옵니까? 이렇게 되면 폐하께서는 다시는 북방 국경에 근심이 없어질 것이 아니오리까?”

유경이 굽히지 않고 이같이 계책을 아뢰는 소리를 듣고 황제는 그제야 깨달았다.

“과연 경의 말을 들으니 그럴 듯하오. 그러면 경의 말대로 민간의 여자를 하나 구해 짐의 공주라 하고, 묵돌에게 혼인을 청하기로 하자!”

이리해서 이날 회의는 이로써 끝이 나고, 그날로 민간의 여자는 선정되어 대궐로 들어오게 되었다. 그리고 이튿날 황제는 조서를 유경에게 주고 가짜 공주를 모시고 오랑캐 땅으로 들어가게 했다.

유경은 수일 후에 태원에 도착해 먼저 사람을 오랑캐 진영으로 파견해, 한나라 황제가 공주를 보내면서 혼인을 청하고 이후로는 각각 제 땅을 지키면서 침범하지 않기를 바란다고 하는 황제의 뜻을 전달하게 했다.

묵돌은 한나라 황제의 조서를 받아보고 대단히 기뻐했다. 그는 오랑캐들의 음악을 연주시키면서 황제의 칙사 유경과 공주를 맞아들이게 했다. 유경과 가짜 공주는 묵돌에게 가서 큰 잔치를 배설한 자리에서 피차에 화목하기로 하고, 묵돌은 군사를 거두어 오랑캐 땅으로 돌아가는 동시에 유경은 공주를 묵돌에게 주고 함양으로 돌아가기로 했다.

여러 날 후에 유경은 조정으로 돌아와 황제에게 사명을 완수하고 돌아온 경과를 상세히 보고했다.

황제는 만족했다.

"이제는 경의 계획대로 북쪽의 국경은 염려 없소! 수고했소."

그리고 황제는 근시를 불러 유경에게 은상(恩賞)을 내리라고 분부했다.

"아뢰옵니다. 폐하께서 옛날 진나라 땅에 도읍을 정하셨는데 이곳의 토지는 비옥하오나 백성의 수효는 적사옵니다. 황차 북쪽으로는 오랑캐들이 있고 동쪽으로는 강대한 육국이 있사오니 일단 사변이 생기는 날이면 폐하께서 베개를 높이 하시고 편안히 취침하실 수 없사옵니다. 신이 생각건대, 제·초·연·조·한·위(齊楚燕趙韓魏)의 후손들과 그 지방에서 각각 유명한 집안과 호걸들을 모조리 관중 지방으로 이사시킨 후, 무사한 때에는 전답을 경작시키시고, 만일 유사한 때가 오면 동정(東征)하시는 데 사용하심이 좋을까 하옵니다. 이같이 하시는 것이 근본을 튼튼하게 하는 동시에 장구한 계책이 될까 하옵니다."

유경은 은상을 내리시는 분부를 들으며 또 이 같은 정책을 아뢰었다.

"좋소! 대단히 좋은 소견이오."

황제는 즉시 찬성하고, 앞으로 수개월 내에 육국의 그전 왕실의 후손들과 호걸, 명가(名家) 십만 호를 관중 지방으로 옮겨오게 하라는 조칙을 내렸다.

유경이 오랑캐 묵돌과 화목을 성립시킨 뒤 나라에는 큰일이 없었다.

그래서 황제는 이즈음 서궁(西宮)으로 가서 사랑하는 척희(戚姬)와 그의 몸에서 출생된 둘째아들 여의(如意)가 점점 총명하고 건강해져가는 모양을 보고 즐기기에 겨를이 없었다. 척희는 칠팔 년 전에 황제가 팽성에 들어가서 항우와 더불어 크게 접전을 하다가 참패해 혼자 몸으로 도망해 척가촌이라는 마을에 들렀을 때 척씨 노인한테서 얻은 그 노인의 딸이었다. 피난 중에 기이한 인연으로 하룻밤 관계를 맺고 정표로 옥띠를 끌러주고 돌아온 이후 사오 년 동안 황제는 척희를 불러오지 못했다. 그럴 사이가 없었던 까닭이었다. 그러다가 재작년에 낙양에서 함양으로 도읍을 옮길 때 황제는 척희와 그 아들을 척가촌에서 데려왔던 것이다.

척희는 지금 서궁에 있는 삼천 궁녀들 가운데서 황제의 총애를 독점하고 있는 셈이었다. 이슬비 내리는 아침에 빗방울을 머금은 복숭아꽃이라 할까, 실바람에 간들거리는 수양버들가지 같은 그의 아리따운 얼굴과 수줍은 태도는, 누구보다도 뛰어난 미인이었다. 더욱이 이제는 건장한 소년이 된 여의의 글재주가 비상하니, 황제의 총애가 척희에게 기울어지는 것도 무리가 아니었다.

"여의의 문재무예(文才武藝)는 일취월장하는구나."

황제는 여의의 머리를 쓰다듬으면서 이렇게 칭찬하고 척희를 바라다보았다. 황제가 이럴 때마다 척희는 아리따운 얼굴에 수줍은 미소를 띠고 머리를 숙이는 것이었다.

'태자 유영(劉盈)은 유약해 대사를 감당할 수 없으렷다….'

황제의 마음속에서는 요사이 이 같은 생각이 싹트기 시작했다.

마침내 황제는 어느 날 조정에 나아가 신하들을 보고 이 같은 자기 의견을 말했다.

"짐이 생각건대 태자 유영은 몸이 유약해서 대사를 감당하기 어려울 것이므로 이를 폐하고, 여의를 태자로 책봉하려 하오. 경들의 소견은 어 떠하오?"

황제가 돌연히 이같이 물으므로 여러 신하들이 얼른 대답을 아뢰지 못하고 있을 때, 상대부(上大夫) 주창(周昌)이 홀(笏)을 들고 섰다가 황제 앞으로 나섰다.

"신이, 신이 말재주가 없어 말씀은 아뢰지 못합니다. 그렇지만 안 됩 니다. 안 됩니다! 못하십니다! 태자가 무슨 허물이 있기에 폐하시고 바 꾸시려 하십니까? 신은, 신은, 폐하의 칙명을 받들지 못하겠습니다!"

더듬거리기는 하나 순정덩어리로 생긴 주창의 말을 듣고 황제는 그 것을 꾸짖을 수도 없고, 충성심을 칭찬할 수도 없고 하여 그만 웃어버 렸다.

"허허허…."

황제가 이렇게 웃고 있을 때, 대궐문 밖에 급한 파발이 왔다고 하면 서 근신이 나갔다가 들어오더니 보고했다.

"아뢰옵니다. 지금 조대(趙代)로부터 파발이 왔사온데 서북 오랑캐 반왕(潘王)의 군사가 침공하여 대주(代州)를 점령했다 하옵니다. 속히 격퇴시키지 않으면 연·조 두 나라 지방을 보전하기 어렵다고 아뢰옵니 다."

황제는 웃고 앉았다가 놀랐다. 오랑캐 묵돌은 힘들이지 않고 진압했 건만, 이번에 또 일어난 오랑캐는 어떻게 하면 좋단 말이냐? 그는 즉시 진평을 가까이 불렀다.

"조대의 형세가 중대하게 되었으니 이를 어떻게 하면 좋을까?"

황제는 진평에게 대책을 물었다.

"신이 생각건대 지금 영포와 팽월을 부르신다 할지라도 각각 대량과 회남 땅에서 급히 오지 않을 것 같사옵니다. 또한 한신은 병권(兵權)이 없으니 소용되지 않을 것입니다. 다만 상국 진희(陳豨)는 한신의 막료로서 무용이 출중하고 지혜도 있는 사람이오니, 이 사람을 대장으로 하여 반왕을 격파시키시옵소서. 다른 사람으로는 반병을 물리치게 할 수 없사옵니다."

진평은 이같이 아뢰었다.

"그러면 진희를 불러오라."

이리해서 진희가 황제 앞에 가까이 나오니 황제는 진희에게 부탁했다.

"지금 조대 지방에 반병이 들어와 소란을 일으키고 있다 하니, 정병 십만 명을 인솔해나가서, 경이 짐을 대신해 이것을 격멸하기 바라오. 성공하고 돌아오면 경을 대왕(代王)에 봉하겠소."

"폐하! 폐하께서 여러 사람의 대장들 가운데서 신을 선발하시와 대임을 맡기시니 신은 분골쇄신 국가를 위해 진력하겠사옵니다. 그러하오나 신에게 주시는 군사가 겨우 십만 명이므로 이것으로는 사납기 짝이 없는 반병(潘兵)을 평정하기 어렵다고 생각하옵나이다."

진희는 이같이 아뢰었다.

황제는 그의 말을 듣고 원수(元帥)의 인부(印符)를 꺼내어 진희에게 주면서 분부했다.

"경이 원수의 인부를 지니고 있다가 만일 병력이 부족한 경우가 되면 이것으로써 인근 군·현으로부터 사졸을 징용해 쓰기 바라오."

"황공하옵니다."

진희는 원수의 인부를 두 손으로 받아가지고 황제 앞을 물러나왔다.

그날 하루 동안 출정 준비를 끝낸 뒤에, 이튿날 진희는 정병 십만 명을 통솔해 용감하게 진발했다. 함양궁 대궐문 앞에 가서 황제에게 경의를 표하고 시가로 행진해 성문을 나오는 길거리에서 진희는, 한신의 사택 앞을 지나가다가 문득 한신을 추모하는 생각이 솟았다.

'가만있자… 내가 오랫동안 한신의 부하로서 한신의 은혜를 입었다…. 병법의 이치도 많이 배웠다…. 한번 찾아가보고 반병을 격파시키는 데 좋은 꾀가 있거든 가르쳐달라고 청해야겠다!'

진희는 이렇게 생각하고 부하 장수들로 하여금 군사를 성문 밖에 잠시 휴게시키라 명령한 후 위관과 사졸을 오륙 명만 대동하고 한신의 집으로 갔다.

한신은 회음후로 지위가 떨어진 뒤에 이곳에 들어앉아 날마다 유쾌하지 못한 그날그날을 보내고 있던 터라 진희가 찾아온 것을 반갑게 맞아들였다.

"오랫동안 선생을 못 찾아뵈었습니다. 안녕하셨습니까?"

"참 오래간만이오. 어서 앉으시오."

그리고 한신은 술상을 내오게 한 후, 진희와 더불어 잔을 기울이면서 세상 이야기를 하기 시작했다. 그는 울적했던 가슴속을 제자와 같은 진희와 더불어 묻고 대답하는 것으로 시원하게 풀어버리려는 것 같았다.

한참 동안 이야기를 주고받다가 한신은 방 안에서 심부름하던 위관과 하인들을 밖으로 내보낸 뒤 좌우에 사람이 없는 것을 둘러보고,

"그래, 그대가 이번에 황제의 칙명을 받들고 반병을 정벌하러 나간다 하니, 만일 공을 세우고 돌아온다면 전일에 내가 초패왕을 격멸한 공과 비교해서 그 어느 쪽이 더 클 것인가?"

진희의 얼굴을 들여다보며 이같이 물었다.

"그야 말씀하실 것도 없지요…. 반병을 정벌하는 것은 한 개 조그만 일이요, 초나라를 격멸시킨 것은 만세에 끼치는 대공훈인데, 어떻게 대소(大小)를 비교해서 논할 수 있겠습니까!"

한신은 진희의 대답을 듣고 한숨을 길게 내쉬더니, 술을 한 잔 따라

마시고 또 한 번 한숨 쉬고 나서 입을 열었다.

"내가 하는 말을 냉정하게 잘 들어보고, 그리고 생각해보게…. 지금 그대가 반병을 정벌하는 일과는 비교도 안 될 만큼 큰 공훈을 세운 내가 오늘날 이 모양이 되고 말았는데… 그대가 이번에 나가서 개가를 올리고 돌아온다손 치더라도, 아침에 왕공이 되었다가 저녁에는 버림을 받고 일개 필부가 될 것은 오늘날 내 모양을 미루어보아 뻔한 노릇일세! 그렇지 않겠는가?"

한신이 이렇게 하는 말을 듣고 진희는 자리를 고쳐 앉으면서 걱정스러운 표정으로,

"그런 것 같습니다… 아마도 화(禍)를 당할 것 같으니 선생께서 가르쳐주십시오…. 어떻게 하면 화를 면하겠습니까?"

이같이 물었다. 한신은 잠깐 입을 다물고 생각했다. 진희가 황제에게 충성을 한댔자 결국엔 내 모양같이 될 것이니 차라리 진희를 시켜 함께 모반해버리자! 그는 마침내 얼핏 이 같은 결론을 얻었다.

"지금 그대에게는 십만의 정병이 있네그려. 더구나 조대 지방은 무(武)를 숭상하는 곳이 아닌가. 그러니 그대는 조대에 들어가서 즉시 모반해버리게! 그대가 모반했다는 소식이 올라와도 폐하께서는 처음엔 믿지 않으실 것일세. 왜냐하면 폐하께서는 그대를 누구보다도 신임하시므로 이번에 대임을 맡기신 것이니까. 그렇지만 여러 군데서 폐하께 보고가 올라갈 것이니 그때엔 폐하가 대로하여 그대를 정벌하고자 친히 나가실 거란 말일세. 이때 내가 그대를 위해 들고 일어나면 내외가 협공하게 되므로 천하를 도모할 수 있을 것일세. 이때를 놓쳐서는 안되네. 알아들었는가!"

"알아들었습니다!"

"중대한 음모이니, 일을 그르치면 안 되네!"

"신중히 하겠습니다."

한신과 진희는 이같이 비밀히 모반을 일으킬 계획에 합의해버렸다.

조금 있다가 진희는 한신과 작별하고 문밖으로 나왔다. 그리고 성문 밖에서 기다리고 있던 부하들을 휘동해 행군을 계속했다.

수일 후에 진희는 조성에 도착했다. 그는 부하 장수들을 모아놓고,

"아군이 먼저 경솔히 움직이면 안 된다. 적의 허실을 먼저 충분히 알고 난 연후에 진격해야 한다…."

이같이 명령하고 즉시 각처에 진영을 설치하게 한 후, 탐색병을 여럿 내보냈다.

수일 후에 탐색병들의 보고가 올라왔다. 반병은 사개 소에 진영을 설치하고 있으며, 일개 소에 각각 오만 명의 군사가 있고, 반왕은 따로 대주(代州)성 밖에 큰 진영을 설치하고 삼만 명의 인마를 거느리고 있으며, 또 백만의 기병(騎兵)이 오개 소의 진영을 순찰하고 있으므로 그 형세는 매우 강대하다는 것이었다. 그리고 '반왕의 부하에 합연적(哈延赤)이라는 대장이 있는데 이놈은 굉장히 큰 도끼를 사용하는 놈으로 만부부당의 용맹이 있으니 원수께서 먼저 이놈을 때려잡아버리면 반병은 저절로 격퇴될 것입니다.' 탐색병들은 이같이 보고를 올렸다.

진희는 대단히 기꺼워하면서 부하대장 유무(劉武)·이덕(李德)·진산(陳産)·초초(楚招) 등 네 사람을 불러 계책을 지시했다.

이튿날 진희는 군사를 거느리고 반왕이 있는 곳으로 진격했다.

반왕은 진희가 쳐들어오는 것을 알고 말을 달려 쫓아나왔다.

"이놈아! 한왕은 묵돌이에게는 무서워 공주를 아내로 보내고, 어째서 나한테는 공주를 보내지 않느냐? 내게도 수백만의 군사가 있다. 공주를 안 보내면 당장 무찔러버리겠다. 너 같은 놈은 명색 없는 장수니 상대도 않겠다. 속히 돌아가 한왕을 내보내라!"

반왕이 이렇게 고함지르는 소리를 듣고 진희는 노했다.

"대한의 황제 폐하가 너 같은 오랑캐를 상대하시겠느냐!"

진희는 호령하면서 칼을 쳐들고 덤벼들었다. 이때 반왕 뒤에서 커다란 도끼를 들고 있던 장수가 뛰어나왔다. 두 사람은 한데 어우러져서 이십여 합 접전을 하다가 진희는 힘이 부치는 듯이 남쪽을 바라보고 도망가기 시작했다. 반왕의 장수는 진희를 추격했다.

쫓고 쫓기며 십 리가량 달려오니 전면에 높은 산이 솟아 있고, 그 산 밑으로 큰 개천이 흘러내렸다.

진희는 채찍을 높이 치면서 그 개천물로 말을 달려 그냥 건너버렸다. 뒤에서 쫓아오던 반왕의 장수도 개천물로 군사를 휘동해 들어왔다. 개천물이 얕은지라, 반왕의 군사는 힘들이지 않고 모조리 건너갔다.

오랑캐 군사들이 완전히 건너간 뒤에 별안간 냇물은 파도소리를 내면서 상류로부터 콸콸콸 쏟아져 흐르기 시작했다. 물소리가 요란한 고로 반왕의 장수는 뒤를 돌아다보았다. 조금 전에 태평히 건너온 냇바닥이 이제는 파도가 꿈틀거리며 도도히 흐르는 강이 되고 말았다. 앞에는 높은 산이요, 뒤에는 강과 같은 물이니, 어찌하면 좋은고? 반왕의 장수가 어리둥절해 사방을 둘러보고 있을 때, 이때까지 도망가던 진희가 한편 언덕 위에 쑥 나타났다. 그와 동시에 철포 소리가 꽝 하고 울리더니 좌우 골짜기에서 복병이 일제히 활을 쏘기 시작했다. 오랑캐 군사를 향해 쏟아지는 화살은 소낙비처럼 퍼부어졌다.

반왕의 장수는 어쩔 줄을 몰라 험준하기 짝이 없는 산 위로 말을 추켜달렸다. 말이 네 굽을 허덕거리며 간신히 백여 칸가량 올라갔을 때, 진희는 산 위에서 큰 나무토막을 아래로 굴렸다. 반왕의 장수가 타고 올라오던 말은 나무토막에 다리가 꺾어져버리고, 반왕의 장수도 말 아래로 떨어지더니 그대로 뒹굴기 시작해 수백 척 높은 언덕에서 깊은 골짜기로 거꾸로 떨어져 깨강정 부서지듯이 가루가 되어 죽어버렸다. 이놈이 바로 반왕의 어금니 같은 대장 합연적이었다.

이때 반왕은 멀리 후진에 있다가 선진부대가 패전한 것같이 생각되므로 합연적을 구원하려고 쫓아왔다. 쫓아와보니 큰 냇물이 가로막고 흐르고 있었다. 물은 격류요, 수심(水深) 또한 깊은 모양으로, 반왕은 어느 쪽으로든지 얕은 곳을 찾아 냇물을 건너가보려고 아래위로 오르락 내리락 언덕에서 방황했다. 선진부대의 안위가 궁금해서 마음이 초조해지고 있을 때 한나라 군사는 벌써 반왕의 본진을 탈취하고 마량 등속에 불을 질러버렸기 때문에 사개 소의 진영에서는 본진에서 화광이 뻗치는 것을 보고 이것을 구원하려고 쫓아오다가 한나라 군사들이 팔방으로부터 돌격해나오는 까닭에 반왕의 군사는 칠단팔단되고, 여지없이 망해버렸다는 보고가 들어왔다. 반왕은 크게 놀랐다. 그는 말머리를 돌려 북쪽 큰길을 향해 도망해버리고 말았다.

진희는 반왕이 도망하는 것을 보고,

'그러면 그렇지! 내가 계획한 대로 다 잘되었나보다!'

이렇게 생각하고 높은 언덕에서 내려와 군사로 하여금 냇물이 흘러내리는 두 군데의 좁은 골짜기에 두 개의 방축을 급히 쌓게 했다. 상류에서 물이 가로막히자, 지금까지 도도하게 흐르던 큰냇물은 한나절 만에 전과 같이 잔잔하게 흐르기 시작했다.

진희는 군사를 거두어 냇물을 건너 바로 자기 본영으로 돌아가 군사를 점검해보았다. 이날의 합전에서 자기편 부상자는 오백 명도 안 되건만, 적은 사십만 명을 격멸시켰던 것이다.

이튿날 진희는 조성에 들어가 큰 잔치를 베풀어 군사들을 위로했다.

부하 장수들이 술이 반쯤 취했을 때, 진희는 술잔을 들고 일어서서 그들을 둘러보며 입을 열었다.

"이번에 반병이 대패하고 멀리 달아난 것은 비록 내 계획대로 된 것이라 하겠지만 사실인즉 여러분이 일심 합력해서 나를 도와주었기 때문이라고 생각하오. 그리고 또 생각건대 우리 황제는 고생은 같이할 수 있으나, 즐거움은 같이 나눌 수 없는 사람이오. 한신이 오륙 년 동안 혈전을 거듭해 큰 공을 세우고 천하를 평정했건만 지금은 황제가 이 사람을 쓰지 않을 뿐 아니라, 무슨 죄가 없는가, 죄를 찾아내어 죽여버리려고 도모하시는 터이외다. 그러니 나 같은 것은 약간의 공훈이야 있지만, 어찌 한신의 공훈에 절반이나 될 이치가 있소! 이번에 반병을 격파시키느라고 심력(心力)을 기울였지만 황제는 우리에게 중상(重賞)을 내리지 않을 것이오. 내 생각으로는 군사를 이곳에 주둔시키고 사방의 호걸들을 모집하고, 군량미를 저장하고, 사기를 양성하면, 자연히 천하를 도모할 수 있을 거라 믿소. 더구나 지금 황제는 나이 오십인지라 병마(兵馬)를 싫어하는 터이고, 비록 칙명으로써 장수를 보낸다 할지라도 이제는 한신과 같은 인물이 없으니 두려울 것이 없소. 그래서 만일 내가 왕업(王業)을 성취하는 날에는 여러분을 왕·작에 봉해 부귀를 함께 즐기려하는 바이니, 여러분은 심중을 털어놓고 소견을 말해주기 바라오."

진희가 이렇게 연설을 마치자 여러 장수들은 일제히 진희의 의견에 찬성했다.

"장군께서 계획하시는 대로 힘을 다해 돕겠습니다!"

그들은 모두 이같이 소리를 질렀다. 진희는 만족했다. 그는 뜻한 바대로 부하들을 데리고 모반하기에 성공한 것이다.

이리해서 진희는 스스로 자기가 대왕(代王)이 되어, 격문을 사방으로 배포하고 대장 왕황(王黃)과 함께 각처로 군사를 거느리고 다니면서 재물과 곡식을 약탈해다가 저축하기 시작했다. 이 까닭에 각 지방에서는 대소동이 일어났다. 백성들은 숨고 피난 다니느라 혼란 상태에 빠진 까닭으로 서위왕(西魏王)은 급히 이 사실을 황제께 보고했다.

황제는 서위왕의 보고를 받고 깜짝 놀랐다. 그리고 즉시 소하와 진평을 불러 물었다.

"짐이 진희를 중용했고, 항상 후대했건만, 진희가 모반했으니 이 무슨 까닭인가?"

"진희는 본시 모략(謀略)이 비상하고 무예가 출중하옵니다. 지금 조정에 있는 제장(諸將)을 보옵건대, 아무도 진희를 대적할 수 없사옵니다. 다만 영포, 팽월 두 사람에게 조칙을 내리시어 급히 이 두 사람으로 하여금 진희를 토벌하도록 하시옵소서."

소하가 이같이 아뢰자 곁에 있던 진평도,

"과연, 그러하옵니다."

하고 소하의 의견에 공명했다.

황제는 소하의 말대로 영포와 팽월에게 급히 군사를 거느리고 나와 진희를 정벌하라는 조칙을 내리는 동시에, 관동(關東) 각국으로 파발을 보내어 요해지를 견고하게 방비하도록 분부했다.

이때 진희가 모반했다는 사실이 각처로부터 보고가 올라온 관계로 한신도 이 사실을 알았다. 곧 그는 조정에서 어떻게 조처하고 있는가, 그것을 탐문시켰다. 얼마 후, 한신은 조정에서 회남왕 영포와 대량왕 팽월에게 진희를 정벌하라는 조칙을 내렸다는 사실을 알게 되었다.

'큰일이다! 영포와 팽월보다는 진희가 약하다! 진희를 구해주어야겠다.'

한신은 이렇게 결심하고 급히 밀서(密書)를 심복 하인에게 주어 회남과 대량 지방으로 달려보냈다. 영포와 팽월 두 사람은 각각 한신의 밀서를 받아보았다.

나는 천하를 평정한 대공을 세웠건만 지금은 버림을 받고 한가히 지내는 터이외다. 두 장군이 이번에 칙명을 받들고 진희를 정벌해버린다면 그다음엔 두 장군이 해(害)를 당할 것은 분명한 일이외다. 요컨대 황제는 화란은 함께 견딜 수 있으나 부귀는 함께 즐길 수 없는 인물인 까닭이니, 어려운 때에는 사람을 중용하려 하고, 태평한 때에는 죽여버리려고 마음먹는 때문이외다. 진희 역시도 내가 버림을 받고, 저 역시 반병을 격파한 후엔 대공을 세웠어도 은상이 없을 것을 미리 알고 모반한 것이외다. 두 장군이 진희를 토벌해버린 다음엔 오래지 않아 살해될 것이니, 어찌 회남과 대량에 편히 앉아 부귀를 누릴 수 있겠나이까? 두 장군이 잘못해 함정에 빠질까 보아서 이 뜻을 알려드리고자 일부러 이같이 밤을 새워 사람을 급히 보내는 것이니, 장군은 깊이 성찰하시고 앞날에 후회하심이 없기를 바라나이다.

한신의 밀서를 받아본 영포와 팽월은 그 자리에서 꾀병을 앓기 시작했다.

황제의 조칙을 가지고 온 칙사는 각각 회남과 대량으로부터 헛걸음을 하고 함양으로 돌아갔다.

황제는 칙사가 돌아온 뒤에 보고를 듣고 마음이 무거워졌다. 영포와 팽월이 제각기 신병으로 거동할 수 없다 하니, 이 일을 어찌하면 좋단말이냐? 그는 소하와 진평을 불렀다.

"영포·팽월, 두 사람이 상론이나 한 것처럼 신병을 핑계하고 군사를 거느리고 일어서지 않으니 이 일을 어찌하오?"

황제의 근심스러운 물음에 진평이 먼저 계책을 아뢰었다.

"아뢰옵니다. 원래 진희가 모반한 원인이 세 가지 있사옵니다. 그는 평생 한신을 무섭게 생각하고 있었는데 지금은 한신에게 병권이 없고, 기타 대장들은 저만 못하다고 자긍하는 생각이 그 하나요, 또 근자에 폐하께서는 병마를 싫어하시므로 친히 정벌하러 나오시지 않으리라고 생각하는 것이 그 둘이요, 그리고 셋째는 조대 지방이 무를 숭상해 정병을 기르는 곳이므로 난을 일으키기 쉬운 것, 이 세 가지가 원인이옵니다. 신이 생각하기는, 소하와 신으로 하여금 황후 폐하를 모시고 관중을 지키게 하고, 왕릉과 주발을 선봉으로, 번쾌와 관영을 좌우익으로, 조참과 하후영을 구응사(求應使)로 해서 폐하께서 친정하시면, 진희는 격멸될 것이고 천하 제후도 두렵게 알고 더욱 복종할 것이옵니다."

황제는 고개를 끄덕이면서 찬성했다.

"경의 논(論)이 대단히 좋은 의논이오! 즉시 짐이 출정하겠소이다."

그리고 왕릉·주발·번쾌·조참·관영·하후영 등을 불러들여 출정 준비를 분부했다. 정병 사십만 명을 통솔해나가는데 먼저 주발과 왕릉을 선봉으로 해 십만 명을 인술하고 진발하게 하고, 자신은 그 뒤에 진발하기로 한 후 황제는 정전에서 나와 후궁으로 들어갔다.

여후는 황제가 들어오는 것을 보고 음식을 들여오게 했다.

"진희가 이번에 모반하고 스스로 대왕이 되었단 말이오. 그래서 영포, 팽월에게 조칙을 내려 이것을 정벌하라 했더니 두 사람이 똑같이 신병을 핑계하고 나오지 않고 또 조정에는 여러 대장들이 있으나 진희를 대적할 만한 인물이 없는 까닭에 짐이 친정하기로 하였소···."

황제가 여후를 보고 이같이 이야기를 시작하자 여후는,

"걱정되시는 일은 없으시온지요?"

이같이 물었다.

"진희를 정벌함에는 걱정됨이 없으나, 다만 짐이 출정한 뒤에 이곳이 어떠할까, 그것이 걱정되오. ···한신은 오래전부터 딴마음을 품고 있는 것을 짐이 알았으므로 초왕을 폐하고 지금 한거(閑居)시키고 있기는 하나, 짐이 조대 지방으로 떠난 후에는 어쩌면 군사를 일으켜 안에서 일어나는지도 모르겠소. 일이 이같이 되면 큰일이란 말이오. 그러니 이럴 때에는 황후가 짐을 대신해 소하와 함께 협의해서 일을 결정할 것이고 진평과 의논해 계책을 꾸미도록 하오."

황제는 이같이 부탁했다.

"폐하는 염려 마소서. 한신이 병권을 쥐고 있다면 어렵겠지만, 지금은 일개 필부에 불과하온데 무엇이 걱정되옵니까···. 만일 의심스러운 행동을 보이기만 하면 붙잡아다 그 죄를 밝혀 다스리면 될 것이옵니다."

여후는 자신 있게 대답했다.

황제는 빙그레 웃었다. 여후의 늠름한 태도에 믿음이 생긴 것같이 보였다.

이튿날, 황제는 출동하기 전에 소하를 가까이 불렀다.

"짐이 지금 출정하려 하오. 이번에 진희를 반드시 주륙(誅戮)하겠지마는 짐이 조대 지방에 있는 줄 알고 관중에서 변사가 돌발할지도 모르므로 이것이 염려가 되오. 경은 개국원훈(開國元勳)이요, 당조고로(當朝故老)이니 충심을 다해 여후와 함께 나라를 수호하고, 무릇 대소의 정사를 진평과 상의해 결정짓고, 기타 만사를 근신해 처결해주시오. 짐이 특별히 부탁하는 바이오."

황제는 이같이 간곡하게 말했다.

"황공하옵니다. 폐하께서 내리시는 특별하신 분부, 신이 어찌 촌시인들 잊어버리겠사옵니까? 다만 폐하께서 속히 개선하셔서 천하 만민의 마음을 태평케 하여주시기만 복망하옵니다."

소하는 머리를 조아리면서 이같이 아뢰었다. 황제는 소하의 대답을 듣고 만족한 얼굴로 수레 위에 올랐다. 곧 어가는 진발되고, 대소의 문무군신들은 멀리 성 밖까지 어가를 봉송했다. 황제의 친정 부대 행렬은 수십 리에 뻗치었다.

황제의 친정군은 수일 후에 한단(邯鄲)에 도착했다. 선봉대장 주발과 왕릉은 황제를 모시고 성중에 들어가 중군에 좌정한 후, 황제 앞으로 좌우에 여러 장수들을 늘여앉게 했다. 좌석이 정돈된 후, 군·현의 모든 관리들이 황제 앞에 나아가 배알하는 인사를 드렸다.

황제는 그들을 보고 입을 열었다.

"진희가 지금 어느 곳에 진을 치고 있으며 군사는 얼마나 된다더냐?"

황제의 질문에 그곳 군령(郡令)이 아뢰었다.

"진회는 지금 곡양(曲陽) 지방에 주둔하고 있고, 본부의 군마와 기타 여러 곳에서 긁어모은 병력이 모두 오십여만 되며, 유무·초초 등 대장만 이십여 명 된다고 아뢰오. 그리하고 날마다 잔폭한 행패를 하므로 백성들은 관군(官軍)이 오기를 대한(大旱)에 비가 내리기를 기다리는 것 같이 기다리옵니다. 복원(伏願)하옵건대 폐하께서는 속히 이 같은 역적을 격멸하셔서 백성들을 구원해주시옵소서."

이 말을 듣고 황제의 얼굴에는 만족한 기색이 떠올랐다.

"그래, 진회에게 짐이 준 병력은 십만 명이었는데 지금은 오십여만 명이라고? 그러나 걱정할 것이 없다! 이곳 한단은 중주(中州)의 총로(總路)이다. 그런데 진회가 이곳에 주둔하고 장하(漳河)를 격해 방어하지 않고 도리어 곡양에 들어가 진치고 있다 하니, 진희의 견식(見識)은 보잘것없구나! 여러 지방에서 긁어모은 장정들은 훈련되지 않은 사졸들이니, 이것을 가지고 진희가 무슨 큰일을 저지르겠느냐…. 그러니 제장(諸將)들은 여기서 떠나지 말고, 잠시 동안 움직이지 마라!"

황제는 이렇게 말하고 급히 주창을 가까이 불러 분부했다.

"경은 한단 백성 중에서 사오 인을 물색해오오. 짐이 그자들을 길잡이로 사용해 역적을 토벌하려 하오."

주창은 즉시 밖으로 나갔다.

이튿날 주창은 네 사람의 장사를 데리고 들어왔다. 황제는 이때 방 안에서 술을 마시고 있다가 그 장사들을 내다보며 별안간 크게 깔깔 웃고 나서 호령했다.

"네까짓 것들이 어찌 감히 짐의 앞잡이가 되어 적의 허실을 알고 길을 인도한단 말이냐!"

장막 앞까지 가까이 왔던 네 사람은 황제의 호령을 듣고도 겁내지 않고 아뢰었다.

"폐하의 천병(天兵)이 불원천리하고 이곳에 와서 형세는 비록 강대하오나, 아직 이곳의 지리를 알지 못하므로 경솔히 진격하지 못하옵니다. 그러므로 먼저 신 등이 깊숙이 중지(重地)에 들어가 적의 허실을 알아온 연후에 폐하께서는 그 심천(深淺)을 밝히시고, 그 후에 진격하시면 그때엔 완전히 승리하실 것이옵니다."

그러나 황제는 여전히 꾸짖기만 했다.

"너희들은 함부로 되는 대로 지껄이는 모양이나 모두 다 거짓말이 아니냐?"

"천만부당한 말씀이옵니다. 신 등이 천안(天顔)을 지척에 모시고 간과(干戈) 분분한 가운데, 어떻게 감히 거짓말을 아뢰겠사옵니까?"

황제는 그들이 두 번이나 호령 소리를 듣고도 조용히 정색하고 이같이 아뢰는 말을 듣고, 그때에야 비로소 온화한 표정으로 입을 열었다.

"오오, 그리하리라. 너희들에게 각각 천호직(千戶職)을 내리겠다. 모든 것을 세밀히 탐지해 오너라."

황제가 뜻밖에 이같이 처분을 내리므로 네 사람은 그 자리에 꿇어앉아 황제에게 절하고 감사했다. 이때까지 이 네 사람을 데리고 들어오다가 별안간 황제가 호령을 추상같이 하는 바람에 어리둥절하고 있던 주창은, 황제가 뜻밖에 또 그들에게 천호직을 내리는 것을 보고 더욱 갈피를 잡지 못했다. 도대체 어찌된 영문인가?

네 사람이 황제에게 감사하고 물러간 뒤에 주창은 황제에게 물었다.

"지금 그 네 사람은 아직 한 치의 공도 세우지 못했는데 별안간 중직을 내리고 은상을 베푸는 것은 무슨 까닭이오니까?"

황제는 주창의 얼굴을 물끄러미 바라보면서 천천히 설명했다.

"중상지하 필유용부(重賞之下 必有勇夫)를 모르는가? 그 네 사람이 거짓 없이 적의 허실을 알아온다면 짐은 성공한 것이다. 황차, 진희가 격문을 사방에 배부했건만 천하가 이에 향응하지 않고, 다만 이곳 한단 부근에 있는 군·민이 부득이해서 약간 진희에게 항복했을 뿐이니, 짐이 어찌 사천 호를 아끼려고 조대 지방의 자제들에게 위로를 베풀지 않겠는가? 한 사람을 상줌으로써 만인을 권면하는 것이란 말이야. 짐이 사람을 쓰는 법을 경은 알지 못할 거요."

주창은 황제가 이같이 설명하는 말을 듣고서야 비로소 황제의 뜻을 깨닫고 탄복했다.

"과연 폐하의 성견(聖見)은 신이 알 길이 없사옵니다."

이리해서 황제로부터 중상을 받은 네 사람은 그길로 한단을 떠나 대주의 백성처럼 변장을 하고 곡양으로 들어갔다. 그들은 곡양에서 진희에 관한 정세를 충분히 조사해 한단으로 돌아와 황제에게 나아가 아뢰었다.

"진희가 데리고 있는 대장이란 것들은 모두 조대 지방의 장사꾼들이옵니다. 그들은 이익을 탐하는 데 있어서는 남에게 뒤지지 않는 것들이니 폐하께서 황금 수백 근만 풀어 그자들에게 뇌물을 주시면 그다음부터는 진희의 명령에 복종하지 않을 것이옵니다. 그리하여 이때를 타서 쳐들어가시면 진희를 반드시 사로잡으실 것이옵니다."

네 사람이 보고하는 것을 듣고 황제는 그들에게 또 상을 주어 내보낸 후 즉시 신하들을 모이게 했다.

"누가 지금 거짓 핑계를 대고 진희의 진영에 들어가 진희 부하 대장들에게 뇌물을 주어 내변(內變)을 일으키게 하고, 겸해서 저놈 진영의 허실을 탐지하고 돌아오겠느냐?"

황제는 신하들이 모인 뒤에 여러 사람을 향해 물었다. 황제의 이 말이 떨어지자마자 가운데 줄에 앉아 있던 신하 한 사람이 용감하게 자원했다.

"신이 원하옵니다! 그 사명을 다하겠사옵니다."

황제가 소리를 듣고 얼굴을 바라보니, 그 사람은 중대부(中大夫) 수하였다.

"오오, 경이 갔다 온다면 걱정 없겠소!"

황제는 만족했다. 그리고 황금 백 근을 꺼내 그것을 수하에게 주고, 또 편지 한 장을 주었다.

수하는 황제가 진희에게 보내는 조서와 황금 백 근을 받아가지고 물러나와 수행원 두 사람을 데리고 곡양으로 갔다. 그는 진희의 진영으로 가서 진문을 수비하는 위관에게,

"한나라 황제 폐하께서 중대부 수하를 칙사로 하여 조서를 보내시는 터이니 진문을 열어라!"

이렇게 호령했다.

진희는 진문에서 이 같은 보고가 올라오는 것을 듣고,

"수하는 세객(說客)이다. 조서를 가지고 왔다는 것은 거짓말일 것이다!"

이렇게 말하고 즉시 수하를 불러들이라 했다.

진문에서 중군으로 위관이 보고하러 들어간 사이에, 수하는 두 사람의 수행원에게,

"내가 안으로 들어가 진희와 더불어 한참 동안 이야기를 길게 하고 있을 터이니, 그동안에 그대들은 이 황금을 여러 대장들에게 비밀히 나누어주란 말이야. 눈치 있고 재빠르게 잘해!"

이렇게 이르고 있었다. 이때 위관이 진문을 덜컥 열면서,

"어서 들어오시랍니다."

이렇게 말했다. 수하의 일행은 안으로 들어갔다.

수하는 진희 앞에 들어가 신하가 임금에게 하는 것같이 예를 했다. 그리고 그 앞에 섰다. 진희는 수하의 거동을 보고,

"대부, 전일 나와 함께 동렬(同列)해 있던 한나라의 신하인데, 어찌해서 지금 이렇게 대례(大禮)를 행하십니까?"

이상한 듯이 물었다.

"장군께서 백만의 군사를 통솔하시고, 위엄은 조대 지방을 석권하시고, 지금 한나라 황제와 자웅을 다투며 천하를 도모하시는 터이니, 제가 조금이라도 예에 벗어나는 일을 했다가는 장군의 칼이 무서운 고로 이같이 뵈옵는 것입니다."

수하는 능청스럽게 이같이 대답했다. 그를 따라서 들어온 수행원 두 사람은, 벌써 진희의 부하 대장들을 찾아가고 이 자리에는 없었다.

진희는 수하의 대답을 듣고 크게 웃었다.

"허허허. 대부는 쑥스러운 소리를 하는구려. 내가 한나라를 모반한 것이 어찌 본심으로 한 것이겠소! 실로 부득이해서 모반한 것이외다. 말하자면, 한나라 황제는 천성이 가혹한 사람으로 의심이 많고 음흉하며, 겉으로는 인자(仁慈)한 체하는 인물인 고로 결코 부귀를 공락(共樂)할 수 없단 말이오! 나에게도 큰 공이 있건만 은상하지 않는 고로 그래서 나는 모반한 것이오. …그런데 지금 대부는 나에게 무슨 이야기를 하려고 찾아왔소이까?"

"나는 지금 장군을 황제께 항복하도록 하라는 칙명을 받들고 조서를 가지고 찾아온 것이올시다. 그러니 장군께서는 속히 군사를 거두시고 한나라 황제 폐하께 항복하십시오. 그렇게 하시면 황제도 장군을 대왕(代王)에 봉하실 것입니다."

수하는 이렇게 말하고 황제의 조서를 진희에게 내주었다.

진희는 조서를 펼쳐보았다. 그는 다 읽고 나서 마음속으로 이것은 모두 거짓말이다. 꾀는 수작이다. 내가 항복한 뒤에는 반드시 한신 모양으로 사로잡힐 것이라고 생각했다.

그는 황제의 조서를 접어두고,

"황제가 이미 대군을 통솔해 여기까지 왔으니, 나와 더불어 한번 싸워볼 것 아니오? 접전도 안 해보고 나를 부르는 것은 반드시 무슨 흉계를 꾸미고 하는 것일 거외다! 대부를 이렇게 보낸 것이, 이것이 거짓말일 거란 말이오.”

　이렇게 말하고 수하의 얼굴을 들여다보았다. 수하는 시치미를 떼고 천연스럽게 대답했다.

　“천만의 말씀이올시다. 폐하께서 이번에 친히 나오시어 장군과 승부를 결하고자 하시었으나, 일전에 여러 신하들과 상의하신 결과, 군사를 상(傷)하는 것보다는 상하지 않는 것이 좋고, 나라를 깨뜨리는 것보다는 안전하게 하는 것이 좋다 하시고, 장군의 군사와 이 지방의 백성들을 안전하게 하시려고 조서를 보내신 것이올시다. 그러니 장군은 깊이 생각하시고, 만일 항복하기 싫으시다면 구태여 강권하는 것도 아니올시다. 저는 돌아가서 폐하께 그대로 아뢰면 그만이올시다.”

　“도대체, 한신이 초패왕을 격멸해버리고 천하를 평정한 그 공로는, 내가 이번에 반병을 격파한 공로보다 몇 천 배 큰데도 불구하고, 또 한신은 손톱만큼도 딴마음이 없음에도 불구하고, 황제는 일부러 사냥 간다는 핑계로 운몽에 가서 한신을 사로잡아왔단 말이오! 그러니, 내가 가령 지금 항복한다손 치더라도 황제가 내 죄를 용서할 이치가 있겠소? 아니! 결단코 나는 항복하지 않겠소! 그러니 대부는 돌아가서 황제에게 내 말대로 전하시오.”

　진희가 이렇게 말하는 것을 듣고 수하는 속마음으로 ‘이제는 더 말해볼 여지가 없구나…. 이만하면 내가 데리고 온 종자(從者)들이 그동안 대장들에게 황금을 나누어주었겠지.’ 이렇게 생각하고, 진희를 작별하고 밖으로 나와 수행원 두 사람을 데리고 진문을 나왔다.

　“어떻게들 되었니? 황금을 모조리 나누어주었느냐?”

　“네, 뜻밖에 일이 쉽게 끝났습니다.”

　“대장들이 마침 한군데에 모여 있더군요. 황제 폐하께서 그대들에게 보내시는 것이라 말하고, 다섯 사람이 있기에 한 사람 앞에 이십 근씩 백 근을 나누어주었습니다. 모두들 기뻐하더군요.”

"잘되었다!"

수하는 진문 밖에서 수행원들로부터 그들의 공작 경과를 자세히 들은 후 말을 타고 급히 한단으로 돌아왔다.

그는 황제에게 돌아가 상세히 보고했다. 이튿날 황제는 친히 군사를 거느리고 진희의 진영을 향해 진격했다.

이때 진희도 진 앞에 나와 황제를 마주보고 말 위에서 허리를 굽히며,

"폐하께서는 춘추도 높으신 터에 어쩌자고 성체(聖體)를 괴롭히시며 시석(矢石)을 무릅쓰고자 하십니까?"

이같이 조롱하듯이 인사를 했다.

"짐이 너에게 모질게 한 일이 없는데 너는 어찌해서 모반했느냐?"

황제는 진희를 보고 이같이 꾸짖었다.

"폐하, 폐하는 공신을 죽이시려 하고, 음흉한 마음씨를 가지고 있으니, 이것은 망진(亡秦)의 법을 본받는 것이고 항우의 죄악을 계승하는 것입니다. 그러니 왜 모반하지 않겠습니까?"

황제는 진희의 말을 듣고 대단히 불쾌해서 좌우를 보며 호령했다.

"이 역적 놈을 당장에 죽여버릴 자가 없느냐?"

이 같은 호령이 떨어지자, 번쾌와 주발이 황제의 좌우에서 일시에 뛰어나갔다. 두 사람이 진희와 더불어 이십여 합 접전을 하고 있을 때 왕릉과 주창 두 사람이 창을 쳐들고 쫓아와 사방으로 진희를 공격했다.

진희는 견딜 수가 없었다. 그러나 진희의 부하 장수들은 한 놈도 구원을 나오지 않았다.

진희는 남쪽을 바라보고 도망했다. 한동안 도망하다 보니 유무와 초초 두 대장이 군사를 거느리고 달려오는 것이 보였다. 진희는 부하 군사들을 보고 행여나 자신을 구원하러 오는 것인가 하고 마음을 놓았다.

그러나 그들은 진희와 마찬가지로 도망가는 것이었다. 대개 진희의 부하 대장들은 어제 낮에 황제의 칙사를 따라온 수행원으로부터 뇌물

을 받은 자인 고로 진희를 구원하고 싶은 생각이 없었던 까닭이었다.

황제는 진희가 도망가는 것을 보고 즉시 추격을 시켜 벌써 삼십 리가량 뒤쫓았다.

이때 도망가던 진희는 전방에 있는 큰 진영으로 도피했다. 사방의 진문에 전차(戰車)를 배치하고 기치는 엄정하고 대오가 정연해 견고하게 방비되고 있는 진영이었다. 황제의 군사가 진문 가까이 몰려들자 진영 안에서 꽝 하고 철포 소리가 터지더니, 사방의 진문이 일제히 열리면서 조금 전까지 도망하던 진희가 벌떼같이 많은 군사를 거느리고 뛰어나와, 동에 번쩍 서에 번쩍하면서 추격해온 황제의 군사를 반격하기 시작했다. 추격군은 절반이나 상해버렸다. 이때 마침 황제의 후진이 도착해 전세를 가다듬어 진희의 군사들과 마주 싸웠다.

황제의 후진이 도착한 것을 알고 진희는 급속히 군사를 거두어 멀리 퇴각해버렸다. 해도 저물고 하늘이 어둡기 시작했다.

황제도 뒤로 물러나와 한단과 곡양의 중간 지점에 진을 치고 군사들을 휴양시켰다. 그러나 이날 싸움으로 인하여 피곤하다 할지라도 어느 때 적의 야습이 있을지 모르는 터이므로 사방을 견고히 방비하라고, 황제는 모든 장수들에게 분부했다.

한편 진희는 군사를 거두어 후방에 있는 자기 진으로 돌아와서 유무·초초 등 부하 장수들을 불러 호령을 했다.

"오늘 너희들이 무엇을 했느냐? 칼을 한 번이라도 뽑아들어본 일이 있느냐 말이다. 적을 보고 제각기 먼저 달아나려고 경쟁을 하니, 이럴 수가 있느냐! 내가 적에게 추격을 당해 위태하게 되었을 때도 한 놈도 구원해주려고 나타나지 않았으니, 만일 차후에 또 이 같은 일이 있으면 군법으로 시행하겠다!"

진희의 호령을 듣고 부하 장수들은 아무 말도 못하고 물러갔다.

이튿날 황제는 중군에 좌정해 여러 대장들을 좌우에 늘어앉게 한 후

회의를 열었다.

먼저 왕릉이 황제 앞으로 나와 의견을 아뢰었다.

"신이 어제 진희가 용병(用兵)하는 것을 보니 한신의 군법을 배워 하나에서부터 열까지 전부 한신을 모방한 것이옵니다. 경솔히 대적하기 곤란하오니, 폐하께서는 한단 성중으로 들어가시어 그곳에서 잠시 군사를 휴양시키시고, 사방에서 군사를 더 모아 힘을 합쳐 다시 진희를 무찌르시옵소서. 신은 잠시 접전을 중지하시기 바라옵니다."

황제는 왕릉의 제안을 듣고 잠깐 생각해보다가 말했다.

"경의 생각도 좋기는 하나, 만일 여기서 물러난다면 진희가 급히 추격해올 것이니 곤란하오."

"오늘은 접전을 하지 마시고 날이 저물어 천천히 후퇴하실 때, 좌우에 정병을 매복했다가 추격해오거든 일제히 역습하면 좋겠사옵니다. 신이 생각건대 진희는 병법(兵法)을 아는 자인 고로 아군이 후퇴한다 할지라도 결단코 추격하지는 않을 것 같사옵니다."

왕릉은 또 이렇게 의견을 아뢰었다. 황제는 그 말에 찬성했다.

"그래, 그럴 것 같소! 그러면 그렇게 하지."

황제는 즉시 해가 저물거든 한단 성안으로 후퇴하라고 명령을 내렸다. 이리해서 그날 저녁 때 번쾌·주발·왕릉·관영, 네 사람은 군사를 길가의 좌우에 매복하고 그 외의 군사들은 모조리 입에 헝겊을 물고 소리 없이 한단성을 향해 후퇴했다.

진희의 진영에서는, 탐색병이 나와 황제의 군사가 후퇴하는 것을 탐색하고 급히 돌아가 이 사실을 보고했다. 그러나 진희는 여러 대장들을 불러놓고, 황제의 군사를 추격해서는 안 된다고 주의를 주었다.

"어찌해서 추격하면 안 됩니까?"

대장 한 사람이 진희에게 이같이 물었다.

"안 된다. 도리어 우리에게 이롭지 않다."

"무슨 까닭입니까?"

"황제가 이곳 벌판에 진을 치고 있는 것은 접전하기에 편리하지 못한 것이 그 이유의 하나란 말이야. 그 위에 군량미가 부족하니 잠시 한단 성중으로 들어가서 군량미를 수송해오고, 그리고 사방으로부터 군사를 더 모은 다음 결전을 할 작정일 거다."

"그렇다면 힘을 더 길러 황제가 쳐들어오기 전에, 지금 당장 쫓아가 도망가지 못하게 무찔러버리는 것이 좋습니다!"

부하들은 이렇게 말하면서 제각기 추격해보려고 서둘렀다. 그러나 진희는 그들을 막았다.

"안 된다니까! 가만히들 있어! 황제가 오랫동안 전장(戰場)에 경험이 있고 깊이 모략을 할 줄 아는 터이니, 좌우에 반드시 복병을 두고 물러갈 것이야. 우리가 지금 추격하다가는 도리어 그 꾀에 빠지고 마는 것이다. 그러니 잠깐 기다리란 말이다."

진희는 그들을 타이르고 즉시 탐색병들로 하여금 다시 나아가 황제의 군사가 그대로 후퇴하는 것인지, 혹은 복병을 감추어두고 물러가는 것인지, 확실히 탐색해오라고 명령했다.

조금 지나 탐색병들이 말을 달려 돌아와 보고를 올렸다.

"과연 네 군데 요해 지점에 복병이 숨어 있습니다."

진희의 부하 장수들은 이 보고를 듣고 놀랐다.

황제는 적이 이러는 동안에 무사히 한단 성중으로 들어갔다. 성안에 도착한 뒤로 황제는 진희를 급속히 정벌하려 하지 않고 잠시 동안 진희 쪽을 관망만 하고 있었다.

한신의 최후

　당초에 황제가 진희를 정벌하려고 출동할 때, 한신은 신병으로 일어나지 못한다 핑계하고 집안에 드러누워 있었다. 그 후에 소식을 들으니 진희는 곡양 땅에 진을 치고 있다고 했다. 한신은 이 소식을 듣고 마음이 섬뜩했다.

　'진희가 한단에 주둔하고 장하(漳河)를 격해 앉아서 방어해야 할 터인데…. 만일 황제가 한단에 주둔하면서 곡양을 공격한다면 진희는 참패할 것이 분명하다….'

　한신은 이렇게 판단했다. 그리고 곰곰이 생각하니, 진희를 그대로 두었다가는 모반을 일으키려던 계획은 허물어져버리고 말 것이 분명했다. 속히 작은 길로 군사를 올려보내 진희가 장안(長安)을 공격하면, 그때 나는 여기서 일어나 황제로 하여금 머리와 꼬리를 가누지 못하게 해야겠다. 이렇게 하면 계획을 완전히 성취할 수 있을 것이다. 한신은 이같은 결론을 얻었다.

　그는 즉시 진희에게 비밀히 보내는 편지를 썼다.

　"여봐라, 이 편지를 가지고 곡양 땅에 가서 진장군에게 직접 전하고 돌아오너라. 밀서(密書)니까 도중에 극진히 조심해 가지고 가야 한다."

　한신은 심복으로 부리는 하인에게 돈과 편지를 주고 이같이 단단히 부탁했다.

하인은 편지를 품속에 감추고 행장을 차리고 밖으로 나갔다.

이때 한신의 집에서 심부름하고 있는 사공저(謝公著)라는 하인은 심복과 다정한 사이인 고로, 멀리 따라가 작별술을 마셨다. 곡양까지 갔다가 돌아오려면 수삼 일 동안 서로 헤어질 것이니 한 잔만 더 하세, 한 잔만 더 하세, 하다가 사공저는 술이 잔뜩 취했다.

때가 가는 것도 잊어버리고 두 놈이 코가 비뚤어지도록 술을 마시고 해가 넘어갈 때에야 사공저는 한신의 집으로 돌아왔다. 그는 비틀비틀 걸으면서 대문 안으로 들어섰다. 심부름시킬 일이 있어 하루종일 사공저를 찾고 있던 한신은 그 꼴을 보고 호령했다.

"이놈아! 아침에 나간 놈이 저녁때가 되어 돌아오다니, 네놈이 어디 가서 무슨 짓을 하고 왔단 말이냐? 죽일 놈 같으니!"

사공저는 호령을 듣고도 고개를 잘 가누지 못하고, 건드렁건드렁 혀 꼬부라진 소리로,

"저… 저는 아무것도 잘못하지 않았습니다…. 저는, 저는, 외국과 비밀히 내통한 일이 없습니다…. 저는 죽을죄를 짓지 않았습니다…."

이렇게 대답했다. 이 소리를 듣고 한신은 깜짝 놀랐다.

"저놈을 얼른 제 방으로 들어가 있게 해라!"

한신은 다른 하인을 보고 사공저를 부축해 데리고 가게 했다.

'사공저란 놈이 벌써 내 비밀을 알고 있구나! 저놈을 살려두었다가는 안 되겠구나!'

한신은 사공저를 죽여 없애기로 결심했다. 진희와 내통하고 있는 음모는 쥐도 새도 모르게 해야 하는 일인데, 벌써 저놈이 짐작하고 있는 모양이니 저놈을 없애버려야 한다. 오늘밤 중으로 죽여버리자! 한신은 마음속으로 이같이 생각하고 안으로 들어갔다.

한신의 부인 소(蘇)씨는 조금 전에 한신이 사공저를 꾸짖던 고함 소

리를 들었던 고로, 그가 들어서자,

"사공저가 무슨 잘못을 했기에 그렇게 호령하셨나요?"

하고 물었다.

"그놈이 망측하기 짝이 없는 무례한 주정을 나에게 했단 말이야. 그놈을 그대로 둘 수 없어! 오늘밤에 죽여버릴 작정이야!"

한신은 불쾌한 음성으로 이같이 대답했다.

그는 부인에게도 진희와의 음모 사실을 절대 비밀로 하고 있었다.

"사공저가 술을 너무 많이 처먹었던 게지요. 술 취한 개라니, 그까짓 게 무슨 죽을죄이겠습니까…?"

소씨는 남편을 설득했다.

"아니야! 부인은 모르고 하는 말이야. 오늘밤에 죽여야 돼!"

"글쎄 생각해보세요. 밤중에 사람을 죽이시겠다니, 죽는 놈이 깩 소리도 않고 죽나요? 자연히 외마디 소리라도 지르고 죽을 테니, 동리 사람들이 놀라 깰 것 아니겠습니까?"

한신은 이 말을 듣고 고개를 한편으로 갸웃하고 잠시 생각하더니,

"그래, 부인의 말이 옳소! 내일 조처하리다."

이렇게 대답하고 식탁으로 갔다. 그는 부인과 함께 저녁을 먹은 후에 편히 쉬었다.

이날 밤 오경(五更) 때쯤 되어 사공저는 술이 깨어 목이 말라 벌떡 일어났다.

"물, 물, 물 좀 주오."

이렇게 소리를 지르자, 사공저의 아내는 물그릇을 집어다주면서 한숨을 쉬었다.

"당신 때문에 나는 이때까지 한잠도 못 자고 이렇게 밤을 새우는 길이오."

"왜?"

"왜가 다 무어요! 무슨 술을 얼마나 먹었기에 그렇게 늦게 돌아와가지고, 승상께서 호령하시는데 엉뚱한 대답을 해서 깜짝 놀라시게 한단 말이오? 나중에 승상께서 안에 들어가셔서 오늘밤 중으로 당신을 죽여 버리시겠다고 하시기에, 나는 그 소리를 엿듣고 그길로 나와 지금까지 이렇게 앉았는 거요…."

사공저는 물 한 그릇을 다 마시고 나서 정신이 나는 것처럼,

"무어? 그래, 내가 무어라고 엉뚱한 대답을 했단 말이오?"

아내 앞으로 다가앉으면서 이같이 물었다.

"나는 외국과 내통하지도 않았습니다. 나는 잘못한 것 없습니다. 나는 죽을죄를 짓지 않았습니다…, 이런 소리를 당신이 하니, 승상께서는 깜짝 놀라시고 얼굴빛이 변하십디다…."

"아니, 정말 내가 그런 말을 입 밖에 냈단 말이야? 이거 큰일났네!"

"나는 영문도 모르는 말이지만, 하여간 승상께서는 당신을 밤중에 죽여 없애시겠다 하셨어요…. 어서 도망하세요! 달아나요! 여기 있다가는 당신은 죽고 말 거예요!"

"당신 말이 옳소! 어서 도망해야겠소! 당신은 안에서 어떻게 하고 있는가 기색을 살펴보고 오구려!"

사공저는 아내를 안으로 들여보냈다.

조금 있다가 아내가 나와서,

"다들 곤히 주무시고 있어요…."

이렇게 속삭였다. 사공저는 아내의 말을 듣고 비로소 안심이 되었다. 이제는 살아났다! 어서 도망가자! 그는 입속으로 이렇게 중얼거리면서 급히 보따리를 꾸렸다. 대강대강 행장을 수습해 가진 후 사공저는 아내를 보고.

"그러면 내가 도망간 뒤에 당신은 틈을 보아 친정으로 가 있구려!"

이렇게 부탁했다.

"뒷일은 염려 말고 어서 가세요! 속히!"

"그래, 그래. 잘 있어!"

사공저는 뒤도 안 돌아보고 대문간으로 나와 협문의 문고리를 살그머니 벗기고 소리 없이 문밖으로 나왔다. 동트기 전의 하늘은 어둠이 걷히고 부유스름하게 밝았다. 그는 큰길로 나오지 않고, 작은 길로 종종걸음을 쳐서 서대문턱 가까이 왔다.

여기까지는 아무 생각도 하지 않고 달음질하다시피 도망해오다가 사공저는 성문이 가까이 보이는 것을 보고 그제야 문득,

'가만있자…, 내가 문밖으로 가면 어디 가서 숨는다?'

이런 생각이 머릿속에서 떠올랐다. 그는 한신이 잠이 깬 후에 자기를 죽일 것만 같아서 허겁지겁 도망나오기만 했지, 실지로 자기 몸을 감추고 숨어 있을 곳을 작정하고 뛰어나온 것은 아니었다.

그는 길 가운데 우두커니 서서 성문을 바라보다가 자신의 갈 길이 망연한 것을 깨닫고, 살아날 길을 머릿속으로 이리저리 더듬어보았다.

'한신이 날이 밝은 뒤에 하인을 풀어 사방으로 내 뒤를 쫓아 잡아오라 한다면, 나는 꼼짝 못하고 도로 붙들려간다! 이러다가는 붙잡히기 쉽다…'

그는 다시 붙잡혀가기 쉬운 자신의 위험을 느꼈다. 그는 한참 동안 앞일을 궁리하다가,

'옳지! 내가 알고 있는 사실을 소하 상국님께 밀고하자! 그러면 한신은 해를 당하는지 몰라도 나는 안전할 것이다!'

이 같은 꾀가 번갯불같이 그의 머릿속에 비쳤다.

'됐다! 그것이 제일이다!'

사공저는 마침내 한신이 진희와 내통해 비밀 편지를 보냈다는 사실을 승상부에 밀고하기로 결심하고 급히 오던 길을 돌아서 승상부를 향해 달음질했다.

초가을 아침해는 이미 하늘 위에 솟아 있었다.

이때 소하는 황제로부터 받은 칙명을 준수하면서 국내외의 정보를 엄중히 가려가며 치안 상태에 특별히 유의하고 있었다. 그는 또한 한신을 의심해 특별히 경계하고 있었다. 왜냐하면, 반병을 정벌하기 위해 진희가 출정할 때 진희는 한신의 집에 들러 한신과 밀담을 하고 떠났고, 그 후에 진희가 조대 지방에서 모반을 단행한 까닭으로 황제가 친히 대군을 통솔해 출정했건만, 황제가 진발할 때 한신은 나와보지도 않은 것, 이 같은 사실이 있는 까닭이었다. 소하는 한신의 이 같은 의심스러운 사건을 가지고 여후와 상의한 일도 있었다. 그러나 확실한 증거가 없으므로 어떻게 해볼 도리가 없었다. 어느 날 소하가 승상부에 일찍 나와 앉았는데, 한신의 집 하인 사공저가 무슨 중대 사건을 밀고하러 왔다고 했다. 소하는 즉시 사공저를 불러들였다.

"네가 무슨 중대 사건을 밀고하러 왔단 말이냐? 어서 말해보아라!"

소하는 사공저를 친히 가까이 불러세우고 이같이 물었다.

"다른 것이 아니고 소인의 집 주인대감 한후(韓侯)께서는 진희와 내통하고 계십니다. 상국(相國)께서는 이런 일을 아시옵니까?"

사공저는 소하에게 거침없이 아뢰었다. 소하는 속으로는 크게 놀랐으나, 겉으로는 거짓 노기를 띠고 사공저를 꾸짖었다.

"너 이놈, 말을 함부로 지껄이다가는 큰일난다! 만일 조금이라도 사실이 허위인 것으로 판명되는 날이면 너도 사형을 면치 못하는 거야! 알아들었느냐?"

"그렇습죠. 소인도 물론 법을 알고 있으니 거짓말이야 못합죠. 이런 일은 우리나라에 중대한 일이온데 어찌 감히 거짓말을 씨부렁거리겠습니까?"

사공저가 조금도 서슴지 않고 대답하는 것을 듣고 소하는 부드러운 음성으로 그에게 물었다.

"그렇다면 네가 아는 대로 사실을 고백해보아라!"

"네…. 소인이 알기에는 진희 장군은 반병을 치러 나가기까지는 모반할 마음이 없었던가봐요. 진희 장군은 조대 지방으로 출정하시는 길에 한후댁에 왔습지요. 그때에 한후께서 진희 장군에게 모반하라고 권고하셨답니다. 그렇게 말하는 것을 소인이 심부름하다가 방문 밖에서 들었습니다! 며칠 후 진희 장군이 조대에 가서 반병을 격파했다고 하더니, 금시에 모반을 했다고 소식이 오더군요. 그 후에 진희 장군이 대왕(代王)이 되고서 두 번 밀서(密書)가 한후에게 왔답니다. 그리고 어제는 한후가 밀서를 곡양으로 보냈답니다. 가지고 간 밀서의 내용인즉, 작은 길로 해서 진희가 장안을 공격하면, 한후는 여기서 내응(內應)하겠다는 밀서랍니다. 소인은 이 밀서를 가지고 가는 놈과 함께 술을 취하도록 마시고 돌아왔다가 한후에게 꾸지람을 들었습니다. 그래서 그만 입 밖에 내서는 안 될 말을 소인이 한후에게 지껄였더랍니다. 소인은 취중이라 몰랐습죠! 그랬더니, 한후는 자기 비밀이 탄로날까봐서 소인을 죽이려고 하신다기에 소인은 살고 싶은 욕심에 이같이 승상부로 달려와 밀고를 하는 것이옵니다…. 만일 소인의 말씀에 털끝만큼이라도 거짓말이 있거든 나중에 소인을 죽여버리십시오!"

이같이 고백하는 소리를 듣고 소하는 즉시 자리에서 일어났다.

"가자! 너는 나를 따라 대궐로 가자!"

소하는 사공저를 데리고 수레를 타고 미앙궁으로 달렸다. 그는 장락전(長樂殿)에 들어가 여후를 만나보고 한신의 이야기를 사공저로부터 들은 대로 상세히 보고했다. 여후는 깜짝 놀랐다. 그의 뚱뚱한 어깨통이 들먹들먹하며 기다란 얼굴에 봉의 눈같이 위로 쭉 찢어진 눈은 더욱 성큼하게 올라갔다.

"한신의 역심(逆心)이 기어코 발로(發露)되었소이다! 저놈이 바로 한신의 집에 있는 사공저란 놈이오?"

여후는 뜰아래 꿇어앉아 머리를 수그리고 있는 사공저를 내려다보며 이같이 물었다.

"그러하옵니다."

"한신의 일을 속히 조처하기 바라오! 승상이 계책을 마련하시오."

"매우 중대한 사건이옵니다. 그러므로 이 사건은 먼저 소문이 나서는 안 되겠사옵니다. 사공저는 신의 집에 숨겨두고, 옥중(獄中)으로부터 진희와 닮은 죄인을 끄집어내가지고 그놈의 목을 베어 거짓말로 폐하께서 진희의 목을 베어 보내셨다고 피로(披露)하시면, 모든 신하들이 이 소식을 듣고 치하의 말씀을 올리려고 들어올 것이옵니다. 한신도 반드시 들어올 것이오니, 그때 즉시 체포하신 후, 친히 그 죄를 다스리시기 바랍니다."

소하는 이 같은 계책을 아뢰었다. 여후는 만족해 금시 웃는 얼굴을 보이면서 감탄했다.

"참말, 묘하외다! 승상이 지금 곧 그같이 주선하시오."

"그러면 신은 그같이 하겠사옵니다."

소하는 사공저를 다시 데리고 장락궁에서 나와 자기 집에 들러 사공저를 내려놓고 감옥으로 갔다.

그는 감옥으로 가서 죄수들 가운데 진희와 같이 생긴 죄수를 친히 물색했다. 한참 만에 그는 한 놈을 찾아냈다.

"저놈의 목을 베어 갑 속에 넣어가지고 승상부로 보내라!"

소하는 옥리(獄吏)에게 명령하고 승상부로 돌아왔다.

조금 있다가 감옥에서는 가짜 진희의 목이 올라왔다.

황제 폐하께서 마침내 진희를 멸하시다.

소하는 이 같은 방문을 써서 시가의 중요한 거리에 붙이게 했다. 이리해서 진희가 멸망해버렸다는 소문은 금시 널리 퍼지고, 모든 신하들은 승상부로 나와 소하에게 인사를 했다.

"내일은 조정에 나아가서 치하의 말씀을 올리겠습니다."

"여러분은 내일 한후(韓侯)와 함께 조정에 나오시기 바랍니다. 한후는 개국의 원훈, 폐하께서도 항상 한후를 생각하고 계시는 터이니, 이번에 폐하께서 환궁하신 다음에는 반드시 한후를 중용하실 거외다. 지금은 여러분과 같은 지위에 있지만, 이렇게 되면 한후는 여러분과는 동일하지 않을 것입니다."

수선거리는 여러 사람을 보고 소하는 이렇게 부탁했다.

여러 사람은 승상부를 나와 즉시 한신의 집으로 갔다. 그들은 한신을 만나, 지금 승상부에서 듣고 온 이야기를 그대로 전하고,

"내일 우리들과 출조(出朝)하시기 바랍니다."

이렇게 한신에게 권했다. 한신은 사태를 판단하기 매우 곤란했다. 정말 진희가 황제에게 죽었을까? 진희가 곡양 땅에 진을 치고 있는 이상 황제에게 참패당할 것은 자신이 미리 판정하고 있던 사실인 만큼, 진희가 멸망되었다는 것은 사실일는지도 모른다. 과연 그렇다면 모든 신하가 조정에 나아가 치하의 말씀을 올리는 때, 자기 혼자만 나가지 않는 것은 도리어 의심받는 노릇이다. 그리고 황제가 환궁한 뒤에 과연 자신은 중용될 것인가? 그것은 확실히 알 수 없는 일이지만, 승상부의 소하는 충분히 짐작할 수 있는 일이다. 잘 알고 있는 소하가 그렇게 말했다고 하니 틀림없을 것이다. 한신은 마침내 이렇게 판단하고,

"그렇게 하십시다. 내일 여러분과 함께 조정에 나가렵니다."

이렇게 여러 사람들과 약속했다.

"그러면 내일 승상부에서 만나뵙기로 하고 우리들은 그만 가겠습니다."

여러 사람들은 인사를 하고 모두 다 흩어졌다.

손들이 돌아간 뒤 한신은 안으로 들어가 부인 소씨에게 말했다.

"황제께서 나에게 봉작을 주리라는 말이 들리는구려. 진희를 멸했다고 모든 신하들이 내일 조정에 나아가서 치하의 말씀을 드린다 하기에 나도 그들과 같이 첩군(捷軍)의 축하를 올리기로 했소."

부인은 의외인 듯한 표정으로 한신을 바라보았다.

"갑자기 그게 무슨 말씀이세요? 황제께서 진희를 치러 나가실 때는 신병으로 일어나지 못한다고 핑계대시고 나가보지도 않으시고, 그 후로 한 달 동안이나 여후께 한 번도 뵈옵지도 않다가, 지금 새삼스럽게 조정에 나가시면, 여후께서는 의심하실 것입니다. 모르면 몰라도 해로울 거예요. 안 나가시는 것이 좋을 것 같습니다…."

"그러나 지금 모든 신하들이 경축하는 마당에 나 혼자만 가만히 있는다면, 황제가 근일 중에 환궁하신 후 도리어 나를 의심할 것이 아니오? 황제가 돌아오신 뒤에 나가서 경축한다는 것은 때가 늦어지는 것이란 말이야. 또 소하는 항상 나를 생각해주던 사람이니, 별로 의심할 것은 없단 말이야."

한신은 이렇게 자신 있게 말했다. 그러나 부인은 마음이 놓이지 않는 눈치였다. 그는 한참이나 한신의 얼굴을 똑바로 바라보다가,

"요사이 제가 존공(尊公)의 기색을 살펴보니 대단히 좋지 않습니다. 그러니 나가시지 마십시오!"

이같이 권했다. 그러나 한신은 머리를 좌우로 흔들었다.

"아니, 아니, 일개 부인이 무엇을 알겠소! 소하는 식견이 높은 사람이고, 또 나를 애중(愛重)하는 사람이니, 두려울 것이 없소! 더구나 여러 사람과 함께 약속을 했는데 지금 와서 약속을 어길 수야 있소?"

한신이 듣지 않으므로 부인도 더 할 말이 없었다.

이튿날 한신은 승상부로 나갔다. 어제 그의 집에 찾아와서, 오늘 조정에 나와 경축 인사를 드리기로 약속한 사람들이 모두 모였다. 그들은

다 함께 조정으로 나갔다.

"역적 진희를 멸했사오니 이는 폐하의 위덕이고 사직의 홍복이옵니다. 신 등 경축하옴을 마지않사옵니다."

여러 신하들이 소하를 선두로 하여 모두들 여후 앞에 국궁하고 서서 축복하는 치하의 말씀을 올렸다. 여후는 신하들의 인사를 받고 소하를 가까이 오라 하여,

"승상은 다른 사람들은 물러가게 하시고, 회음후(淮陰侯) 한 사람만 남아 있으라 하시오. 그리고 승상과 함께 편전(便殿)으로 오시오. 내가 기밀(機密)에 속하는 일을 의논할 것이 있어 그러는 것이외다."

이렇게 말했다. 소하는 뜰아래로 내려와서 한신을 데리고 편전으로 들어갔다. 이때까지 한신은 이다음 순간에 무슨 일이 벌어질 것인지를 깨닫지 못했다.

한신은 소하의 뒤를 따라 천천히 편전 뜰 안으로 걸어들어갔다. 그가 대여섯 발자국 걸어들어서자마자, 별안간 편전 좌우에 숨어 있던 무사가 사오십 명 뛰어나오더니 다짜고짜로 한신에게 덤벼들어 눈 깜짝하는 사이에 꽁꽁 묶어 장락전(長樂殿) 아래로 끌고 갔다.

"이게 무슨 일이냐! 이놈들, 이게 무슨 일이냐!"

한신은 고함을 지르면서 끌려왔다.

장락전 대청 위에서 여후는 한신을 내려다보며 성난 음성으로 호령했다.

"내 말을 들어라! 황제가 너를 대원수로 봉해 네가 공을 세운 고로 제왕(齊王)에 봉했으며, 그 후에 초왕(楚王)에 봉했건만, 너는 모반할 뜻을 품고 있었던 고로 황제께서 운몽에 가셔서 너를 붙들어오신 것이 아니냐? 그러나 황제는 너의 공훈을 생각하시어 죽이지 않고 회음후에 봉해두셨다. 너는 이 같은 성은(聖恩)에 보답할 생각은 하지 않고, 진희를 권해서 그로 하여금 모반하게 하고, 또 비밀히 서간을 보내서 장안을

공격하게 하는 동시에 진희와 내응하려고 음모를 한단 말이냐? 이 같은 죄악은 하늘도 땅도 귀신도 결코 용서하지 않으리라!"

여후의 호령은 추상과 같았다.

"신은 결코 그런 일이 없습니다. 황후 폐하는 사실의 진가(眞假)를 자세히 알아보고 그런 말씀을 하시기 바라옵니다."

한신은 여후를 쳐다보고 이같이 항변했다.

"무슨 소리인고! 너의 집 하인 사공저가 나에게 와서 이 같은 사실을 모조리 고백했다. 그런데도 무슨 잔말이냐!"

"아니올습니다! 사공저란 놈은 본시 거짓말이 능청스러운 놈이올시다. 언제든지 사람을 잘 속이는 놈이온데 황후께서는 어찌해서 증거를 분명히 하지 않고, 이따위 무지렁이의 말을 곧이 들으십니까? 그놈의 말을 믿지 마소서!"

"그래도 변명을 길게 하는구나! 황제께서 벌써 진희를 죽이고 그놈의 진영에서 진희에게 보낸 네 글씨의 편지까지 발견하신 후, 이것을 이번에 진희의 모가지와 함께 이리로 보내오셨다. 이래도 너는 그렇지 않다고 변명을 해보겠느냐?"

여후의 호령 소리를 듣고는 한신은 그만 말이 막혔다. 한신은 진희에게 보낸 자신의 친필이 증거품으로 되어 있다는 소리에 기운이 떨어져 버리고 말았던 것이다. 그는 고개를 수그리고 아무 말도 못했다.

이 모양을 내려다보고 여후는 더욱 노했다. 한신이 진희를 선동해서 모반시키고, 진희로 하여금 장안을 공격하게 한 후, 이에 내응을 도모한 것은 틀림없는 사실이라고 믿어졌다. 이제는 더 물어볼 것도 없다…. 여후는 이렇게 판단했다.

"속히 한신을 죽여버려라!"

마침내 여후의 입에서 이 같은 호령이 떨어졌다.

한신은 기가 막히는 듯 하늘을 쳐다보면서 길게 한숨을 쉬었다. 오늘날 자신의 일생이 이렇게 끝날 줄은 꿈에도 생각해본 적이 없었다.

"아하! 내가 진작에 문통(文通)의 말을 들었더라면 오늘날 이렇게 일개 부녀자 때문에 생명이 없어지지 않았을 것을! 아하… 천명이로구나!"

그가 이렇게 탄식하고 있는 사이에 무사들은 황후의 명령으로 즉시 한신의 목을 칼로 잘라버리고 말았다. 미앙궁 장락전 종실(鍾室) 아래서 한신이 이같이 최후를 마친 것은 대한 십일년(서력기원전 일백구십육년) 구월 십일일이었다.

이날 하늘은 흐려서 하루 낮 하룻밤 동안 안개가 두껍게 덮였다. 길을 가고 오던 행인들은 한신이 참혹하게 죽고, 이어서 그의 삼족(三族)이 사형당했다는 소문을 듣고 모두들 한숨을 쉬고 비창해했다. 십 년 전 한신이 처음으로 포중 땅에 들어왔을 때, 한왕이 중용하지 않는 것을 소하가 극력 천거해서 그로 하여금 천하를 평정하게 했지만, 이제 와서는 죄를 범했으니 한신으로서는 그 죄를 피할 도리가 없겠으나, 어찌해서 소하가 여후 앞에서 가만히 있었는가? 한신의 죄는 죽어 마땅하나, 한신은 개국공신이오니 그의 자손은 살려두어 그 부친의 제사를 받들도록 하시라고, 여후에게 한마디 말이라도 어찌해서 권고하지 못했던가? 너무도 소하가 무정했다! 한신과 그의 삼족이 참형을 당한 데 대한 일반의 비평은 이러했다.

이튿날 여후는 소하를 불러, 한단에 있는 황제에게 올리는 표문을 쓰게 하고, 육가(陸賈)로 하여금 한신의 목과 그 표문을 가지고 급히 황제에게 가게 했다. 육가는 밤을 새워 한단에 도착했다.

황제는 여후로부터 받은 표문을 펼쳐보았다.

　　　대한 십일년 구월. 황후 여치(呂雉)는 사뢰노니, 생각건대 형벌은 아랫
　　사람을 단속해 나라의 법을 밝히는 것이고, 법은 무리들로 하여금 상감

의 위엄을 존중하게 함이온데, 이제 황제 폐하의 신무(神武)가 만방에 선포되고 위덕(威德)은 사해에 더했거늘, 회음후 한신은 한록(漢祿)을 먹으면서 신헌(臣憲)을 지키지 않고 딴마음을 품고 진희와 내통해 크게 모반을 일으키려 하는 것을 그의 집 하인의 밀고로 마침내 현저한 증거가 드러났음으로 이것을 소하와 의논해 이제 국법을 밝혔나이다. 그리하여 한신을 미앙궁에 불러들여 그를 죽이고, 그의 삼족을 멸한 후 이 뜻을 급히 아뢰는 바이니, 폐하는 북벌(北伐)하심에 있어서 이 사실을 효유(曉諭)하시어 진희로 하여금 간담이 서늘하게 하시와 불일간 개가를 올리시고 귀환하시기를 신첩(臣妾)은 손을 꼽고 기다리옵나이다.

황제는 표문을 다 읽고 나자 한편으론 기쁘면서도 한편으론 슬픈 마음이 샘솟는 것을 어찌할 수 없었다.

한참 동안 황제는 표문을 들여다보고 마음을 진정하는 것 같더니 좌우를 둘러보면서,

"아하! 한신이 처음 포중 땅에 왔을 때 소하가 누차 천거하므로 짐이 대원수로 삼아 그 후로 십여 차 대공을 세웠다. 참으로 한신은 천하의 기재(奇才)였다! 옛날의 명장(名將)도 한신보다는 더 하지 못할 것이다! 그런 까닭으로 짐이 저를 애지중지하였는데, 뜻밖에도 이렇게 진희와 내통해 모반하려고 하다가 황후에게 주륙을 당하였구나. 참으로 애석하다! 아하, 한신이 이제 죽었으니, 이제는 그같이 훌륭한 장수는 없을 것이다!"

이렇게 비창한 음성으로 탄식하다가 그는 자기도 모르게 두 눈에서 눈물을 주르르 흘렸다. 그다음 순간에 황제는 눈물이 자기 볼 위로 흐르는 것을 깨닫고 흐느껴 울었다. 이 모양을 보던 좌우의 신하들도 일제히 눈물을 흘리면서 흐느껴 울었다.

괴철의 가는 길

이때 진희는 한신으로부터 보내온 밀서를 받고 급히 군사를 나누어 작은 길로 행군해 장안성을 공격하려고 준비 중에 있었다.

그런데 뜻밖에 한신이 여후에게 참살당했다는 보고가 올라왔다.

"한후가 대왕과 내통해 모반하시려던 계획이 탄로난 까닭으로 여후는 한후를 죽이시고, 그 목을 육가로 하여금 황제에게 가져다 바치게 하여, 지금 한단의 원문(轅門) 밖에 한후의 목이 걸려 있습니다!"

중군에서 위관이 들어와 보고하는 소리를 듣고 진희는 그만 앉았던 자리에서 넘어졌다.

"아하!"

진희는 정신을 잃고 울었다. 좌우에 있던 사람들이 얼른 진희를 일으켜 다시 자리에 앉게 했다.

잠시 후에 진희는 정신을 가다듬고 비통한 음성으로 탄식했다.

"내가 수년 동안 한후에게서 배웠다! 비록 성(姓)은 다르지만 정(情)은 골육이나 마찬가지다! 그런데 오늘날 한후가 이같이 주륙을 당할 줄은 몰랐구나! 할 수 없다. 아마도 일이 안 되려나보다!"

그는 이렇게 탄식하더니 또 기운 없이 탁자 위에 엎드렸다.

"낙망하지 마십시오!"

"진정하시기 바랍니다."

"조금도 실망하지 마십시오. 우리들이 대왕과 함께 한단으로 쳐들어가서 한나라 황제와 승부를 결판지으렵니다!"

좌우에 있던 진희의 부하들이 이렇게 위로하는 바람에 진희는 다시 정신을 차리고 반듯이 앉았다.

"아니다, 한단으로 쳐들어갈 게 아니다. 근일 중에 한나라 군사가 우리 쪽으로 침공해올 것이니, 그때 엄중히 방비하도록 해야겠다."

그가 부하들에게 말을 마치자마자 중군에서 위관이 급히 들어와 보고를 올렸다.

"한나라 군이 불일간 이리로 침공하려 한다고 합니다. 벌써 한나라 군의 선봉은 한단성을 떠나 백 리 밖에 나와 있다 합니다."

진희는 급히 여러 대장들을 불렀다.

대장들은 진희 앞에 와서, 한나라 군이 행동을 개시했다는 소식을 알고,

"그러면 우리들이 대왕을 모시고 일제히 나아가 적을 대적하지요! 다 각각 흩어져 있다가는 사태가 위급할 때 당해낼 수 없을 겝니다."

이렇게 의견을 주장했다.

"아니다. 그대들은 좌우 두 대로 나누어 대기하고 있다가, 내가 먼저 접전하는 것을 기다려, 나중에 좌우에서 일제히 협공하도록 해라. 그러면 크게 이길 것이다."

"그렇게 하겠습니다."

대장들은 이렇게 대답하고 즉시 물러나가 군사를 두 대로 갈라 좌우로 이동했다.

이때 벌써 황제는 한단을 떠나 한나라 군을 몰아 곡양성 밖 삼십 리까지 들어왔다. 황제는 이곳에 진영을 설치하게 한 후, 번쾌와 왕릉 두 사람에게는 정병 일만 명을 거느리고 곡양성 북방으로 가서 좌우에 매

복하고 있다가 진희가 그 길로 도망해오거든 사로잡으라 하고, 주창과 주발에게는 일만 명을 거느리고 적군이 쫓아나올 중간 지점에 매복해 있다가 구원병이 나오거든 이것을 도중에서 막아버리게 하라 하고, 관영은 선봉이 되어 진희와 접전하는 동시에 다른 대장들은 관영을 도우라고 명령했다. 여러 장수들은 황제의 이 같은 지시를 받고 각각 물러갔다.

이튿날 관영은 군사를 거느리고 선봉이 되어 곡양성을 향해 진격했다.

곡양 성중에서 한나라 군이 쳐들어오는 것을 방비하려고 모든 준비를 갖추고 있던 진희는 말을 달려 쫓아나오면서 관영을 향해 고함을 질렀다.

"너 이놈들, 지난번 싸움에서 참패하고도 아직도 항복할 줄 모르고 죽을 자리를 찾아들어온단 말이냐!"

관영도 마주대고 호령했다.

"이놈아, 이 역적아! 내 칼이나 받아라!"

그리고 관영은 칼을 휘두르며 달려들어 진희와 더불어 이십여 합 접전을 했다.

이때 진희의 부하대장들은, 진희가 먼저 뛰어나가서 접전한 지가 벌써 오래된 고로 이제는 자기들이 응원을 나가야 할 때라 생각하고, 군사를 거느리고 좌우로부터 일제히 돌진했다. 그러나 좌우의 두 부대가 진희 있는 곳까지 절반도 못 나왔을 때, 한나라 군 대장 주발과 주창이 길을 막고 기습을 했다.

진희는 관영과 더불어 힘을 다해가며 접전을 하면서, 자기 부하들이 응원하러 나올 때가 되었는데 어째서 한 사람도 나오지 않는지, 마음이 초조해졌다. 그때 한나라 군 중앙으로부터 여러 대장들이 일시에 뛰어나오더니 진희의 군사를 사방에서 공격했다. 진희는 그만 견딜 수 없어 북쪽을 향해 도망질쳤다. 진희의 부하 유무와 초초도 이 모양을 보고 허둥지둥 도망하려고 했다. 그러나 주발과 주창은, 이놈들을 도망하게 해서는 안 되겠다고 급히 추격해 목을 베어버렸다.

황제는 멀찍이 말 위에서 이 광경을 바라보고 있다가 급히 삼군을 지휘해 적을 추격하게 했다. 진희의 군사들은 모두 땅 위에 두 손을 짚고 항복해버렸다.

진희는 정신이 빠져 뒤도 돌아다보지 못하고 말을 달렸다. 이렇게 한참 동안 도망하노라니, 별안간 좌우에서 한나라 군 대장 번쾌와 왕릉이 말 위에 앉아 호령하는 소리가 들렸다.

"역적아! 네 목을 어서 바쳐라!"

진희는 깜짝 놀라 좌우를 바라보았다. 수많은 한나라 군이 매복하고 있다가 자신을 포위하려는 것을 알았다. 하지만 앞으로 달아날 수도 없고, 뒤로 도망칠 수도 없이 되었다. 그래도 행여나 하고 좌우로 도망갈 길을 찾느라고 갈팡질팡했다. 그러자 번쾌가 나는 새같이 달려들더니 창으로 진희의 앞가슴을 콱 찔러버리고 즉시 칼로 그 목을 썽둥 잘라버렸다.

황제는 삼군을 휘동하여 진희의 목을 높이 쳐들면서 한단으로 귀환했다.

진희의 목이 원문 위에 높이 걸린 후 조대 지방에서는 지난번 진희에게 항복했던 군현이 모조리 황제에게 나와 사죄하고 항복했다. 황제는 그들을 웃는 낯으로 용서해주고, 모두들 편안하게 선량한 백성 노릇을 하라고 분부한 후, 며칠 후에 한단을 떠나 함양으로 개선했다.

황제의 어가가 함양 성중으로 환궁하는 것을 알고 여후는 신하들과 함께 성 밖에까지 나와 황제를 봉영했다.

황제는 대단히 기뻐하며 여후에게 물었다.

"그래, 한신이 죽을 임시에 아무 말도 없던가?"

"한신이 죽을 임시에 말하기를 '후회막급이로다. 일찍이 문통의 말을 들었다면 오늘날 일개 부인네 때문에 죽음을 당하는 신세가 안 되었을 것을… 아하, 천명이로다.' 이렇게 말하고 죽었사옵니다."

"문통이란 어떠한 사람인고?"

황제는 놀라운 표정으로 좌우를 보면서 물었다. 이때 진평이 황제 앞으로 가까이 나와 아뢰었다.

"문통(文通)은 그 사람의 자(字)이고, 이름은 괴철(蒯徹)이라 하는 사람이온데 본시 제(齊)나라 사람이옵니다. 한신이 그전에 연(燕)나라를 평정했을 때부터 서로 알게 되어 그 후로는 조석을 불문하고 서로 상의해오던 인물이옵니다. 괴철의 인물됨이 극히 기변무쌍(機變無雙)해서, 일찍이 한신이 제왕으로 있을 때 한신에게 모반하라고 권한 일이 있었사오나 한신이 그때에 그 말을 듣지 않았사옵니다. 그래서 그때부터 괴철은 거짓 미친놈이 되어 저자바닥으로 노래를 하면서 돌아다니고 있다 하옵니다. 이 사람은 쓸모 있는 인물이온데, 다만 지혜로써 잡아와야지 힘으로써 붙잡아오시려 하면 결코 오지 않을 것이옵니다."

진평이 아뢰는 말을 듣고 황제는 고개를 끄덕끄덕하더니 좌우를 둘러보면서 물었다.

"그러면 누가 제나라에 가서 괴철을 달래어 데리고 올 수 없을까?"

이때 육가가 황제 앞으로 쑥 나서며 아뢰었다.

"신이 괴철을 데리고 오겠사옵니다."

"그래, 그러면 경이 가서 데리고 오오."

육가는 심부름꾼을 열 명이나 데리고 이날로 함양을 떠나 제나라 땅으로 향했다.

육가는 제나라에 들어서서 그 고을 군수(郡守) 이현(李顯)을 찾아보고 괴철의 행방과 주소를 물어보았다.

"그 사람은 아무 때나 노래를 부르고 웃으면서 길거리로 미쳐 돌아다니니 일정한 주소가 없습니다. 사람들이 모두 그 사람을 미치광이라고 합니다. 저도 오래전에 예(禮)를 갖추어 모셔오려고 했지만 그 사람이 듣지 않았습니다. 그런데 지금 폐하께서는 무슨 까닭으로 대부로 하여금 그따위 광객(狂客)을 찾아오라 하시는 것일까요?"

군수 이현은 이상한 듯이 물었다.

"그대는 모르는 말씀이외다. 괴철이 미친 짓을 하는 것은 거짓이외다. 지금 그대는 말 잘하는 변객을 보내어 괴철을 찾아보고 술대접을 하면, 괴철은 또 미친놈 모양으로 노래하면서 술을 마실 거외다. 그때 여차여차하게 말하란 말이외다. 그러면 괴철은 대성통곡할 터이니, 그때 내가 그 자리에 돌연히 나타나서 한마디 하면 그다음부터는 괴철은 미친놈 흉내도 내지 못하고, 꼼짝 못하고 나를 따라 황제 폐하께로 나아가 뵈올 것이니 그렇게 주선해주시오."

육가는 이렇게 대답했다. 이현은 즉시 육가의 말대로 변객 두 사람을 불러 돈을 주고 부탁을 해 저잣거리로 내보냈다.

두 사람이 저잣거리로 나와 괴철을 찾아 돌아다니는데, 한 사나이가 머리를 풀어헤치고 미친놈 모양으로 껄껄껄 웃고 노래를 하면서 저잣거리로 걸어가는 모습이 보였다. 그의 노랫소리는 구수했다.

> 육국의 망함이여, 진나라가 삼키었도다.
>
> 호걸이 없음이여, 육국의 뒤를 이을 수 없도다.
>
> 진나라 자실(自失)함이여, 초나라가 멸했도다.
>
> 초나라 다스리지 못함이여, 한나라가 천하를 통일하도다.
>
> 오강(烏江)에 쫓긴 몸이여, 이 누구의 힘이런가.
>
> 천하에 기모(奇謀) 하나가 아니로다.
>
> 홀로 깨닫지 못함이여, 부귀영화가 재앙이로다.
>
> 화복(禍福)이 무상함이여, 술 취해 미침이 좋고 좋도다.

미친 사람은 굵은 목소리로 노래를 부르다가 이내 남쪽 길을 향해 달아났다.

"여보게, 저 사람이 아마 괴철이지?"

"글쎄, 그럴 거야!"

두 사람은 이렇게 단정하고 즉시 그 미친 사람을 쫓아갔다. 그들은 따라가서 미친 사람의 앞길을 가로막고 손목을 덥석 쥐었다.

"허허허… 여보게, 자네도 미치는 병을 알고 있네그려. 나도 그러하네! 나도 자네나 마찬가지 사람이란 말이야. 하하하, 이거 어디 가서 한잔 하세! 하하하."

별안간 길을 가로막고 이렇게 너털거리고 웃는 사람을 보고 괴철도,

"허허허…."

너털웃음을 웃고는,

"그렇게 하세…. 한잔… 한잔… 아무렴, 좋구말구… ."

하고 두 사람을 따라서 술집으로 들어갔다. 그들 세 사람은 술집에 들어와 큰소리로 술을 청해 두서너 잔씩 쭉 들이켰다.

"이 세상 놈들이 공연히 갈팡질팡하면서 돈을 모으고, 또 감투를 쓰고, 이러는 놈들을 우리는 딱 보기가 싫거든! 그래서 수일 후에 우리 두 사람은 해외(海外)로 떠나버리려 하네! 인간 세상이 딱 싫어졌단 말이야…."

"진정일세! 자네도 해외로 안 가려나?"

두 사람이 술잔을 들고 이렇게 말하는 것을 듣고 괴철은 마음속으로 이상하게 생각하는 듯했다.

"그런데 내가 미친 것은 깊은 원인이 있는 터이지만, 자네들이 미친 것은 무슨 까닭인가?"

괴철은 두 사람을 바라보고 물었다.

"흥! 우리가 미친 것을 자네가 알 수 있나? 모르지! 우리가 미친 것이

이게 병이 아니란 말일세. 그러나 여기 술집에서 함부로 긴 말을 할 수 있나? 다른 사람이 들어서는 안 될 말일세!"

두 사람이 대답하는 소리를 듣고 괴철은 더욱 이상스럽게 생각하는 듯이 별안간 얼굴을 정색하고, 옷깃을 여미면서,

"두 분은 보통 인물이 아닌 것 같소. 존함이 누구신지 가르쳐주십시오!"

두 사람의 성명을 물었다.

"우리 두 사람은 본시 조나라의 사람들인데 회음후 한신을 사모하여 연전에 그가 초왕으로 있을 때 찾아가 심복으로 있었단 말이오. 그런데 뜻밖에 한신이 그 집 하인 놈의 무고로 인해서 여후에게 참살당하고, 그의 삼족이 멸망당했단 말이오!"

한 사람이 말을 하다가 한숨을 길게 쉬고 술잔을 상 위에 놓았다.

괴철은 그 말을 듣다가 놀라는 듯이,

"그래서?"

하고 뒤를 계속하기를 재촉했다.

"그래서 미앙궁 종실 아래에서 한신이 참살당할 때 '내가 일찍이 문통의 말을 들었던들 이렇게 죽지는 아니할 것이다'라고 탄식했다오! 우리는 한신이 애처롭게 죽은 것을 알고 그와 함께 죽지 못한 것을 한탄할 뿐! 부귀공명을 하직하고 이리로 도망와서 조금 아까 당신이 미친 노래를 부르는 것을 듣고 있다가 저 사람이 필시 문통 선생인가보다, 이렇게 생각하고 지금 이 자리에서 술잔을 들면서 이렇게 서정(敍情)을 하는 거란 말이오…. 아니, 그래, 생각해보구려. 회음후 한신의 공훈이 얼마나 많은가 생각해보란 말이오! 그래, 그런데, 하루아침에 뜻밖에 일개 부인의 손아래 참살당하고, 자손도 모조리 멸망당하다니! 내 평생에 은혜를 입고, 아하, 생각하면 가슴이 찢어지는 것 같소이다! 전일에 초패왕을 떨게 하고 용명이 사해를 뒤덮던, 일대의 영웅인 한신이 이렇

게 죽다니! 아하, 원통하구나! 원통하구나!"

두 사람은 가슴을 두드리면서 두 눈에서 눈물을 비오듯이 흘렸다.

이 모양을 보고 괴철은 비로소 처음으로 한신이 참살당한 사실을 알고, 두 다리를 뻗고 대성통곡을 했다.

"아하! 한후께선 왜 좀 더 일찍이 깨닫지 못하시었소! 여자의 손에 허무하게 돌아가시다니, 이럴 수가 있소! 이럴 수가⋯."

이렇게 푸념하듯이 지껄였다. 이때 별안간 어떤 사람이 이 집의 문을 박차고 뛰어들어오더니 괴철의 상투를 움켜잡고는 큰소리로 호령을 했다.

"이놈아! 너 이놈, 그동안 몇 해 동안을 거짓말로 미친놈 행세하고 돌아다녔지만 이제는 본색이 탄로되었다!"

괴철은 얼굴빛이 흙빛같이 되어 상투를 붙들린 채 꼼짝 못하고 앉아서 겨우,

"너는 누구이기에, 이게 무슨 짓이냐?"

하고 물었다. 그 사람은 괴철의 상투를 놓지 않고 대답했다.

"나는 중대부(中大夫) 육가라는 사람이다! 황제 폐하의 칙명으로 너를 붙들러 온 사람이다!"

그러자 이때 벌써 육가와 함께 두 사람의 변객이 뒤를 밟아 술집 문밖에까지 와 서 있고, 그 고을 군수 이현이 포교(捕校)들을 데리고 들어와서, 괴철을 묶어 즉시 관아로 돌아갔다.

육가는 도착 즉시 괴철의 몸에서 결박지은 포승을 끌러주고 그를 일으켜 방 안으로 들어와 자리에 앉게 한 후, 부드러운 음성으로 타이르기 시작했다.

"선생! 일부러 미친 척하지 마십시오! 속히 의관을 정제하고 황제께 나아가 뵈시오. 지혜 있는 사람은 때를 알고, 어진 사람은 주인을 가릴 줄 압니다. 지금 한나라 황제 폐하는 당대에 어진 임금님이십니다. 장량

은 오대나 한(韓)나라를 섬겨왔건만 지금은 한나라의 신하가 되어 있지 않습니까? 그러니 다른 사람과 비교해서 말할 것도 없습니다. 선생이 한신을 위해서 헛되이 살다가 죽는 것보다는 한나라 황제의 신하가 되어 이름을 천추만세에 남기시는 것이 좋지 않습니까?"

육가의 말을 가만히 듣고 있던 괴철은 고개를 수그리고 한참 동안 아무 말이 없었다. 무엇을 생각하는 모양이었다.

조금 있다가 그는 입을 열었다.

"이 사람이 오랫동안 양광(佯狂)하고 지내다가 오늘날 뜻밖에 선생에게 본색이 탄로되고 말았습니다. 일이 이렇게 된 바에야 황제께 나아가 뵈올 수밖에 없게 되었습니다!"

괴철은 풀이 죽었다. 육가는 기뻤다.

"잘 생각하셨습니다! 옷을 갈아입으시고, 오늘로 나와 함께 떠나십시다."

육가는 군수 이현으로 하여금 새 옷 한 벌을 괴철에게 주게 했다. 이리해서 육가는 괴철과 함께 함양궁을 향해 출발했다.

이튿날 두 사람은 함양에 도착해 육가는 괴철을 데리고 조정으로 나아갔다.

이때 황제는 조정에 나와 앉아서 신하들과 정사를 의논하고 있다가, 육가가 들어오는 것을 내다보고 물었다.

"경을 따라서 뒤에 들어오고 있는 사람은 누구인고?"

육가는 황제 앞에 국궁하고 아뢰었다.

"이 사람이 바로 괴철이옵니다."

황제는 괴철을 보고 호령하듯 물었다.

"너 그전에 한신을 보고 모반하라고 권한 일이 있다지?"

괴철도 황제 앞에 국궁하고 아뢰었다.

"그러하옵니다. 신은 그때 모반을 가르친 것이 아니오라 빨리 천하를 얻으라고 가르친 것뿐이옵니다. 당시에 진나라가 망해버리고, 천하의 호걸들이 다 각기 천하를 얻으려고 쫓아다닐 때, 재주 많고 걸음이 빠른 자는 남보다 먼저 천하를 차지할 수 있었사옵니다. 신이 생각건대 강아지가 요(堯)임금을 보고 짖은 것은 요임금이 어질지 못한 까닭이 아니고, 다만 그가 제 집 주인이 아닌 것을 보고 짖은 것뿐이옵니다! 그때는 신이 오직 한신이 있음만 알았고, 폐하가 계신 줄은 몰랐을 뿐이옵니다. 한신이 그때 신의 말을 들었던들 어찌 오늘날 그같이 참혹한 최후를 마쳤겠사옵니까! 지금 한신이 죽어버렸으니 신도 살고 싶지 않사옵니다. 폐하께서는 신에게도 죽음을 내려주시옵소서!"

황제는 그 소리를 듣고 웃으면서 좌우를 돌아보았다.

"사람은 모두 그 주인을 위해서 힘을 다한다. 괴철은 진실로 한신의 충신이다!"

이렇게 칭찬하고, 다시 괴철을 향해 분부했다.

"짐이 이제 전일의 너의 죄를 용서하고 관록(官祿)을 내리겠다. 너는 사양하지 마라."

"관작(官爵)은 신의 소원이 아니옵니다. 폐하께서 천하를 평정한 한신의 공훈을 생각하시고 한신의 목을 신에게 내려주시고, 초왕으로 봉해 회음 땅에 장사지내게 해주시옵고, 신으로 하여금 그 분묘를 지키게 해주시면, 이 같은 덕은 진실로 만세무궁한 홍덕(鴻德)일까 하옵니다."

황제는 괴철의 이 말을 듣고 감동을 받았다. 그는 탄식했다.

"착하도다, 괴철! 장하도다, 문통! 아아, 그리해라!"

황제는 즉시 유사(有司)에게 명해 한신의 묘를 회음에 구축하고 초왕의 위(位)로써 장사지내라고 분부했다.

괴철은 황제의 은혜에 사례하고 태연히 궁중에서 물러나왔다.

팽월의 죽음

괴철의 소원대로 한신을 회음 땅에 장사지내게 한 후 황제는 어느 날 문무 여러 신하들을 모으고 술을 마셨다. 진희의 반란을 평정하고, 한신의 음모를 근절했다는 의미의 축하연이었다.

황제가 유쾌한 기분으로 술잔을 기울이고 있을 때, 뜻밖에 연회실 밖에 있던 근신이 들어와 아뢰었다.

"지금 조문(朝門) 밖에서 웬 사람이 기밀(機密)을 고하려고 배알을 청해왔다 하옵니다."

황제는 의아한 표정으로 술잔을 든 채 근신을 바라보며,

"무슨 말이냐? 기밀한 일을 고하겠다 한다니 지금 무슨 기밀한 일이 있을까보냐? 한신이 죽고, 진희도 멸해버렸거늘… 알 수 없는 일이로다…. 하여간 속히 불러들여라."

이렇게 분부했다. 조금 있다가 근신을 따라서 한 사람이 황제 앞으로 들어오더니 절하고 인사를 드린 후 가만히 아뢰었다.

"신은 양(梁)나라 태복(太僕)이옵니다. 요사이 팽월이 각지에서 군마를 징집하고 불일간 모반을 하려고 계획하고 있사옵니다. 전일 폐하께서 진희를 정벌하실 때, 군사를 거느리고 나와서 협력하라 하셨건만 일부러 칭병 불출했사오며, 또 한신이 주륙당하였을 때는 그 소식을 듣고

통분해하더니 그 뒤부터 군사를 조련하기 시작했사옵니다. 신이 지금은 양나라에 있으나 본시 한나라의 신하였사옵니다. 그래서 이제 팽월이 모반하려는 것을 알고 그대로 둘 수 없는 고로 밤을 새워 이같이 달려와 밀고하는 바이옵니다."

원래 태복은, 팽월이 술에 취하기만 하면 자신을 보고 너무도 욕하고 꾸지람하는 까닭에 이에 원한을 품고 있던 사람이었다. 제가 어찌어찌하다가 양나라의 임금으로 봉해진 뒤부터 함부로 사람을 모욕하는 것이니, 이놈을 황제에게 가서 밀고해 왕의 지위에서 떨어뜨리면 그만이라고, 이렇게 생각하고 달려온 것이었다.

황제는 태복의 말을 듣고 놀랐다.

"알았다! 물러가거라."

황제는 태복을 밖으로 내보낸 뒤에 진평을 가까이 불러 의논했다.

"팽월이 모반을 도모한다니, 이 일을 어떻게 조처함이 가하오?"

진평은 황제의 질문을 받고 즉시 의견을 아뢰었다.

"전일 한신이 주륙당했을 때 신이 생각하기를 만일 팽월이 이 소식을 알면 그는 한신과 가까운 터이니 필시 모반하기 쉬울 것이라고 생각했사온데, 지금 과연 그같이 되었습니다. 이제 이에 대한 대책으론, 다만 사신을 보내시어 그를 부르기만 하시옵소서. 오라 하심에 대해서 그가 아무 말 없이 오는 때에는 그에게 이심(異心)이 없는 것이고, 만일 오지 않는다면 반역(反逆)할 의사가 확실히 있는 것이옵니다. 그때 군사를 일으켜 팽월을 정벌하시옵소서. 그같이 하시면 군사를 일으키시어 정벌하는 대의명분도 분명하옵나이다."

진평의 말을 듣고 황제는 고개를 끄덕이고는 즉시 육가를 가까이 불렀다.

"경은 지금 대량으로 가서 팽월을 동반해오기 바라오."

황제는 팽월이 모반을 도모한다는 밀고 사실을 육가에게 일러주었다. 육가는 황제로부터 명령을 받고, 즉시 물러나왔다. 대량에 도착한 육가는 양왕의 궁실로 팽월을 찾았다.

팽월은 육가를 맞아들이고 물었다.

"대부, 갑자기 무슨 일로 이곳에 오시었소?"

육가는 천연스러운 얼굴빛으로 팽월을 바라보며 대답했다.

"대왕이 모반을 기도하신다고, 며칠 전에 태복이 황제께 나와 밀고 했답니다. 그러나 태복의 말이 귀둥대둥 종잡을 수 없으니, 이것은 필시 태복이 대왕에게 사혐을 품고 해치려고 모함하는 것인가 싶다, 황제 폐하께서는 이렇게 생각하시고, 이 사람으로 하여금 대왕을 모시고 오라 하셨습니다. 폐하께서 직접 대왕을 만나보시고 사실을 판정하시려는 것 같습니다. 그러니 대왕께서 폐하께 나아가서 의심이 없도록 잘 말씀을 드리십시오."

"하, 저런, 저런 놈이 있나! 태복은 게을러빠진 놈이어서 항상 정사를 잘못하기에 내가 요전에 꾸짖고 나무랐더니 그놈이 그것을 원통하게 생각하고 나를 모함한 모양이외다. 그놈이 나를 모함하려고 황제께 나아갈 줄은 정말 몰랐지! 내가 황제께 가서 그놈을 내 앞에 불러놓고 죄가 없음을 명백하게 하리다. 사실이 명백하게 드러나면 폐하께서도 나에 대한 의심이 없어질 것 아니겠소?"

팽월은 흥분된 어조로 즉석에서 육가와 동행해 함양으로 갈 것을 동의했다. 그리고 근신으로 하여금 술상을 차리라고 일렀다. 팽월과 육가는 술을 마셨다.

이튿날, 팽월은 육가와 동반해 출발 준비를 했다. 이때 팽월의 신하 대부 호철(扈徹)이 팽월 앞에 와서 간했다.

"대왕께서는 결코 행차하지 마시옵소서! 이번에 황제 폐하께 나아가셨다가는 반드시 화(禍)를 입으실 것입니다. 전일에 한신이 운몽에서 사로잡혀왔을 때도 이러했습니다. 한나라 황제 폐하는 환난(患難)은 같이 겪을 수 있어도 부귀(富貴)는 같이할 수 없다고 합니다. 그러니 결코 믿지 마십시오! 대왕께서 만일 가셨다가는 한신이 당한 것같이 화를 당하실 것이옵니다. 결단코 가시지 마십시오!"

호철의 태도는 열과 성이 가득한 태도였다.

"그렇지만 한신은 사실로 죄가 있었던 것이고, 나는 그렇지 않다! 한신은 그때 종리매를 숨겨두고 있었단 말이야. 그래저래, 그 후로 죄를 거듭해 범한 까닭에 마침내 주륙을 당한 것이다. 나는 털끝만큼도 죄가 없다! 무엇이 겁난단 말이냐? 만일 내가 안 간다고 하면, 태복의 모함이 사실이 되고, 내가 모반하려고 하다가 발각되어 나오지 않는 것이 되지 않는가, 이렇게 황제께서는 나를 오해하시기 쉽단 말이야. 그렇지 않은가?"

팽월은 호철의 의견에 이같이 반대 의견을 가지고 설명했다. 그의 태도도 씩씩했다.

"대왕께서는 신의 말씀을 들으시옵소서. 대체로 공(功)이 높은 사람은 반드시 시기함을 받고, 위(位)가 높은 사람은 반드시 의심을 받는다는 옛말이 있습니다. 지금 대왕께서는 공이 높고, 위가 높습니다. 그래서 지금 황제 폐하께서 대왕을 꺼리시고 의심하시는 이때를 당해서, 대왕은 비록 일점도 이심(異心)이 없으시다 할지라도 만일 황제께 나아가면 없는 일도 기어코 찾아내서 해를 끼치기 쉽습니다. 깊이 생각하시기 바랍니다."

호철은 또 이렇게 말했다. 팽월은 그가 지성껏 간하는 고로 그 말도 그럴듯하게 생각되어 입을 다물고 묵묵히 생각해보았다. 호철의 말도 일리가 있다…. 어찌할까……? 이렇게 생각하고 있을 때, 육가는 팽월의 이 모양을 보고 잘못하다가는 팽월을 데리고 가지 못할 것을 깨달았다.

"대왕은 무엇을 주저하십니까? 지금 호대부(扈大夫)의 말씀이 일리 있는 것 같습니다마는 그것은 목전의 얕은 꾀에 지나지 않습니다! 오늘 만일 대왕께서 황제께 안 가보십시오…. 그러면 황제께서는 대왕이 일부러 안 오는 것으로 아시고 대군을 거느리시고 친히 정벌하러 오실 것입니다. 대왕은 스스로 자신을 진희와 비교해보십시오. 어느 쪽이 더 우월합니까? 진희는 꾀도 많고, 아는 것도 많고, 군사는 오십만이나 있었건만, 마침내 황제를 당하지 못하고 조대 지방에서 멸망되지 않았습니까? 하물며 이곳 양나라 백성들은 그전부터 우리 황제 폐하의 위덕에 굴복해오던 백성들인 고로 황제께서 친히 정벌을 오시면 모든 군·현이 황제께 항복하고야 말 것입니다. 그렇게 되면 대왕이 어떻게 홀로 독립해서 일어설 수 있겠습니까?"

육가는 말을 마치고 팽월의 눈치를 살폈다. 팽월은 그 말을 듣고 더욱 자기 입장이 난처하게 된 것을 느꼈다.

어떻게 할까? 황제에게 가는 것이 호철의 말과 같이 위태롭기도 하고…. 가지 않는다면 육가의 말과 같이 멸망당할 것이 뻔하고…. 그는 이렇게 주저하다가 마침내 결심했다.

"가십시다! 대부와 함께 가겠소!"

그러고는 수레의 출발을 재촉했다. 이때까지 팽월을 수레에 오르지 못하도록 간하고 있던 호철은 팽월이 수레 위에 올라앉은 것을 보고는 그만 밖으로 나가서 먼저 자취를 감추었다.

수레가 팽월의 궁전에서 출발하자, 양나라의 노인들은 그 뒤를 따라서 멀리 성문 앞까지 전송했다.

팽월이 타고앉은 수레가 성문을 통과해 문밖으로 나왔을 때, 별안간 문 위로부터 자기 발목을 난간에 붙들어맨 사람이 떨어지더니, 팽월의 수레 앞에 허공에 거꾸로 매달려 부르짖었다.

"대왕은 가시지 마십시오!"

팽월은 깜짝 놀라 거꾸로 매달린 사람의 얼굴을 자세히 보았다.

이 사람은 조금 전까지 자신에게 간하던 호철이었다.

"이게 웬일인가! 여봐라, 속히 문루 위로 올라가서 호대부의 발을 끌러드리고, 구원해드려라!"

팽월은 자신을 호위하고 있던 무사들에게 명령해 그들로 하여금 호철을 문루 위에서 끌어내리게 했다. 잠시 후 무사들에게 보호되어 나와 수레 앞에 서 있는 호철을 보고,

"대부! 무슨 까닭으로 이렇게까지 고간(苦諫)을 하는 게요?"

팽월은 이같이 물었다.

호철은 팽월의 물음에 흐느껴 울면서 대답했다.

"신이 지금 도현(倒懸)의 고통을 당하는 것을 대왕께서 구원해주시었습니다! 그런데 대왕께서 함양에 가시면 반드시 저와 같은 도현의 위험이 있을 것이니, 신이 아니고는 대왕을 구하지 못합니다. 신의 말씀대로 행차하시지 마십시오! 후일 대왕께서, 한신이 문통의 말을 듣지 않았던 것을 생각하고 후회했듯이, 신의 말을 듣지 않으신 것을 후회하시기 쉽습니다!"

팽월은 이 말을 듣고도 주저하는 빛이 없이 말했다.

"감사한 말이오. 그러나 대부는 너무 염려 마오! 대부가 충심으로 하는 말인 줄은 알지만, 나는 이미 마음으로 결정하고 황제께 가서 용안을 배알하고자 할 뿐이오! 대부 간언을 부당하다고 생각해서 안 듣는 것이 아니니, 그리 알고 돌아가기 바라오!"

그리고 팽월은 무사들에게 수레를 재촉했다. 호철은 자신의 힘으로는 부족한 것을 느끼는 듯이 소리를 내어 엉엉 울면서 돌아갔다.

이틀 후에 팽월과 육가는 함양에 도착했다.

이때 황제는 성 밖에 나가서 사냥을 하고 있다가, 육가가 팽월을 데리고 돌아왔다는 말을 듣고 급히 환궁했다.

황제는 팽월을 불러들였다. 팽월이 궁실로 들어와 인사를 드리는 것

을 보고 황제는 성난 목소리로 호령을 했다.

"짐이 전일에 진희를 정벌할 때, 너는 어찌해서 협조하지 아니했던고?"

"신은 본시 속병이 있는 몸이온지라 신병으로 못 나갔사옵니다. 결코 칙명을 어기고자 한 것이 아니옵니다."

팽월은 두 손을 비비면서 이같이 아뢰었다.

"지금, 태복이 짐에게 와서 네가 모반한다는 것을 밀고했다. 너는 주륙을 면치 못하리라…."

"태복은 본시 게으름뱅이옵니다. 그리고 정사를 잘하지 못함으로 인해서 신이 수삼차 꾸짖고 욕했사옵니다. 그랬더니 이자가 신을 원망하는 마음으로 사실 무근한 일을 거짓 참소한 것이옵니다. 폐하의 총명, 천리 밖에까지 비추이실 것이니 복원하건대 사실을 명찰하시고 소인(小人)의 꾀에 기만당하시지 마옵소서!"

팽월은 한사코 자신의 무죄함을 변명했다.

황제는 근신을 불러,

"팽월을 지금 고문(拷問)에 걸라!"

이같이 어사대(御史臺)에 칙명을 내렸다.

그런데 어사대에서 칙명을 받들어 팽월을 고문에 걸기도 전에 황제 앞으로 다른 근신 한 사람이 들어와 보고했다.

"지금 조문(朝門) 밖에서 한 사람이 급히 폐하께 아뢸 말씀이 있다고 등대하고 있사옵니다."

황제는 즉시 그 사람을 불러들이라고 분부했다.

조금 지나서 그 사람이 들어왔다.

"너는 누구냐?"

황제는 뜰아래까지 들어오는 사람을 내려다보면서 호령하듯이 물었다.

"신은 양나라의 대부 호철이라고 아뢰오."

호철은 성문에 거꾸로 매달려 팽월에게 간하기까지 하다가 그래도 출발하는 것을 보고는 어느 틈에 팽월의 뒤를 따라 황실까지 쫓아왔던 것이다.

"그런데 무슨 연유로 짐에게 나왔느냐?"

황제는 또 이렇게 꾸짖는 것같이 물었다.

"폐하께서 지나간 날 영양성에서 포위당하고 계셨을 때, 만일 양왕이 초나라의 양도(糧道)를 단절하지 않았다면, 그때 폐하께서는 항왕으로 말미암아 멸망되셨을 것이옵니다. 양왕의 이 같은 대공훈을 생각하지 않고, 일시 허망한 말씀을 들으시고 양왕을 죽이시려 하시니, 참으로 감회 무량하옵니다. 천하 인사가 이 말을 듣는다면 모두 다 폐하의 심지를 의심할 것이옵니다."

호철의 사리에 맞는 말을 듣고 황제는 마음이 찔렸다. 사실로 수년 전에 영양에서 항우에게 포위당하고 있을 때의 일을 생각하면 팽월의 공로는 컸다. 그 뒤 성고 성중에 포위당하고 있을 때도 팽월은 초나라 군사들의 군량미 수송로를 단절해주지 않았던가? 황제는 지나간 일이 회상되어 마음이 조금 돌아섰다.

그는 아무 말도 하지 않고 호철을 내려다보았다. 호철은 뜰아래에서 물러갈 생각도 없는 듯이 가만히 서 있었다.

한참 동안 호철을 내려다보고 있다가 황제는 마음을 결정했다.

"짐이 팽월을 죽이려고 했다마는 지금 네 말을 들으니 일리가 있다. 그래서 팽월의 일명(一命)을 구해주고, 왕작을 폐하고, 서천(西川)으로 가서 서민(庶民)이 되도록 하겠다. 그리고 너를 대부(大夫)에 봉하겠다!"

마침내 황제는 이 같은 분부를 내렸다.

"황송하옵니다! 그러하오나 양왕이 이제 서민이 되는 마당에서 신이 관(官)을 배수하면, 이는 개 도야지만도 못한 사람이 되는 것이옵니다.

그런고로 폐하께옵서는 신을 향리(鄕里)로 돌아가게 해주시면, 신의 소원은 그뿐이옵니다!"

호철이 사퇴하자 황제는 그의 태도가 확실한 것을 보고 더 말하려고 하지 않았다.

"그래라! 그러면 두 사람은 물러가거라."

두 사람은 조정에서 풀려나왔다. 팽월은 죽는 목숨을 도로 찾아온 셈이었다.

그는 황제의 분부대로 서천으로 가려고 즉시 행장을 수습해서 그날로 함양을 떠나 이튿날 동관(憧關)까지 왔는데, 뜻밖에 동관서 여후의 행차를 노상에서 만났다. 팽월은 수레에서 내려, 여후가 타고 앉은 수레 앞으로 가서 문안을 드렸다.

"황송하옵니다. 어느 곳에 행차하시었다가 지금 환궁하시는지 모르오나, 신은 지금 지은 죄 없이 일개 서민으로 낙적되어 촉(蜀) 땅으로 가는 길이옵니다. 황후께서는 신을 불쌍히 여기고 억울한 사정으로부터 신을 구원해주시옵소서!"

팽월이 수레 앞에 서서 애원하는 듯, 눈물을 흘리며 호소하는 소리를 듣고 여후는, 쭉 째어진 눈을 성큼하게 치뜨고 팽월의 모양을 아래위로 훑어보다가 말했다.

"잘 만났소! 나를 따라서 도로 황제께 돌아갑시다!"

팽월은 금시 억울한 사정이 풀어지는 것만 같아 기쁜 마음이 용솟음쳤다.

"감사합니다! 신을 구원해주시니 이 은혜는 백골난망이옵니다!"

팽월은 여후 앞에 이마를 조아리며 사례하고 수레를 돌려 여후를 따라 다시 함양으로 돌아왔다.

여후는 팽월을 데리고 환궁한 뒤에 즉시 황제에게 나아가 인사를 마친 후,

"팽월은 용맹무쌍한 장수가 아니오니까? 지금 없애버리지 않으면, 후일 큰 우환덩어리가 될 것입니다. 그를 지금 촉 땅으로 보내둔다는 것은 호랑이를 산속으로 돌려보내는 것이나 마찬가지이옵니다. 다행히 첩이 동관까지 갔다가 돌아오는 길에 그를 만났기에 일부러 속여 데리고 왔습니다. 지금 승상부에서 기다리라 하고 들어왔으니 속히 팽월을 죽이십시오! 만일 때를 놓치면 나중에 후회하셔도 소용없습니다…."

이렇게 말했다. 황제는 여후의 말을 듣고 잠깐 생각하더니,

"그럴 거요!"

이같이 찬동하고, 즉시 무사들로 하여금 급히 승상부로 나아가 팽월을 결박지으라고 분부하는 한편, 장창(張倉)을 불러 승상부에 나아가 팽월을 고문하라고 분부했다.

장창은 황제의 명령을 듣고 승상부로 나왔다. 팽월은 벌써 결박당해 마루 위에 꿇어앉아 있었다.

"황제 폐하께서 너로 하여금 군사를 거느리고 나와서 진희를 정벌하라고 칙명을 내리셨을 때, 너는 한신과 합심해 꾀병을 핑계 대고 있었다. 그런 까닭으로 폐하께서는 너를 죽여버리시려고 생각하셨지만 호철의 충성을 가상히 여기시고 네 죄를 감해주시고, 일개 서민이 되게 한 후 촉 땅에 가서 살도록 분부하셨으니 이 얼마나 막대한 은혜이겠느냐? 그렇거늘 너는 목숨이 끊어지지 아니한 것을 만족하게 생각하지 않고, 도리어 엉큼스럽게 황후를 모시고 돌아와 황제께 뵈려고 마음먹고 있으므로, 폐하께서는 더욱 의심을 하시게 되었다. 필경엔 네가 반란을 일으킬 것이니 미연에 너를 죽여 후환을 없게 하시겠다고, 이같이 분부가 계셨다. 옛날부터 화(禍)와 복(福)은 문(門)이 없는 거란 말이다! 다만 사람들이 각각 제가 드나들 뿐이다. 오늘날 네가 이같이 된 것도 네가 자취(自取)한 것 아니냐? 너는 지금 독 안에 든 쥐다! 결코 도망갈 수 없게 되었단 말이다."

장창은 팽월을 보고 이같이 꾸짖었다. 팽월은 장창을 바라보면서 그 말을 다 듣고는 기막힌 듯이 한숨을 쉬었다.

"아하, 할 수 없구나, 자네의 말이 바로 들어맞았네! 한신이 최후에 탄식하던 말을, 내가 되풀이하는 것뿐이네…. 호철이 나에게 간하던 때, 어찌해서 그의 말을 듣지 아니했던가…. 아하, 더 긴 말 하지 않겠으니 속히 죽여주게!"

장창은 팽월을 고문할 것도 없이 그대로 대궐로 돌아가서 황제에게 보고했다.

"팽월이 더 변명도 하지 않고, 속히 죽여달라고 아뢰옵니다."

황제는 여후를 돌아보면서 물었다.

"그러면 한신을 죽이던 때와 같이 팽월의 목을 베어 무리들에게 보이도록 하면 그만 아니오?"

"폐하께서는 너무 인자하심으로 천하 제후들이 법을 무서워하지 않사옵니다. 지금 팽월을 죽이시거든, 그놈의 고기를 간장국에 졸여 천하 제후에게 나눠주시어, 후일을 경계시키심이 좋겠사옵니다."

"그러면, 그렇게 하오! 경이 지금 즉시 무사들로 하여금 팽월의 목을 베어 동대문에 효수(梟首)하고, 삼족을 멸해버리도록 지시하오."

황제는 주창에게 이같이 분부했다.

주창은 즉시 황제 앞에서 물러나와, 무사들로 하여금 팽월의 목을 베어 그 목을 동대문에 걸어놓았다.

'역적 팽월의 목을 효수한다!'

이 같은 소문이 쫙 퍼지자 금시에 구경꾼이 와 하고 모여들었다.

조금 있다가 베옷을 입고, 흰 헝겊으로 만든 두건을 쓰고, 허리에는 삼[麻] 줄로 허리띠를 두른 사나이가 군중을 헤치고 팽월의 목 앞으로 다가들어오더니 두 팔로 팽월의 머리를 끌어안으면서 엉엉 울었다.

"어이 어이, 이 일을 어이하나!"

이 모양을 보고 좌우에서 경호하고 있던 무사들은 그 사람을 떠다밀고 고함을 질렀다.

　"안 돼, 안 돼! 저리 가, 저리 가!"

　그러나 그 사나이는 무사들이 제지하는 것을 들은 체 만 체하고 그대로 계속해서 통곡을 했다. 무사들은 하는 수 없이 이 사람을 붙들어 대궐로 돌아가서 황제께 나아가 이 사실을 고했다.

　황제는 붙들려온 사람을 내려다보고 호령했다.

　"너는 이놈, 어떤 놈이기에 팽월이 죽은 것을 보고 그렇게 슬피 울었단 말이냐? 바른대로 아뢰어라!"

　그 사나이는 황제가 호령하는 소리를 듣고,

　"신은 창읍(昌邑)에 사는 난포(欒布)로 양나라의 대부이었사옵니다. 양왕으로부터 많은 은혜를 받았는데 지금 양왕이 이렇게 억울하게 죽은 고로 그와 함께 죽지 못한 것이 원통해서 울었사옵니다."

　이같이 대답했다.

　"무엇이라고? 팽월이 억울하게 죽었다고? 팽월은 반역죄가 분명한데 어찌해서 억울하게 죽었다고 말하느냐?"

　황제는 소리를 높였다.

　"폐하! 폐하께서 그 옛날 영양성에 포위당하고 계셨을 때, 초패왕의 사십만 군사가 밤이나 낮이나 무섭게 공격할 때, 한신은 하북(河北)에 있으면서 폐하께서 부르시어도 오지 않아 폐하께서는 진실로 위태하기 짝이 없었사옵니다. 그때 만약 양왕이 초패왕과 내통하였던들 폐하께서는 여지없이 멸망당하셨을 것입니다. 신이 그때 양왕의 명령으로 초패왕의 양도를 단절하고 군량미 수십만 석을 폐하께 보내드렸던 고로 폐하는 초패왕을 멸망시킬 수 있었던 것입니다. 그 후로 오 년 동안 양왕은 주야를 불문하고 심력을 기울여 폐하를 도와 천하를 평정했으니, 마땅히 폐하와 함께 태평세월 가운데서 자손만대에 이르기까지 부귀영화를 누려야 할 것이온데, 뜻밖에 태복의 참소로 말미암아 참혹하게 죽고, 또 그 고기를 포를 만들게 하셨다니 폐하께서는 형벌을 집행하시는 것이 어찌하면 이다지도 망진(亡秦)보다도 가혹하시옵나이까? 전일 소하가 정한 약법삼장(約法三章)은 어디로 갔사옵니까? 그렇건만 만조(滿朝)의 신하 한 사람도 폐하께 간하는 사람이 없사오니 신은 주륙을 무릅쓰고 이같이 아뢰는 것이옵니다. 공신은 참사를 당하고 기타 신하들은 제 몸 하나만 안전을 도모하니, 이같이 되어가다가는 폐하께서는 누구와 더불어 태평세월을 경영하시겠습니까?"

난포는 흉중을 털어놓고 또 엉엉 울었다. 조정에 앉아 있던 여러 신하들도 모두들 눈물을 흘렸다.

황제도 한참 동안 묵묵히 말이 없다가 마음속으로 측은한 생각이 들어서, 팽월의 목을 난포에게 내주게 하여 양나라 땅에 가서 장사지내도록 칙명을 내렸다.

난포는 황제에게 감사하고 대궐에서 물러나왔다.

영포의 반란

    대한 십이년, 서력기원전 일백구십오년 시월 햇볕이 따뜻한 어느 날, 회남왕 영포는 신하들과 망강루(望江樓)에 앉아 잔치를 베풀고 흥겹게 술을 마시고 있었다. 그는 진희가 조대 지방에서 반란을 일으키던 때부터 한신의 삼족이 여후에게 멸망을 당하기까지 마음이 편안치 못했다. 그러나 이제는 한신의 일이 끝난 뒤인지라, 오래간만에 강바람을 쏘일 겸 놀이를 베풀었다.

    "상쾌하다! 아직도 겨울날 같지 않구나."

    그는 술을 마시고 잔을 상 위에 놓으며 이렇게 혼잣말했다. 시커먼 그의 얼굴은 술기운이 올라서 더욱 검붉었다. 이마에는 빠진 틈 없이 바늘로 찌르고 먹을 칠해버린 자청(刺靑)한 자국이 있어 검은 살빛보다도 더 흉측해 보였다. 비혁(費赫)과 기타의 신하들은 영포 앞으로 좌우에 늘어앉아서 서로 술을 권하고 있을 때, 누각 아래에서 이날의 연회를 경호하기 위해 무사를 데리고 있던 위관이 누각 위로 올라와서 아뢰었다.

    "지금 황제로부터 칙사가 도착했습니다."

    "속히 이리로 올라오시도록 해라."

    영포는 위관에게 지시하고 신하들과 함께 칙사가 들어오기를 기다렸다. 조금 있다가 칙사들이 와서 영포와 인사를 마친 후, 영포의 상 위에 비단 보자기로 싼 조그마한 함을 한 개 놓고 말했다.

"폐하께서 이것을 대왕께 올리라 하시어, 가져왔습니다."

"그 속에 무엇이 들었소이까?"

영포가 물었다.

"술안주로 만든 장육(醬肉)입니다."

"무슨 짐승의 고기로 만든 장육인가요?"

영포의 물음에 칙사는 얼른 대답하지 못하고 머뭇머뭇했다.

"네, 그… 사슴, 사슴의 고기입니다."

"아, 사슴의 고기! 오래간만에 먹어보겠군!"

영포는 사슴의 고기란 말을 듣고 대단히 기뻐서, 보자기를 끄르고, 합뚜껑을 열고, 고기를 한두 점 집어서 입에 넣었다.

그 고기를 먹고 별안간 영포는 가슴이 꽉 막히고 비위가 뒤집혔다. 그는 욕지기를 간신히 참으면서 벌떡 일어나 누각 아래로 내려가서 강물 위에 고개를 숙이고 죄다 토해버렸다.

먹었던 것을 죄다 토해버리고 영포가 강물 속을 들여다보니, 자신이 토해버린 고기는 뜻밖에도 꼼지락꼼지락 움직이기 시작하더니, 조그만 게새끼가 되어 엉금엉금 기어서 달아나버렸다. 이 광경을 보고 영포는 놀랐다.

영포는 즉시 누각으로 뛰어올라가 칙사를 보고 큰소리로 호령했다.

"바른대로 말해라! 지금 나에게 가져다준 고기가 무슨 고기냐?"

칙사는 기가 탁 질려서 어쩔 줄을 모르는 것 같더니 한참 만에 겨우 입을 열었다.

"그런 게 아니라, 사실은 팽월이 모반을 꾀하다가 이번에 발각되어 죽었사옵니다. 그 고기는 팽월의 고기입니다!"

영포는 이 소리를 듣고 별안간 칼을 뽑아 칙사의 목을 쳤다. 진실로 눈 깜짝하는 사이에 칙사는 죽어버렸다. 수일 전 황제가 팽월의 목을 난포에게 주어 대량 땅에 가서 장사지내도록 허락한 뒤에, 황후는 팽월의 몸뚱어리를 가지고, 그 고기를 저며서 포를 뜨게 한 후 간장국에 졸여 그것을 합에 넣어 제후들에게 보내게 했던 것이다. 황제는 알았지만 반대하지 않았기 때문에 이 같은 사건이 생겼던 것이다.

칙사의 목을 베어버리고도 영포는 분함을 참을 수 없는 듯이 씨근벌떡거렸다.

"이놈들! 가만히 두고 보자니까 못하는 짓이 없구나! 한신을 죽이고 진희를 죽이고, 이제와서는 팽월을 죽여 그 고기로 장육을 만들어 천하에 돌리다니… 죽일 놈 같으니라구…."

그는 누구를 가지고 욕하는지 이렇게 중얼거리고,

"자아, 그만 돌아가자!"

하고 호령을 했다. 신하들은 칙사가 끔찍하게도 목이 떨어져 죽어버리는 광경을 보고 간담이 서늘하던 판이라 일제히 일어서서 영포의 뒤를 따라 누각에서 내려왔다.

영포는 왕궁으로 돌아온 즉시 한나라 황제를 배반하고, 황제를 공격해 없애버리기로 결심했다는 격문을 천하에 고하게 하는 동시에, 수하에 있는 정병 이십만 명을 정검(整檢)하고 각처로부터 더욱 장정을 모집시켰다.

그러자 이틀 후에 삼베로 지은 베옷을 입고, 지팡이를 짚은 오십여 세 되어 보이는 사람이, 궁문 밖에서 회남왕에게 면회를 청한다는 보고가 들어왔다. 영포는 베옷을 입은 중늙은이가 찾아왔다는 말을 듣고 이번에 횡사한 팽월과 관련되는 사람인 듯싶은 생각이 나서, 즉시 들어오라고 명령했다.

베옷을 입은 사람은 영포 앞에 나와서 인사를 드리고 아뢰었다.

"신은 양나라의 난포라는 사람이옵니다. 대왕께서는 양왕이 굴사(屈

死)한 사실을 상세히 아셨사옵니까?"

"자세히 알지 못하오. 다만, 양왕의 육신을 가지고 장육을 만들어 보냈기에 내가 한황(漢皇)을 멸해버리려고 군사를 일으켰소!"

영포의 대답을 듣고 난포는 팽월이 죽게 된 경과를 자세히 이야기했다. 그리고 계속해서 다음과 같이 말했다.

"우리 양왕께서 대왕과 함께 협력하시어 허다한 대공훈을 세우셨건만 지금 와서는 모두 다 그림의 떡이 되고 말았습니다. 만일 전일에 한후(한신)께서 양왕과 대왕과 합심해 협력하지 않았던들, 한왕이 어떻게 초나라를 멸해버리고 천하를 통일할 수 있었겠사옵니까? 지금 와서 까닭 없이 한신과 양왕을 죽이고 삼족을 멸해버리니, 이제는 남아 있는 사람이 오직 대왕 한 사람뿐이옵니다! 그런고로 대왕께서 만일 힘을 다하시어 두 분 임금님의 원수를 갚으신다면 결코 두 분 임금님과 같은 화(禍)는 받지 않으실 것이옵니다."

영포는 난포의 말을 듣고 시커먼 얼굴에 만족한 웃음을 띠면서 기뻐했다.

"그렇지 않아도 나는 이미 한나라 황제가 보내온 사신을 이 칼로 죽여버리고 지금 군사를 성외에 주둔시키고 있단 말이오. 불일내로 행동을 개시하겠소! 그런데 다행히 대부가 이같이 찾아주니 아마 좋은 징조가 되나보외다."

영포와 난포 두 사람이 이야기하는 것을 듣고 있던 영포의 신하 비혁이 이때 말참견을 했다.

"대왕께서는 너무 급히 일을 서두르지 마시기 바랍니다…."

영포는 시커먼 얼굴을 비혁에게 돌리고 물었다.

"왜?"

"군사 행동을 하시려면 먼저 지(地)의 이(利)를 얻고 할 일이지, 결코 경솔히 할 일이 아니옵니다. 대왕께서는 먼저 연(燕), 조(趙)에 격문을 보내시어 우선 산동(山東) 땅에 근본을 닦아놓으시고, 그다음에 한나라 황제와 승부를 결판하시는 것이 장책(長策)일까 하옵니다. 만일 한때 분함을 참지 못해 조급히 접전하려다가는, 한나라 황제는 대갑(帶甲) 백만, 장량·진평의 지혜와 번쾌·관영의 용맹 등으로 대왕께서는 참패하시기 쉬울 것입니다…"

비혁이 말을 끝맺기도 전에, 영포는 대단히 분개했다.

"무엇이라고? 무슨 말을 그렇게 함부로 하는 게야? 내가 참패당한다고! 나쁜 놈 같으니! 어찌해서 미리부터 요망스러운 말을 입 밖에 내어 군사들의 마음을 어지럽게 하는 거냐? 한나라 황제는 나이 오십이 지났고, 한신과 팽월은 이미 죽고, 지금 천하에서 나를 당할 놈이 어디 있단 말이냐? …가거라! 썩 물러가거라!"

영포는 비혁을 욕하고 꾸짖고 밖으로 내보냈다. 그리고 즉시 삼군에 출동 명령을 내린 후, 난포를 동반해 행군을 하여 초왕(楚王) 유교(劉交)와 유가(劉賈)를 오초(吳楚) 사이에서 일대 격전 끝에 격파한 후, 유교는 사로잡고 유가는 죽여버렸다.

영포는 승승장구해 동쪽으로 오나라 지방과 서쪽으로 상채(上蔡) 지방을 완전 점령했다. 이리하여 인근 각 지방의 군현들은 전전긍긍했다.

이 같은 소식은 수일 중으로 한나라 황제에게 보고되었다. 황제는 대경실색했다.

"이 일을 어찌하면 좋은고?"

황제는 신하들을 모으고 이같이 물었다.

"영포 같은 것이 큰일을 저지르겠사옵니까…. 폐하의 천위(天威), 한번 임어(臨御)하시면 당장에 허물어지고 말 것이옵니다…."

신하들이 모두 큰 걱정 안 된다는 듯이 이같이 아뢸 때 여음후(汝陰侯) 등공(藤公)이 황제 앞으로 가까이 나와서 별다른 의견을 아뢰었다.

"신의 집에 요사이 손님이 한 분 와서 있사옵니다. 초나라 사람으로 성명은 윤설공(尹薛公)이라는 사람이온데 지혜 있는 사람이옵니다. 이 사람이 어제 영포의 반란 이야기를 듣더니 껄껄 웃으면서, 큰일을 저지를 수 있으리요! 이같이 말하는 것을 들었사옵니다. 신이 생각건대 아마 이 사람에게 물으시면, 필시 좋은 계책이 있을까 싶사옵니다."

황제는 등공의 말을 듣고 분부했다.

"그러면 그 사람을 즉시 불러오도록 하오."

조금 있다가 윤설공이라는 사람은 근신에게 인도되어 궁내에 들어왔다.

황제는 윤설공의 인사를 받은 후, 영포에 대한 대책을 물었다. 윤설공은 서슴지 않고 아뢰었다.

"영포가 만일 상책(上策)을 쓴다면 산동 지방은 한나라 땅이 되지 않을 것이고, 중책(中策)을 쓴다면 승부를 판단키 어렵고, 하책(下策)을 쓴다면 족히 근심하실 것 없사옵니다."

"그게 무슨 말인고?"

"다시 아뢰옵니다. 영포가 만일 동쪽의 오나라를 점령하고, 서쪽의 초나라를 빼앗고, 제(齊)를 삼키고, 노(魯)를 합친 후에 연(燕)·조(趙)를 아울러 가지고 견고히 수비하는 때에는 산동 지방의 모두가 한나라 땅에서 떨어져갈 것입니다. 이것이 영포의 상책이옵니다. 이렇게 하지 않고 만일 오초(吳楚)를 빼앗고, 위(魏)를 삼킨 후 고창의 식량을 근거로 하여 성고(成皐)의 출입구를 지킨다면 폐하와 대적해 승패를 분간하기 어려울 지경에 이를 것이옵니다. 이것이 영포의 중책이옵니다. 또 만일, 동쪽의 오나라를 빼앗고, 서쪽의 상채(上蔡)를 점령한 후, 월(越)나라 지방을 중요하게 생각하고 영포가 장사(長沙) 땅으로 돌아와 앉는다면 그때는 일은 끝난 것이옵니다. 폐하께서는 베개를 높이 하고 편안히 주무시옵소서. 이것이 영포의 하책이옵니다."

"알아들었다. 그런데 네 생각으로는 영포가 상·중·하 삼책 가운데서 어느 길로 나올 것같이 생각되느냐?"

황제는 고개를 끄덕이고 이같이 물었다.

"신이 요량하건대 영포는 필경 하책을 취하고 나올 것같이 생각되옵니다."

"그건 또 어떻게 그러하리라고 짐작된단 말인고?"

이같이 연거푸 묻는 황제의 하문에 윤설공은 조금도 서슴지 않고 아뢰었다.

"신은 영포라는 인물을 하잘것없는 인물로 보고 있습니다. 본시 그는 여산(驪山)에서 진시황의 능(陵)을 수축할 때 토역(土役)하던 인부(人夫)에 불과합니다. 토역꾼에게 무슨 심모원려(深謀遠慮)가 있겠사옵니까…. 어쩌다가 왕위에 오르게 되니 그만 눈앞에 보이는 것이 없고, 제가 최고라고 뚝심이나 뽐낼 줄만 알지, 앞일에 대해서 계책을 세울 줄 모를 것이옵니다. 신은 영포를 이렇게 알고 있으므로, 그가 반드시 하책을 취할 것으로 생각하옵니다."

"과연 훌륭한 소견이다!"

황제는 즉시 윤설공에게 천호후(千戶侯)를 내리고, 삼군에 출동 준비를 분부하는 동시에 소하에게 관중 지방을 맡겼다.

수일 후에 황제는 대군을 거느리고, 기서 땅에 도착해 진영을 설치시키고 적정(敵情)을 탐색시켰다.

얼마 지나서 탐색대의 보고가 올라왔다. '영포는 먼저 오나라 지방을 공격했는데, 오군태수(吳郡太守) 여장(呂璋)이 싸우지도 않고 겁을 집어먹고 항복해버린 까닭으로, 영포는 즉시 회수(淮水)를 건너가 채(蔡)나라 지방을 공략한 후, 지금 이곳으로부터 오십 리 떨어져 있는 옹산(甕山) 아래에 진을 치고 있사옵니다.' 하는 것이었다.

황제는 보고를 받고 크게 웃으며,

"과연 설공이 요량하던 것과 같이 되었구나! 하잘것없는 놈…."

이렇게 혼잣말처럼 비웃고 나서, 즉시 왕릉을 선봉대장으로 하고, 주발과 관영이 제이진, 제삼진을 거느리고 옹산을 향해 진격하라고 분부했다.

얼마 후에 영포도 황제의 군사가 진격해온다는 정보를 알고 옹산의 서쪽으로부터 달려나왔다.

선봉대장 왕릉은 영포가 마주 나오는 것을 멀찍이 바라보고 호령을 했다.

"이놈 영포야! 너는 여산에서 토역하던 인부 놈으로서 일단 요행히 왕위에 오르게 되었으면 조용히 앉아서 부귀를 누릴 생각을 하지 않고, 하늘이 무서운 것도 모르고 감히 반란을 일으키고 있으니 네가 내 칼을 한번 시험해보고 싶단 말이냐?"

왕릉의 호령을 듣고 영포도 마주 바라보며 성난 목소리로 욕을 했다.

"너 이놈, 너는 본시 패현의 술집에서 심부름하고 있던 놈이, 우리들 때문에 사람 구실을 하게 되지 않았느냐? 한왕이 무도해서 작년에는 한신을 죽이고 금년에는 또 팽월을 죽였다. 우리들 세 사람은 똑같은 처지에 있던 터인데, 벌써 두 사람이 죽었으니 다음엔 내가 죽을 차례가 아니냐. 내 어찌 가만히 앉아서 죽임을 당하겠느냐? 너도 나와 함께 의(義)를 위해 이름을 세상에 남겨라!"

영포가 호령하는 소리를 듣고 왕릉은 두말하지 않고 칼을 휘두르고 달려들었다. 영포는 도끼를 휘두르면서 맹렬히 대적했다. 두 사람이 이십사 합을 접전하는 동안 왕릉은 힘이 빠져서 칼 쓰는 법이 어지러워졌다. 주발과 관영은 이것을 보고 일시에 뛰어나가 좌우에서 영포를 협공했다.

영포의 후진에서 이를 지켜보던 난포는 즉시 여러 장수들과 함께 영포를 응원해 쫓아나왔다. 결국 관군(官軍)과 반란군 사이에는 눈에서 불이 날 만큼 백병전(白兵戰)이 벌어졌다.

한동안 쌍방의 백병전이 전개되고 있을 때 황제는 후진의 대부대를 인솔하고 쫓아와서 새 병정들을 앞으로 내보내고 지금까지 접전하던 병정들을 뒤로 끌어냈다. 잠시 후 신예(新銳)한 군사들의 공격으로 말미암아 반란군은 패주(敗走)하기 시작했다. 영포는 옹산의 후방을 향해 달아나고 황제는 삼군을 격려해 추격했다. 이때 난포는 영포의 뒤를 따라 도망하다가 건너편 언덕에 움푹 파인 굴이 있는 것을 보았다.

'어떻게 해서든지 팽월의 원수를 갚아야지!'

그는 쫓겨가는 것이 분통하던 차에 몸을 감추고 숨어 있을 곳을 발견하고는 이렇게 결심하고 말을 멈추고 뛰어내려 굴속으로 기어들어가 쭈그리고 앉았다. 그는 숨을 가쁘게 쉬면서 황제의 추격대가 지나가기를 기다렸다.

조금 있다가 마침내 황제의 군사가 닥쳐왔다. 벌떼같이 몰려오는 군사들 앞에 백마(白馬)를 타고 달려오는 황제를 발견한 난포는 토굴 속에 앉아 얼른 허리춤에서 활을 뽑아 황제를 겨누어 화살을 쏘았다. 팽월의 원수를 갚겠다는 일념(一念)으로 정신을 모아가지고 난포가 쏜 화살은 어김없이 황제의 어깨에 꽂히고, 황제는 그만 말 위에서 땅바닥으로 떨어졌다.

창졸간에 변사를 당한 여러 대장들은 대경실색해 영포를 추격하던 것을 그만두고, 급히 황제를 구원해 마상(馬上)에 모신 후에, 허둥지둥 본진으로 돌아왔다.

의사를 불러다가 치료한 결과 황제의 상처는 다행히 깊은 상처가 아니었다. 그러나 황제는 그날 하루 동안 와석했다.

이튿날 황제는 기운을 차리고 중군으로 나가 좌정한 후에 여러 장수들을 소집시켰다.

"어제 접전 끝에 짐이 유시(流矢)에 적중되었다는 사실을 알았다면, 영포가 반드시 마음을 놓고 방비함이 없을 것이다. 그대들은 이 기회에 급히 침공해 역적을 무찔러버려라."

황제는 이같이 분부했다.

"불가하옵니다. 오늘은 접전을 안 하심이 좋겠사옵니다. 내일모레까지, 수일 동안만 가만있으면 영포는 폐하께서 반드시 중상당하신 줄로 알고 신이 나서 제가 먼저 침공해올 것입니다. 그때 편안히 있다가 숨가쁘게 쳐들어오는 놈을 쳐부수는 편이 훨씬 용이할까 하옵니다."

이때 진평이 나서서 반대 의견을 아뢰었다.

"과연 그렇겠소!"

황제는 즉시 진평의 말에 찬성했다. 그리고 조참은 삼만 명을 거느리고 장사(長沙) 지방을 점령해, 영포의 군량미 수송도로를 차단하고, 관영은 이만 명 군사를 인솔해 육안(陸安) 땅에 가서 영포의 일가족을 체포해두고, 기통(紀通)은 정병 이만 명을 인솔해 영포의 본 진영을 급히 습격하는 동시에 주발은 회수의 강가에서 여러 곳에 있는 나루를 경비하고 있으라고 각각 분부를 내렸다.

여러 대장들은 황제의 명령대로 행동을 개시했다. 그리고 황제는 진평의 의견을 좇아 이틀 동안 군사를 움직이지 않았다.

영포는 한나라 황제의 군사가 수일 동안 적연히 아무 소리 없음을 보고, 마음속으로 기뻤다.

"그러면 그렇지! 난포가 쏜 화살에 중상을 당해 이제는 싸울 기력이 없어진 모양이다. 이때를 타서 급히 쳐부숴야겠다!"

"그러나 확실히 적의 허와 실을 알고 진격하셔야 할 것입니다. 만일 적이 깊은 꾀를 가지고 이렇게 하는 것이라면, 도리어 그 꾀에 빠지고 맙니다."

난포는 조심스럽게 충고했다.

영포도 그럴듯하게 생각되어 군사를 두 대로 나누어 한나라 진영으로 가서 싸움을 걸어보게 했다. 그러나 영포의 군사가 화살을 쏘아던지고 철포를 쏘아도, 한나라 진에서는 화살 한 개도 넘어오지 않았다. 아무리 싸움을 걸어도 쥐죽은 듯 고요했다. 이와 같이 이틀이 지났다.

그제야 영포는 안심했다.

"내가 요량하던 것과 같다! 한왕의 상처가 무거우니까 주장해서 일하는 사람이 없구나…. 오늘밤에 야습을 해버리겠다."

영포는 난포를 바라보고 말했다.

"그러나 과연 계책이 아주 없을 것 같지는 않습니다. 진평은 본래 위계가 많은 터이니까…."

난포가 이 말을 맺기도 전에 후진으로부터 연락병이 달려와 중대한 보고를 올렸다.

"한나라 군 대장 기통이 아군의 본진을 탈취했고, 주발은 회수의 강변을 수비하고 있으며, 육안 땅에 있는 대왕의 일가족은 관영에게 전부 생포되었으며, 조참은 장사 지방에서 아군의 양도(糧道)를 단절했습니다."

영포는 이 같은 보고를 듣고 가슴이 덜컥 내려앉았다. 한나라 군 진영을 야습하려던 생각은 어디로 갔는지 없어지고, 어서 바삐 도망해야겠다는 충동이 생겨, 그는 두말하지 않고 말머리를 돌려 웅산의 후방으로 달아나려고 했다.

바로 이때 한나라 진영에서 한떼의 군마가 쏜살같이 내달려오더니,

"번쾌가 나간다! 이놈아, 네가 속히 항복을 하면 내가 폐하께 아뢰어 목숨만은 구해주마!"

고함지르는 소리가 들렸다. 영포는 그 소리를 듣고 성이 잔뜩 올라 다시 돌아서서 번쾌와 싸웠다.

영포가 번쾌와 함께 오십여 합 접전하는 동안에 한나라 군은 개미떼같이 새까맣게 모여들었다. '이제는 할 수 없다.' 영포는 그만 단념하고 말머리를 돌려, 동남을 바라보고 달아나기 시작했다.

황제는 대군을 휘동해 물샐틈없이 추격하게 했다.

영포는 겨우 일백여 명의 말 탄 군사를 이끌고 강을 건너, 오나라의 오예(吳芮)를 찾아갔다. 이때 오예는 성 밖으로 사냥 나가고 없었고, 오예의 조카 되는 오성(吳成)이 성을 지키고 있었다. 오성은 영포를 맞아들였다.

영포는 방 안에 들어와서 높은 좌석에 주저앉고, 영포를 따라온 군사들은 궁실 밖에 있는 전각으로 들어갔다.

오성은 영포를 맞아들인 후 생각해보았다. '영포같이 보기에도 흉측하고 시커멓게 생긴 자식이 힘센 것만을 믿고 회남 땅에 임금님이라고 버티고 앉아 항상 아니꼽게 굴더니, 지금 반란을 일으켜, 겨우 한 번 싸움에 관군에게 참패당하여 이곳으로 도망해왔다. 삼촌이 사냥 갔다 돌아와서 이 자식을 도와준다면, 우리도 반란군과 한패가 될 것 아닌가? 이 자식한테 전일에 모욕을 당하던 분풀이를 해야겠다! 삼촌이 돌아오시기 전에 이 자식을 죽여 황제께 헌상해야겠다. 그러면 황제께서 우리를 대단하게 여기실 것이다.' 오성은 이렇게 생각하고 즉시 좌우에 명령을 내려 연회를 준비시켰다.

조금 있다가 술자리에 영포가 나와 앉았다. 오성은 그 앞으로 다른 탁자에 앉았다.

"그런데 영숙(令叔)은 어느 곳으로 사냥을 가셨나?"

영포는 술을 들면서 오성에게 물었다.

"숙부께서는 한번 사냥 나가시면 사흘도 가고, 닷새도 가고, 대중없이 여러 군데로 다니시니 알 수 없사옵니다. 오늘도 대왕께서 이곳으로 행차하실 줄 모르고 아침 일찍이 나가셨으니 어디로 가셨는지 알 수 없사옵니다."

"내가 전일 기병해 이곳을 치고 왔을 때, 영숙은 속히 나에게 항복을 한 고로 내가 강을 건너서 상채 지방을 얻은 터에, 즉시 기서 땅으로 내려오다가 뜻밖에 황제의 군사를 만나서 한나라 군에게 쫓기어 이리로 왔네. 잠시 여기 머물러 있다가 한나라와 결전을 해서 성공하면, 영숙과 함께 부귀를 나눌 것일세."

"대왕께서 내리시는 말씀… 오직 감격할 뿐이옵니다."

오성은 일부러 더 공손하게 대답하고, 영포의 마음이 흡족하도록 종일 술을 권했다. 저녁때가 되어 영포는 술이 대취했다.

"들어가 주무시기 바랍니다."

오성은 몇 차례나 드나들면서 영포가 곯아떨어지도록 술을 먹여놓고, 그가 몸을 가누지 못하자 이렇게 권했다.

"아아, 취해… 들어가지…."

영포는 비틀비틀 일어섰다. 오성은 얼른 그를 부축해 객실로 들어가서 침상 위에 눕혔다.

이날 밤 이경(二更) 때, 오성은 아까 초저녁 때부터 미리 단속해두었던 사십 명의 무사들을 데리고 객실 뒷담을 넘어 처마 밑에 들어서서 가만히 엿들어보았다. 방 안에서는 코 고는 소리가 맷돌 가는 소리같이 요란스럽게 울려나왔다.

"옳다! 깊이 잠들었다…."

오성은 이렇게 단정하고 무사들로 하여금 일제히 칼을 뽑아 주위를 경비하는 동시에, 몇 사람의 무사로 영포가 누워 있는 방문을 소리 없이 열어젖히고 쫓아들어가, 한칼로 영포의 목을 썽둥 잘라버렸다.

"으악!"

목이 잘리면서 영포는 천둥소리 같은 외마디 소리를 지르고 그만 죽어버렸다.

이때 궁실 밖에 있는 전각에서 잠들고 있던 영포의 부하들은, 이 소리에 잠을 깨었다.

"이게 무슨 소리냐?"

“대왕의 고함지르시는 소리다.”

“밤중에 무슨 일일까?”

“변괴다!”

“참말 이상한데….”

“얘! 저, 사람들의 수군거리는 소리가 들린다…. 그렇지? 분명하지?”

“그래, 그래…. 여러 놈의 소리다.”

“아니다, 얘들아, 이러고 있을 게 아니다. 속히 궁실로 쫓아들어가보
자!”

“그래 그래! 어서어서!”

그들은 저희들끼리 잠깐 동안 이같이 수군거리다가 마침내 모두 의
견이 합치되어, 일제히 칼을 뽑아들고 담을 뛰어넘어 궁전으로 쫓아들
어갔다. 사람들의 소리가 들리는 곳은 객실로 지어놓은 건물이 있는 곳
이었다. 그들은 즉시 객실로 들어가는 문을 박차고 뛰어들어갔다.

객실로 들어가는 일각문이 떨어지면서 여러 놈이 뛰어들자, 영포를
죽인 사십 명의 무사는 기다리고 있었던 것같이 이쪽저쪽에서 그들을
칼로 내려쳤다. 뜰 안에서는 한동안 접전이 벌어졌다.

그러나 날이 밝기 전에 영포의 부하들은 뜰 위에 즐비하게 쓰러져서
송장이 되고, 피는 흘러서 마당을 붉게 적셨다.

날이 밝은 후, 오성은 부하들로 하여금 영포의 시체는 그 자리에 그
대로 두고, 뜰 위에 즐비한 백여 명의 시체만은 깨끗이 치워버리게 한
후, 영포의 목을 궤짝 속에 담아가지고 출발했다. 강을 건너서 한나라
군 진영으로 황제를 찾아가는 것이다.

얼마 후에 한나라 군 진영의 정문에서는, 오성이 영포의 목을 가지고
배알하고자 찾아왔다는 보고를 올렸다.

“영포를 죽였다구? 허어, 참 장하다!”

황제는 대단히 기뻐하면서,

"불러들여라."

이같이 분부했다.

조금 있다가 오성이 황제 앞에 들어와서 공손히 인사를 올렸다.

"그대가 어떻게 힘들이지 않고 그렇게 용이하게 영포를 죽였는가? 참으로 장한 일이다."

황제는 칭찬하면서 물었다.

"소신의 삼촌이 사냥 나가고 없는 사이에 영포가 피신해왔기에, 소신이 대취하도록 술을 권하고 영포가 잠든 사이에 이를 살육했사옵니다."

오성은 영포를 죽인 경위를 자세히 아뢰었다. 황제는 그의 이야기를 다 듣고,

"과연 기특하도다!"

이렇게 칭찬하고는,

"어디, 그놈, 영포의 모가지를 한번 보자! 이리로 올려오거라."

하고 좌우에 있는 신하에게 분부했다. 이때 진평이 황제 곁에 서 있다가 간했다.

"대단히 불가하옵니다! 어람하지 마옵소서. 영포는 당세의 효장(驍將)! 어젯밤에 깊이 잠들었을 때 오성에게 속아 살해당했사오니, 그 얼굴에는 아직도 혼백(魂魄)이 사라지지 않았을 것이고, 악기(惡氣)가 엉겨 있을 것이므로 이 꼴을 보시면 그 악기가 용체(龍體)를 침범할 것이옵니다…. 어람하지 마옵소서!"

그러나 황제는 껄껄 웃으면서,

"짐이 풍패(豊沛)에서 기병한 이래 십 수 년 동안 백십 수차례나 합전을 했고, 죽은 놈의 모가지를 수천만 개나 보아왔는데, 하필 영포의 모가지만 무서워서 못 본다 하니, 그게 될 말인가! 허허허…."

이렇게 말하고 진평의 말을 듣지 않았다. 진평도 더 이상 간하지 못

했다.

좌우의 신하들이 뜰아래로 내려가서 오성이 가지고 온 나무궤짝을 들어다가 황제 앞에 놓고 뚜껑을 열었다. 영포의 목이 그 안에 들어 있었다.

황제는 영포의 목을 내려다보면서 호령을 했다.

"이놈, 낯짝 시꺼먼 도적놈아! 네 어찌 신절(臣節)을 지키지 않고 반란을 일으키다가 모가지가 끊어졌단 말이냐? 너 이놈, 이렇게 되고도 오초(吳楚) 사이를 종횡(縱橫)하겠느냐?"

황제의 호령 소리가 떨어지자마자 궤짝 속에 있던 영포의 대가리는, 별안간 두 눈을 딱 부릅뜨고, 머리카락은 모조리 곤두 일어서고 입에서는 고약한 냄새를 풍겼다.

황제는 그 순간 그 냄새에 정신을 잃고 마루 위에 거꾸러졌다.

"아뿔싸!"

진평은 황제가 넘어지는 것을 보고 깜짝 놀라 황제를 일으켰다. 다른 신하들도 모두 달려들어 황제를 모시고 장중(帳中)으로 들어갔다. 즉시 의사가 달려와서 황제의 입에 환약을 개어 넣고, 수족을 주무르고, 응급 치료를 했다.

하루가 지나고 이틀이 지나도 황제는 산사람 같지 않았다. 등신같이 드러누워 있을 뿐이었다. 이렇게 십여 일 동안 치료한 뒤에 비로소 황제는 정신을 차렸다.

자리에서 일어난 황제는 비로소 평상시와 같은 건강을 회복했다. 그는 즉시 오성에게 중상을 내리는 동시에 건충후(建忠侯)에 봉하고, 또 조칙을 내려 오예(吳芮)로 하여금 강하(江夏)를 견고히 지키라 하고, 유중(劉重)의 아들 유비(劉鼻)를 오왕(吳王)에 봉하고 강동(江東) 지방을 다스리라 했다.

상산사호(商山四皓)

　영포의 반란이 깨끗하게 처리되고, 황제의 병환도 완쾌되어 이 해 십일월에 황제는 대군을 거두어 함양으로 회군(回軍)했다.

　황제의 행군이 노국(魯國)을 통과하게 되었을 때, 황제는 궐리(闕里)에 이르렀다. 이곳은 공자(孔子)의 출생지였다.

　"여기서 공자묘(孔子廟)에 참배하고 떠나자."

　황제는 어가를 멈추고 명했다.

　문무의 군신들도 일제히 행군을 정지하고 황제를 모시고 공자묘에 참배했다. 황제는 또한 공자의 자손들에게 봉작(封爵)을 내리고, 또 안자(顏子)와 맹자(孟子)의 유적을 찾아보고, 공림(孔林)으로 가서 그 근처의 경치를 구경한 후에 행군을 계속했다.

　이튿날 황제는 풍패(豊沛) 땅에 이르렀다.

　"오오! 이곳은 짐의 고향땅이다. 여기서 쉬어가자."

　황제는 이같이 분부했다. 신하들도 황제의 고향에 도착한 것을 무한히 기뻐하면서 행군을 정지하고 각각 그곳에 임시로 막사를 설치하게 했다.

　황제는 고향에 돌아온 기쁨을 고향 노인들과 함께 즐기기 위해 관아(官衙)에 큰 잔치를 베풀게 하고 노인들을 전부 모이라고 분부했다. 풍패 조그만 고을에서는 뜻밖에 황제를 모시게 되어 관민(官民) 남녀노소가 모두 다 야단법석이었다.

삼사십 명의 노인들이 널찍한 공청에 모인 뒤에 황제는 그곳으로 갔다. 진평·번쾌·왕릉, 몇 사람만이 황제의 뒤를 따랐다.

"오래간만에 고향에 돌아와 이와 같이 노인들을 만나보게 되니 참으로 감개무량하외다! 별로 준비된 것이 없을 것이나 술을 들어주시오."

황제는 인사의 말을 하고 먼저 술잔을 높이 들었다. 하늘같이 우러러보이는 황제로부터 정답게 대접받는 감격에 가슴이 뻐근했던 여러 노인들은,

"황제 폐하 만세!"

일제히 만세를 불렀다. 황제도 기뻤다. 그는 높이 들리는 만세 소리를 들으면서 잔을 기울였다.

이때 공청 안에서 노인들이 즐겁게 술을 마시는 광경을 보고 싶어서, 어린아이들이 수십 명, 아니 백여 명이나 공청 밖에 둘러서 있었다. 황제는 한참 동안 노인들과 환담하다가 밖에서 수많은 아이들의 소리가 들리는 것을 알고 공청 밖에 있는 아이들을 마당으로 모이게 하라고 분부했다. 황제는 술에 취했다.

마당에는 금세 어린이들이 백 명가량 집합되었다.

쌀쌀한 겨울바람이건만, 황제는 봄바람같이 훈훈하게 느끼면서 마루 밖으로 나갔다.

"아이들아, 너희들 노래를 부를 줄 아느냐? 춤을 출 줄 아느냐?"

"네! 알아요!"

황제는 아이들이 일제히 합창하듯 대답하는 소리를 듣고 더욱 흥이 났다. 그는 소리를 내어 크게 노래를 불렀다.

대풍(大風)이 부는구나.

구름이 나는구나.

위엄이 떨치도다.

고향에 돌아오도다.

맹사(猛士)를 어찌 얻어서, 사방을 어찌 지키리요.

그는 이렇게 노래 부르고는 두 팔을 너훌너훌거리면서 춤을 추었다. 마당에 모여 있던 어린아이들도 노래를 부르며 춤을 추었다.

한참 동안 황제는 흥겹게 춤추고, 어린아이들과 합창하다가 저절로 감격에 넘쳐 눈물을 주르르 흘렸다. 자신이 어려서 자라나던 때, 사상(泗上)에서 정장(亭長) 노릇을 하던 때, 길거리에서 그의 장인 될 여문(呂文)을 만나 그에게 끌려 그 집에 가서 그 사람의 사위가 되던 때, 그리고 진시황 여산릉(驪山陵)의 공사 때문에 징용된 장정을 인솔하고 가다가 망탕산에서 의병을 일으키던 때, 이 모든 지나온 과거 오십 년의 세월이 황제의 눈앞에 번갯불같이 한꺼번에 비쳤던 것이다. 그도 그럴 것이, 수십 년 만에 그는 황제가 되어 고향에 돌아왔고, 자신이 어려서 자라나던 때와 꼭 같은 어린이들이 지금 자기 노래를 따라서 부르며, 자신이 춤추는 것을 따라서 춤추고 있는 것이 아닌가! 자신을 귀하게 길러주시다가 일찍이 돌아가신 어머니 생각도 났다.

황제는 문득 정신을 가다듬고 공청 방 안에 있는 노인들을 돌아보며 말했다.

"생각하면 벌써 수삼십 년 세월이 지나갔나보이…. 짐이 날마다 그대들과 더불어 같이 놀고 지내다가, 여기서 의병을 일으켜 널리 천하를 돌아다니면서 백여 번이나 큰 접전을 한 후에 마침내 천하를 얻기는 하였으나, 어느새 벌써 나이는 늙었고, 그대들도 백발이 성성한 것을 보니 참으로 감개무량하다! 짐이 지금 대단히 귀한 몸이 되었으나, 짐이 붕(崩)한 뒤에는 영혼이 이곳에 돌아와서 패현의 백성이 될 것이니, 오늘부터 이 지방의 조세(租稅)는 면세(免稅)할 것이다….”

“황송하신 처분이오!”

여러 노인은 이같이 아뢰고, 어떤 노인은 황제의 말에 감격해 옷소매로 눈물을 씻기도 했다.

황제는 다시 자리에 앉아 술잔을 들었다. 그리고 여러 노인들과 옛날 지내던 이야기를 주고받았다.

날이 어두운 후에야 잔치는 끝났다.

하루를 더 체류하면서 황제는 고향 노인들과 즐겁게 환담도 하고 옛날 자신이 살던 집터와 그 밖에 기억에 남는 경치를 구경도 했다. 사흘째 되는 날 황제는 어가를 출발시키려고 했다. 그러자 노인들은 황제를 떠나보내기 싫어서 어가 앞에 모여들었다.

“폐하, 폐하! 수일만, 수일만 더 체류하시옵소서.”

“폐하! 환어하사면 다시는 용안을 우러러뵈옵지 못하오리니….”

노인들은 한 사람씩 차례차례로 황제 앞에 와서 이같이 황제를 붙들었다.

“그러나 짐이 오래 있으면 풍패는 소읍(小邑)이라, 백성들에게 민폐가 막대할 것이오. 가야겠소!”

황제는 거절했으나, 그래도 노인들은 어가 앞에서 물러나지 않았다.

“폐하! 민폐되옴이 없사오니 성려(聖慮)를 놓으시기 바라옵니다.”

“폐하, 노신들이 복원하옵니다. 수일간만 더 머물러 계시기 바라옵니다.”

노인들이 한사코 애원하는 까닭에 황제는 부득이 수레에서 내렸다. 그리고 다시 관아로 들어갔다. 황제는 그날부터 다시 사흘 동안을 체류한 후에 그곳을 떠났다.

황제가 영포의 반란을 평정하고 환궁하게 되자 대궐에서는 여후와 태자, 척씨와 척씨 몸에서 난 둘째아들 여의와 기타 문무 모든 신하들이 성 밖에까지 마중 나와서 봉영했다. 황제는 크게 만족했다.

　소하를 위시해서 그동안 서울을 지키고 있던 모든 신하들의 인사를 받은 후 황제는 금궁(禁宮)에 들어가 크게 잔치를 베풀고, 그들을 모두 참석케 하여 흡족하도록 술과 음식을 먹게 했다. 그 자리에 모인 신하들은, 한신의 모반과 진희의 반역과 팽월의 음모, 영포의 반란…, 이 같은 중대한 사건이 모조리 온당하게 순조로이 처리된 것을, 첫째 황실을 위해서 경축할 일이라 생각하고, 또 백성들의 복리를 위해서도 고마운 일이라고 생각했다. 황제도 물론 이와 같이 생각했다.

　금궁에서 연회를 끝낸 후, 그 이튿날부터 조정에는 일이 없었다. 천하가 태평한 까닭이었다.

　황제는 그 이튿날부터 척희가 있는 서궁(西宮)에 드러누웠다. 척희를 사랑하기 때문이었다. 키가 크고, 어깨통도 크고, 얼굴은 길고, 눈은 위로 쭉 찢어지고, 심술스럽게 보이는 여후에 비교하면 척희는 가랑비 오는 날 뜰아래 젖어 있는 수줍은 홍도화 같았다.

　"이제는 간과(干戈)를 버려도 좋을 때이다!"

　황제는 이같이 말하면서 척희를 바라보았다. 그의 얼굴에는 만족한 빛이 가득했다.

　"폐하의 홍복인가 하옵니다."

　척희는 방긋이 웃으면서 대답했다.

　"짐이 유수의 싸움에서 패전했을 때 광풍으로 말미암아 암흑한 천지 속에서 일조의 광명에 인도되어, 필마단기로 척씨 마을에 밤중에 찾아 들어가지 않았던들, 짐에게 어찌 오늘이 있었겠소? 그리고 척희에게도 역시 오늘날이 있었겠소?"

　"하늘이 내려주신 인연이고, 첩의 분수에 넘치는 복록이옵니다."

　"향기로운 말, 아름다운 뜻, 그러므로 짐이 서궁에 오면 심지가 평안하오."

황제는 척희를 칭찬하고 술잔을 들고 혼자 마셨다. 이와 같이 하루가 지나고, 이틀이 지나 황제는 서궁에서 떠나지 않았다. 조정에 일이 없고, 천하에 근심이 없다고 황제는 생각하고 있는 까닭이었다.

내전(內殿)에서는 여러 날 동안 황제를 만나보지 못한 고로 여후의 질투심은 불붙은 것같이 타오르고 있었다.

"폐하는 서궁에서 오늘도 아니 돌아오셨다더냐? 이년! 척가년을, 이년을 없애버리기 전에는 내가 가만있지 않겠다!"

여후는 황제가 서궁에서 돌아오지 않는 분풀이를 시녀들에게 푸념했다. 시녀들은 무서워서 아무 말도 못하고 웅숭그리기만 했다.

여후가 내전에서 이날 독살스러운 소리를 뱉은 것이, 저녁때 벌써 서궁으로 흘러갔다.

"마마! 내전께서 마마를 기어코 해치시겠다 하옵니다! 그리되면 소녀들은 어찌될까요?"

그날 저녁에 척희를 모시고 심부름하는, 나이 어린 시녀가 내전에서 흘러나온 소식을 듣고 와서 척희에게 고해바치고는 걱정스러운 표정을 했다.

"못 들은 척하고, 잠자코 있거라!"

척희는 시녀를 꾸짖고 물리쳤으나, 마음속은 떨리기 시작했다.

'이 일을 어찌하나… 내전께서는 항상 나를 미워하시는데… 내가 죽어버리면… 나야 아무 때 죽으나 상관없겠지만… 여의가… 황자가….'

척희의 가슴을 뻐근하게 메우는 생각은 이 같은 서러움이었다. 나는 상관없다. 그러나 황자가 나같이 되고야 말리라는 예감이 그의 마음을 아프게 했다. 그러나 척희는 시녀로부터 들은 이야기를 황제에게 고하지는 않았다.

그는 내색도 안 하고 하루를 보내고, 그 이튿날 황제의 기분이 좋은 듯싶어 보이자 자기 신세 타령을 내놓았다.

"폐하! 첩이 아뢰고 싶은 말씀이 있사옵니다."

척희가 수심어린 표정으로 입을 떼자, 황제는,

"갑자기 무슨 말을 새삼스레 아뢴다는 거요?"

하고 미소를 띤 낯빛으로 물었다.

"폐하께서 이제는 춘추가 높으시고, 근일에는 더욱이 성체(聖體)에 병환이 잦으시니, 속히 첩의 신상을 생각해주시어 어떠한 도리를 강구해주시지 않으면, 첩과 황자는 후일 죽어서도 묻힐 땅이 없을까 싶사옵니다!"

척희의 말소리는 처량하게 들렸다.

"염려 마라!"

황제는 즉시 이같이 장담했다. 그는 척희가 심려하는 것이 여후 때문인 것을 직감했다. 그는 그전부터 여후가 항상 척희를 미워하고 질투하는 눈치를 알고 있는 터이므로, 지금 척희의 근심스러워하는 말을 더 길게 듣지 않고도 넉넉히 짐작되었다.

"염려 마라. 그 같은 일은 용이한 일이야! 짐이 서서히 일을 도모할 것이니, 안심하라!"

황제는 위로의 말을 덧붙였다.

척희는 황제가 자신의 뜻을 알아듣고 이렇게 단언하는 것을 듣고서야 안심이 되었다.

황제는 수심이 가득 차 보이던 척희의 얼굴에 기뻐하는 기색이 피어나는 것을 보고, 자기도 모르게 웃음을 띠면서 분부했다.

"술을 가져오라."

척희는 즉시 술을 들이게 했다. 시녀가 간단한 음식과 술병을 들인 뒤에 황제는 척희로부터 술잔을 받아 유쾌히 마셨다.

"여의(如意)는 지금 어디 나갔는고?"

황제는 한잔을 마시고 아들의 행방을 물었다.

"활과 화살을 다수히 가지고 나갔사옵니다."

"오, 부지런히 무예를 공부하는구나. 연전에 짐이 여의를 태자로 봉함이 어떠냐고 군신과 더불어 의논을 시작하다가, 상대부 주창의 반대로 짐이 껄껄 웃고 그만두었으나, 이번에는 그때와 같이 의논을 하지 않고 서서히 여의로 하여금 태자가 되도록 할 것이니 그대는 안심하란 말이야…."

"황송하옵니다."

척희는 고개를 숙여 감사의 뜻을 표하고 다시 술을 따랐다. 황제는 연거푸 술잔을 받았다.

한식경이 지나가도록 이와 같이 황제는 척희와 더불어 여러 가지 이야기를 해가면서 취하도록 술을 마신 후, 마침내 술기운을 이기지 못하여 척희의 무릎을 베개 삼아 베고 침상 위에 누워버렸다. 그리고 금시 눈 감고 잠들어버렸다. 척희는 황제가 포근히 한숨 잠자고 일어날 때까지 가만히 앉아 있으리라고 마음먹으면서 가슴속으로 행복을 느끼고 있었다.

이때 여후는 내전에서 시녀를 불러,

"폐하께서는 아직도 서궁에 계신다더냐?"

하고 꾸짖듯이 소리를 질렀다.

"네, 아직 환어하시지 아니하셨습니다."

시녀는 죄지은 듯이 기어들어가는 목소리로 아뢰었다.

여후는 기가 막혔다. '이게 벌써 며칠째이냐? 황제는 서궁에 들어가서 척가년한테서 떠날 줄을 모르고, 나라의 일을 전폐하다시피 드러누워 있으니, 이래가지고도 천하가 무사하단 말이냐? 대체, 사오 일 동안 무얼 하고 계신가?' 그는 이렇게 생각해보다 분통이 터지는 것 같아 소리를 꽥 질렀다.

"어서 가보고 오너라! 폐하께서 대체 어떻게 하고 계시는지 서궁에 가서 물어보고 오란 말이다!"

"네."

시녀는 대답하고 나갔다. 시녀를 내보내놓고도 여후는 안절부절 못했다. 도무지 후궁에 궁녀가 허다하게 많건만, 언제나 서궁에만 들어가는 황제가 원망스러워 못 견디었다. 어째서 그럴까? 척가년은 무슨 요술쟁이인가? 하기야 다른 궁녀들에게서는 소생이 없고, 척가년한테는 아들까지 보았으니 다른 것들과는 다르겠지만, 그렇다 해도 하루 이틀이면 돌아와야 하지 않는가?

내전 마루 위에서 이리 갔다, 저리 갔다, 가슴속에서 두방망이질을 해가며 서성거리고 있을 때, 아까 심부름 갔던 시녀가 들어와서 여후에게 보고를 아뢰었다.

"지금 서궁에 갔다왔사옵니다. 폐하께서는 척희와 단 두 분이 술을 잡수시고 계신다 하옵니다…."

시녀가 아뢰기 어려운 말을 아뢰는 듯이 이렇게 말하는 것을 듣고 여후는,

"듣기 싫다! 내가 가서 보고 오겠다!"

이렇게 핀잔하고 뜰아래로 내려섰다. 시녀들은 즉시 구중별배들로 하여금 남여를 뜰아래에 들이대게 했다. 여후는 남여를 타고 서궁으로 갔다.

서궁에서 궁문을 지키고 있던 별감은 급히 뛰어들어가서 보고를 올렸다.

"지금 황후께서 행차하셨습니다!"

별감으로부터 연통을 받고 시녀는 잽싸게 척희에게 가서 귓속말로 아뢰었다.

"지금 여후께서 이리로 들어오신다 하옵니다."

"그래? …어떻게 하나…."

척희는 시녀로부터 의외의 보고를 듣고 자기 무릎 위에 누워 있는 황제의 얼굴을 내려다보았다. 황제는 세상 모르고 깊이 잠들어 있었다. 척희는 자신이 일어나려고 꼼지락거리다가는 황제의 단잠이 깨어질까 죄송스러웁고…, 그렇다고 황후가 찾아오시는데 무례하게도 가만히 앉아 있을 수도 없고…. 어찌했으면 좋을지 판단이 서지 않아 꼼짝 못하고 앉은 채 갈팡질팡 궁리하고 있을 때, 서궁에 도착한 여후는 소리 없이 마루 위에 올라서더니 방 안 침상 위에 앉아 있는 척희를 향해 호령을 해붙였다.

"천비(賤婢)가 무례하기 짝이 없구나! 지금 내가 너의 궁에 왔는데도 너는 어찌해서 침상 위에 높이 앉아 있단 말이냐? 고약한 년, 이게 네가 나한테 할 도리냐?"

마루 위에 딱 버티고 서서 호령하는 여후의 얼굴은 붉으락푸르락했다.

척희는 꼼짝 못하고 앉아서,

"첩이 황후께서 행차하심을 알았으나, 폐하께서 놀라 잠을 깨실까보아서 감히 일어서서 나아가 인사를 드리지 못했사옵니다. 일부러 무례하고자 한 것이 아닙니다…."

이렇게 변명했다.

"무엇이라구…. 핑계가 황제 폐하지! 언제든지 폐하를 핑계대면 그만이냐? 이년, 폐하께서 만세(萬歲)하신 다음에 두고 보아라! 너 같은 년은 개밥이나 도야지밥밖에 더 되겠니!"

여후는 날카로운 음성으로 독설을 퍼붓고,

"고약한 년… 나쁜 년… 죽일 년!"

칼로 저미고 송곳으로 찌르는 듯이 욕설하고는 획 돌아서서 뜰아래로 내려가고 말았다.

여후의 자취가 눈앞에서 사라진 뒤에도 척희는 아무 말도 못하고 멍

하니 밖을 내다만 보고 앉았다가 그만 설움이 북받쳤다. 별안간 어깨가 오싹 쪼그라지는 것을 느끼면서 두 눈에서 눈물이 쏟아졌다. 주르르 흐르던 척희의 눈물은 뺨으로 흘러내려 거침없이 척희의 무릎 위에 드러누워 있는 황제의 얼굴에 한 방울 두 방울씩 뚝뚝 떨어졌다.

이때까지 세상모르고 잠들어 있던 황제는 별안간 얼굴에 선뜩한 것을 느끼고 놀라 잠이 깨었다.

황제는 벌떡 일어나 앉아서 척희를 바라보았다. 척희는 그때까지 눈물을 씻지 못하고 울고 있었다.

"무슨 곡절인고?"

황제는 놀랐다. 그는 척희가 자기 앞에서 이토록 슬피 우는 것을 처음 보았다.

"무슨 슬픈 일이 생겼기에, 갑자기 이게 웬일이란 말이오?"

황제는 자기 얼굴에 떨어진 눈물 방울을 닦으면서 물었다.

"죄송하옵니다. 폐하께서 이 무릎을 베개 삼으시고 잠이 깊이 드셨는데, 뜻밖에 조금 전에 여후께서 이리로 나오셨사옵니다. 속히 일어나서 마중했다면 무사했을 것을, 첩이 몸을 일으키다가는 폐하께서 놀라 잠을 깨실까보아 그대로 움직이지 않고 앉아 있었사옵니다. 여후께서는 그만 역정을 내시고 첩을 보고 욕을 하시며, 폐하께서 만세하신 뒤에는 첩을 개밥이나 도야지밥으로 만들겠다 하시고 가버리셨습니다. 만일 이같이 된다면… 생각하고는 자연히 비창한 느낌이 북받쳐 올라와서 저도 모르게 눈물을 흘려 용안(龍顔)을 적시게 했으니, 그 죄는 만사무석(萬死無惜)이옵니다…."

척희는 대답하는 동안에도 눈에서는 걷잡을 수 없는 듯이 눈물이 흘렀다. 맑은 샘물에서 온수가 퐁퐁 쏟아지듯이, 긴 속눈썹도 흠씬 젖어 있고, 아리따운 볼 위로 눈물이 하염없이 흐르는 것을 보고, 황제는 측은한 생각이 샘솟듯 일어났다.

황제는 자신의 옷소매로 척희의 뺨에 흐르는 눈물을 씻어주면서 위로했다.

"울지 마라! 슬퍼할 게 아니야···. 짐이 내일 조정에 나아가 군신과 상의해 단연코 태자를 변경시키겠다. 그대가 황후 되고, 여의가 태자가 되면, 여후가 어찌 감히 그대를 해칠 수 있나!"

"황송하옵니다."

척희는 황제가 자기 얼굴을 어루만지면서 위로의 말을 하므로 일어서서 절하고, 감사의 뜻을 표했다.

황제는 그 모양을 더욱 사랑스럽게 여겼다.

어느덧 밤이 되고 그날도 저물었다. 황제는 완전히 다섯 날 다섯 밤을 서궁에서 머무르고, 이튿날 조정에 나갔다.

조정에서는 모든 신하들이 황제가 나와 앉은 후에 조참(朝參)의 예를 거행했다.

황제는 친히 붓을 들어 조칙을 내렸다.

"짐이 전일 태자 폐립(廢立)의 일을 의론했건만, 그때엔 간과가 미정했고, 조정에는 일이 많았던 고로 일결(一決)치 못했노라. 경 등은 이제 다시 공론으로써 이 일을 결정지으라. 사사로운 소견은 단연히 버릴지어다."

그리고 황제는 즉시 일어나 정궁으로 돌아가버렸다. 신하들은 조칙을 받은 후 소하를 따라 모두 승상부에 집합했다.

"어찌하면 좋을 것인가?"

소하를 비롯해서 모든 신하들은, 태자 유영을 폐하고 그 대신 여의를 태자로 세우는 일이 옳은 일이 아닌 것임에 합의되었으나 황제의 뜻이 그렇지 않음으로 난처했다. 끝까지 황제의 뜻에 반대하자는 의견과, 황제로 하여금 속히 결정만 짓지 못하도록 사태를 질질 끌고 나가다가 저절로 태자 폐립 문제가 식어버리게 하자는, 이 두 가지 의견을 가지고 그들은 하루 해를 보냈다.

이때 여후는 내전에서 이 소식을 듣고 큰 걱정이 생겼다. 승상부에서 태자 폐립 문제를 가지고 저같이 온종일 토론을 하고 있으니, 만일 태자를 바꾸기로 결정을 짓는 날이면, 이 일을 장차 어찌하면 좋단 말인가? 여의가 태자가 되면 척희가 황후로 들어앉게 될 것 아니냐?

이것은 여후로서는 생각도 못할 안 될 일이건만, 황제의 조칙을 받들고 모든 신하가 승상부에 모여서 토의하고 있는 것이 사실이니 이것이 걱정거리였다. 어찌하면 좋을까? 여후는 어깨를 흔들면서 아무리 방법을 강구해도 좋은 생각이 떠오르지 않았다.

'나 혼자서 생각이 안 나온다…. 친정 오빠를 불러다가 의논을 해보아야지….'

여후는 끙끙거리고 앉았다가 문득 친정 오빠를 생각하고, 즉시 내시를 오빠 여택(呂澤)의 집으로 보냈다.

잠시 후 여택은 내시를 따라 궁으로 들어왔다. 여후나 마찬가지로 키가 크고 뚱뚱하게 생긴 여택이 들어와서 인사를 드리는 것을 보고 여후는 즉시 가슴속에 있는 답답한 사정을 쏟아놓기 시작했다. 황제가 삼천 궁녀들 가운데서 특히 서궁의 척희만을 총애하는 사실과, 태자를 폐하고 척희 몸에서 출생된 여의를 태자로 세우려고 하는 사실을 자세히 이야기하고서,

"그래서 지금 모든 신하들이 승상부에 모여 태자 폐립을 의논하고 있으니, 이 일을 장차 어찌하면 좋단 말인가?"

이렇게 물었다.

"신이 본시 배운 것이 부족하고 재주도 없으니 이같이 중대한 일에 좋은 꾀가 없습니다. 차라리 장자방 선생에게 비밀히 상의해볼 수밖에 별도리가 없을 것같이 생각됩니다. 반드시 그 선생에게는 깊은 꾀가 있을 것입니다."

"장량은 도를 닦고, 곡식을 먹지 않고, 산속에 한거(閑居)해 외출도 하지 않는다는데, 그가 어떻게 나를 위해 꾀를 내주겠는가?"

여후는 여택의 대답을 듣고 반문했다.

"신이 장자방의 아들 장벽강을 잘 알고 있습니다. 벽강이가 자주 신을 찾아오곤 했습니다. 신이 자방 댁을 찾아가서 벽강과 함께 간절히 말을 해보겠습니다. 그러면 자방이 거절하지 못할 것입니다."

여후는 비로소 얼굴에 기쁜 빛을 띠었다.

"그러면 속히 다녀오오!"

여택은 즉시 대궐에서 나와 수레를 타고 함양성 북문 밖으로 달렸다.

그는 먼저 장벽강을 찾아, 자신이 황후의 특청을 가지고 좋은 계책을 받기 위해 급히 온 사유를 설명했다. 그리고 그의 부친에게 자신과 함께 가서 간청하기를 권했다.

장벽강은 여택의 말에 즉시 순종하고 부친에게 여택을 인도해갔다.

여택은 장량에게 인사를 드리고, 황제가 태자를 폐하고 그 대신 여의를 태자로 봉하려 하는 데 대한 여후의 고통스러운 사정을 설명했다.

"모든 신하들은 오늘 조정에서 황제의 조칙을 받들고 승상부에 집합해 온종일 토의했습니다. 황제로 하여금 이같이 하시지 못하도록 선생께서 계책을 마련해주시지 않으시면 태자는 머지않아 폐립될 것입니다. 일이 이같이 되면 사직의 일이 중대하게 변화될 것이니 선생께서는 좋은 말씀을 들려주시기 바랍니다."

여택은 계속해서 간청했다.

그러나 장량은 아무런 표정도 없이 가만히 앉아만 있을 뿐 대답을 하지 않았다.

여택은 장량의 입에서 무슨 말이 흘러나오기만 고대했다.

방 안은 조용했다. 얼마를 기다려도 장량은 벙어리처럼 그대로 앉아있을 뿐이었다.

여택은 기다리다 못해 답답해졌다.

"선생! 저는 황후의 명령을 받아 선생께 온 것이올시다. 선생께서 아무 말씀도 안 해주시면 돌아가서 황후께 아무 말도 아뢸 것이 없으므로 그대로 돌아가지 못하겠습니다. 그러니 한마디 말씀이라도 듣지 않고는 이 방 안에서 물러가지 않고 앉아 있겠습니다."

여택은 정성을 다하는 듯, 간곡하게 말하기를 재촉했다.

장량은 역시 무표정한 얼굴로 한참 동안 가만히 있다가 겨우 입을 떼었다.

"말하지 않는 것은 까닭이 있소. 일이 중대하므로 만일 입 밖에 냈다가 남이 알면 큰일이기 때문이오."

"선생! 선생은 결코 염려 마십시오! 선생의 입에서 제 귀로 흘러들어오기만 할 뿐, 그 외에는 아무도 아는 사람이 없고 보면, 일은 그뿐이 아니겠습니까? 참말 비밀히 일러주시고 또 제가 비밀을 지킬 터이니, 그런 다음에야 염려하실 것이 무엇이겠습니까? 저를 믿어주십시오!"

장량은 여택의 말을 듣고 잠깐 생각해보는 듯하더니 여택의 귀를 끌어당겨 자기 입을 그의 귀에 대고 가만히 수군수군 일러주기 시작했다.

"황제께서 평생에 가장 귀하게 여기시는 사람이 네 사람이 있소. 그동안 몇 차례나 황제가 청해 부르신 일이 있건만, 그 사람들은 초지일관 도무지 응하지 않고 상산(商山)의 남쪽에 숨어 있단 말이오. 상산은 장안(長安)에서 삼백 리, 산세가 험준하고 이 산속에는 영지(靈芝)가 많이 생기는 터인데, 그 네 분은 이 영지를 뜯어먹으면서 샘물로 목을 축이고, 이 세상 밖에 표연히 벗어나서 살고 있는 분들이오. 황제께서는 이 네 분을 사모하는 마음으로 청했건만 응해오지 않자 한때는 이 네 분을 없애버릴까 하고 생각도 해보셨지만, 죄 없는 군자를 죽이는 것은 죄악이므로 그만두셨단 말이오. 황후께서 지금 사신을 보내시어 예를 갖추어 간곡하게 청하시면, 그 네 분은 반드시 산에서 내려와 태자를 도와드릴 것이오. 황제께서 한 번만 이 네 분이 태자를 수호하고 있는 것을 보신다면, 그 시각부터 태자 폐립 문제는 자연 소멸될 것이란 말이오. 이 네 분을 모셔만 오면 태자를 위해서는 백 명의 용장(勇將)과 십만의 정병(精兵)보다도 더 튼튼해, 성색(聲色)을 움직이지 않고 기초는 반석과 같이 굳어질 것이오. 알아들으셨소?"

장량은 한참 동안 귓속말로 일러주었다. 그동안에 그의 아들 벽강은 어느새 밖으로 물러가고 방 안에는 아무도 없었다.

"그러면 그 네 분의 성함은 누구누구이십니까?"

여택은 장량을 보고 물었다.

"한 분은 성은 당(唐), 자는 선명(宣明), 동원에 거주하고 계시므로 호를 동원공(東園公)이라 부르고, 한 분은 성은 기(綺), 이름은 이계(里季), 한단(邯鄲) 사람으로서 처음에 상남(商南)에 거주하다가 그 후에 동원공과 사귀신 분이고, 또 한 분은 성은 최(崔), 이름은 황(黃), 자는 소통(小通), 제(齊)나라 사람으로서 하황 땅에 은거하고 있었던 고로 하황공(夏黃公)이라 부르고, 또 한 분은 성은 주(周), 이름은 술(術), 자는 원도(元道), 하내(河內) 지방 사람으로서 각리(角里) 선생이라고 호를 부르는 터이오. 돌아가서 황후께 속히 아뢰고 상산사호께 사신을 보내시게 하시오. 만일 네 분이 상산에서 내려오시기만 하면, 태자를 위해 큰 복이 될 것이외다."

"감사합니다. 즉시 돌아가 그같이 황후께 아뢰겠습니다."

여택은 장량에게 작별 인사를 하고 즉시 대궐로 돌아갔다. 그는 내전에 들어가 여후에게 자세히 장량이 하던 말을 보고했다.

여후는 기뻐했다. 장량이 지시한 대로 상산사호만 끌어오면 자신의 일은 반석과 같이 튼튼해질 것이라고 믿게 되었다.

이튿날 여후는 황제 모르게 이공(李恭)을 사신으로 하여 촉(蜀) 땅에서 나는 비단 사천 필, 금 사천 냥과 명마(名馬) 네 필을 가지고 상산으로 네 노인을 찾아가게 했다.

사오 일 후에 이공은 상산에 올라갔다. 마침 네 분 노인은 영지를 캐어 산 위에서 내려오다가 언덕 위에서 이공을 만났다. 신선같이 보이는 노인 네 분이 위에서 내려오는 것을 본 이공은 즉시 이분들이 상산사호인 줄 알고 얼른 땅 위에 꿇어앉아 인사를 드리고 아뢰었다.

"황태자 유영(劉盈)이 인효공경(仁孝恭敬)해 오랫동안 네 분 선생님의 고명(高名)하심을 듣고 지금 시생을 사신으로 보내셨습니다. 네 분 선생님께서는 우리 황태자를 위해 잘 가르쳐주시고, 천하백성들로 하여금 태평세월에 살도록 인도해주시기를 시생은 복원하옵니다. 또한 태자께서 후일 보위(寶位)에 오르시면 네 분 선생님과 함께 부귀를 누리시올 것이니, 선생님들께서는 사양 마시고 허락해주기를 복원하옵니다."

산 위에서 내려오다가 뜻밖에 사신을 만난 네 분은 서로 얼굴을 바라보며 아무 말이 없다가 먼저 동원공이 입을 열었다.

"부질없는 일이오! 우리가 아는 것이 무엇이 있다고 태자를 교도하고 보필하겠소…."

그러자 각리 선생도 한마디 덧붙였다.

"그대로 돌아가시오! 공연히 수고하셨소."

이공은 또 애원했다.

"선생님! 태자와 황후와 폐하의 지극하신 소원입니다! 선생님들께서 시생의 말씀을 곧이듣지 않으신다면 시생은 죽어도 이곳에서 물러가지 않겠습니다!"

이공은 그 자리에서 이마를 땅에 대고 꿇어 엎드렸다.

네 분 노인들은 이 광경을 보고 어찌할 바를 모르겠다는 듯이 한동안 묵묵히 이공의 모양을 내려다보기만 했다.

어느 때까지나 꿇어 엎드린 채 일어날 줄 모르는 이공의 정성에 감동된 것처럼, 먼저 동원공이 각리 선생을 바라보면서 물었다.

"우리가 잠시 하산(下山)했다가 되돌아옴이 어떠하오?"

"한왕이 천하를 통일했으니 겨레의 복됨이요, 앞으로 장구한 세월을 두고 민생이 태평하기만 소원하는 터이니, 태자를 도와줌이 긴요한 일일까 싶소."

각리 선생도 동의했다.

"그러면 두 분은 어떻게 생각하는지?"

동원 선생은 하황공과 상남공에게 물었다.

"부득이한 일이오. …하산해보십시다."

마침내 그들의 의논은 이와 같이 가결되었다.

"그러면 오늘은 이미 날이 저물었으니 내일 하산하십시다. 손님도 그만 일어나시오!"

동원공은 이공을 일으켜 골짜기 속 양지쪽에 정결하게 지은 자기들 처소로 데리고 갔다.

그리고 이공이 가지고 온 예물은 모두 다 큰 광 속에 집어넣었다.

이공은 네 분 노인들을 모시고 그날 밤을 산속에서 지냈다. 이튿날 이공은 산 밑에 있는 주막집에서 하룻밤을 유숙시킨, 자기가 데리고 온 하인들로 하여금 네 분 선생님을 말 위에 편안히 모시게 한 후, 상산을 떠났다.

사오 일 후 이공은 무사히 대궐로 돌아왔다.

여후는 상산사호가 벌써 궁문 밖에 도착했다는 보고를 듣고 무한히 기뻐서,

"어서 속히 동궁으로 모셔라!"

시녀들에게 분부한 후 자신도 부산스럽게 몸단장을 차리고 동궁으로 건너갔다.

그동안에 상산사호는 시녀의 인도를 받아 이공과 함께 동궁에 들어와서 태자에게 인사를 하고 있었다. 동원공·상남공·하황공·각리 선

생, 네 분 노인은 태자에게 각기 자기 성명을 말하고 인사드렸다.

"이렇게 우리들을 불러주시니 황감하외다. 동궁을 모시고 태평세월을 누리는 것을 우리들은 무한한 영광으로 생각하는 바입니다."

"감사하신 말씀! 고명하신 네 분 선생님을 모시게 된 것을 무한한 행복으로 생각합니다."

태자도 공손하게 인사를 했다.

이때 여후가 들어와 상산사호에게 말을 건넸다.

"원로에 이같이 오셨으니 감격합니다. 국가의 장래가 오로지 태자에게 걸려 있으니 선생님께서 잘 교도하시기를 바랍니다."

노인들은 갑자기 황후가 들어와 인사말을 하는 것을 보고 일제히 공손히 인사를 드렸다.

여후는 대단히 만족해서,

"선생님들, 어서 거기 편안히 앉으십시오. 애들아, 속히 음식을 올려라."

하고는 자기 시녀를 돌아보면서 부탁했다. 상산사호는 모두 자리에 앉았다. 머리는 하얗고, 턱 아래 수염은 은실같이 길게 늘어져 있는 그들의 모양이 넓은 방 안에 화평한 운치를 돋우는 것 같았다.

시녀들은 금세 음식을 날라왔다.

태자는 노인들에게 술잔을 올리고, 술을 따랐다.

"오늘부터 선생님으로 모시는 예로서 제가 잔을 드리겠습니다."

노인들은 웃는 낯으로 잔을 받았다. 태자의 노성하고 온화하고 공손한 태도가 노인들의 마음에 들었다.

"술은 우리가 모두 다 잘하는 편이 아니고 각리 선생이 좋아하시는 것이니, 각리 선생에게나 많이 드리시오."

동원공은 웃으면서 한마디 하고 자신도 각리 선생에게 술을 권했다.

"좋아하지도 않고, 있으면 마시고, 없어도 생각나지 않고…."

각리 선생이 술잔을 받으면서 말하는 모양이 기력이 강건해 보였다.

"네 분 선생은 춘추가 대단히 높아 보이는데 모두 기력이 강건하시니 과연 다행입니다."

여후의 칭찬에 동원공은,

"모두 다 칠십사오 세씩 되었습니다. 그러나 과히 쇠약하지는 않지요."

하고 대답했다. 과연 그의 말과 같이 머리가 희고 수염이 은빛같이 되었을 뿐이요, 얼굴에는 굵은 주름살도 많지 않고, 백옥같이 흰 치아는 보기 좋게 빛났다.

여후는 노인들에게 음식을 권하면서 자신도 음식을 먹었다. 온화한 분위기 속에서 잔치가 있은 뒤에 그날부터 상산사호는 동궁에 거처하게 되었다.

하루가 지나고 이틀이 지나고 하는 동안에 상산사호는 태자와 친해졌다. 노인들은 태자에게 예를 가르치고 덕을 가르쳤다. 예는 겸손함이요, 덕은 너그러움이라는 것을 가르치며 삼황오제(三皇五帝) 이래 오늘날까지 수천 년 동안 천하의 흥망성쇠의 이치가 무엇인지, 천지의 운수와 인생의 목숨이 자연스럽게 순응하는 것과, 이에 거슬러서 행동하는 것에 대한 시비와 선악을 가르쳤다. 이러는 동안에 사오 일이 훌쩍 지나갔다.

이때에 황제는 조정에 나와 앉아서 군신을 소집했다. 태자 폐립 문제를 아직도 결정짓지 못하고 신하들이 지체하고 있는 것을 못마땅하게 생각한 까닭이었다.

신하들이 모두 모인 뒤에 황제는 근엄한 표정으로 입을 열었다.

"짐이 전일 경들에게 태자 폐립의 일을 의정(議定)하라 했건만, 그동안 수십 일이 지나도록 아직도 회주(回奏)함이 없으니 어찌된 연유인고? 중론(衆論)이 무어라 했는가?"

그러나 아무도 얼른 대답하지 못했다.

이때 숙손통과 주창이 황제 앞으로 가까이 나왔다.

"아뢰옵니다. 옛날 진(晋)나라의 헌공(獻公)이 궁녀들 가운데서 여희(驪姬)를 몹시 총애하시어, 여희의 말씀만 듣고 태자를 폐하고 해제(奚齊)를 춘궁(春宮)으로 세운 후, 진나라는 수십 년 동안 어지러워졌사옵니다…."

"또, 아뢰옵니다…. 진시황은 일찍이 큰아들 부소(扶蘇)를 춘궁으로 결정하지 못했던 까닭으로 필경 조고(趙高)가 위조해, 호해(胡亥)로 태자를 세웠기 때문에 진나라는 망해버렸사옵고, 이것은 폐하께서 친히 목도하신 바이옵니다. 지금 태자의 인효(仁孝)함은 천하가 주지(周知)하는 터이온데, 폐하께서는 굳이 적자(嫡子)를 폐하시고 서자(庶子)를 세우시려 하시니, 신은 복원하건대 태자를 위해서 신의 목숨을 버리고자 하옵니다!"

주창과 숙손통이 연달아 아뢰는 말을 듣더니, 황제는 기색이 좋지 않아졌다.

그는 무엇이라고 호령을 해야 좋을지 잠깐 동안 생각해보았으나 두 신하를 꾸짖을 만한 좋은 말이 생각나지 않으므로 그만 벌떡 일어났다. 그리고 그는 아무 말도 안 하고 불쾌한 낯빛으로 안으로 들어가버렸다. 신하들도 모두들 물러나왔다.

황제는 조정에서 안으로 들어온 후, 장신궁(長信宮) 서궁으로 가기 위해서 편전(便殿) 앞을 지나올 즈음에 맞은편 문덕전(文德殿)에서 태자가 앞서서 걸어나오고, 그 뒤에 네 사람의 노인이 따라 걸어오는 모습을 보았다.

황제는 괴상히 생각하고 걸음을 멈추었다.

태자는 황제를 보고 그 앞에 급히 와서 공손히 인사를 드렸다.

"저 네 사람은 무슨 사람들이냐?"

황제는 태자의 뒤에 걸어오고 있는 사람을 눈으로 가리키며 물었다.

이 소리를 듣고 네 분 노인은 황제 앞으로 가까이 다가와서 각각 자기 성명을 아뢰었다.

황제는 마음속으로 크게 놀랐다. 이 사람들은 평소에 내심으로 존경하던 상산사호들이 아닌가?

"그런데 짐이 오륙 년 전부터 수차 간곡하게 청했을 때엔 그대들이 종시 거절하고 오지 않더니, 어떻게 이렇게 지금 태자에게는 따라다니는가?"

황제의 물음을 받고 네 분 노인 가운데서 한 분이 서슴지 않고 대답했다.

"폐하께서는 본시 교만하시어 일상에 선비를 가볍게 하시는 터이므로 그 까닭으로 누차 노신들을 부르셨건만 조칙을 받들지 않고 나오지 않았사옵니다. 그러나 황태자는 인효공경, 현사(賢士)를 존중할 줄 아는 터이므로, 천하 백성들도 태자를 위해서라면 목숨을 바치겠노라고 말하지 않는 사람이 없으므로, 노신들도 이러한 연유를 알고 태자를 받들어 모시고자 하는 것이옵니다."

황제는 이 말을 듣고 빙그레 웃었다. 자신을 찾아오지 않던 상산사호가 자기 아들을 찾아와서 도와주는구나…. 다행하고 만족하고 유쾌한 느낌이 금세 황제의 가슴속에 가득히 찼다.

"이미 그같이 생각했다면, 아무쪼록 그대들은 태자를 수호하여 바른 길로 인도하고, 옳은 일을 하도록 가르쳐주기 바라오!"

황제는 그들을 보고 부탁했다.

"네! 황송하옵니다. 그렇게 하겠사옵니다."

노인들은 일제히 아뢰고,

"만수무강하옵소서…."

성수를 빌면서 예를 했다.

황제가 그들의 모양을 바라보니 기골은 장대하고, 얼굴은 온화하고 국량은 위대해 보이고, 백발은 성성하고 의관은 반듯하고…. 과연 이 세상에는 다시없을 듯싶어 보이는 신선과 같았다.

'하아, 과연 신선들이구나….'

황제는 물끄러미 그들을 바라보다가 마음속으로 탄식하고, 돌아서서 즉시 장신궁으로 갔다.

서궁에 앉아 있던 척희는 황제가 들어오는 것을 보고 일어서서 맞아들였다.

자리에 앉은 후에 황제는 척희의 궁금해하는 표정을 바라보면서, 조정에서 주창과 숙손통이 목숨을 내놓고 간하던 말과, 세상 사람들이 모두가 존경하고 사모하는 상산사호들까지 태자를 위해 와 있는 사실을 이야기하고,

"벌써 일이 이와 같이 되었으니…. 상산사호가 우익(羽翼)으로 있는 바에야, 이제는 태자를 움직이기가 어렵게 됐다!"

한숨을 내쉬었다. 척희는 이 말을 듣고 금세 두 눈에 방울방울 눈물이 하나 가득 고이더니 좌르르 흘렀다.

그리고 그는 고개를 푹 수그렸다. 눈물이 하염없이 흘렀다.

척희는 슬픔을 못 이기고 그 자리에 엎드려 울었다.

이를 보고 황제는 척희의 등을 어루만지면서 위로했다.

"울지 마라, 울지 마라, 여의가 태자가 되지 못하기로서 무슨 큰 슬픔이 있으리요…. 짐이 반드시 대국(大國)의 왕에 여의를 봉해주리니, 그대는 염려 말고 이렇게 슬피 울지 마라."

따뜻한 손으로 어깨를 만지며 부드러운 음성으로 위로하는 말에 척희의 슬픔은 적지 않게 가라앉았다.

조금 있다가 척희는 일어나 앉아 눈물을 닦고 말했다.

"폐하! 성려(聖慮)를 깊이 내리시와 첩의 모자(母子)가 후일 환난을

당하지 않도록 구해주시옵소서!"

"아무렴, 그렇게 하고말고, 여부가 있나! 그러니 안심하란 말이야."

황제는 쾌히 허락했다. 그리고 한참 동안 생각하더니 입을 떼었다.

"짐이 전일 진희를 정벌하러 출정했을 때 한단(邯鄲)에 주둔하고 있었는데, 이 땅은 풍토가 순후하고, 백성이 풍요하고, 앞으로는 연대(燕臺)가 가로막히고, 뒤로는 장하(漳河)가 가로막고 있으며, 지방은 천리, 호걸이 많은 요해지란 말이야. 짐이 내일 조정에 나아가 여의를 조왕(趙王)에 봉해 한단에 도읍을 정하고 종신토록 부귀를 누리게 할 것이다. 이 지방은 이곳으로부터 멀리 떨어져 있는 곳이니 걱정스러운 광경이 눈에 보이지도 않을 것이야."

"그같이 마련하시면 첩은 죽어도 걱정 않겠사옵니다. 그러나 여의는 아직 유약(幼弱)하니 어떻게 강토를 보전하겠사옵니까?"

"그것도 염려 마라. 내일 군신 가운데서 가장 지모(智謀) 있는 사람을 선택해 여의를 보좌시킬 터이다."

"참으로 그렇게 되면 다행이겠사옵니다."

척희는 대단히 기꺼워했다. 그는 즉시 시녀를 불러 술을 들이게 하고, 황제와 더불어 즐거워했다.

구름 속은 깊다

　이튿날 황제는 조정에 나가 모든 신하들이 모인 뒤에 천천히 전교를
내렸다.
　"어제까지는 짐이 태자 폐립을 경들에게 종용해왔으나, 경들의 말과
같이 유영(劉盈)이 이미 춘궁이 된 지 오래되어 지금 새삼스러이 고치기
어려우므로 그만두기로 하겠소. 그러나 여의도 점차 성장해 이제는 더
오래 궁중에 두기 어려운 고로 여의를 봉해 조왕(趙王)으로 하고 도읍을
한단 땅에 세우게 하려 하니 경들은 이에 대해 어떻게 생각하느뇨?"
　황제의 전교가 내리자, 모든 신하들은 이구동성으로 찬성하는 뜻을
아뢰었다.
　"지당하옵니다! 그와 같이 하시면 신들의 공론(公論)에 부합되는 줄
로 아뢰옵니다."
　여러 신하들이 아뢰는 소리를 듣고 황제는 만족한 표정이었다.
　"그러나 여의를 조왕에 봉할지라도 반드시 노성(老成)한 대신을 선택
해 여의를 돕게 하고, 조석으로 가르쳐서 바르게 인도해야 할 터인데,
이에 대해서 경들은 누구를 그 적임자로 생각하오?"
　황제는 또 신하들의 의견을 물었다. 이때 상국 소하가 앞으로 나와서
아뢰었다.

"어사대부(御史大夫) 주창(周昌)은 위인이 공정하고 심지가 명쾌하니, 이 사람을 조왕의 보필(輔弼)로 정하심이 좋을까 생각하옵니다."

황제는 소하의 말을 듣고 기꺼워했다.

"짐의 뜻과 같도다!"

그리고 즉시 주창을 가까이 불러 분부했다.

"경이 이 일을 맡으라!"

"신은 지금 칙명을 받자왔으나 경솔히 칙명하심을 받들지 못하겠사옵니다. 신의 소원이 세 가지 있는데 이것을 허락하시고 친필로 수칙(手勅)을 내려주시면, 삼가 칙명에 순종하겠습니다."

주창은 황제 앞에 공손히 서서 이같이 아뢰며 황제의 말에 얼른 복종하지 않았다.

황제는 의아한 표정으로 물었다.

"경이 말하는 세 가지 소원이란 무엇인가?"

"신의 첫째 소원은, 신이 지금 조왕을 따라서 가 조석으로 좌우에 모시고 있으면서 조정에 나오지 않을 것입니다. 이래야만 틈을 타서 해치려고 하는 사람이 없을 것입니다. 둘째 소원은, 조왕이 오직 본국만 지키고, 만사를 전부 신의 간언(諫言)에 좇아서 처결해야 할 것이옵니다. 셋째 소원은 조왕과 척희 사이가 비록 모자간이오나 결코 음신(音信)을 상통해서는 안 되겠사옵니다. 무슨 까닭이냐 하면, 수시로 모자간에 소식을 연통하고 지내오면, 사람들이 무슨 일을 서로 번번이 연통하는가 의심하기 쉽고, 그러다가는 모자가 피차에 일신을 안전하게 보신할 수 없는 까닭이옵니다. 폐하께서 이 세 가지 일을 신의 뜻대로 일임해주시면 신이 조왕을 보좌하겠사옵니다."

"그야 쉬운 일이지! 그렇게 하오."

황제는 즉시 대답하고, 세 가지 소원대로 주창의 말을 들어주는 조칙을 써주었다.

"경은 이제부터 즉시 출발을 준비하오. 조왕도 금일로 출발시키겠소."

황제가 주창에게 부탁하자 주창은 황제에게 조칙을 두 손으로 받고,

"칙명대로 하겠사옵니다."

하고 물러나왔다.

황제는 주창을 내보내고 다른 신하들도 물러가게 한 후, 근신으로 하여금 여의를 불러들이게 했다.

여의는 즉시 황제 앞에 나왔다.

"너를 조왕에 봉했다. 어사대부 주창이 너를 보좌해 국사를 처리하고, 너는 모자간에 소식을 끊고, 한단에 도읍을 정하고 움직이지 말고 있으라! 물러가서 너의 어미에게 작별 인사를 드리고 지금 곧 출발해라!"

황제가 이같이 분부하자,

"네."

여의는 그의 부친에게 겨우 한마디 대답하고 즉시 물러나와, 서궁으로 가서 척희에게 이 뜻을 아뢰었다.

"무어! 오늘로, 지금… 그렇게 속히 네가 떠난단 말이야? 아하….."

척희는 놀랐다. 이렇게 속히 조정에서 황제의 뜻대로 여의를 조왕에 봉하게 되고, 또 노성한 어사대부 주창이 여의를 따라가게 될 줄은 척희가 미리 짐작하지 못했던 일이다. 그는 뜻밖에 아들과 이별할 일을 생각하니 가슴이 뻐개지는 것 같았다.

"네가 오늘 떠나가면, 어느 날 또 내가 너를 보게 된단 말이냐!"

"어머니!"

어머니와 아들은 부둥켜안고 엉엉 울었다. 숙성은 하지만 아직도 나이 어린 여의는 다만 어머니를 작별하는 것이 서러워 우는 것이겠으나, 척희의 가슴속에는 애끓는 듯한 모자의 정과 그 밖에 형언할 수 없는

복잡한 슬픔이 엉겼던 것이다.

"너를 보내고… 나는… 나는…."

무슨 말을 하려는지 척희는 울음 섞인 소리를 이같이 내놓다가, 말끝도 못 맺고 목이 메었다. 곁에서 보고 있던 시녀들도 눈물을 흘렸다.

한참 동안 이렇게 울다가 척희는 여의를 놓고 방으로 들어가 여의의 행장을 차리기 시작했다.

"너도 네 방에 가서 행장을 수습해라."

그리고 이같이 말했다.

조금 있다가 여의는 제 방에서 행장을 수습해 나왔다. 이때 척희도 시녀들로 하여금 여의의 행장을 가지고 서궁문 앞까지 나가게 했다. 벌써 척희는 울음을 그쳤다.

여의는 조정에서 파송된 수레를 타고 서궁을 떠났다. 척희는 아들이 여후의 독한 그물 속에서 벗어나가는 것만을 다행히 생각했다. 이제는 일국의 왕이 되어 가니 앞으로 저만은 무사하겠지? 여의가 국왕으로 무사히 있는 이상 설마, 나도 여후가 어쩌지 못하겠지? 여의가 타고 앉은 수레가 눈앞에서 사라질 때까지 척희는 멍하니 바라보고 있었다.

이때 황제는 여의의 수레를 뒤쫓아서 멀리 성문까지 전송했다. 황제 또한 가슴이 뻐근한 것을 느꼈다. 여의가 조왕이 되어 무사히 지내면 사랑하는 척희도 안심하게 되려니…. 이같이 스스로 위로는 되나 태자 유영보다 귀여운 여의를 멀리 보내는 것이 애석했다.

황제는 성문 밖에까지 따라나왔다.

이때 여의를 모시고 따라가던 주창이 황제의 어가 앞으로 와서 아뢰었다.

"폐하! 폐하께서는 그만 환궁하시옵소서."

황제는 그제야 자신이 너무 멀리 나온 것을 깨닫고 수레를 멈췄다.

그는 여의를 건너다보았다.

여의도 황제를 우러러보았다.

황제의 눈에서는 눈물이 주르르 흘렀다.

여의도 아까부터 참아오던 눈물이 한꺼번에 쏟아졌다. 이와 같이 수레를 멈추고 아무 말도 없이 아버지와 아들이 울기만 하는 것을 보고 주창은 또다시 어가 앞으로 나왔다. 그는 얼굴을 정색하고 황제에게 간했다.

"폐하! 옛날부터 천자는 만민의 부모, 사해의 창생이 모두 폐하의 적자이온데, 어찌 조왕 한 사람만을 이다지 유심히 아끼시나이까…. 너무도 여인같이 애련해하시지 마소서."

황제는 이 말에 정신을 가다듬고,

"그러하오…. 속히들 가라!"

하고 자신도 수레를 돌렸다. 주창은 여의를 모시고 지체 없이 조나라를 향해 달렸다.

황제는 성문 안으로 들어왔다. 그의 마음은 웬일인지 여의를 다시는 못 보게 될 것만 같이 허전하고 측은하게 느껴져 견딜 수 없었다. 그가 입을 꽉 다물고 눈물을 억제하면서 궁으로 돌아오고 있을 때, 뜻밖에 길거리에 노인 한 사람이 소장(訴狀)을 높이 쳐들고 땅바닥에 엎드려 있는 것을 보았다.

황제는 어가를 멈추고 근신으로 하여금 그 노인을 가까이 부르라고 분부했다. 소장을 가진 노인은 황제 앞으로 오더니,

"상국 소하가 상림원(上林苑) 속에 있는 공지를 백성들에게 경작을 시키고, 오곡을 짓게 하며, 항상 백성들로부터 뇌물을 받사오니, 이같이 부귀를 탐하는 일이 없도록 하옵소서."

이같이 아뢰고 소장을 올렸다. 황제는 소장을 받아 그대로 아무 말 하지 않고 즉시 어가를 출발시켰다.

'고얀 놈!….'

황제는 수레 위에 앉아 입속으로 몇 번이나 이 소리를 뇌었다. 그는 여의를 멀리 떠나보내고 가뜩이나 마음이 심란한 때에 평소에 둘도 없이 믿고 바라고 의심하지 않던 소하가 이렇게도 무법하게 상림원의 토지를 백성들에게 빌려주고 뇌물을 받고 있다 하니, 이것은 용서할 수 없다고, 저절로 화증이 치밀어 올라왔다.

'소하가 짐의 평소의 기대를 배반하고 이 같은 거동을 보이고 있으니 이것은 신하의 도리가 아니다!'

마침내 그는 이같이 결론을 짓고 궁에 돌아와 즉시 위관을 불러 소하를 감옥에 잡아가두라고 분부했다. 칙명으로 인해서 소하는 즉시 하옥(下獄)되었다.

황제는 불쾌한 심사를 척희와 더불어 술 마시고 환담함으로써 잊어버리려고 했다.

이튿날 조정에 나가자 대부 가운데 왕위위(王衛尉)라는 사람이 황제 앞으로 나와 물었다.

"아뢰옵니다. 소승상이 하옥되었으니 이 무슨 죄이오니까?"

"백성들로부터 뇌물을 받고, 더구나 상림원의 토지를 백성에게 빌려주었으니, 짐이 이 까닭으로 하옥시킨 것이오."

"아뢰옵니다. 나라에 일이 있을 때 편리하도록 하는 것은 재상의 직분이옵니다…. 폐하께서 그전에 초패왕과 접전하시기를 오륙 년, 그 후엔 진희와 영포를 또 정벌하시느라고, 그 어느 때나 항상 관중 지방에 승상을 두시고 도읍을 진수(鎮守)시켰사옵니다. 그때마다 만일 보통 심상한 사람이 관중을 지켰더라면 나라는 벌써 망해버리고 말았을 것입니다. 그러한데 소승상은 항상 충심으로 국가를 수호했사옵니다. 백성들로부터 뇌물을 받았을 이치가 있겠사옵니까! 이익을 탐하고 욕심을 부리지 않는 소승상이, 설령 그 같은 짓을 해서 뇌물을 약간 받았다고 가정할지라도 이것은 극히 작은 일이옵니다. 그러나 조그마한 과실이

미웁다 해서 큰 공이 있는 것을 잊어버리심은 불가합니다. 이 때문에 신이 감히 죽음을 두려워하지 않고 나와서 폐하께 아뢰는 것이옵니다. 폐하께서는 심찰(深察)하시옵소서."

왕위위의 간언을 듣고 황제는 대답할 말이 생각나지 않았다. 사실 소하가 아니었던들 어떻게 오늘날까지 풍진을 경과했을는지 몰랐다. 후방의 치안, 민생의 보호, 군비의 조달, 수송, 보급…. 돌이켜 생각해보니 이 같은 일은 모두 다 소하가 담당해온 일이었다. 왕위위의 말이 옳다.

황제는,

"과연 경의 말이 옳다! 참으로 짐의 과실이다!"

하고, 즉시 근신으로 하여금 절(節)을 가지고 옥으로 가서 소하를 석방시킨 후 데리고 들어오라고 분부했다.

얼마 지나지 않아 소하는 근신과 함께 조정에 들어왔다. 하룻밤 동안 옥중에 갇혔던 소하의 얼굴은 조금도 근심하지 않은 사람같이 온화하고 인자해 보이며 외관도 단정했다.

"승상이 백성을 위해서 토지를 개간케 한 것, 이것은 재상의 직분인 것을, 짐이 불명(不明)해 이것을 모르고 잘못 생각하고 경을 하옥한 후 지금에야 후회하오…. 그런데도 승상은 하옥되면서 한마디 말도 변명하지 않았으니 과연 현재상(賢宰相)이오!"

황제는 소하를 위해 위로의 말을 했다.

"황감한 말씀…. 폐하의 성명(聖明)하심, 신의 아룀이 없을지라도 미구에 깨달으시고 석방시키실 줄로 믿었사옵니다. 그래서 조용히 묶여 옥으로 내려갔던 것이옵니다."

"과연 현인군자로다!"

황제는 즉시 근신을 불러 어제 길거리에서 소장을 올리고 소하를 고발했던 그 노인을 잡아오라고 분부했다.

위관과 무사들은 근신의 지시를 받아 즉시 출동했다. 그들은 어제 조왕을 전송할 때 황제를 호위했던 까닭으로 도중에서 황제에게 고발했던 노인을 힘들이지 않고 찾아내어 결박지어왔다. 황제는 즉시 그 노인의 목을 베어버리라고 분부했다.

황제는 조정에서 나와 서궁으로 갔다. 황제는 척희와 마주 앉아 술을 마시다가 문득, 개국공신(開國功臣)들은 영구히 후세의 자손들이 추앙할 수 있도록 해야겠다는 생각이 떠올랐다. 그는 자신이 소하의 공을 잊어버리고 그를 옥에 가두었던 일을 진정으로 후회했다.

이튿날 황제는 조정에 나아가 신하들과 함께 태자를 나오게 해 태자에게 천천히 하교를 내렸다.

"짐을 따르는 모든 신하들은 포의(布衣)에서 일어나 처음부터 따른 사람도 있고, 혹은 초를 배반하고 한나라에 귀속한 사람도 있고, 혹은 중간부터 따라온 사람도 있으며, 그 중에는 죄를 범해 주륙을 당한 사람도 있으나, 그들의 기산묘책(奇算妙策)은 대공을 세웠음으로 파초흥한(破楚興漢)의 공훈은 영원히 소멸되지 않을 것이다. 짐이 이제 공신들의 초상을 그려서 공신각(功臣閣)을 세우고, 후세 자손들로 하여금 항상 우러러보게 하고, 그 시초와 대한의 인재(人才)가 왕성했던 것을 생각하도록 하겠다."

황제는 또 소하 쪽을 돌아보고 분부했다.

"승상부에서 이 일을 속히 마련하기 바라오."

"지당하옵니다."

소하는 감격해서 더 길게 말하지 못했다. 황제는 만족한 미소를 띠었다. 모든 신하들도 희색이 만면했다.

분부가 내린 후, 즉시 수십 명의 그림 그리는 화공들은 승상부의 큰 화실에서 공신들의 초상을 제작하기 시작했고, 문덕전 옆에 있는 누각 한 채는 공신각으로 개장(改裝)하느라고 역사를 시작했다.

불과 십여 일 만에 공신각이 완성되었고 초상을 그린 그림이 진열되었다고, 조정에서 소하는 황제에게 아뢰었다.

황제는 신하들의 수고를 칭찬한 후, 즉시 태자를 데리고 공신각으로 가보았다. 황제가 앞서고 태자는 뒤를 따르면서 대리석으로 꾸민 층계를 올라가 누각 위층에 있는 넓은 방 안에 들어서니, 사방에 수십 명의 공신 얼굴이 걸려 있었다.

그 많은 공신들의 얼굴을 한 사람씩, 한 사람씩 보아오면서 황제는 그 사람들의 출생지, 경력, 공훈 등을 일일이 태자에게 설명해주었다. 태자는 아버지의 설명을 한 구절도 잊어버리지 않으려고 귀를 기울이고 열심히 들었다.

기신(紀信)의 초상화 앞에 이르렀을 때, 태자는 먼저 기신을 알아보고 아뢰었다.

"전일 영양성에서 만일 이 사람이 목숨을 버리고 초패왕한테 가지 않았다면, 어찌 폐하의 오늘이 있겠사옵니까?"

"그 말이 당연하다."

황제는 고개를 끄덕이면서 아들의 말에 동감을 표했다.

그다음에 하후영(夏侯嬰)의 초상화 앞에 와서 태자는 또 감격해서 말했다.

"신이 팽성에서 초패왕 군사에게 생포당했을 때, 만일 이 사람이 구해주지 않았던들 어찌 오늘날 신이 폐하의 아들이 될 수 있겠사옵니까?"

"참으로 옳은 말이다…."

황제는 기신과 하후영에 대한 설명은 자기가 말할 것도 없이 아들이 기억하고 있을 뿐만 아니라, 그 근본을 알고 이것을 잊어버리지 않는 그 심지에 탄복했다.

'과연 내 아들이로다! 장래를 가히 보전하겠다… 기특한 일이로다….'

황제는 그다음에 걸린 그림들을 하나씩 하나씩 다 보고 조정으로 돌아와 기신의 아들 기통(紀通)을 불러들이고, 또 하후영을 불러 중상을 내렸다.

"황감하옵니다!"

두 사람이 은혜에 감사하고 황제 앞에서 물러나오자, 신하들도 모두 폐하의 은혜에 감사했다. 황제는 그들이 서로 시기하지 않고 함께 감격하는 것을 보고 마음이 더욱 흡족해졌다.

이때 갑자기 한 사람이 큰 목소리로 아뢨다.

"폐하께서는 태자 전하와 함께 기신과 하후영의 공로만 찬양하시고, 신의 부친의 막대한 공로는 생각해주지 않으시니 잊어버리셨사옵니까?"

황제는 놀란 눈으로 그 사람을 보았다.

그는 다른 사람이 아니라, 항백(項伯)의 아들 항동(項東)이었다. 항동은 황제가 자신을 발견한 것을 알고 황제 앞으로 가까이 나갔다.

"아뢰옵니다. 폐하께서 전일 패상(霸上)에 주둔하고 계셨을 때, 초패왕이 비밀히 밤중에 패상을 습격하려는 것을 신의 부친 항백이 죽마고우로 절친하게 지내던 장량을 구하려고 마침내 동성(同姓)도 잊어버리고 친히 초나라의 진영에서 패상에 찾아가서 한나라 진영에 이르러 폐하께 이것을 알려드린 후, 다시 초나라 진영으로 돌아와서 초패왕에게 극력 간해서 폐하로 하여금 그날 밤의 난(難)을 모면하시게 했사옵니다. 그 후에는 홍문(鴻門)의 연회에서 항장(項莊)이 칼을 가지고 검무를 추면서 폐하를 죽이려 하는 것을 신의 부친이 또한 검무를 추면서 극력 폐하를 방어했으므로 그때 간신히 폐하께서는 호구(虎口)를 벗어나셨사옵니다. 또 그 후에 성고(成皐)에서는 초패왕이 태공을 도마 위에 올려놓고 죽이려 하는 것을 신의 부친이 극력 간했기 때문에 초패왕은 중지했던 것이옵니다. 이로써 보건대 신의 부친의 공은 기신과 하후영의 공보다 못지않다고 생각되는데, 폐하께서는 오늘 태자 전하와 함께 저두 사람의 공만 찬양하시고 신의 부친에 관해서는 한마디 말씀도 없으신 고로, 이 때문에 신은 죽을죄를 알면서도 감히 이같이 아뢰옵니다."

항동은 조금도 주저하는 빛이 없었다. 이 소리를 듣고 황제는 지나온 과거의 일이 생생하게 눈앞에 보이는 듯, 감개무량해져서 말문이 꽉 막혀버렸다.

모든 것이 사실이다! 항동의 말과 같다!

한참 동안 지나온 일을 눈앞에서 그려보다가 황제는 천천히 입을 열었다.

"짐이 오랫동안 지나간 날의 항백 장군의 덕을 사모해오던 터이었는데, 작금에 이르기까지 간과 미정해 겨를이 없었기 때문에 뜻밖에 일이 지연되었다…. 지금 네 말을 듣고 나니 부끄러울 따름이다."

그리고 즉시 숙손통을 가까이 불러 자신의 딸들 가운데서 소화공주(少華公主)를 항동에게 출가시키고, 항동은 소신후(昭信侯)에 봉하고, 택일을 하여 성례한 후 융경부(隆慶府)에 거처하도록 하라는 조칙을 내렸다. 항동은 조칙을 받고 은혜에 감사하고 물러갔다.

이때 장량은 함양성 북에서, 낮이나 밤이나 홀로 방 안에 들어앉아 있었다. 간혹 울안의 정원을 거닐면서, 겨울이 가고 새봄이 오려는 천지자연을 관망하며, 무념무상(無念無想)의 경지에서 자신을 잊어버리는 때도 있었다.

하루는 장량이, 자식들이 거처하는 아래채로 내려가보았다. 큰아들 불의는 나가고 없고, 둘째아들 벽강도 제 방에 없었다. 다만 벽강의 방 앞마당 닭장 안에 닭이 있을 뿐이었다. 그는 닭장 앞으로 갔다. 닭은 수십 마리가 쉴 새 없이 오락가락하며 물을 찍어서 목을 쳐들고 마시기도 하고, 땅바닥에 떨어져 있는 곡식알을 찾아 먹기도 했다. 그는 그 광경을 유심히 들여다보고 있었다. 한참 동안 그가 닭 구경을 하고 있을 때,

벽강이 돌아왔다.

"아버지 내려오셨습니까?"

벽강은 부친 앞에 나와 인사를 드렸다. 성중에서 살다가 이곳으로 이사 온 이후 오래간만에 자기 부친이 아래채에 내려온 모양을 보고 그는 무척 기쁜 모양이었다.

"오, 너 어디 갔다 오느냐?"

장량은 아들을 보고 물었다.

"네, 아침 후에 잠시 성중에 들어갔다가 지금 돌아온 길입니다."

"성중은 무사하고 궐내(闕內)에도 별고는 없으시더냐?"

"전일 소승상이 하옥되었다가 이튿날 출옥하신 사실은 아버지께서도 아시지 않으셨습니까…. 그 후 저 역시 오랫동안 외출하지 않아 모르고 있었사온데, 오늘 성중에 들어가서 들으니, 폐하께서는 소승상을 출옥시킨 후 공신각을 세우시어 어제 궁중에서는 큰잔치가 있었다 하옵니다…."

"공신각?"

장량은 혼잣말로 중얼거렸다.

벽강은 자신이 들은 대로 공신각 안에는 누구누구의 초상화가 걸려 있다는 것과 기신의 아들 기통과 하후영이 중상을 받았다는 것, 그리고 항백의 아들 항동이 소화공주와 성례를 하게 되었다는 등, 궁중에서 생긴 일에 관련해서 자세히 보고하면서,

"아버지의 초상화도 그림으로 걸려 있다 하옵니다."

끝으로 이같이 보고했다. 장량은 아무런 표정도 없이 아들의 보고를 듣고 섰다가 닭장 안으로 시선을 돌렸다.

이때 암탉 한 마리가 둥우리에서 펄떡 뛰어나오면서 꼬꼬 소리를 높이 질렀다. 둥우리 안에는 하얗게 빛나는 알이 한 개 놓여 있었다. 암탉은 알을 낳았다는 보고를 하는 것 같았다.

"닭들이 알을 잘들 낳느냐?"

장량은 공신각에 관한 말을 더 듣고 싶지도 않다는 듯이 물었다.

"네, 처음 뒷마당에 있을 때보다 앞마당으로 닭장을 옮기고, 잠자는 칸을 따로 만들어주고, 아침마다 청소를 해주고, 모이와 물을 자주 갈아주었더니 닭들이 모두 그전보다 훨씬 살찌고 알도 잘 낳습니다."

장량은 벽강의 말을 듣고 잠시 침묵하고 있다가 아들의 얼굴을 보면서 말했다.

"햇볕이 잘 비치고, 땅바닥에 습기가 없고, 깨끗하고, 먹는 것이 좋아지고… 하면, 가축(家畜)은 모두 좋아지느니라…."

"네, 참 그래요! 환경이 좋아지니 발육이 잘 되는가봅니다."

"닭도 그러하고, 개도 그러하다. 집을 잘 지어주고, 먹이를 좋은 것으로 주고, 햇볕을 잘 쪼이고, 잠자리가 좋아지면, 짐승들은 잘 크고, 성질도 온순해지고, 제 할 일을 잘 하느니라…. 그런데 이와 같이 먹고 입고 거처하는 것이 좋아질수록 나빠지는 짐승 같은 것이 있으니 그것이 무엇인지 아느냐?"

벽강은 갑자기 생각나지 않았다.

"알지 못하옵니다."

"환경이 좋아지면 그와 반대로 나빠지는 수가 많은 것이 사람이다. 인생이다. 잘 입고, 잘 먹고, 좋은 수레를 타고, 지체가 높아지면 높아질수록, 아첨하고 도둑질하고 거짓말하고 미워하고 빼앗고 죽이고…. 이 따위로 되기 쉬운 것이 사람이라는 짐승이다. 알아듣겠느냐?"

"네, 잘 알아들었습니다."

"그런고로 이따위 사람들은 계견(鷄犬)만도 못한 짐승들이다. 부귀공명을 바라는 마음보다 먼저 신령스러운 사람의 마음을 닦아 저를 이루는 것이 제가 할 일이다. 너도 아비의 초상이 공신각에 걸려 있는 것을 자랑으로 생각해서는 잘못이다. 네 몸의 주인은 다른 사람이 아니고 바로 너의 마음이다. 네 몸을 움직이게 하는 것이 네 마음이 아니냐?"

"네, 그러합니다."

"너는 너의 형보다 부귀공명에 뜻을 두지 않는 줄로 아니까 네가 가끔 성중에 드나드는 것을 나는 막지 않았다. 사내자식이 세상 돌아가는 것만은 알고 있어야 하는 까닭이다. 들어가거라."

"네…."

장량은 뒷짐을 지고 돌아섰다. 그는 아들의 집을 나와서 언덕 위에 있는 자신의 서재로 들어갔다. 그는 책상 앞에 단정히 앉아서 지나온 이십여 년, 진시황 이십구년 양무(陽武) 땅 박랑사(博浪沙)에서 진시황을 암살하려던 때부터 오늘 대한 십이년에 이르기까지 자신이 행동해오던 일을 돌이켜보았다. 한(韓)나라를 위해 내가 원수로 생각하던 진나라를 멸망시키고, 백성들을 잔인무도한 초패왕의 다스림으로부터 건지기 위해 한왕을 끝까지 도와 그로 하여금 천하를 통일하게 하고, 궁중에 싸움이 없고 사직이 공고해 백성을 편안하게 만들기 위해서 상산사호로 하여금 태자의 우익이 되도록 하였으니, 이제는 내가 후세의 백성들을 위해 더 할 일이 없다…. 그보다도 한신·팽월·영포가 죽임을 당하고, 소하까지 옥중에 들어갔다 나왔으니, 비록 지금 황제가 공신각을 세우고 공신들을 추념(追念)하는 마음이 깊다 할지라도 한번 마음이 뒤집히고, 조왕을 태자로 만들지 못한 원인이 내게서 생겨난 것이라는 사실을 알게 된다면 환난이 내 몸 위에 떨어질 것 아닌가…? 이렇게 생각하다가 그는 문득 『삼략(三略)』에 있는 말이 생각났다.

그는 이십삼 년 전 하비 땅에서 황석공에게서 받은 책 세 권 가운데서 한 권을 꺼냈다. 그는 『삼략』 중에서 '하략(下略)'을 펼치고 한 대문을 읽었다.

무릇 성인과 군자는 융성하고 쇠퇴하는 근원을 밝히고, 성공과 실패의 끝까지 통하며, 치안과 혼란의 기틀을 살피고, 나아가고 사라지는 때를 아느니라.(夫聖人君子 明盛衰之源 通成敗之端 審治亂之機 知去就之節)

입속으로 다시 한 번 읽어보고 그는 눈을 감았다.

'그렇다…. 나는 지금 물러갈 때다!'

그는 입속으로 혼잣말했다. 잠시 후 그는 눈을 뜨고 무엇을 결심한 것처럼 벌떡 일어섰다. 그리고 하인을 불렀다.

조금 있다가 아래채에서 하인이 올라왔다. 장량은 하인에게 수레를 준비시켰다. 그리고 그는 옷을 갈아입고 아래로 내려갔다.

"아버지, 이렇게 늦게 어디를 행차하시렵니까?"

벽강이 수레 앞으로 다가와서 묻는 것을 듣고 장량은,

"상산사호가 아직도 동궁에 거처하고 계신다니 그분들을 좀 만나야겠다. 혹시 내가 돌아오지 않더라도 기다리지 마라."

급히 대답하고 말머리를 돌려 성안으로 달리게 했다. 벽강은 아버지의 그림자가 사라지는 것을 보고 안으로 들어갔다.

석양 때가 지나서 장량은 동궁에 이르러 궁문 안으로 들어가 상산사호를 찾았다.

별감들은 즉시 장량을 상산사호가 거처하고 있는 방으로 인도했다.

장량은 네 분 노인들에게 인사를 마치고 청했다.

"지금 천하가 안정되고, 태자 폐립 문제도 네 분 선생님의 덕택으로 완고하게 정해지고, 앞으로 큰일이 없겠으니, 어떠하실까요? 이 사람도 선생님들을 모시고 종남산(終南山)에 들어가 신선이 되는 길을 찾아보고 싶은데, 같이 데려가시렵니까?"

"그대는 대한의 개국공신, 아직 조정에 머물러 있으면서 천자를 도와 만민을 복되게 해야 가(可)하지 않겠소?"

각리 선생이 먼저 장량에게 머물러 있기를 권했다.

"아니올시다. 이제부터는 제가 할 일이 없습니다. 한신·팽월·영포가 주륙당하고, 게다가 소하가 하옥되었다가 출옥하기는 했습니다마는, 앞으로 또 어떠한 일이 생길지 알지 못합니다. 공성(功成)한 것은 없으나, 신퇴(身退)할 때인 줄로 생각하므로 선생님들께 청원하는 바이옵니다."

장량이 단정히 앉아서 말하는 소리를 듣더니, 각리 선생은 먼젓번과는 아주 다르게 껄껄 웃으면서 승낙했다.

"과연 장자방 선생의 총명함이여! 두말할 것 없이 우리들과 함께 내일 돌아갑시다그려."

"아무렴, 잘 생각한 말이오. 물러갈 때 물러가고 나아갈 때 나아가고, 이럴 줄을 알아야 군자라는 거야!"

이때 동원공도 감탄하는 듯이 덧붙였다. 조금 있다가 각리 선생은 좌중을 둘러보면서,

"그러면 동원공·하황공·상남공, 모두들 내일 황제께 나아가 우리가 장자방과 함께 떠나겠다는 말을 상주(上奏)하십시다. 어떻소?"

여러 사람의 소견을 물었다.

"그렇게 하십시다."

모두들 찬성했다. 장량은 이날 밤 상산사호와 함께 그들의 처소에서 하룻밤을 지냈다. 이튿날 장량은 네 분 노인과 함께 조정에 나아갔다. 황제는 오래간만에 장량의 얼굴을 보고 대단히 기꺼워했다. 그들은 조참의 예를 하고 먼저 각리 선생이 황제 앞으로 가까이 나아가 아뢰었다.

"지금 천하가 통일되고, 사해가 편안하며, 태자가 인효해서 국태민안(國泰民安)을 만세까지 이룰 기초가 확립되었사옵니다. 신 등 네 사람…나이 팔십이나 되고 기거침식(起居寢食)이 자유롭지 못하니, 산으로 돌아가겠사옵니다."

그 뒤를 이어서 장량이 또 아뢰었다.

"신, 장량은 신병이 날로 무거워지며 일을 볼 수 없도록 불편하니, 복원하건대 휴가를 주시옵소서. 신 등은 지금부터 종남산에 들어가 신선을 배우고, 일체 부귀공명을 하직하고 하늘에 떠 있는 구름과 언덕 아래 흐르는 물과 더불어 유연히 여생을 마치고자 하옵니다. 이같이 되도록 폐하께서 허락해주시기를 복원하옵니다."

황제는 장량의 말을 듣고 천만뜻밖의 일인 것처럼 실망낙담하는 빛을 띠고 장량을 바라보며 입을 열었다.

"선생이 짐을 따라서 그간 수십 년 동안 여러 차례나 대공을 세웠건만, 아직도 그 만분의 일도 보답하지 못했소이다. 연전에 짐이 선생을 유후(留侯)에 봉했으되 선생은 이를 받지 않고 사퇴하더니, 지금에 와서는 또 짐으로부터 멀리 떠나버리겠다 하니… 어찌된 곡절이오? 이제 선생이 떠나버린다면 어느 날 다시 짐과 상면할 수 있겠소이까?"

황제는 또 상산사호를 바라보며 말을 이었다.

"짐은 항상 선생들이 태자를 도와서 정사를 가르쳐주리라고 믿었는데, 지금 갑자기 작별하고 멀리 산림 속으로 들어가 숨어버리고, 이름을 감추고, 자취를 숨겨버리고자 하니… 그 무슨 까닭이오?"

"지금 조정에는 군자가 많이 있고 착한 사람들이 열심히 일하고 있으니, 성려(聖慮)를 놓으시기 바라옵니다. 신 등은 늙고 썩은 물건으로서 국가에 유익됨이 없사옵니다. 폐하께서 신 등을 산림으로 돌려보내주시와 신 등이 여생을 산림 속에서 보양하도록 해주시면, 신 등은 운명하는 날까지 폐하의 성은(聖恩)을 명심하고 죽겠사옵니다."

각리 선생·동원공·하황공·상남공은 다 함께 황제에게 아뢰었다. 그들의 돌아가고자 하는 뜻은 견고해 보였다.

황제는 그들의 말과 표정을 보고, 그 사람들이 뜻을 돌리고 머물러 있지 않을 것임을 깨달았다.

"그러면 할 수 없소이다…. 산림으로 돌아들 가시오."

"만수무강하소서…."

상산사호와 장량은 황제에게 감사했다.

황제는 근신을 불러 상산사호와 장량에게 황금과 비단을 다량으로 하사하게 했다.

그들은 다시 동궁으로 돌아와 태자에게 작별 인사를 마치고 행장을 수습했다. 장량은 집에서 나올 때 가지고 나온 조그마한 보따리 하나밖에 없었다.

태자는 그들에게 가까이 와서 공손히 말했다.

"선생님들이 이렇게 일시에 떠나가면 저는 누구에게 천하를 다스리는 이치를 배우겠습니까? 마지막으로 한마디 일러주시고 떠나기를 바랍니다…."

"무어 더 할 말이 없습니다. 그동안 우리들이 아는 대로는 다 이야기를 한 줄로 생각합니다."

동원공은 대답했다.

"자방 선생, 나에게 주실 말씀이 없으신지요?"

태자는 장량에게 청했다. 장량은 태자에게 무어라고 한마디 말이라도 남겨주고 싶었다.

"전하를 위해 신이 드리고자 하는 말씀은 다만 한 가지 있습니다. 이 다음에 전하께서 위(位)에 오르거든 현신(賢臣)을 쓰시고 사신(邪臣)을 물리치기 바랍니다. 그리고 신하들로 하여금 의심을 일으키도록 처사하지 마시옵소서. 현신이 안에 있으면 사신은 쫓겨나는 것이요, 현신이 없어지면 국내외에 화란(禍亂)이 일어나는 법이고, 대신이 군주를 의심하면 간신들이 모여들어 상하가 질서를 잃어버리기 쉬운 까닭입니다."

"고맙습니다. 명심하겠습니다. 다시 더 좀 이로운 말씀을 들려주시기 바랍니다."

태자는 장량에게 또 한 번 청했다.

"무릇 국가는 백성이 주인입니다. 그런고로 한 사람을 위해 이롭게 하면 백성들은 떠나버리고 맙니다. 한 가지 일만 이롭게 하고 만 가지 일을 해롭게 만들면 국가는 망해버립니다. 그러나 그 한 사람을 버리고 백 명에게 이롭게 할지면, 백성들은 사모하고 복종해오는 것이며, 한 가지 일을 버림으로써 만 가지 종류에 이롭게 할지면 정사는 비로소 문란함이 없을 것입니다. 이 말씀을 잊으시지 말고 실행하시기 바랍니다."

"고맙습니다!"

태자는 장량에게 예를 했다.

다섯 사람은 일제히 태자에게 공손히 예를 올리고 동궁에서 다시 조정으로 나왔다. 조정에서는 벌써 다섯 사람의 출발 준비를 끝마치고 있었다.

장량은 소하·진평·조참·번쾌·관영·하후영… 그 외 모든 친구들과 작별 인사를 마치고 황제에게 나아가 공손히 절했다.

"물러가옵니다."

황제는 뭐라고 작별할 말을 생각하다가,

"선생들! 잘 가시오!"

겨우 한마디 하고 용상에서 일어나 장량과 상산사호가 서 있는 뜰아래로 내려왔다.

"같이 걸어 나갑시다."

황제는 그들을 보고 이같이 말하고 장량의 손을 잡았다. 장량은 황제 뒤에 서서 걸었다. 상산사호도 장량과 나란히 서서 걸었다.

궁문 밖에는 다섯 사람이 타고 떠날 수레가 대기하고 있었다.

"짐도 멀리 성문 밖에까지 전송하련다…."

황제는 궁문 안에 서서 분부했다. 근신들은 즉시 어가를 그곳으로 이동시켰다.

"수레에 오르시오."

어가가 등대된 후에 황제는 먼저 수레에 오르면서 다섯 사람을 둘러보며 이같이 말했다. 소하·진평 등 모든 신하들도 궁문까지 나와 전송하는 가운데 다섯 사람은 수레에 올라탔다.

"평안히 가시기 바랍니다!"

여러 사람이 일제히 인사하는 소리를 들으면서 황제의 어가를 비롯해서 다섯 사람의 수레는 출발했다.

어느덧 함양성 서대문 밖으로 나와 황제의 어가는 멈췄다.

"짐은 여기서 선생들과 작별하는 것을 슬프게 생각하는 바이외다…."

그리고 황제는 다섯 사람의 얼굴을 번갈아 바라보았다.

"신 등 성은의 홍대하심을 사례하며 만수무강하기를 조석으로 기원하옵니다."

장량은 먼저 수레에서 내려 황제 앞에 머리를 수그리고 인사했다. 상산사호도 장량과 같이 인사를 드렸다.

고별인사를 마치고 다섯 사람은 다시 수레에 몸을 실었다. 그러자 그들의 수레는 언덕 비탈길을 달리기 시작했다. 여기서부터는 산을 넘어가는 마루턱이었다. 멀리 삼백여 리나 떨어져 있는 상산을 향해 다섯 사람의 수레가 점점 멀어지는 것을 바라보면서, 황제는 어가 위에 앉아 천 가지 만 가지 생각에 가슴이 꽉 찼다. 한참 동안 바라보고 있을 사이에 다섯 사람의 수레는 고갯마루 위로 올라가다가 어느덧 아물아물해지더니, 마침내 시야에서 사라지고, 황제의 눈에는 다만 구름만 보였다.

무한히 넓고, 무한히 깊어 보이는 구름 속은 아득하기만 했다.

(끝)

유방(BC 247(?)~BC 195)

강소성 패(沛) 땅에서 농부의 아들로 태어나 오래도록 건달생활을 하다 정장이라는 말단벼슬을 지냈다. 항량 밑에서 항우와 함께 진나라를 없애기 위한 전쟁을 시작하지만 그다지 성과를 드러내지 못하다 소하와 장량 등의 도움으로 항우보다 관중에 먼저 진입해 진왕 자영의 항복을 받는다. 하지만 항우의 기세에 밀려 한왕으로 봉해지고, 그 뒤 4년간에 걸친 항우와의 쟁패전에서 한신, 장량, 소하 등 유능한 신하와 장수들의 보좌를 받아 마침내 해하 결전에서 항우를 대파하고 한의 황제 고조가 되면서 중국 통일의 대업을 이룬다. 유방은 대담하면서도 치밀하고 포용력 있는 성격으로 부하를 적재적소에 잘 활용함으로써 최후의 승리를 거머쥔 것이다.

항우(BC 232~BC 202)

본래 이름은 항적(項籍), 우(羽)는 자(字). 항씨족의 초나라 장군으로 숙부 항량을 도와 거병을 하다 항량이 죽자 전권을 쥐고 진군을 무찌르며 관중으로 들어가 아무 지지기반 없이 군사를 일으킨 지 3년 반 만에 진나라를 멸망시키고 초패왕이 된다. '역발산기개세(力拔山氣蓋世)', 즉 힘은 산을 뽑고 기개는 세상을 뒤덮을 정도의 능력을 지녔지만, 전략에 능통한 영리함은 부족하고 오직 자신의 초인적 힘만 믿고 온몸으로 부딪쳐 싸우는 순수 무인형에 가깝다. 진나라가 멸망시킨 육국(제·초·연·조·한·위)을 부활시키며 한때 천하를 차지하는 듯했지만, 자신의 것으로 여겼던 천하를 놓고 또다시 한나라 유방과 경쟁하여 사면초가의 형국을 맞으며 31세 나이로 스스로 목숨을 끊는다.

관영

유방을 따라 탕(碭)에서 일어나서 입관한 뒤 창문후(昌文侯)로 불렸다. 장군으로 제(齊)를 평정하고 항적을 죽였다.

계포

항우 휘하의 무장으로 여러 싸움에서 유방을 괴롭게 했다. 항우가 죽은 뒤 유방이 낭중벼슬로써 그를 포섭한다.

괴철

한신 휘하의 모사. 한신이 제나라를 정벌한 이후 그에게 유방을 떠나 독자 세력을 구축할 것을 건의하나 받아들여지지 않자 일부러 미친 사람 행세를 하면서 천하를 떠돈다.

난포

양나라의 대부. 양나라 왕이었던 팽월에 대한 의리로 팽월을 주륙한 유방에게 화살을 쏘아 어깨에 맞힌다.

번쾌

유방과는 동서지간으로 항우와 비견될 만한 엄청난 힘의 소유자. 원래 개고기를 파는 미천한 신분이었으나 유방의 거병 뒤에 그를 따라 무장으로서 용맹을 떨쳐 공을 세운다. 홍문의 연회에서 항우에게 모살될 위기에 처한 유방을 극적으로 구해냈다.

상산사호

진시황 때 난리를 피해 산시성 상산(商山)에 들어가 살던 동원공, 상남공, 하황공, 각리 선생을 함께 일컫는 말. 모두 눈썹과 수염이 흰 노인들이었기에 호(皓)란 이름이 붙었다.

소하

장량, 한신과 함께 한나라의 3대 지략가로, 모사로써 만사에 통달한 인물. 관중에 머물면서 군량 및 모든 군용을 조달하며 행정적 능력을 발휘함으로써 유방의 천하통일에 일등공신이 된다.

여마통

항우의 고향친구로 유방의 장수가 되어 항우의 최후를 본다. 항우는 그에게 자신의 목을 주는 것으로 생을 마감한다.

여후

유방의 황후. 한신과 팽월 등의 명신을 제거하는 데 앞장섰으며, 유방이 죽은 뒤 실권을 잡고 사실상의 여씨 정권을 수립하였다.

역이기

유방의 참모이자 세객. 제에 들어가 한과 합병하라는 설득으로 굴복하게 만들지만 한신이 제에 쳐들어오면서 제왕에게 죽임을 당한다.

영포

항우 휘하 최고의 맹장이었으나 유방의 계략으로 항우를 버리고 유방에게 투항하여 회남왕에 봉해지고, 유방을 따라 해하 전투에서 항우를 격파한다.

왕릉

한신의 뒤를 잇는 문무겸장으로 창술의 대가. 수천 명의 사람을 모아 유방에게 귀의하여 유방을 따라 각지에서 전투를 벌였다.

용저

제나라 맹장으로 소(小)항우라 불릴 정도의 용맹을 지닌 무장. 한신과의 싸움에서 낭사의 계에 휘말려 전사한다.

우희

항우의 애첩. 속칭은 우미인으로, 경극 '패왕별희'의 주인공이다. 사면초가 상태에서 초나라의 멸망을 예감한 항우가 우미인에게 이별의 노래를 부르게 하자 우미인은 이에 응하고 자살한다.

유경

유방의 신하. 북방의 변란으로 괴로워하는 유방에게 화친 정책을 제안해 성사시키고, 6국 귀족들의 후예들을 모두 관중으로 이전시키는 계획을 건의한다.

육가

유방의 세객. 초한 전쟁 시대를 직접 살았던 인물로 유일하게 당대를 기록한 『초한춘추』를 발간했고, 사마천은 이를 자료로 『사기』를 썼다고 한다.

이좌거

조나라의 군사이자 한신의 참모. 구리산 십면매복 계략을 꾸며 항우를 곤경에 빠뜨린다.

장량

한나라 귀족의 아들로 태어나 한을 멸망시킨 진시황을 시해하고자 했으나 실패하여 은둔한다. 그러다 어느 노인에게 병서 세 권을 전수받아 공부하고 유방 아래로 들어가 뛰어난 선견지명을 가진 책사로 재능을 발휘하여 유방이 천하통일하는 데 큰 공을 세운다. 한신·소하와 함께 한나라 창업의 3걸 중 한 사람.

장한

원래 진나라의 명장으로 농민반란 진압에 공이 컸으나 환관 조고의 박해로 항우에게 투항한다. 이후 한군과의 전투에서 한신에게 패배한 후 목숨을 끊는다.

전횡

제나라 출신의 무장. 자신을 따르는 무리 500여 명과 섬에서 살다 유방의 계략을 두려워해 스스로 목숨을 끊고, 이에 500명의 부하도 함께 자결한다.

조참

원래 진나라의 옥리(獄吏)였던 것을 소하가 주리(主吏, 군·현 소속 관리)로 삼았다. 유방이 거병하자 그를 따라 한신과 함께 주로 군사 면에서 활약했다.

종리매

항우 휘하의 용맹한 대장군. 지략과 병법에 뛰어난 항우의 참모로서 유방에게 큰 상처를 입혔다. 용맹하고 박식하여 화술로 적을 굴복시키는 재주를 지녔던 종리매는 항우가 죽자 초왕 한신에게 의탁하였다가 사망한다.

주란·환초

항우의 군사. 다른 모든 장수들이 항우 곁을 떠날 때 주란과 환초만이 끝까지 남아 항우를 보좌한다.

주발

유방을 도와 천하를 평정하였고, 이후 여씨 일족이 난을 일으키자 진평과 함께 이를 수습하고 한실(漢室)을 편안케 하였으며, 이로써 벼슬이 승상에까지 올랐다.

진평

원래 항우 휘하에 있던 모사였지만 항우의 인물됨에 실망하고 유방에게 가서 한나라의 개국공신이 된다. 여씨의 난 때 주발과 더불어 이를 평정한다.

진희

한신 휘하의 장수. 유방의 제국이 건설된 이후 한신과 함께 역모를 꾀하지만 실패한다.

척희

유방이 도망하던 때 척가촌에서 얻은 척씨 노인의 딸로 그가 가장 총애하던 애첩. 아들 여의(如意)를 낳았다.

팽월

본래 항우의 군사였으나 자신의 공을 인정받지 못하자 반란을 일으켜 유방에게 투항한 인물. 한에 귀속된 후 게릴라 작전으로 초나라의 군량보급을 차단하는 등 유방에게 큰 승리를 안겨준다. 이후 산동의 양왕으로 등극하지만 유방의 군사 협조를 거부했다는 이유로 모함을 받아 죽임을 당한다.

하후영

패현의 하급 관리로 유방이 처음 세력을 다질 때부터 함께했던 맹장. 말을 다루는 재주가 특별하여 유방이 처음 거병했을 때부터 황제가 되어 죽을 때까지 유방의 수레를 모는 마부로 직을 하며 그를 수없이 구해준다.

한신

한나라의 파초 대원수로 백전백승의 문무겸장. 원래 초나라의 항량·항우를 섬겼으나 그들이 자신의 재능을 알아보지 못하자 실망하고 한왕 유방의 대장군이 되어 교묘한 계략으로 항우를 멸망시킨다. 하지만 그의 세력이 너무 커지는 것을 경계하던 유방에게 결국 제거당하고 만다.

항량

초나라 명장 항연의 아들로 항우의 숙부. 진시황의 죽음으로 천하가 혼란해진 틈에 회왕을 옹립하여 초(楚)를 다시 세우지만 정도에서 진나라 군의 기습을 받아 전사한다.

항백

항우의 백부. 장량의 도움으로 목숨을 구한 일이 있어 홍문의 연회에서 유방을 구함으로써 장량에 대한 의리를 지키지만, 결국 항우를 멸망시키는 데 기여하고 유방 편에 선다.